Sous le charme d'un prince

*

L'héritière insoumise

*

Pour conquérir son cœur

MELISSA McCLONE

Sous le charme d'un prince

Traduction française de
MARIE-JOSÉE LACUBE

HARLEQUIN

Titre original :
NOT-SO-PERFECT PRINCESS

Ce roman a déjà été publié en 2015

Réalisation graphique couverture : L. SLAWIG (HarperCollins France)

HARPERCOLLINS FRANCE
83-85, boulevard Vincent-Auriol, 75646 PARIS CEDEX 13
Service Lectrices — Tél. : 01 45 82 47 47

www.harlequin.fr

ISBN 978-2-2804-3352-5

1

— Trois contrats de mariage signés et tu ne t'es pas une seule fois retrouvée au pied de l'autel ! C'est inacceptable !

La voix courroucée du roi Alaric d'Alieste emplissait la salle du trône et ressemblait au rugissement d'un lion. Les murs de pierre eux-mêmes en paraissaient ébranlés.

— Si les hommes ne veulent pas de toi, aucune dot, si élevée soit-elle, ne pourra les convaincre de t'épouser.

La princesse Julianna Louise Marie von Schnecke ne semblait pas le moins du monde impressionnée par les paroles de son père. Elle se tenait très droite, de toute la hauteur de son mètre soixante-dix, les épaules en arrière, le menton levé, comme lui avaient appris à le faire ses nombreuses nurses et gouvernantes successives. Sa belle-mère ne s'intéressait pas à elle, mais veillait à ce qu'elle reçoive l'éducation requise pour faire d'elle une princesse parfaite et une future reine.

— Père, dit-elle posément, refusant de montrer la moindre émotion, j'étais prête à épouser le prince Niko quand il a découvert que la princesse Isabelle était encore en vie et toujours considérée comme sa femme devant la loi. Il ne pouvait faire autrement qu'annuler nos projets de mariage.

Le père de Julianna avait les narines dilatées de fureur.

— Je me moque de la raison pour laquelle ce mariage n'a pas eu lieu ! tonna-t-il. Nous en sommes toujours au même point. Trois projets de mariage, trois échecs. Et…

Julianna comprenait sa colère. Il voulait absolument la marier à un prince héritier, de façon à ce qu'un de ses petits-fils monte un jour sur le trône d'un autre royaume que celui d'Alieste. Et il était prêt, pour cela, à proposer une dot mirobolante. Malheureusement pour elle.

— Si je puis me permettre, père, risqua-t-elle…

Elle avait beau être une fille obéissante et soumise, elle ne pouvait pas accepter tous ces reproches alors qu'elle n'était pas responsable de la situation.

— Avec tous vos soucis actuels, vous avez peut-être oublié que vous aviez annulé vous-même mes fiançailles avec le prince Christian. Quant au prince Richard, le temps que j'arrive à San Montico, il s'était déjà amouraché d'une Américaine.

— Quoi qu'il en soit, ces trois échecs sont très embarrassants. Ils ternissent le nom de notre famille et celui du royaume d'Alieste.

Julianna éprouva un instant de remords pour avoir éprouvé un tel soulagement en apprenant que Niko ne pourrait pas annuler son premier mariage. Dès le début, elle avait espéré qu'il retomberait amoureux de sa femme, réapparue dans sa vie après plusieurs années d'absence.

Certes, elle avait aimé Vernonia, son peuple avenant et ses lacs magnifiques propices à la voile. Le prince Niko, qui était un très bel homme au demeurant, voulait moderniser son pays, se libérer du poids de la tradition. En devenant sa femme, et donc la future reine de son royaume, elle aurait bénéficié de plus de liberté qu'elle ne pouvait en espérer à Alieste. Mais elle n'était pas amoureuse de lui.

La tradition des mariages arrangés étant encore vive dans son pays, elle était bien consciente que ses chances d'épouser un homme par amour étaient minces. Néanmoins, elle ne pouvait s'empêcher de rêver. Et les trois fois où le mariage prévu n'avait pas eu lieu, elle avait recommencé à espérer de plus belle.

Dommage qu'il y ait si peu de place pour le rêve à Alieste… Et tant d'obligations à respecter.

Le roi Alaric secoua la tête.

— Si ta mère était encore là…

Sa mère, au lieu de sa marâtre. Julianna sentit son cœur se serrer.

Elle n'avait aucun souvenir de sa mère. La reine Brigitte avait introduit des idées progressistes, presque révolutionnaires, à Alieste après son mariage avec le roi Alaric. Bien qu'il se fût agi d'un mariage arrangé, il était tombé si follement amoureux de sa jeune épouse qu'il avait écouté son point de vue sur l'égalité des sexes et avait, à sa demande insistante, fait édicter de nouvelles lois, dont une qui donnait aux femmes le droit de poursuivre des études supérieures. Il avait même accepté de l'accompagner aux quatre coins du monde pour lui permettre de s'adonner à sa passion, la voile, malgré les récriminations du Conseil des anciens.

Cependant, après le décès de la reine Brigitte au cours d'une compétition de haut niveau dans le Pacifique sud — Julianna avait à peine deux ans — le roi Alaric, le cœur brisé, s'était juré de ne plus jamais rien changer à la législation en cours. Il n'annula pas la loi concernant le droit des femmes à l'éducation, mais il limita le nombre d'emplois auxquels elles pouvaient accéder et ne fit rien pour faire évoluer leurs perspectives de carrière. Puis il se remaria et choisit pour épouse et reine une femme de la noblesse d'Alieste qui savait tenir son rang et rester à sa place.

— Si ma mère était encore en vie, j'espère qu'elle reconnaîtrait que j'ai toujours fait ce qui m'était demandé, par amour et par respect pour vous, ma famille et mon pays, dit Julianna.

Elle savait, pourtant, que tout faire pour plaire aux siens ne servait à rien dans une société patriarcale comme celle de son pays. Un pays où princesses, nobles et roturières étaient mariées sans leur accord. Si Julianna ne se mariait pas et ne plaçait pas au moins un fils sur un trône étranger, on considérerait qu'elle n'avait pas rempli sa mission. Cette obligation et cette pression lui pesaient terriblement.

Son père plissa les yeux.

— J'admets que tu n'es pas responsable des trois échecs passés. Tu as toujours été une fille soumise.

Elle avait l'impression d'être un vulgaire animal de compagnie et non la fille adorée de son père et de sa mère.

Mais cela n'avait rien d'étonnant : c'est ainsi que les femmes étaient considérées au royaume d'Alieste.

Il est vrai qu'elle n'avait rien fait pour lutter contre cette image. Elle était aussi coupable que son père et le Conseil des anciens d'avoir laissé perdurer cette manière archaïque de traiter les femmes. Dès son plus jeune âge, elle avait appris qu'on ne voulait pas qu'elle acquière le caractère indépendant et le franc-parler de sa mère. Mais elle espérait bien réussir à changer les choses une fois qu'elle serait mariée et vivrait loin d'Alieste. Elle serait libre alors d'aider son frère Brandon, le prince héritier, quand il deviendrait roi, à moderniser leur pays et améliorer les droits des femmes.

Son père la dévisagea.

— Je suppose qu'il serait prématuré d'envisager ton mariage avec le fils d'un des anciens.

Julianna serra les lèvres pour s'empêcher de protester. Elle s'était déjà suffisamment exprimée. Elle devait continuer à donner l'image d'une jeune fille posée et raisonnable, même si elle tremblait d'effroi à la perspective évoquée.

Epouser le fils d'un ancien l'obligerait à rester à jamais dans ce pays rétrograde et répressif. Et ses enfants, surtout ses filles, se heurteraient aux mêmes obstacles qu'elle.

Elle lutta contre la panique qui l'envahissait.

— Je vous en supplie, père, donnez-moi une autre chance. Le prochain fiancé sera le bon. Je ferai tout ce qu'il faut pour cela.

— Quel enthousiasme ! commenta le roi Alaric, le sourcil levé.

C'était plutôt l'énergie du désespoir.

Julianna se força à sourire comme elle avait appris à le faire en toutes circonstances.

— J'ai vingt-huit ans et je suis bien consciente que je dois me marier sans tarder.

— Et me donner des petits-enfants… soupira le roi Alaric. C'est tout ce qui manque à ma vie. Je vais de ce pas te présenter à un quatrième fiancé. Etant donné tes échecs précédents, j'avais un candidat en réserve quand tu es partie pour Vernonia.

Un candidat en réserve ? Elle était blessée que son père ait si peu confiance en ses capacités à se faire épouser.

— Il me reste juste à négocier le contrat de mariage.

Compte tenu de sa dot, cela ne prendrait pas plus de cinq minutes.

— Et de qui s'agit-il, père ? demanda-t-elle comme s'il s'agissait d'un invité prévu pour le dîner et non de son futur époux. C'est-à-dire l'homme avec qui elle allait passer le restant de sa vie après un mariage sans amour négocié au mieux des intérêts de deux pays. Mais n'importe qui serait toujours préférable à un habitant d'Alieste.

— Le prince héritier Enrique de La Isla de la Aurora.

— De l'île de l'Aurore, traduisit Julianna.

— C'est une petite île de la Méditerranée située au large de l'Espagne et gouvernée par le roi Dario.

Cela rappela à Julianna ses souvenirs de San Montico, une autre île de la Méditerranée et son prince héritier Richard de Thierry. Dans son royaume, tous les citoyens étaient égaux. Et même si quelques coutumes désuètes y subsistaient encore, les mariages arrangés n'y avaient pratiquement plus cours. En revanche, elle n'avait pas eu le droit de monter sur un voilier, même si le vent et l'eau semblaient parfaits pour la voile.

Elle ressentit brusquement une envie folle de naviguer. C'était de sa mère qu'elle avait hérité cette passion. La voile était son seul plaisir. Quelle que soit sa vie, quelles que soient les traditions ancestrales auxquelles elle devait se soumettre, quand elle était sur l'eau, elle avait la sensation délicieuse d'échapper pendant quelques heures à son destin.

Mais elle avait le droit de naviguer uniquement sur des lacs ou des rivières.

Après son apprentissage de la voile en mer Noire lors d'un séjour chez ses grands-parents maternels, son père lui avait interdit de naviguer sur un océan, de peur qu'il ne lui arrive un accident fatal comme à sa mère. Vingt ans après, il la traitait encore comme une petite fille. Quand allait-il la considérer comme une adulte et lever enfin ces interdictions ?

— Aurai-je le droit de faire de la voile quand je vivrai sur cette île ?

— Pas pendant la durée des fiançailles.

Enfin une lueur d'espoir ! Jusqu'à présent, son père ne lui en avait jamais laissé entrevoir aucune.

— Et après mon mariage ?

— Ce sera à ton mari de décider s'il t'autorise ce hobby.

Il ne s'agissait pas d'un hobby, mais bien d'une passion !

Quand elle était sur un voilier, elle ne pensait qu'à savourer l'instant présent. Et n'était plus Son Altesse la princesse Julianna, mais simplement Julianna.

Seule la voile réussissait à lui donner ce sentiment de liberté.

Si La Isla de la Aurora était une île progressiste comme San Montico, elle aurait enfin le droit de naviguer sur l'océan. Son cœur se gonflait de joie à cette idée. Cela la consolerait de devoir subir un mariage sans amour.

— Comprends-moi bien, Julianna. C'est ta dernière chance d'épouser un homme étranger à Alieste, lui dit son père d'un ton ferme. Si le prince Enrique décide de ne pas t'épouser, je te marierai dès ton retour au fils d'un des anciens.

Julianna réprima un frisson.

— J'ai bien compris, père.

— Si tu veux, tu peux insister pour que la période des fiançailles ne dure pas trop longtemps.

Oh oui, qu'elle soit la plus courte possible !

Julianna ne pouvait pas courir le risque que le prince Enrique change d'avis. C'était à elle de le convaincre qu'elle serait l'épouse idéale. Une princesse parfaite. Peut-être trouverait-elle sur cette île l'amour dont elle rêvait ? Ses parents étaient bien tombés amoureux malgré un mariage arrangé. Pourquoi pas elle ?

Jusque-là, elle avait préféré ne pas penser à l'avenir. A présent, elle avait hâte de découvrir ce qu'il lui réservait.

— Quand dois-je partir, père ?

— Si mes négociations avec le roi Dario et le prince Enrique aboutissent ce soir, tu pourras partir dès demain. Ton frère Brandon, une femme de chambre et un garde du corps t'accompagneront.

C'était sa dernière chance de connaître la liberté à laquelle elle aspirait, non seulement pour elle, mais aussi pour ses futurs enfants et pour son pays. Elle n'avait pas droit à la moindre erreur.

— Je me tiendrai prête pour demain matin, père.

Réveillé par un bruit derrière sa porte, Alexandro Cierzo de Amanecer ouvrit les yeux. La lumière du soleil entrait à flots à travers les baies vitrées de sa villa en bord de mer. C'était le matin. Le chat errant qu'il avait ramené du chantier naval devait avoir faim.

La porte de sa chambre s'ouvrit brusquement et des claquements de bottes retentirent sur le sol de terre cuite.

Encore ? Ah non !

Alexandro grimaça, mais ne bougea pas. Il connaissait la routine.

Des gardes royaux vêtus d'uniformes bleu et or entouraient son lit. Au moins cette fois-ci n'avaient-ils pas l'arme à la main. C'était un progrès, si l'on pouvait appeler progrès cette intrusion brutale dans sa chambre.

— Qu'est-ce qu'il me veut encore ? demanda-t-il.

Le capitaine de la garde, Sergio Mendoza, se tenait très droit, comme toujours. Seules ses tempes grises trahissaient son âge.

— Sa Majesté le roi Dario désirerait vous voir au palais, Votre Altesse.

Alexandro passa une main dans ses cheveux d'un air las.

— C'est un euphémisme. Les désirs de mon père sont des ordres.

Le visage de Sergio resta impassible.

— Il vous demande de nous suivre tout de suite.

Alexandro ne comprenait pas pourquoi son père avait besoin de le voir. Personne au palais ne se souciait de son avis. Il n'aimait pas le principe de la monarchie, mais il ne se désintéressait pas pour autant de son pays. Il y avait monté son affaire, avait suggéré des innovations sur le plan économique et voulait développer le tourisme sur l'île. Mais ses idées allaient à l'encontre de celles de son père et de son frère, beaucoup plus conservatrices.

Un miaulement aigu se fit entendre. Le petit chat noir à pattes blanches était en train de grimper le long du drap pour le rejoindre sur le lit. Entre le travail au chantier naval et la rénovation de la villa, Alexandro n'avait guère de temps à lui accorder.

— Il faut d'abord que je m'habille, répondit-il à Sergio.

— Eh bien, nous vous attendons. Le roi vous réclame de toute urgence.

Alexandro serra les dents. Il en avait assez de devoir négocier en permanence.

— Alors, laissez-moi, je vous prie.

Sergio fit sortir les gardes de la chambre.

— Je reste devant votre porte. Et il y a un garde posté à chaque porte-fenêtre.

Alexandro leva les yeux au ciel. Son père le considérait encore comme un rebelle.

— Je n'ai plus dix-sept ans. J'en ai trente.

Sergio ne dit rien. Sans doute se souvenait-il de quelques-unes de ses frasques passées.

— Et où pourrais-je bien m'enfuir, capitaine ? Les laquais de mon père me suivent partout où je vais.

— Ce sont les mesures de sécurité obligatoires. Vous devez avoir une garde rapprochée. Vous êtes le second en ligne pour l'accession au trône.

— Je préférerais l'oublier.

— Bien des gens rêveraient d'être à votre place.

Tu parles ! Pas s'ils savaient ce que cela impliquait comme obligations. De toute façon, personne ne se souciait de ce qu'il pensait. Même quand il essayait de faire quelque chose pour l'île, personne ne le suivait dans ses projets. Il devait tout faire par lui-même.

Alexandro détestait son statut de prince. Il avait grandi aux Etats-Unis et ne voulait pas faire partie d'un système de gouvernement dépassé où tout le pouvoir était aux mains d'un seul homme. En revanche, il voulait voir son pays prospérer.

— Eh bien, gardez ma porte s'il le faut, soupira-t-il en

caressant distraitement la tête du chaton. Je ne veux pas rendre votre tâche plus difficile qu'elle ne l'est déjà.

Dès que Sergio fut sorti, Alexandro se leva pour aller prendre une douche. Son père n'avait pas exigé une tenue particulière ; bermuda kaki, T-shirt bleu marine, et mocassins bateau feraient donc l'affaire.

Vingt minutes plus tard, il entrait dans la salle de réception du palais. Son frère aîné se leva du canapé damassé où il était assis. Enrique ressemblait beaucoup à leur père, en plus jeune, avec sa coupe de cheveux très courte, son costume impeccable, sa chemise empesée, sa cravate de soie et ses chaussures en cuir parfaitement cirées. Dommage qu'il ait les mêmes idées rétrogrades.

— La raison de ma convocation ici a intérêt à être valable.

— Elle l'est, répondit son frère avec un sourire affecté. Je me marie.

Il était temps ! Le mariage d'Enrique était pour Alexandro une première étape vers la liberté. La naissance d'un neveu ou d'une nièce qui serait alors le second en ligne pour l'accession au trône le libérerait définitivement de cette menace.

— Bravo, frangin. J'espère que tes fiançailles ne vont pas s'éterniser. Ne perds pas de temps, dépêche-toi de faire un enfant à ta femme.

— J'y compte bien.

— N'attends même pas d'être marié.

Enrique rit.

— Le roi Alaric me ferait pendre si j'osais faire une chose pareille. Il est plutôt vieux jeu sur certains points. En particulier en ce qui concerne la virginité de sa fille.

— Alaric ?

Alexandro avait entendu ce nom quelque part. Il ne lui fallut qu'une seconde pour s'en souvenir.

— Tu épouses une princesse d'Alieste ?

— Pas une. La princesse. Le roi Alaric a quatre fils et une fille.

Enrique paraissait tout excité. Pas étonnant. Alieste était un petit royaume situé dans les Alpes, qui, grâce à ses abondantes ressources naturelles, était fort riche. Cent fois plus que La Isla de la Aurora.

— Père doit se réjouir de ce mariage.

— Il est ravi du montant de la dot de Julianna et des avantages économiques qu'une alliance avec Alieste nous apportera. Heureusement pour moi, la princesse est aussi jolie qu'elle est riche. Un peu froide peut-être, mais je compte bien la réchauffer.

— Si tu as besoin de cours…

— Je n'ai peut-être pas ta réputation de séducteur, mais je me débrouillerai très bien tout seul. Merci.

— Je souhaite surtout que vous soyez heureux ensemble, déclara Alexandro, sincère.

En outre, une union heureuse supposait plusieurs héritiers. Et plus Alexandro reculerait dans la lignée des prétendants au trône, plus il serait content. Il avait tellement hâte de pouvoir enfin se consacrer entièrement à ses affaires et attirer davantage d'investisseurs pour donner un essor à l'économie stagnante de l'île.

— Tu seras mon témoin.

Son frère ne lui demandait même pas s'il était d'accord.

— Tu sais bien que côtoyer l'aristocratie n'est pas bon pour ma santé.

— Et tu t'installeras au palais jusqu'au mariage.

Alexandro sentit monter une bouffée de colère.

— Enrique…

— La famille royale doit se montrer unie pendant toute la période des fiançailles. Tu feras ce que tu veux de tes journées sauf si des déjeuners ou des sorties particulières sont programmés. Tu devras prendre part aux dîners et aux soirées officielles. Et tu es prié d'être là aujourd'hui pour l'arrivée de la princesse et de son escorte.

Alexandro lâcha un juron.

— Tu es exactement comme notre père !

— Ce sont ses ordres, pas les miens.

Une lueur de sympathie traversa le regard d'Enrique. Cela n'arrivait pas souvent.

— Mais c'est moi qui te demande d'être mon témoin. Tu es mon frère préféré.

— Normal, je suis ton seul frère.

Enrique eut un petit rire amusé.

— Raison de plus pour que tu sois près de moi. Père te dédommagera si cela te pose un problème.

Alexandro soupira. Son statut faisait de sa vie une succession de contraintes. Et il savait bien qu'il n'aurait jamais la seule chose qu'il aurait aimé obtenir de son père.

— Je ne veux pas de son argent.

— Tu n'en as jamais voulu, mais quand père propose de te payer, accepte. Tu pourras mettre cet argent dans tes bateaux, t'acheter une autre villa, faire des dons à des organismes caritatifs ou le distribuer dans la rue, si ça te chante. Tu mérites cette récompense, Alexandro. Ne laisse pas ton stupide orgueil prendre le dessus une fois de plus.

Alexandro fit la moue.

— Tout ce que je veux, c'est qu'on me fiche la paix.

— Dès que Julianna et moi aurons des enfants, tu n'auras plus la moindre obligation. Si tu fais ce qu'il faut pour aider à la concrétisation de ce mariage, père a promis de te laisser vivre ensuite comme il te plaira.

Enfin !

— C'est toi qui le lui as demandé ou c'est lui qui l'a proposé ?

— Les deux. Mais sois assuré que père n'a qu'une parole.

— Quand suis-je censé me réinstaller au palais ?

— Après le déjeuner.

Alexandro jura de nouveau. Il avait son chantier naval à diriger, ses projets d'investissements fonciers et la Med Cup à préparer… Sans parler du chaton à nourrir.

— J'ai une vie, des responsabilités.

— Tu en as également ici. Celles que tu dédaignes pendant que tu t'amuses avec tes bateaux, dit Enrique sur un ton de reproche.

Alexandro fit un effort pour ne pas s'emporter.

— Je ne joue pas, je travaille. Si tu voulais bien considérer la Med Cup comme une course susceptible de promouvoir…

— Si tu veux contribuer positivement à la réputation de l'île, supporte dignement ce mariage royal qui fera bien plus pour l'économie du pays que tes idées coûteuses comme construire des marinas de luxe et attirer les passionnés de voile pour une simple régate.

— La Med Cup est un événement important, voyons. Elle...

— Quoi qu'il en soit, reprit Enrique sans le laisser terminer sa phrase, débrouille-toi pour être ici après le déjeuner si tu ne veux pas que père t'envoie en mission diplomatique à l'étranger.

Tel père, tel fils, songea Alexandro en rongeant son frein. Cette menace l'étonnait à peine, vu l'autorité brutale dont faisaient parfois preuve son père et son frère. Il savait son père capable de mettre sa menace à exécution. Cela signifiait qu'il devait obéir aux ordres s'il voulait assurer sa tranquillité future. Et jouir enfin de la liberté dont il rêvait.

— Je serai de retour avant l'arrivée de ta princesse, lâcha-t-il, bien décidé à faire les choses à sa manière.

Il était considéré comme l'insoumis de la famille. Et, à vrai dire, cela ne lui déplaisait pas.

L'hélicoptère survolait la Méditerranée. Confortablement installés dans la luxueuse cabine, Julianna, son frère Brandon, Yvette, sa femme de chambre personnelle, et Klaus, leur garde du corps, avaient des casques sur les oreilles pour se protéger du bruit des rotors.

Ils y étaient presque !

Julianna éprouvait un mélange d'excitation et d'appréhension. Elle résistait à l'envie de tortiller une de ses mèches de cheveux tant elle était nerveuse. Elle voulait que sa famille et son pays soient fiers d'elle. Et sa mère aussi — paix à son âme. Il lui fallait donc donner l'image d'une princesse posée et à l'aise dans son rôle.

Elle jeta un coup d'œil par la vitre. Un Sun Fast 3200 au spinnaker multicolore volait au-dessus des vagues. *Quelle merveille !*

Que n'aurait-elle donné pour être sur ce voilier qui filait

vers le large, plutôt que sur le point de rencontrer son futur mari, le père de ses futurs enfants… Mais elle avait un devoir à remplir, le même qui avait été imposé à sa mère bien des années auparavant. Epouser le prince Enrique devrait être moins terrible que passer le restant de ses jours à Alieste, avec sa société patriarcale et rétrograde. Du moins l'espérait-elle.

— Ça va ? lui demanda son frère en la voyant grimacer.

Elle haussa les épaules.

— Un mauvais sort a dû m'être jeté. L'une des fées qui se sont penchées sur mon berceau m'a condamnée à une vie faite de devoir, sans la moindre compensation. Et à un mariage forcé, sans amour. Quelle tristesse ! Surtout pour quelqu'un comme moi qui a soif d'aventure et de liberté.

— Regarde par la vitre, Julianna. Ton sort n'est pas si terrible. Tu vas vivre sur une île paradisiaque.

Ils survolaient à présent un décor de carte postale fait de longs croissants de sable blanc bordés de palmiers qui longeaient une petite ville. Au centre, les maisons étaient séparées par d'étroites ruelles, puis elles ponctuaient de leurs couleurs pastel et de leurs toits de tuiles les pentes des collines environnantes.

Julianna aperçut des rangées de voiliers amarrés aux quais d'une marina. Leurs mâts éclatants se balançaient doucement. Elle en eut la bouche sèche.

— D'accord. Ma vie sera peut-être différente ici.

— C'est sûr !

Brandon lui sourit. De ce même sourire éclatant qu'elle lui avait vu un jour sur la couverture d'un magazine.

— Ton fiancé ne peut que craquer devant ta beauté et ton intelligence. Il va tomber follement amoureux de toi et, du coup, il te laissera faire tout ce que tu veux. Y compris partir en voilier sur l'océan.

— Je l'espère bien.

— Il faut y croire. C'est ce que tu me dis toujours.

Julianna se rendait compte qu'elle ne savait rien du prince Enrique. Occupée à préparer ses affaires pour ce départ précipité, elle n'avait même pas eu le temps de chercher sur internet à quoi il ressemblait. De toute façon, elle n'avait pas le choix.

C'était peut-être un vieux monsieur qui avait déjà un pied dans la tombe ! Mais non, elle exagérait. Son père lui avait toujours choisi des fiancés jeunes, car il voulait des petits-enfants.

Elle espérait qu'Enrique était beau et charmant, qu'elle n'aurait aucun mal à l'aimer et que lui-même serait libre et l'aimerait en retour.

Le prince Richard et le prince Niko étaient déjà amoureux d'une autre quand on les lui avait présentés. Si Enrique avait une petite amie ou une maîtresse, leurs fiançailles auraient peu de chance de se terminer au pied de l'autel, et leurs sentiments réciproques de se transformer en amour.

— J'espère que sur cette île, on fait plus cas des femmes que chez nous.

— Les idées y sont obligatoirement plus modernes qu'à Alieste. Chez nous, il n'y a pas eu la moindre évolution depuis le Moyen Age.

Julianna sourit à son frère. Il était plus connu comme un prince héritier au profil de play-boy que comme un politicien prêt à gouverner.

— Quand tu seras roi, tu feras bouger les choses.

— C'est une fonction qui demande beaucoup de travail.

— Tu es parfaitement capable de l'assumer.

— Tu crois ?

Julianna jeta à son frère un regard appuyé pour lui rappeler leurs précédentes discussions et leur projet. Ou plus exactement son projet.

— Tu feras entrer notre pays dans le XXIe siècle. Si c'est trop tard pour nos jeunes frères et la génération actuelle, au moins pourras-tu le faire pour tes enfants et les leurs. En particulier les filles.

— Je ne sais pas.

— Si, tu y arriveras. Et je t'aiderai.

Brandon voulait bien du titre de prince héritier et des avantages qui allaient avec, mais pas des responsabilités. Un de ces jours, il faudrait bien qu'il mûrisse.

— Dès que je serai mariée à un prince étranger, j'échapperai à l'emprise de père. Je pourrai alors représenter le royaume d'Alieste dans les autres pays du monde et obtenir leur soutien aux réformes que tu engageras une fois roi, avec ou sans l'accord du Conseil des anciens. Il faut faire progresser Alieste, Brandon.

Son frère ne répondit pas.

La voix du pilote se fit soudain entendre dans leurs casques.

— Nous approchons du palais.

Cette annonce donna la chair de poule à Julianna.

Curieuse de voir à quoi ressemblait sa future résidence, elle regarda à travers la vitre. Un immense palais aux murs blancs et au toit de tuiles orangées dominait la mer. Il comportait plusieurs étages, et sa façade était percée de nombreuses fenêtres donnant sur des balcons.

Pas de donjon. C'était déjà ça !

Une route pavée et des allées s'entrecroisaient au milieu de palmiers, parterres de fleurs et pelouses impeccables. Un jet d'eau incroyablement haut jaillissait d'une fontaine.

Cette île méditerranéenne et son palais contrastaient grandement avec Alieste et son château fort perché comme un nid d'aigle dans les Alpes. Vivre dans un environnement clair et lumineux allait la changer de son décor sinistre habituel.

— Pour une fois, père semble avoir fait le bon choix, remarqua Brandon.

Julianna hocha la tête.

— C'est joli.

— De l'extérieur, en tout cas.

— Je te rappelle que tu es là pour me remonter le moral.

— Et pour m'assurer que la lune de miel ne commence pas trop tôt, répondit Brandon avec un clin d'œil.

Elle lui jeta un regard noir.

— Arrête.

— Le sujet est si sensible ?

Il n'imaginait pas à quel point il l'était. Elle avait été fiancée trois fois et n'avait jamais rien connu d'autre que de chastes baisers. A l'époque de Christian, elle était encore adolescente. Puis il y avait eu le baiser du prince Niko sur un voilier. Elle avait trouvé cela agréable, mais peu comparable aux baisers fougueux et passionnés dont elle avait entendu d'autres femmes parler. Peut-être aurait-elle une révélation avec le prince Enrique ?

Le pilote atterrit sur l'héliport puis coupa les moteurs. Elle eut toutes les peines du monde à détacher sa ceinture tant ses mains tremblaient. Un homme en uniforme se chargea de mettre leurs bagages sur un chariot.

— Bienvenue sur La Isla de la Aurora, Vos Altesses.

L'homme en costume gris qui les accueillit avait une cinquantaine d'années.

— Je m'appelle Ortiz. Le prince Enrique vous prie de l'excuser de n'avoir pu venir vous accueillir en personne, mais il est retenu par une affaire d'Etat importante.

— Nous comprenons, dit Brandon avec un sourire chaleureux. Les affaires d'Etat passent avant tout.

Julianna admirait les massifs de fleurs et les plantes grimpantes. Une senteur florale embaumait l'air.

Serait-ce effectivement le paradis ?

— Merci, Votre Altesse. En ma qualité de majordome du palais, je suis entièrement à votre service. Mon rôle est d'accéder à tous vos désirs.

Julianna jeta un regard en coin à son frère. Il semblait ravi. Pourvu qu'il n'abuse pas de cette généreuse hospitalité !

— Ces jardins sont magnifiques, Ortiz, dit-elle au majordome. Et si gais avec ces fleurs et plantes de toutes les couleurs.

— Je suis heureux qu'ils vous plaisent, Votre Altesse.

Quand Ortiz souriait, son visage bronzé affichait dix ans de moins.

— Si vous voulez bien me suivre à l'intérieur…

Klaus se plaça juste derrière Julianna. La cinquantaine, les cheveux coupés court, il cachait en permanence un revolver sous sa veste de costume de bonne coupe. Du plus loin qu'elle se souvienne, il avait toujours été son garde du corps.

— Nous vous suivons, Ortiz.

Pendant qu'ils rejoignaient l'entrée, le majordome leur donna quelques explications rapides sur le palais. Elle ignorait que la famille royale gouvernait l'île depuis autant de temps. C'était sans doute ce qui avait plu à son père, désireux d'assurer un long règne à ses petits-enfants et à leur descendance.

— Le prince Enrique a fait beaucoup pour l'île. Le roi Dario ne pouvait pas trouver de meilleur successeur.

Etait-ce un compliment sincère ou de la publicité pour son futur époux ? Elle ne savait rien de lui à part son nom.

— Je suis impatiente de rencontrer le prince Enrique.

Ortiz eut un grand sourire.

— Il a dit la même chose de vous au déjeuner, madame.

Encore un bon signe ? Julianna l'espérait de tout cœur.

Les deux portes en chêne massif s'ouvrirent comme par enchantement devant eux.

Julianna contempla le grand hall. Si tout allait bien, comme elle l'espérait, ce palais serait bientôt le sien. Elle y vivrait avec son mari et y élèverait leurs enfants. Elle se retint de croiser les doigts.

Elle prit une grande inspiration et entra, suivie de son escorte.

Avec son haut plafond et son sol en marbre, le hall était vaste et clair. Des peintures magnifiques, un mélange d'œuvres modernes et classiques, étaient accrochées aux murs. Au centre se trouvait une statue de marbre représentant une femme assise.

— Quelle sculpture étonnante ! remarqua Julianna.

— C'est Eos, une déesse grecque dont nous préférons le nom latin, Aurora. Quel que soit celui qu'on lui donne, elle reste la déesse de l'aurore.

— Superbe ! renchérit Brandon. Eos aimait beaucoup les beaux jeunes gens. Si elle ressemblait à cette statue, elle n'a pas dû manquer de prétendants

— Fermez les portes ! Vite ! Vite ! cria soudain une voix masculine.

Les deux gardes de l'entrée s'empressèrent de repousser les lourds battants. Un homme en bermuda était en train de courir après une petite boule noire qui avait fusé à travers le hall.

— Un rat ! hurla Yvette, effrayée.

— Il n'y a pas de rats au palais, assura Ortiz.

La boule de fourrure sombre se précipita dans les jambes de Julianna, qui, de surprise, perdit l'équilibre.

— Retenez-la ! hurla Klaus.

Trop tard. Julianna eut l'impression que le sol en marbre venait à sa rencontre.

Deux bras puissants l'enlacèrent, l'arrêtant dans sa chute. Sa joue s'écrasa contre un torse nu, chaud et musclé. Quelques poils lui chatouillaient le nez. Elle percevait des battements de cœur désordonnés. L'homme sentait bon. Pas un parfum quelconque. Seulement le savon et l'air marin.

Elle trouvait cette odeur enivrante.

— Vos Altesses ne sont pas blessées ? cria Ortiz d'un ton inquiet en se précipitant.

Altesses ? L'homme était donc un prince. Etait-ce Enrique ? Ce serait merveilleux.

2

— Julianna, ça va ? s'enquit Brandon, inquiet.

— Oui, oui, répondit-elle, plus intéressée par l'homme qui venait de lui éviter une chute et la tenait encore dans ses bras robustes.

Elle était très consciente de l'effet qu'il lui faisait.

— Désolé, le chat s'est échappé de la chambre avant que je n'aie pu le rattraper.

Sa voix grave et son accent espagnol la firent frissonner.

Bien qu'elle ait retrouvé son équilibre, il ne la lâcha pas tout de suite.

— Cela va aller ?

Elle acquiesça à regret en s'obligeant à détourner les yeux de son torse musclé.

Il mesurait environ un mètre quatre-vingts et avait un corps athlétique. Avec ses cheveux aux épaules, sa boucle à l'oreille gauche, son bermuda et ses pieds nus, il ressemblait plus à un pirate qu'à un prince. Sa mâchoire carrée, ses pommettes hautes et son nez droit semblaient sculptés dans la pierre comme la statue d'Eos, mais ses lèvres charnues et ses cils fournis adoucissaient ses traits virils. Elle aurait pu contempler ce beau visage durant des heures, des jours, des années.

— Merci, dit-elle d'une petite voix.

Les yeux marron mouchetés d'or se plantèrent dans les siens avec une expression chaleureuse.

— De rien.

Le temps semblait s'être arrêté. Julianna sentait une onde de chaleur inhabituelle se propager en elle.

L'homme attrapa le chat d'une main et examina la boule de fourrure noire avec une tendresse qui la fit fondre. Elle aurait rêvé qu'un homme — cet homme — la regarde de la même manière.

Le chat miaula pour réclamer une caresse. Tout en lui grattant le sommet de la tête, le prince reporta son attention sur Julianna.

— Vous êtes la princesse Julianna d'Alieste.

C'était une affirmation plus qu'une question.

— Oui, souffla-t-elle, émue.

Elle qui n'avait jamais cru au coup de foudre se prenait à rêver que leurs enfants ressemblent à cet homme trait pour trait. Elle lui sourit avec chaleur. Cette fois, son père avait fait le bon choix. Elle allait faire un mariage d'amour.

D'une voix vibrante, elle murmura :

— Et vous êtes le prince Enrique.

— Non. Je suis Alexandro, son frère.

Le visage de Julianna exprima sa déception.

Pour sa part, Alexandro était conscient de l'effet que produisait sur lui la jeune femme. Elle s'était laissée aller dans ses bras, et il se remettait à peine de l'émotion causée par le contact de son corps. Elle était absolument ravissante. Elle avait de longs cheveux blonds, une très jolie silhouette dans son tailleur rose corail. Et de grands yeux bleu océan qui auraient donné à tout homme l'envie de s'y noyer.

Elle sentait bon, comme un bouquet de fleurs sauvages. Il se demanda quel goût avaient ses lèvres…

Il s'obligea à détourner les yeux de sa bouche. Le mariage de Julianna avec Enrique et les enfants qu'elle lui donnerait seraient pour lui une libération, l'écartant définitivement de la succession au trône dont il ne voulait pas. Elle était son billet gagnant. Il ne devait pas la considérer autrement que comme sa future belle-sœur.

Allons, cela ne devrait pas être trop dur ! Elle était belle, certes, mais pour lui, un joli visage et un corps de rêve ne suffisaient pas. Ce qu'il cherchait, c'était une femme qui n'avait que faire de la royauté et de l'argent. Une femme simple qui ne craignait ni les embruns sur sa peau ni le vent dans ses cheveux.

— Alexandro ? répéta-t-elle, incrédule.

Il y avait des années qu'on ne les confondait plus, son frère et lui. Ils étaient si différents. Ce qui l'étonnait le plus, c'était que cette jeune femme ne sache pas à quoi ressemblait Enrique. La coutume des mariages arrangés avait encore cours dans de nombreux pays, mais accepter d'épouser quelqu'un sans avoir au moins vu sa photo lui paraissait impensable.

— Oui.

Il la vit se raidir, et toute chaleur disparut de son regard.

Cette brusque froideur n'aurait pas dû l'étonner, lui qui avait fréquenté tant de jeunes femmes de la noblesse qui se révélaient très vite être des enfants gâtées, uniquement intéressées par l'argent et les titres. Celle-ci, dont le père était pourtant riche comme Crésus, devait faire partie du lot. Il plaignait Enrique. Enfin, presque…

— Vous êtes donc…

— Son frère cadet.

Il s'attendait à ce qu'elle le toise d'un regard hautain, celui qu'on adresse au second en titre pour l'accession au trône. Il n'en fut rien. Son visage était à présent dénué de toute expression.

— Je ne savais pas qu'Enrique avait un frère.

— Normal, répondit-il d'un ton amusé. Ma famille préfère ne pas parler de moi.

Le majordome le rappela à l'ordre d'un discret raclement de gorge.

— La princesse fera bientôt partie de la famille, Ortiz, dit-il d'un ton ironique.

Il allait même compter les jours jusqu'à la date du mariage tant il avait hâte de pouvoir mener sa vie comme il l'entendait. Pour être parfaitement libéré de toute obligation familiale, il lui faudrait quand même attendre que naissent de cette union un ou deux héritiers.

— Elle entendra vite parler de toutes les histoires me concernant, autour d'un thé ou d'un cocktail, reprit-il. Inutile de lui cacher la vérité.

— Quelle vérité ? demanda Julianna.

— Je suis la brebis galeuse de la famille. Le vilain petit canard.

— … Qui a adopté un chat noir.

— C'est le contraire. C'est lui qui m'a choisi.

— Bienheureux est-il d'avoir pu choisir, murmura Julianna.

— Les membres des familles royales n'ont pas cette chance, c'est vrai, reconnut Alexandro.

— Manger, dormir et jouer, c'est tout ce que font les chats.

Alexandro se tourna vers le jeune homme aux cheveux bruns et bouclés qui venait de prononcer ces mots et suivait la princesse. Il n'avait pas les traits fins, mais un port altier et une élégance naturelle qu'accentuait son costume de grand couturier.

— La vie de chat me conviendrait parfaitement. Bien plus que celle de prince.

— Sauf qu'un chat ne mange pas de caviar, fit remarquer Alexandro.

— Je n'en mange pas tous les jours, répondit le jeune homme avec un sourire.

Julianna soupira.

— Prince Alexandro…

— Alexandro tout court. Je n'aime pas qu'on use de mon titre.

— Je ferais bien comme vous, dit le nouvel arrivant. Quoique le titre fasse toujours son petit effet auprès des femmes.

— C'est bien son seul intérêt.

Julianna leva les yeux au ciel.

— Vous pourrez comparer vos tableaux de chasse plus tard, messieurs. L'heure est plutôt aux présentations.

Cette réflexion rappela à Alexandro que la princesse était faite de la même étoffe que son frère Enrique. Tous deux semblaient très soucieux du protocole. Parfait, ils iraient très bien ensemble.

— Alexandro, reprit Julianna, voici Son Altesse Royale, le prince héritier Brandon, l'un de mes quatre frères cadets.

Alexandro avait peine à croire qu'ils soient frère et sœur. Brandon était aussi brun que la princesse était blonde.

— Brandon est mon demi-frère, précisa Julianna, comme si elle lisait dans ses pensées.

Ah, voilà qui expliquait tout.

Alexandro sentit soudain un parfum entêtant derrière lui. Il annonçait l'arrivée de son frère Enrique, et il s'en réjouit. Il avait hâte de repartir dans ses appartements. Il étouffait au milieu de toutes ces altesses royales

— Cela a été un grand plaisir pour moi de faire votre connaissance, dit-il en s'inclinant poliment devant Julianna. Cependant, mon frère étant là, vous voudrez bien m'excuser. Nous nous verrons plus tard au dîner.

Il s'était acquitté de sa tâche : accueillir la princesse à son arrivée... même si les circonstances avaient fortement bouleversé le protocole. Le chaton responsable dormait paisiblement au creux de son bras.

Julianna tendit une main pour caresser la boule de poils. Son sourire attendri lui illumina le visage jusqu'aux yeux. Le rythme cardiaque d'Alexandro s'accéléra. Il avait toujours eu un faible pour les yeux bleus.

— Voulez-vous le prendre ? proposa-t-il.

Julianna recula sa main aux ongles parfaitement manucurés, et son visage se ferma.

— Non, merci.

Alexandro ne savait que penser de la jeune femme. Il se retourna pour suivre son regard. Enrique venait d'entrer dans le hall et se dirigeait droit sur elle, raide et guindé. Il se fit la réflexion que si Brandon avait une allure princière naturelle, ce n'était pas le cas de son frère.

Celui-ci fit un baisemain à la princesse et la contempla avec intérêt. A ses yeux, elle représentait avant tout un apport financier non négligeable pour La Isla de la Aurora. Les femmes n'étaient pas sa priorité. Il ne leur avait jamais consacré beaucoup de temps, et la solution d'un mariage arrangé lui convenait parfaitement.

Après un instant de silence gêné, Enrique jeta un regard noir à Ortiz. Le majordome se lança aussitôt dans une présentation interminable de leurs hôtes, énumérant tous leurs titres, noms et prénoms, si nombreux qu'Alexandro ne s'en souviendrait jamais.

Enrique prit une pose ridicule, comme s'il entamait une séance photo.

— J'espère que vous avez fait bon voyage, Votre Altesse ?

— Oui, merci.

Le sourire poli de Julianna ne traduisait rien de sa première impression sur son futur mari.

— Votre palais est magnifique, ajouta-t-elle.

Alexandro trouvait le formalisme de son frère consternant. Avait-il donc oublié les leçons de charme de Mme Delgado ? Après le baisemain, il aurait dû complimenter la princesse sur sa tenue, lui donner l'impression de l'accueillir dans sa future demeure. Au lieu de cela, il la traitait comme une invitée de passage. Il est vrai qu'Enrique ne faisait jamais le moindre effort pour personne.

— Alexandro, lui dit soudain ce dernier, l'air furieux, que fais-tu dans cette tenue et, qui plus est, avec un chat ?

— Bébé chat. Je ne fais que suivre tes instructions, mon cher frère. Je suis ici pour accueillir ta charmante future épouse.

Le visage d'Enrique s'empourpra.

— Tu aurais pu prendre le temps de t'habiller !

Alexandro caressa la tête du chaton.

— Ce coquin s'est échappé de la chambre alors que je m'habillais, figure-toi. J'ai pensé que père n'aimerait pas voir un chaton se promener dans le palais. Alors, j'ai bondi pour le rattraper.

Enrique allait commencer une phrase, mais se tut aussitôt. La présence de la princesse et de sa suite le contraignaient à se contrôler.

— Je vais le ramener dans ma chambre, dit Alexandro. A ce soir pour le dîner.

— En tenue correcte, s'il te plaît. Pour le cas où tu l'aurais oublié, cela implique une chemise et des chaussures.

— Je sais ce qu'est une tenue correcte, répliqua Alexandro

en tournant les talons. Merci quand même de me l'avoir rappelé.

La tension entre les frères était perceptible.

Vingt ans plus tôt, ils se seraient battus, et Ortiz aurait appelé les gardes du palais pour les séparer. Dix ans plus tôt aussi. Mais, à présent, jamais Enrique ne s'abaisserait à se battre avec lui, même s'il en mourait visiblement d'envie.

— Alexandro, lui au moins, sait s'habiller, intervint Julianna. Ce n'est pas le cas de tous mes petits frères. Je ne sais pas ce que vous en pensez, Enrique, mais je trouve le rôle d'aîné parfois difficile.

Enrique desserra la mâchoire et reporta son attention sur elle. Alexandro était impressionné. D'une phrase, elle avait su détendre l'atmosphère.

— Il l'est, en effet, acquiesça Enrique avec un demi-sourire. Les cadets n'ont pas le sens du devoir.

Quel imbécile ! pensa Alexandro. Son frère se rendait-il compte que, par cette critique, il insultait Brandon, un prince héritier comme lui ?

— Certains l'ont, tout de même, reprit Julianna. Comme mon cher frère, par exemple.

Brandon hocha la tête en souriant. Il avait l'air plus amusé qu'offensé. Alexandro éprouvait déjà de la sympathie pour lui.

Enrique parut soudain prendre conscience de ce qu'il venait de dire.

— Je voulais parler d'Alexandro, bien sûr.

Julianna lui sourit.

— Je l'avais compris.

Alexandro se demanda si la jeune femme avait acquis cette habileté avec ses frères ou avec ses petits amis. En tout cas, personne n'avait jamais su prendre Enrique aussi finement. Même pas leur mère, qui s'était séparée de leur père des années plus tôt.

Elle serait peut-être capable de tempérer son ego et son sale caractère. Si cette jolie tête était aussi pleine qu'elle était bien faite, comme cela semblait être le cas, la princesse saurait peut-être aider Enrique à prendre de bonnes décisions, plutôt qu'à envisager des projets concourant à accroître son propre prestige mais pas forcément utiles pour l'île.

La princesse était peut-être exactement le genre de femme qu'il fallait à Enrique.

Il veillerait à ce que son frère aille jusqu'au mariage.

Pour leur bien à tous deux. Et celui de l'île.

— C'est gentil de m'avoir accompagnée jusqu'à mes appartements, dit Julianna à Enrique.

Avec ses dominantes de rose et de jaune, la pièce était lumineuse et gaie. Cela l'aiderait peut-être à retrouver un meilleur moral.

Elle était si déçue.

Enfin, il ne devrait pas être trop difficile de faire changer Enrique d'eau de toilette et de lui enseigner les bonnes manières.

Elle se força à sourire. Au fond, son sort aurait pu être bien plus pénible.

— Cette chambre est ravissante.

Enrique ouvrit les rideaux d'une des fenêtres.

— J'ai demandé à Ortiz de vous installer de ce côté, pensant que vous apprécieriez la vue sur les jardins.

Elle contempla par la fenêtre les parterres de fleurs multicolores, un magnifique mélange de rose éclatant, de jaune vif, de rouge sang. C'était beau, certes, mais elle éprouvait la même déception qu'en apprenant que son sauveur si sexy n'était pas son futur mari, mais son futur beau-frère.

Allons, elle devait prendre sur elle. Sinon, elle risquait bien de se retrouver à Alieste.

— Ce jardin est très beau, dit-elle d'un ton qu'elle voulait enthousiaste.

— J'aime m'en occuper quand je le peux. C'est mon seul passe-temps. Quand on ouvre la fenêtre, la brise transporte une senteur florale jusque dans la pièce.

— Merci d'avoir si bien choisi ma chambre. J'apprécie cette délicate attention.

Comment lui dire qu'elle aurait préféré une senteur iodée,

la vue sur la mer… et Alexandro ? Non, ce ne serait pas gentil. Enrique était un bel homme. Cependant, il ressemblait plus à un mannequin qu'à un prince avec son costume de couturier italien, sa chemise empesée, sa cravate de soie et ses chaussures en cuir à bout pointu.

S'il avait été torse nu et qu'elle s'était retrouvée contre lui dans le hall d'entrée, quel effet lui aurait-il fait ? Sûrement pas le même qu'Alexandro.

Les deux frères étaient tous deux grands, bruns et beaux. Ils avaient aussi la même couleur d'yeux. Mais c'était tout ce qu'ils avaient en commun. L'un était dangereusement sexy et d'un tempérament rebelle. L'autre était trop guindé, trop classique.

Elle avait beau avoir peu d'expérience avec les hommes, elle n'était pas idiote. Même si la pensée d'Alexandro faisait s'accélérer son rythme cardiaque, Enrique ferait sûrement un meilleur mari, un meilleur père pour ses enfants. C'était le choix logique.

De toute manière, elle n'avait pas le choix.

Elle était ici pour épouser Enrique. Un jour, elle deviendrait reine. Elle devait oublier ce qu'elle avait ressenti dans les bras d'Alexandro. Et surtout ne rien montrer de son attirance pour lui. Quant à son fiancé…

Il avait les mêmes manières, la même façon de parler que son père, soit. Mais son formalisme, sa raideur étaient peut-être dus à l'appréhension de leur rencontre. Il ne lui avait pas choisi la bonne chambre, mais il avait cru bien faire. Et, de toute façon, elle préférait l'épouser lui plutôt que n'importe quel homme d'Alieste.

S'étant ainsi raisonnée, Julianna lui adressa un charmant sourire.

— Je vous remercie de nous accueillir sous votre toit.

— Vous y serez bientôt chez vous.

Son sourire pouvait faire croire qu'elle était heureuse. Le serait-elle un jour ? Elle l'espérait de tout son cœur.

— J'ai hâte de vous retrouver pour le dîner.

— Moi aussi.

Enrique lui fit un baisemain, mais le contact de ses lèvres sur sa peau ne fit aucun effet à Julianna.

— A plus tard, ma princesse.

Quand il eut refermé la porte, elle se souvint de ses propres paroles de réconfort à la princesse Isabelle de Vernonia.

« Ce n'est pas parce que tu n'aimes pas quelqu'un au début que tu ne l'aimeras jamais. L'amour peut venir avec le temps. »

Le moment était venu pour elle de suivre ses propres conseils. Enrique ne lui inspirait aucun sentiment pour l'instant, mais il ne fallait pas confondre attirance physique et amour. La passion n'était qu'un sentiment passager ; l'amour, lui, durait bien plus longtemps Elle ne devait pas se fier à cette première impression, Ses parents n'avaient-ils pas découvert l'amour après un certain temps ?

Cependant, en attendant que sa relation avec Enrique évolue, il était plus prudent pour elle d'éviter Alexandro.

Le dîner fut tel que l'avait prévu Alexandro ; long et ennuyeux. Il aimait bien les mets raffinés, mais le temps que le dessert soit servi, il tombait de sommeil. L'interminable discussion sur les accords commerciaux internationaux aurait réussi à donner à un lapin en chaleur l'envie de faire un somme.

Julianna était assise en face de lui, à côté de son frère Brandon. Elle était éblouissante dans sa robe bleue assortie à ses yeux. La coupe en était sage, mais on pouvait deviner ses courbes appétissantes.

Il s'efforçait de ne pas la regarder. Enrique le faisait assez pour deux. Il la dévorait des yeux.

Julianna participait à la discussion, mais sa voix manquait d'entrain, Alexandro s'en fit la réflexion. Eh bien, elle serait parfaite pour son frère.

Les coquilles Saint-Jacques servies simultanément par cinq domestiques en livrée, et le pinot gris dont deux maîtres d'hôtel remplissaient régulièrement les verres, étaient irréprochables, mais que n'aurait-il donné pour manger une simple assiette de tapas et boire un pichet de sangria ?

Enrique rit à une des réflexions de Julianna. Et leur père aussi.

— Qui aurait pu imaginer que ta future épouse serait une experte en affaires ? dit le roi Dario.

— Merci pour ce compliment.

Julianna souriait, mais pas avec le regard qu'elle avait lorsqu'elle avait caressé le chaton.

— M'intéresser aux affaires est pour moi un passe-temps.

Avait-elle le génie des maths ? Ou essayait-elle d'impressionner son futur beau-père ? Alexandro la trouvait soudain moins attirante.

— Un passe-temps fort utile. Pas comme celui de certains, commenta Enrique en lui jetant un regard méprisant.

— Ma participation à la Med Cup aura des retombées positives pour l'île, j'en suis convaincu, dit-il d'un ton bravache. Prêt à parier, frangin ?

Julianna lâcha sa fourchette, qui rebondit dans son assiette et tomba à terre. Ses joues s'empourprèrent aussitôt.

Alexandro la dévisagea avec curiosité. Cette maladresse, tout à l'heure dans le hall, et à présent à table, était surprenante de la part d'une jeune princesse aussi gracieuse et posée.

Deux domestiques se précipitèrent aussitôt. L'un pour ramasser la fourchette, l'autre pour en apporter une propre.

— Merci, murmura Julianna avant de lever son verre. Vous faites de la voile, Alexandro ?

— Je fais de la voile, je construis des bateaux. Des voiliers de course. L'un de vous deux aime-t-il la voile ?

Julianna et Brandon échangèrent un regard.

— Nous l'aimons tous les deux, répondit Brandon. Nous en faisons sur les lacs et les rivières. Simplement pour le plaisir. Jamais en compétition.

Enrique fit tourner le vin dans son verre.

— Certains membres de familles royales prennent ce sport trop au sérieux. J'ai apprécié les quelques régates auxquelles j'ai pris part, mais je n'ai vraiment plus le temps d'en faire, avec mes nombreuses obligations.

— Les courses de chevaux ont beau avoir leur préférence en général, dit Brandon, nombreux sont les membres de familles royales qui ont participé aux régates des Jeux d'été pour y représenter leur pays. Et je suis certain que bien d'autres auraient aimé y prendre part.

Le roi Dario acquiesça d'un signe de tête.

— Personnellement, j'ai toujours préféré la voile à l'équitation.

— Moi aussi, se hâta d'ajouter Enrique.

Julianna se pencha en avant. Le décolleté de sa robe, en bâillant, laissa entrevoir sa jolie peau ivoire et la forme de ses seins ronds. Alexandro en fut troublé et s'obligea à détourner les yeux.

— L'un de vos voiliers est-il engagé dans la Med Cup ? lui demanda Julianna comme si elle cherchait à l'intégrer à la conversation.

Il lui était reconnaissant de son intérêt.

— Oui. Le tout dernier que j'ai conçu.

— C'est un peu risqué, non ? fit remarquer Enrique.

Alexandro haussa les épaules.

— Qui ne risque rien n'a rien.

Enrique le toisa d'un air suffisant.

— On prend les paris ?

— Mes deux fils ne sont jamais d'accord sur rien, expliqua le roi Dario. Ils passent leur temps à parier l'un contre l'autre.

— Ils me rappellent mes frères, dit Julianna.

Le sourire qui illuminait son visage coupa le souffle à Alexandro. Elle ressemblait ainsi davantage à la femme qu'il avait tenue dans ses bras qu'à la princesse trop sérieuse de tout à l'heure.

— Brandon s'est assagi. Il est devenu plus raisonnable que les trois plus jeunes.

Brandon leva son verre.

— Merci à toi de le reconnaître.

— Et vous-même, participerez-vous à la course, Alexandro ? reprit Julianna.

Elle semblait non seulement intéressée mais curieuse.

— Sans doute. Si j'arrive à réunir un bon équipage. Remarquez, mon voilier se manie aisément.

— Drôle d'engin de course, persifla Enrique.

— Les meilleurs bateaux n'ont pas besoin d'équipages importants, répliqua Julianna, l'œil animé. Cette course sera sûrement passionnante.

Alexandro crut percevoir une pointe de regret dans sa voix.

— Courir sur un voilier est toujours très excitant. Je serai heureux de vous emmener tous sur le mien, ainsi vous pourrez en apprécier les qualités.

Julianna se redressa sur sa chaise. Brandon sourit.

— Merci. C'est tentant.

— Oui, mais il n'en est pas question pour l'instant, intervint Enrique. Et je n'ai pas besoin de monter sur ton bateau, Alexandro, pour deviner l'issue de la compétition.

— Assez parlé de voile, déclara le roi Dario. Nous avons des choses plus importantes à discuter, comme vos projets de mariage. Le roi Alaric dit que les fiançailles n'ont pas besoin de se prolonger.

— Notre père trouve le contrat satisfaisant, dit Brandon. Et vous laisse choisir la date du mariage. Il s'en accommodera.

— Parfait, déclara Dario avec un sourire réjoui. Vous voulez vous marier rapidement ?

Enrique et Julianna se sourirent, mais aucun des deux ne répondit.

— Si je puis faire une suggestion, père, intervint Alexandro.

— Vas-y.

— Le mariage pourrait avoir lieu huit jours après la fin de la Med Cup.

— C'est très court comme délai. Et pourquoi donc ?

— Parce que je n'ai jamais vu deux personnes autant faites l'une pour l'autre, répondit Alexandro.

Ces mots lui écorchaient la bouche, mais plus vite Julianna et Enrique seraient mariés, plus vite il serait libre de toute obligation.

— Et si le mariage a lieu après la Med Cup, j'aurai l'esprit plus libre pour me consacrer à mon rôle de témoin.

— Excellente suggestion, commenta le roi Dario. Enrique ? Julianna ? Cela vous conviendrait-il ?

— Moi oui, répondit Enrique en contemplant Julianna. J'ai hâte de me marier.

— Moi aussi, renchérit Julianna, comme si elle le pensait.

Le monarque frappa dans ses mains.

— Très bien. J'appellerai le roi Alaric demain matin.

— Et moi, je vais m'occuper de planifier notre voyage de noces.

Alexandro déglutit. Imaginer Julianna dans le lit de son frère lui faisait mal au cœur. Cependant, il fallait bien des héritiers pour que son père le laisse enfin tranquille.

Julianna ne semblait pas mécontente. Une roseur charmante envahit son cou gracile.

Il se souvenait de ce qu'Enrique lui avait dit de la fille du roi Alaric : elle était encore vierge. Cela lui paraissait impossible, à moins que le roi n'ait dépensé des sommes folles en gardes du corps pour veiller sur sa vertu. Il est vrai que son apparente maîtrise d'elle-même laissait supposer une certaine froideur. La princesse était-elle capable de passion ?

Alexandro ne pouvait oublier la façon dont elle s'était abandonnée dans ses bras, ni les battements désordonnés de son cœur quand il l'avait serrée contre lui. Pas plus que son enthousiasme et son regard brillant quand ils avaient parlé de voile. Seule une comédienne accomplie pouvait feindre un tel intérêt.

Peut-être fallait-il mieux la connaître pour savoir qui elle était vraiment ?

Mais de toute façon, ce n'était pas son problème.

3

Après le dîner, Julianna sortit sur la terrasse.

Les cigales chantaient. Les feuilles des palmiers se balançaient dans le vent. La température s'était rafraîchie, mais le port d'un gilet était encore superflu.

Elle jeta un coup d'œil à l'intérieur du salon. Brandon buvait un verre de cognac en compagnie du roi Dario. Enrique devait être encore au téléphone avec l'ambassadeur des Etats-Unis.

Elle appréciait ce moment de solitude après l'ennuyeuse conversation du dîner. Heureusement le dernier sujet abordé avait été beaucoup plus intéressant.

Les mains sur la rambarde, elle leva les yeux vers le ciel étoilé. La lune était presque pleine. Elle sourit. Peut-être finirait-elle par trouver le bonheur, après tout.

Enrique avait refusé la sortie en mer proposée, mais en précisant « pas pour le moment ». Cela laissait donc bon espoir à Julianna. Il avait déjà couru sur des voiliers de course, quant à Alexandro, il en construisait, et le mariage aurait lieu quinze jours plus tard.

Non seulement, elle entrait dans une famille qui appréciait la voile, mais en épousant Enrique, elle n'aurait plus jamais à se soumettre aux ordres de son père. Sur La Isla de la Aurora, elle serait libre de faire ce qui lui plairait. Et accéder au titre de reine lui permettrait d'aider Brandon à sortir le royaume d'Alieste de son terrible immobilisme. Peut-être pourrait-elle ainsi marcher sur les pas de sa mère ?

Elle retournerait à Alieste de temps à autre, mais elle

n'aurait plus à se soumettre à ses coutumes archaïques et ses lois restrictives pour les femmes.

Son seul regret était de faire un mariage de raison. Mais elle voulait croire qu'elle finirait un jour par aimer Enrique et réciproquement.

— Je sais que cela va marcher, dit-elle à voix haute.

— Quoi donc ? demanda quelqu'un derrière elle.

Julianna sursauta.

— Qui est là ? murmura-t-elle en scrutant les ténèbres.

— Désolé. Je ne voulais pas vous faire peur.

Elle aperçut alors Alexandro en haut de l'escalier qui menait à la terrasse.

— Bonsoir, Julianna.

Elle sentit les battements de son cœur s'accélérer et dut lutter contre son attirance pour lui. Avec sa barbe de trois jours, il avait tout d'un séduisant pirate. Elle l'imaginait bien à la barre de son voilier lancé à la poursuite d'une cargaison d'or ou de jolies filles.

Il avait retiré sa veste et sa cravate, ouvert son col de chemise, roulé ses manches, et il était pieds nus.

— Depuis combien de temps êtes-vous là ? demanda-t-elle.

— Assez longtemps pour vous avoir entendue rire.

— Si j'avais su…

Il l'avait rejointe et se tenait près d'elle. Trop près…

— Ne vous excusez pas d'être heureuse.

Le mot était un peu fort, et parler de bonheur était prématuré. Néanmoins, Julianna était reconnaissante à Alexandro d'être intervenu sur la date de son mariage.

— Merci d'avoir suggéré des fiançailles pas trop longues.

— Vous craignez de changer d'avis ?

— Non, mais je crains qu'Enrique change d'avis.

— Ça ne risque pas d'arriver. Il faudrait qu'il soit idiot pour ne pas vouloir vous épouser.

Ce compliment fit chaud au cœur de Julianna. L'opinion d'Alexandro aurait dû lui être égale. Mais, bizarrement, elle y attachait de l'importance.

— L'intelligence n'est pas forcément la qualité première d'un prince.

Alexandro éclata de rire, un rire chaud qui fit monter la température de Julianna de plusieurs degrés.

— Vous êtes une contradiction ambulante, Julianna. Vous offrez l'image d'une princesse soumise et consciente de ses devoirs et par moments, derrière cette façade, on devine…

Pleine de curiosité, elle demanda :

— Quoi donc ? Que devine-t-on ?

— Que vous n'êtes pas la princesse parfaite que vous semblez être.

Ce fut au tour de Julianna d'éclater de rire. Alexandro l'avait percée à jour…

— Les femmes sont considérées à Alieste comme des citoyens de second ordre. Si nous ne nous soumettons pas aux hommes qui nous entourent, il faut en assumer les conséquences. Nous avons donc appris à obéir. Mais cela ne veut pas dire que nous n'avons pas les mêmes rêves, les mêmes aspirations, le même sens de l'humour que les femmes qui vivent dans des pays plus évolués, comme cette île par exemple.

— C'est bien ce que je disais. Il y a en vous deux personnes très différentes.

— Dois-je prendre cela pour un compliment ?

— C'en est un.

Alexandro jeta un coup d'œil à l'intérieur du salon. Enrique était installé avec les autres, un verre de cognac à la main.

— Tiens, votre fiancé est revenu. Je ferais mieux de vous laisser. Je ne voudrais pas qu'il pense que j'essaie de lui souffler sa future épouse.

Alexandro en était-il capable ? Le pouls de Julianna s'accéléra.

Stop ! se dit-elle. *Ça suffit, les rêves de midinette !*

Elle releva le menton.

— Pourquoi le penserait-il ? Lui avez-vous déjà piqué des petites amies ?

— Non, jamais. Nous n'avons pas les mêmes goûts en matière de femmes.

Le regard de connaisseur d'Alexandro aurait dû la mettre mal à l'aise. Pourtant, contre toute attente, elle appréciait de se sentir sexy à ses yeux, comme jamais auparavant ça ne lui était arrivé. Elle s'humecta légèrement les lèvres.

— Serait-ce à cause de votre réputation de séducteur ?

Alexandro eut un sourire amusé.

— Ce qu'on raconte sur moi est exagéré. Et il s'agit souvent de purs ragots…

— Ayant sans doute pour origine la jalousie.

Alexandro la regarda avec curiosité.

— En avez-vous déjà été victime, vous aussi ?

— Oh non ! Je suis une princesse tout à fait irréprochable.

— Mais un peu manipulatrice, peut-être.

— Non, simplement rompue aux bonnes manières et désireuse de préserver l'entente autour de moi.

— N'empêche que vous vous rabaissez en faisant croire que votre intérêt pour le commerce international n'est qu'un simple passe-temps.

Elle se sentit prise au piège. Ce beau prince aux pieds nus était bien trop perspicace. Elle devrait surveiller ses paroles.

— Dans mon pays, les femmes n'ont que peu accès aux études supérieures et aux postes importants. J'ai eu plus de chance que les autres en ayant la possibilité de voyager à l'étranger et… disons, d'élargir mes connaissances. Mais à Alieste, on ne demande pas à la princesse d'étaler sa culture.

Alexandro éclata de rire. Le pétillement de son regard fit fondre Julianna.

— Vous serez parfaite pour Enrique. Vous allez l'empêcher de s'endormir sur ses lauriers. Mais cela ne lui déplaira pas.

— Je l'espère bien. Et qu'en est-il de vous ? Cela ne vous dérange pas de ne plus être le second en ligne pour l'accession au trône, si Enrique et moi avons des enfants ?

Elle adorait ce bavardage en toute simplicité avec Alexandro. Il jeta un autre coup d'œil à l'intérieur du salon et recula vers l'escalier.

— Plus vous en aurez, plus je serai heureux. Il y a des années que j'ai envie d'avoir des petits neveux.

Il semblait sincère. Dommage qu'il ne veuille pas l'épouser ! Allons, cette pensée était stupide ! Son père ne voudrait jamais d'un gendre comme Alexandro et, par ailleurs, c'est en devenant reine d'un autre pays qu'elle pourrait le mieux aider Brandon et servir les intérêts d'Alieste.

— Vous êtes trop chou.

— Le chaton est chou. Pas moi.

Alexandro descendit deux marches.

— Voilà Enrique. Il est temps que je me retire dans l'ombre.

Que signifiaient ces paroles ambiguës ? Elle le regarda disparaître au pied de l'escalier tandis qu'un bruit de pas se faisait entendre derrière elle. Elle reconnut aussitôt le parfum entêtant d'Enrique.

— Votre conversation téléphonique s'est conclue comme vous le souhaitiez ?

— Oui, répondit-il en venant s'accouder près d'elle à la rambarde. Mais ne vous souciez donc pas des affaires d'Etat. Vous ne devez penser qu'à notre mariage.

— J'y pensais. Et à nos futurs enfants, aussi.

Elle se demanda si Alexandro écoutait leur conversation. Cela ne l'aurait pas dérangée. Elle se surprit à regretter sa présence auprès d'elle à la place d'Enrique.

— Je vois que nous sommes faits pour nous entendre.

Enrique posa sa main sur celle de Julianna. Elle était douce. Pas calleuse comme celle d'un jardinier… ou celle d'un marin.

— Mon père serait heureux d'avoir des héritiers, ajouta-t-il.

— Le mien aussi.

Son devoir était d'assurer une descendance. Mais si Julianna voulait des enfants, c'était aussi pour elle. Elle s'était occupée de ses petits frères avec leurs gouvernantes. Et elle comptait bien s'impliquer davantage dans l'éducation de ses propres enfants que ne l'avait fait sa belle-mère.

— Aussitôt mariés, nous devrons songer à fonder une famille.

Son ton suggestif et la pensée d'une relation sexuelle avec Enrique la firent frissonner. Le sujet n'avait jamais été abordé avec ses précédents fiancés. La question de la descendance était implicite.

— J'aimerais avoir quatre enfants au moins, dit-elle.

Enrique replaça une mèche de cheveux derrière son oreille.

— J'espère qu'ils vous ressembleront…

C'était un compliment, mais il ne lui fit pas du tout le même effet que ceux d'Alexandro.

— Merci, dit-elle pourtant. C'est gentil.

— Mon frère sera ravi de savoir que vous voulez autant d'enfants. Il a tellement hâte de se trouver le plus loin possible de l'accession au trône. S'il pouvait renoncer à son titre, il le ferait sans hésiter.

— Cela me paraîtrait excessif. Mais il est vrai qu'il veut pouvoir s'occuper de son chantier naval.

Quelle chance il avait de pouvoir réaliser son rêve.

— Rien d'autre ne lui importe que ses fichus bateaux. Il travaille de ses mains et trime comme un roturier, alors que son statut de membre de la famille royale suffirait amplement à assurer le développement de son chantier naval.

Le ton critique d'Enrique n'étonnait pas Julianna. Les deux frères semblaient en lutte perpétuelle.

— Si Alexandro remporte la Med Cup, cela lui assurera le respect de tous et lui apportera de nouveaux clients.

— Il ne peut pas gagner avec un tout nouveau voilier. La concurrence est rude. Les meilleurs équipages en lice courront sur des modèles déjà éprouvés. C'est dommage qu'il soit aussi têtu et ne se serve pas du même voilier que l'année dernière. Mais il lui faut toujours mieux, toujours plus nouveau. C'est aussi pour cela qu'à mon avis il ne se mariera jamais. Parce que, avec les femmes, c'est pareil. Il change de petite amie comme il change de voiture.

Ce portrait d'Alexandro n'était pas très flatteur. Correspondait-il à la réalité ou était-ce une des rumeurs colportées sur son compte ? Quoi qu'il en soit, Julianna devait essayer de travailler au rapprochement des deux frères. Une idée lui vint.

— Pourquoi ne pas courir vous-même sur son voilier de l'année dernière ?

— Il y a bien longtemps que je ne cours plus. Mes obligations ne m'en laissent pas le temps.

Cette réponse sans appel refroidit aussitôt son enthousiasme.

— Ce n'était qu'une suggestion, dit-elle d'une voix hésitante.

— Par ailleurs, les courses en pleine mer ne sont pas sans risques, reprit Enrique. A ce propos, votre père m'a dit qu'il vous avait interdit de naviguer sur l'océan. C'est la raison pour laquelle j'ai décliné la proposition d'Alexandro tout à l'heure.

— Brandon et vous auriez pu y aller.

— Pas sans vous.

Julianna ne put qu'apprécier la courtoisie d'Enrique.

— Votre père m'a parlé du tragique accident dont votre mère avait été victime. Quel drame affreux !

Elle se doutait qu'il y avait eu échange d'informations lors de la négociation de son contrat de mariage, mais elle ignorait ce qui s'était dit exactement.

— Cet accident n'aurait jamais dû arriver.

— Quelles qu'en aient été les circonstances, la perte de son épouse a beaucoup affecté votre père.

— On m'a dit qu'il avait beaucoup changé après sa mort. Car il aimait sincèrement ma mère.

— Comme il vous aime, vous aussi.

Julianna était heureuse d'entendre que tous les sacrifices qu'elle avait consentis pour être à la hauteur des espérances de son père, de sa famille et de son pays, n'avaient pas été vains.

— Il lui a fallu un grand courage pour se remettre de cette tragédie, poursuivit Enrique.

Elle apprécia son ton admiratif.

— Mon père est roi. C'est un homme fort. Il a pleuré la mort de son épouse, mais il s'est remarié moins d'un an après. Il lui fallait un héritier. Et à moi une mère.

— C'est compréhensible.

Julianna se demanda si Enrique en ferait autant si elle-même venait à mourir. Probablement.

— Les mentalités semblent plus évoluées sur La Isla de la Aurora.

— Oui. Mais nous sommes encore vieux jeu sur certains points. Ne vous inquiétez pas, je compte bien faire en sorte que vous vous plaisiez ici, Julianna.

— Mon père m'a dit que ce serait à vous de décider si j'aurai le droit de naviguer en mer après notre mariage. Y avez-vous déjà réfléchi ?

— Oui. Nous en avons effectivement discuté avec lui. Et j'ai déjà pris ma décision.

Elle attendait, le cœur battant. *Dites oui, je vous en prie, dites oui.*

Enrique lui pressa doucement la main.

— Naviguer en mer est trop dangereux.

Julianna eut bien du mal à cacher sa déception.

— Mais je suis prudente de nature. Je ne suis pas du genre à prendre des risques inutiles.

— Le temps peut changer très vite. Les meilleurs marins du monde ne sont pas eux-mêmes à l'abri d'une tempête.

Désespérée, Julianna tenta une autre approche pour convaincre Enrique.

— La voile est un loisir agréable. Nous pourrions en faire ensemble dès que vous aurez un moment de liberté.

— Je n'ai pas beaucoup de temps pour moi, vous savez.

— Pas même une fois pour me faire plaisir.

— Nous nous connaissons à peine, Julianna, mais je comprends le point de vue de votre père. Vous allez être la mère de mes enfants, mon épouse, ma reine. Je ne voudrais pas qu'il vous arrive quoi que ce soit, comme à votre mère.

Malgré son immense déception, Julianna resta très digne. La vie serait toujours plus agréable ici qu'à Alieste.

— Je n'aurai donc le droit de faire du bateau que sur les lacs et les rivières ?

— J'ai vu ce que sa passion pour la voile a fait de mon frère. Et ce sport a tué votre mère… Aussi, lorsque vous serez ma femme, je ne veux plus vous voir sur un voilier.

Julianna en eut le souffle coupé. Les larmes lui montèrent aux yeux, et elle se cramponna à la rambarde.

— Mais j'ai toujours eu le droit de faire de la voile ! s'écria-t-elle. Seule la navigation en mer m'était interdite.

— Telle était la décision de votre père. La mienne est différente, dit Enrique d'une voix ferme. Un point c'est tout.

Julianna sentit son cœur se serrer. Le ton sans appel

d'Enrique lui disait qu'elle était passée de l'état de soumission à son père à celui de soumission à son futur mari. Sa liberté serait entravée ici aussi.

— Allons, lui dit Enrique, ne considérez pas cette décision comme un acte de cruauté.

— De quoi s'agit-il dans ce cas ?

— Je veux vous aider à mûrir, c'est tout. Il est temps de grandir et de renoncer aux caprices d'enfant, Julianna. C'est vous qui considérez que la pratique de la voile est bonne pour vous, mais je me suis laissé dire qu'elle vous entraînait sur une mauvaise pente.

— Qu'ai-je donc fait de mal ?

— Vous avez embrassé le prince Niko lors d'une sortie en voilier.

— Et alors ? Ce n'était qu'un baiser. Et nous étions fiancés.

— On m'a aussi rapporté d'autres histoires, répliqua Enrique calmement, comme s'ils discutaient affaires et non de sa vie. Cette attitude est inacceptable de la part d'une future reine. Vous devez prendre conscience des nouvelles responsabilités qui vous incomberont à ce titre.

Julianna se rendait compte que pour le bien d'Alieste, sa vie à venir serait une bataille de tous les jours. Ici aussi, elle allait manquer de liberté.

— Et qu'aurai-je à faire avant tout ?

— Une fois devenue ma femme, vous devrez me donner des héritiers.

Cela, c'était une chose entendue.

— Et quoi d'autre ?

— Vous aurez le comportement irréprochable d'une reine qui mérite le respect de son peuple. Dans votre intérêt, vous vous contenterez de faire ce que je vous dis et vous ne prendrez aucune initiative susceptible de porter atteinte à notre honneur.

Et l'harmonie de leur couple ? Il n'en parlait même pas. Ainsi, il entendait lui donner des ordres sans se soucier de ce qu'elle pensait. Comment l'amour pourrait-il naître d'une telle relation ?

La gorge serrée, elle se demanda ce qu'elle devait faire.

Retourner à Alieste et épouser un noble quelconque serait le pire des choix pour elle, pour Brandon, pour son pays et pour ses futurs enfants.

D'autres femmes se seraient peut-être rebellées. Mais pas elle. Si elle fuyait ses responsabilités, elle encourrait la disgrâce, son père interdirait à ses frères de la voir. Et il jetterait ouvertement l'opprobre sur elle. La vie deviendrait encore plus difficile pour les femmes de son pays. Elle ne pouvait pas renoncer à tous ses sacrifices passés pour défendre leur condition, ni à l'amour et l'estime de sa famille.

Il ne lui restait pas d'autre choix que d'épouser Enrique.

Pense à l'avenir et aux tiens, se dit-elle le cœur gros.

Elle devait garder à l'esprit que ce mariage serait pour elle un moyen d'aider Brandon et Alieste. Ses enfants seraient plus heureux sur l'île, ils auraient de meilleures chances dans la vie. Et elle se féliciterait peut-être un jour d'avoir pris la bonne décision. Mais, pour l'instant, s'y résigner était… douloureux.

Assis par terre dans son ancienne chambre située au rez-de-chaussée du palais, Alexandro n'arrivait pas à se détendre. Le fait d'être de retour en ces lieux n'était pas la seule cause de sa nervosité. Il y en avait une autre qui avait pour nom Julianna.

Il se demanda pourquoi elle lui avait tout d'abord donné l'image d'une jeune femme glaciale, alors qu'elle venait de se montrer tout à fait naturelle et chaleureuse avec lui.

Il déplaça distraitement le pointeur laser qu'il tenait dans sa main, et le chaton bondit pour essayer d'attraper le point lumineux. Quand il était adolescent, son père postait toujours un garde devant la porte arrière de la chambre pour l'empêcher de rejoindre la plage à toute heure. Ce soir, au moins, personne ne le surveillait.

Au bout d'un moment, le chaton s'installa en boule sur le tapis et s'endormit en ronronnant.

Comme Alexandro se levait pour s'asseoir dans un fauteuil, il vit passer un éclair bleuté derrière la porte-fenêtre. Du même bleu que la robe de Julianna. Il s'approcha pour mieux voir. Elle s'éloignait en courant sur le sentier menant à la plage. Sa silhouette légère paraissait presque irréelle sous le ciel étoilé. Que faisait-elle donc dehors à 11 heures du soir ?

En quoi cela le regardait-il ? Et d'ailleurs, elle n'était pas son type de femme. Cependant, le fait qu'elle ne soit accompagnée ni par Enrique ni par un garde du corps l'inquiétait. Elle risquait de se perdre dans la nuit…

Une petite voix intérieure lui souffla qu'elle ne risquait pas grand-chose sur un sentier éclairé. Pourtant, il sortit par la porte-fenêtre et suivit la princesse de loin sur le chemin bordé de plantes odorantes. Se pouvait-il qu'elle ait décidé d'aller voir la mer de plus près ? Ou de prendre un bain de minuit ? Cette pensée lui fit presser le pas.

Le sentier éclairé débouchait sur la plage. Les pieds nus d'Alexandro s'enfoncèrent dans le sable. Dans le clair de lune, il vit Julianna au bord de l'eau, ses escarpins à la main. Le bas de sa robe longue traînait sur le sable, le vent faisait voler ses longs cheveux blonds. Les vagues qui venaient s'écraser à ses pieds ne la faisaient pas reculer.

Etait-elle fascinée par la mer ? Ou perdue dans ses rêves ? A qui pensait-elle donc ? A lui ?

Allons donc ! Ce devait être à Enrique, son fiancé. Lui, Alexandro, n'avait rien à faire là. Pourtant, il restait immobile à la regarder.

Non parce que sa robe de soie moulante épousait ses formes parfaites, ni parce que le vent en la soulevant légèrement laissait deviner ses jambes fuselées. Non, s'il était là, c'était pour veiller sur elle. La bande de sable n'était accessible que du palais ou de la mer. Il n'y avait aucun bateau à l'horizon ; uniquement le reflet argenté de la lune sur les vagues.

Il mourait d'envie de la rejoindre, de la prendre dans ses bras, de l'embrasser, de la sentir contre lui. Allons donc ! Il divaguait. Cette femme était sa future belle-sœur, la mère de ses neveux et nièces à venir, la prochaine reine…

Il devait faire demi-tour immédiatement.

Ce qu'il vit alors lui serra le cœur : Julianna se laissa

tomber dans le sable, la tête entre les mains, et il crut l'entendre sangloter.

Ses multiples aventures sentimentales lui avaient appris au moins une chose : une femme qui pleure est souvent source de problèmes. Néanmoins, il se rapprocha du bord de l'eau, comme aimanté par une force invisible.

— Julianna.

Elle ne releva pas la tête.

— Laissez-moi, s'il vous plaît, murmura-t-elle.

Sa voix était brisée, mais elle restait polie. Et digne, comme une vraie princesse. Le respect qu'elle inspirait à Alexandro monta encore d'un cran.

— Il n'en est pas question.

— Alors, je vais faire comme si vous n'étiez pas là.

— Ce n'est pas grave, dit-il en se laissant choir sur le sable près d'elle. La pratique de la voile m'a enseigné la patience. Au début, quand le vent tombait d'un coup et m'empêchait de revenir vers le rivage, cela me rendait fou ; et puis j'ai appris à savourer ces moments de calme forcé.

Julianna restait silencieuse.

Alexandro se mit à dessiner sur le sable. Un voilier. Un crabe. Un cœur. Il effaçait ensuite ses dessins d'un revers de main.

— Vous êtes toujours là ? demanda Julianna en le cherchant des yeux.

— Bien sûr, dit-il en levant la tête pour la regarder.

Des larmes ruisselaient sur ses joues. En voyant ses yeux gonflés, il éprouva de nouveau le désir de la prendre dans ses bras et de l'embrasser jusqu'à ce qu'elle lui sourie.

— Je suis aussi têtu que certains autres membres de ma famille.

Julianna renifla délicatement. Elle paraissait si vulnérable.

— Quand vous vous sentirez prête à parler…

Les larmes de la jeune femme redoublèrent. Elle semblait dévastée par le chagrin. Alexandro, qui se sentait impuissant devant tant de désespoir, se demanda ce qu'il pouvait faire.

Sans réfléchir, il l'attira contre lui. Elle se raidit d'abord, puis finit par se laisser aller, la tête sur son épaule. Il se mit à lui frotter doucement le dos, comme sa mère le faisait quand, enfant, il pleurait à cause d'une bagarre avec Enrique ou d'une parole trop dure de son père.

Les larmes de Julianna continuaient de couler, mais Alexandro s'en moquait. Bien sûr, il aurait préféré la tenir contre lui dans d'autres circonstances, mais il savait que c'était impossible. Elle avait un fiancé. Et ce dont elle avait besoin ce soir, c'était d'un ami.

Il décida aussitôt qu'il serait cet ami.

— Merci, murmura-t-elle au bout d'un moment. Je suis désolée. Je n'ai pas l'habitude de me laisser aller ainsi.

Alexandro écarta doucement les mèches collées sur ses joues.

— Allons, vous êtes dans mes bras. Oublions donc les cérémonies.

Elle le regarda, et il songea que même avec les yeux rouges elle était belle.

Attention, danger ! Bientôt elle sera ta belle-sœur, se dit-il alors.

Julianna s'écarta doucement, et il regretta aussitôt la chaleur de son corps.

— Dites-moi ce qui ne va pas, demanda-t-il.

Elle regardait fixement la mer.

— Avez-vous entendu ce que nous nous sommes dit tout à l'heure quand Enrique m'a rejointe sur la terrasse ?

— Pas du tout.

Il regrettait de ne pas l'avoir fait.

Elle prit une profonde inspiration et expliqua d'une petite voix :

— En venant ici pour épouser Enrique, je pensais que la vie serait plus agréable pour moi sur cette île qu'à Alieste…

— Et ?

— C'est difficile à expliquer. Vous souvenez-vous, au cours du dîner, de nous avoir demandé à Brandon et à moi si nous aimions la voile ?

Il fit oui d'un signe de tête.

— C'est Brandon qui vous a répondu, parce qu'il sait

combien j'aime la voile et qu'il devait craindre, si je me lançais sur ce sujet, qu'on ne puisse plus m'arrêter. La voile est pour moi une véritable passion. Il n'y a que sur un bateau que je me sens moi-même. Et que je laisse de côté mon rôle de princesse, de fille soumise, de sœur dévouée.

Son désir d'indépendance et son envie de se libérer des chaînes que lui imposait son statut de princesse faisaient écho aux rêves d'Alexandro. Sous ses airs de princesse parfaite, elle était aussi rebelle que lui.

— Je sais exactement ce que vous ressentez, lui dit-il.

— Je vous crois. Mon père ne m'a jamais autorisée à partir en mer à cause de l'accident fatal survenu à ma mère durant une régate. C'est pour cette raison qu'Enrique a décliné votre invitation à venir sur votre voilier. Mon père m'a dit que lorsque je serais mariée, ce serait à mon époux qu'appartiendrait la décision de me laisser faire de la voile ou pas.

— Mais nous sommes sur une île ! dit-il d'un ton étonné.

— Quand il m'a rejointe sur la terrasse, j'ai demandé son avis à Enrique, poursuivit Julianna. Et il m'a strictement interdit de naviguer. Que ce soit sur l'océan ou sur un plan d'eau. Selon lui, la voile n'est pas un sport digne d'une future reine.

Des larmes brillaient dans ses yeux. Alexandro en voulut à son frère pour son comportement incompréhensible. Quel imbécile il faisait !

— Il a peut-être dit cela sans réfléchir, avança-t-il d'un ton hésitant.

— Non, je vous assure, il était très sérieux.

— Enrique est parfois dur et blessant, mais ce n'est pas un monstre. Il finira par changer d'avis.

— Je ne le crois pas.

Alexandro sentit son cœur se serrer.

— Je lui parlerai. Je lui dirai à quel point la voile est importante pour vous.

— Non. N'en faites rien, il pourrait renoncer à m'épouser…

Alexandro doutait grandement qu'il renonce à épouser Julianna, vu sa dot. Mais, à ses yeux, le plus grand atout de la princesse, sous sa façade froide et raisonnable, c'était sa personnalité passionnée. La Isla de la Aurora méritait une reine comme elle. En revanche, Enrique ne la méritait pas comme femme.

— Demandez l'annulation du contrat de mariage.

Ces paroles lui avaient échappé.

— Je ne peux pas.

— Et j'imagine que vous ne le ferez pas.

— Si je ne me marie pas avec Enrique, je devrai retourner à Alieste et épouser le fils d'un des membres du Conseil des anciens. Dans notre royaume, il est contraire à la loi de désobéir à son mari. Je préfère élever mes enfants dans un pays plus moderne. Comme l'est le vôtre… du moins en théorie. Mais si tel est mon destin, je devrai m'y soumettre.

Elle paraissait désespérée. Pour Alexandro, Julianna méritait d'être heureuse, de goûter enfin à la liberté.

— Pas si vite. En dehors de quelques conservateurs purs et durs, La Isla de la Aurora est un pays progressiste. Et ses lois aussi. Enrique ne peut pas vous enfermer dans un donjon si vous allez faire de la voile sans son accord.

— Ses interdictions ne concerneront pas que la voile.

— Il y a quinze ans, ma mère en a eu assez et a quitté l'île. La séparation est toujours possible, même au sein de la noblesse.

— Les mentalités sont donc bien plus évoluées que chez moi.

Julianna sécha ses larmes.

— J'espérais pouvoir me servir de ma position de reine d'un autre pays pour inciter le mien à se moderniser.

— Ces sentiments vous honorent. Allons, Julianna, ne désespérez pas. Mon frère a voulu tester son pouvoir sur vous comme il l'a souvent fait avec moi. Mais il se laissera fléchir. Et votre vie ici sera moins terrible que ce que vous craignez. Vous aurez des obligations, bien sûr, mais vous pourrez aussi faire ce que vous désirez, y compris aider votre pays et sortir en voilier.

Cependant Julianna semblait toujours aussi abattue.

— Si je le défie, Enrique risque d'annuler le mariage. Et je devrai retourner à Alieste.

Voyant qu'il ne parviendrait pas à la faire changer d'avis sur ce sujet Alexandro préféra détourner la conversation.

— Au fait, je ne vois pas de bague à votre doigt.

— Non, pas encore.

Tout à coup, le visage de Julianna s'éclaircit.

— Mais, j'y pense. Je ne suis pas encore mariée !

— Bien sûr que non. Et alors ?

Elle adressa une supplique muette à Alexandro qui finit par comprendre ce qu'elle tentait de lui faire deviner.

— Non, non, protesta-t-il, je ne veux pas être impliqué là-dedans !

— Vous l'êtes déjà. Tout ce que je veux, c'est sortir en voilier une dernière fois.

Elle s'était rapprochée de lui. Son parfum délicieux le fit vaciller. Il recula.

— Si votre père découvre que vous lui avez désobéi…

— Il n'en saura rien. Et je sais qu'Enrique ne changera jamais d'avis. J'ai bien vu son regard. Alors, une dernière fois avant mon mariage… S'il vous plaît.

Alexandro avait honte d'être aussi égoïste. Braver les interdits ne lui avait jamais fait peur. Mais cette fois, c'était sa propre liberté qui était en jeu. Il fallait à tout prix qu'Enrique et Julianna se marient et qu'ils aient des enfants.

— Je suis désolé, mais je ne veux pas vous créer d'ennuis.

Malgré sa déception apparente, Julianna redressa les épaules et rejeta ses cheveux en arrière.

— Eh bien soit, j'arriverai bien à trouver un bateau…

Il l'en croyait capable. Il l'imagina marchant d'un pas décidé vers la marina et montant avec le premier marin prêt à l'embarquer sur son voilier…

— La voile, c'est vraiment si vital pour vous ?

— Oh oui !…

Bien qu'il ait les meilleures raisons du monde pour refuser sa requête, il se sentit totalement démuni devant ses yeux bleus qui le suppliaient.

— Je vous en prie, Alexandro, aidez-moi.

— Je ne devrais pas. Mais, d'un autre côté, l'idée d'aller contre la volonté de mon frère ne me déplaît pas.

— Alors, c'est oui ?

4

« C'est oui. Je vous emmènerai en voilier demain soir. »

Julianna s'était endormie la veille avec les paroles d'Alexandro dans la tête et, au matin, elle se réveilla en souriant.

Les rayons du soleil entraient à flots par les fenêtres. Elle roula d'un côté à l'autre du grand lit. Elle avait tellement hâte d'être au soir. Evidemment, elle devrait veiller à ne pas se faire surprendre…

Allons, n'y pense pas !

Cette sortie en voilier serait sans doute son premier — et son seul — acte de rébellion. Toute sa vie, elle s'était conformée à ce qu'on lui demandait pour le bien supposé d'Alieste.

Elle rabattit le drap en coton d'Egypte, se leva, et posa ses pieds nus sur le tapis persan. L'ameublement de la chambre comme de tout le palais était d'un luxe inouï.

Yvette avait disposé ses accessoires de toilette sur la tablette en marbre de la salle de bains. La robinetterie en plaqué or ressemblait à celle de tous les châteaux où Julianna avait déjà séjourné. Pourquoi les architectes des demeures royales ne faisaient-ils jamais preuve d'originalité et d'un peu de fantaisie ? Parce que la royauté en était dépourvue, sans doute…

Elle se regarda dans la glace. Aujourd'hui, elle aurait toute la journée le comportement posé qu'on attendait d'elle. Mais dans son for intérieur, elle compterait les heures.

Ce soir, elle goûterait pour la première fois de sa vie à la liberté. Mais, au fond, savait-elle ce qu'était la vraie liberté ?

La sienne s'était jusqu'à présent limitée au droit de choisir sa nourriture — en dehors des repas officiels —, ses livres — en dehors des lectures imposées —, et ses vêtements.

Ne plus se sentir soumise aux attentes d'un père trop protecteur et d'un pays trop conservateur serait certainement bien agréable.

Après sa discussion de la veille avec Alexandro, elle avait pris une décision. Ce soir, elle s'offrirait un dernier plaisir, et dès demain, elle redeviendrait une princesse soumise. Elle épouserait Enrique après la Med Cup et attendrait d'avoir des enfants pour asseoir ses positions et essayer de convaincre son époux de l'aider à faire évoluer les mentalités dans son propre pays.

Trente minutes plus tard, sa femme de chambre lui passait autour du cou un collier fait de perles et de diamants.

— Bravo pour votre bon goût, Yvette, la félicita-t-elle. Vous avez l'art de trouver le bon accessoire.

— Merci, madame, répondit la jeune fille en contemplant le reflet de Julianna dans la glace. Avec ce tailleur rose pâle, vous me faites penser à la princesse Grace de Monaco quand elle était jeune.

La pauvre princesse Grace qui avait dû renoncer au cinéma pour ne pas choquer le peuple de la principauté... La vie d'une princesse n'était pas toujours un conte de fées.

— C'est sans doute aussi à cause de mon chignon serré.

— Le prince Enrique va être impressionné.

— Espérons-le.

Malgré sa gaieté feinte, Julianna doutait fort de pouvoir impressionner Enrique un jour. Elle ne l'imaginait pas non plus la berçant dans ses bras pour la réconforter. A la place de son frère la veille sur la plage, il l'aurait sans doute obligée à ravaler ses larmes au lieu de les sécher délicatement comme l'avait fait Alexandro.

Ce dernier était — de son propre aveu — le rebelle, le mauvais élément de la famille. Soit. N'empêche qu'il avait accepté de l'emmener sur son voilier. Cela prouvait ses qualités de cœur.

Julianna sourit.

— J'espère aussi plaire à toute la famille royale.

— Méfiez-vous du prince Alexandro, en tout cas, madame. On m'a mise en garde moi-même et on m'a dit de ne pas trop m'en approcher.

— Qui vous a dit cela ?

— Une des jeunes domestiques. Il a une réputation de séducteur. Et pas difficile avec ça : femmes de la noblesse, roturières, employées du palais… pour lui, tout est bon, paraît-il.

Alexandro l'avait prévenue que des ragots couraient sur son compte. Mais sans qu'elle sache réellement pourquoi, ces paroles lui firent mal.

— Ce n'est peut-être qu'une rumeur répandue par la presse à scandale qui adore raconter des histoires sur les familles royales. Le problème, c'est que les gens sont prêts à croire tout ce qu'ils lisent.

— La petite domestique paraissait sincère, je vous assure.

Julianna se souvint de la chaleur du corps d'Alexandro et du bien-être qu'elle avait éprouvé dans ses bras. Il aurait pu profiter de la situation. Il ne l'avait pas fait. Il s'était comporté en ami.

— Merci pour cette mise en garde, mais je serai bientôt la belle-sœur du prince. Il ne me voit pas comme il voit les autres femmes.

Le doute se lisait dans les yeux d'Yvette.

— J'espère que vous avez raison.

La veille au soir, Alexandro avait eu envers elle un comportement irréprochable. Celui d'un ami. Elle s'était sentie comprise, acceptée, en sécurité, comme cela ne lui était encore jamais arrivé. Cependant, elle ne pouvait nier qu'elle le trouvait extrêmement séduisant. Dès le lendemain, il vaudrait peut-être mieux qu'elle évite de se retrouver seule avec lui. Quel dommage que ce ne soit pas lui l'homme à qui elle était destinée ! En tout cas, elle aurait cette nuit sa première chance de goûter à la liberté.

Une sorte de petit cri aigu se fit entendre dans le couloir.

— On dirait un bébé ! s'exclama Yvette.

Julianna se précipita pour ouvrir la porte. Une petite boule de fourrure noire grattait à celle d'en face.

— C'est un bébé, oui. Un chaton.

Elle se baissa pour le prendre dans ses bras.

— Tu t'es encore échappé, petit coquin ?

Le chaton leva vers elle ses grands yeux verts. Elle qui avait toujours rêvé d'avoir un animal de compagnie le trouvait adorable.

— C'est celui du prince Alexandro, n'est-ce pas ? Je vais le lui rapporter, proposa Yvette.

— Je m'en charge, dit Julianna en serrant contre elle le chaton qui cherchait à lui échapper.

Il finit par se calmer, posa la tête au creux de son bras et se mit à ronronner.

Julianna contenait avec peine son excitation. Elle avait trouvé un prétexte pour aller voir Alexandro et préparer avec lui leur rendez-vous secret de ce soir…

— Le chat, le chat, où es-tu passé ?

Alexandro l'avait cherché dans le placard, dans la salle de bains, sous le lit… il n'était nulle part. Il avait beau l'appeler, il n'accourait pas vers lui comme il en avait l'habitude.

La dernière fois qu'il l'avait vu, c'était juste avant d'aller prendre sa douche.

Un vase de fleurs fraîches attira son attention. Elles n'y étaient pas avant qu'il se rende dans la salle de bains. Seul Ortiz savait qu'il laissait dormir le chat dans ses appartements. La domestique qui avait apporté les fleurs avait dû laisser la porte entrouverte. Et le chaton en avait profité pour se sauver.

Alexandro ouvrit sa porte d'un geste énergique et se figea, surpris, en découvrant Julianna sur le seuil. Son joli sourire et le regard franc de ses yeux clairs le troublèrent. Une onde de chaleur lui parcourut le corps. Et pourtant, avec son allure de princesse, son tailleur rose pâle et son chignon strict, elle représentait tout ce qu'il n'aimait pas : la royauté, la richesse, le souci des apparences.

— J'allais frapper, dit Julianna. Regardez qui j'ai trouvé.

Alexandro découvrit le chaton endormi dans ses bras.

— Où était-il ? J'allais partir à sa recherche.

— Dans le couloir. Il miaulait devant une porte face à ma chambre. J'ai pensé qu'il s'était échappé et que vous voudriez le récupérer.

— En effet. C'est gentil à vous de me l'avoir rapporté.

Alexandro baissa les yeux sur le chaton une seconde, mais son regard était comme aimanté par Julianna.

Il attendait qu'elle lui remette le chat mais elle n'en fit rien. Il avait prévu d'aller au chantier naval, mais après tout, il n'était pas si pressé. Il l'invita donc à entrer.

Julianna jeta un coup d'œil à droite puis à gauche.

— Non, merci. Cela pourrait déplaire à Enrique.

Malgré sa déception, Alexandro acquiesça.

— Vous avez raison. Ce n'est pas la peine de mettre de l'huile sur le feu.

— Surtout avec notre projet de ce soir, chuchota-t-elle, le regard brillant d'excitation.

Alexandro aussi se réjouissait de cette sortie en mer.

— Reposez-vous dans la journée. Sinon, ce soir, vous serez fatiguée.

— Et je m'endormirai comme ce chaton après sa folle aventure.

Alexandro imagina les longs cheveux de Julianna étalés sur l'oreiller, sa peau satinée contre lui, le goût de ses lèvres…

Il sentit son sang affluer dans ses veines et s'obligea à chasser cette image. Il ne devait pas voir Julianna comme une femme désirable. Ce serait trop dangereux. Ils avaient trop à perdre l'un et l'autre.

— Au fait, comment s'appelle-t-il ?

Parfait, elle lui offrait le moyen de penser à autre chose.

— Le chat.

— Le chat ? C'est tout ?

Julianna s'apprêtait à ajouter un commentaire. Elle se ravisa, mais Alexandro perçut le sens de son regard.

— Qu'y a-t-il ?

— Non, rien. Vous avez accepté de m'emmener faire du bateau ce soir, je n'ai donc pas le droit de vous critiquer.

Toute sa vie, Alexandro avait subi les attaques de son père et de son frère. Il n'en était pas à une près.

— Allez-y, je veux savoir.

— Vous risquez de vous emporter.

— Cela arrive à Enrique parfois. Mais avec moi, vous n'avez rien à craindre de ce côté-là.

Julianna redressa les épaules, l'air déterminé. Plus rien à voir avec la jeune femme effondrée de la veille au soir.

— Le chat, ce n'est pas un nom pour un animal de compagnie.

— Ce nom n'a pas l'air de le déranger.

— C'est parce qu'il vous aime.

Ces mots et la voix de Julianna enveloppèrent Alexandro d'une douce chaleur. Depuis quand ne s'était-il pas senti aussi bien ?

— Ce n'est pas une question d'amour. C'est la faim qui le fait revenir vers moi.

— Je n'en crois rien.

— Ce n'est pas un enfant…

Avoir des enfants, fonder une famille, Alexandro n'y avait même jamais songé. L'amour, ça ne durait pas. Alors pourquoi s'engager ? Sa mère prétendait l'aimer. Elle l'avait pourtant abandonné à un père qui le désapprouvait et un frère qui le méprisait.

— Non, mais c'est votre animal de compagnie. Il mérite un nom.

— Si je lui en donne un, je ne pourrai plus m'en débarrasser quand il sera grand.

— Vous en aviez donc l'intention ?

Alexandro avait l'impression de comparaître devant un juge.

— Je n'y ai pas réfléchi. Il peut aussi bien se lasser de moi le premier.

— Dans ce cas, il faudra lui acheter une valise pour qu'il puisse emporter ses jouets, railla Julianna en montrant la chaussette nouée, le morceau de corde et les boîtes en carton vides qui gisaient sur le sol derrière Alexandro.

— Ces trucs traînaient par-là, se défendit ce dernier.

Mais ne vous inquiétez pas. Je garderai sans doute ce chat au chantier naval.

— Alors, il faut absolument lui trouver un nom. Regardez son joli minois, ses yeux verts, le bout de ses pattes tout blanc. Il n'a rien d'un chat ordinaire.

Alexandro éclata de rire. L'acharnement de Julianna l'enchantait.

— Pour quelqu'un qui attend de moi que je l'emmène sur mon voilier, vous vous montrez bien combative.

Elle pâlit aussitôt.

— Oh ! je…

— Je plaisantais, voyons. Bottines, tiens, ça lui irait bien comme nom, qu'en pensez-vous ?

Julianna lui sourit, l'air ravi.

— Ça me plaît bien.

Alexandro s'interrogeait. Pourquoi était-il aussi heureux de lui faire plaisir ?

Il s'appuya contre le chambranle de la porte.

— Vous avez sacrément bien défendu ses droits. Vous pourriez en faire autant pour défendre les vôtres. Et ceux de vos compatriotes féminines.

Le sourire de Julianna disparut. Son visage devint grave.

— Croyez-moi, je le ferais si je le pouvais, mais je ne serais plus la princesse que souhaite avoir mon pays ni celle qu'envisage d'épouser votre frère. Alors, je me contente de défendre les opprimés.

Elle baissa les yeux sur le chaton, et son expression se radoucit.

Alexandro voulut alors caresser Bottines, et ses doigts frôlèrent le bras nu de Julianna. Ce contact l'électrisa, et il retira aussitôt sa main.

Ouf ! Elle ne semblait pas avoir remarqué son trouble. Il ne voulait pas qu'elle découvre l'effet qu'elle lui faisait.

— Vous avez l'air de beaucoup aimer les chats, lui dit-il.

— C'est vrai, pourtant je n'en ai jamais eu. Mon père ne voulait pas d'animal dans le palais, disant que ce serait une source de problèmes.

Alexandro songea que la passion de la voile n'était pas la seule chose qu'il avait en commun avec Julianna.

— Mon père pensait la même chose et quand le seul chien que nous avons eu est mort, il n'a jamais voulu en prendre un autre.

Julianna le dévisagea avec curiosité.

— Pourtant, vous avez Bottines…

Alexandro préféra garder pour lui le fait qu'il ne vivait pas au palais d'ordinaire et qu'il avait seulement été contraint de s'y installer jusqu'au mariage pour préserver les apparences.

— Je suis l'insoumis de la famille, ne l'oubliez pas.

— Je ne l'ai pas oublié. J'espère que vous êtes aussi expert en organisation secrète ?

Il lui fit un clin d'œil.

— Vous êtes en de bonnes mains, princesse.

Une étincelle s'alluma dans les yeux de Julianna.

— Parfait. Donc tout est prêt pour ce soir ? demanda-t-elle en chuchotant.

— Presque, répondit-il sur le même ton de conspirateur. Ouvrez votre penderie cet après-midi. Vous y trouverez tout ce qu'il vous faudra pour ce soir.

Julianna parut choquée.

— Vous allez pénétrer dans ma chambre ? N'est-ce pas un peu risqué ?

— Personne ne me verra. Il y a des passages secrets dans tout le palais, et certains débouchent par une porte cachée au fond des placards.

— Ah bon ?

Alexandro vit son air hésitant.

— Vous me faites confiance ?

Julianna lui tendit le chaton.

— Ai-je le choix si je veux sortir en mer ce soir ?

— Eh non !

Alexandro avait un peu honte de lui. Il était bien la dernière personne en qui elle pouvait avoir confiance. Heureusement, il n'oubliait pas qu'il avait tout à gagner à ce qu'elle épouse son frère, même si, pour elle, ce serait une vraie épreuve. Au début du moins.

— Vous n'imaginez pas ce que cette sortie représente pour moi. J'espère que vous ne me laisserez pas tomber.

Il appréciait sa franchise et sa confiance, lui dont personne au palais ne comprenait l'attitude rebelle depuis son adolescence. Une attitude motivée uniquement par son désir sincère de voir évoluer la monarchie, de bouger ce bloc de pierre archaïque et immuable.

— Vous êtes une parfaite princesse de conte de fées, Julianna, lui dit-il avec un grand sourire.

— Princesse, oui. Parfaite, non. Même si je fais tout mon possible pour l'être.

— C'est admirable d'essayer, mais il ne faut pas que ce soit au détriment de votre bonheur.

— Je n'ai jamais rien connu d'autre que l'obéissance aux règles qui m'étaient imposées. Et je continuerai de m'y conformer.

— Eh bien, bravo.

Alexandro, qui, avait l'habitude de faire ce qui lui plaisait sans se soucier de ce qu'on pensait de lui, trouvait la princesse héroïque. Elle n'était pas blasée ou amère alors qu'elle avait vécu comme une prisonnière toute sa vie. Il n'avait jamais rencontré quelqu'un d'aussi digne. Il veillerait à ce qu'Enrique la traite avec égards.

Leur sortie en mer de ce soir serait sans doute son seul acte de rébellion. Pour oublier un moment le mariage arrangé qui l'attendait et l'entrave à sa liberté qui allait perdurer.

— Etes-vous sûre que vous êtes prête à aller contre la volonté de votre père ce soir ? murmura-t-il.

— Certaine.

— Vous risquez de le regretter…

— J'aurai plus de regret encore si je ne m'offre pas ces derniers instants de liberté. Et tant pis si je me fais surprendre.

Pensait-elle vraiment ce qu'elle disait ? Alexandro l'espérait, car le prix à payer pour elle s'ils étaient découverts risquait d'être bien plus élevé que ce qu'ils pouvaient imaginer.

*
* *

Ce soir-là, le repas parut plus long que jamais à Julianna. Le roi Dario siégeait en bout de table, ses deux fils étaient assis à sa gauche et elle-même et Brandon à sa droite.

Alexandro était assis en face d'elle. Il ne portait pas de smoking, mais un costume de grand couturier et une élégante chemise, sans cravate. Il faisait davantage penser au P.-D.G. d'une grande société qu'à un skipper. Enfin, à part ses cheveux qui lui descendaient presque jusqu'aux épaules, ce que Julianna préférait de beaucoup à la coupe courte et classique d'Enrique.

Elle attendait d'Alexandro qu'il détourne la conversation du mariage à venir pour parler d'un sujet plus intéressant. Mais il ne le fit pas. C'est à peine s'il la regardait.

A la fin du repas, le roi Dario réprima un bâillement avant d'annoncer :

— Ce soir, je ne boirai pas mon cognac habituel.

Alexandro se redressa aussitôt, le visage soucieux.

— Vous ne vous sentez pas bien, père ?

— Si, si. Je suis simplement fatigué.

— S'occuper des affaires du royaume demande beaucoup d'énergie, commenta Enrique en regardant Alexandro par en dessous. C'est quelque chose que tu ignores, bien sûr, mon frère.

Julianna attendait une riposte d'Alexandro. Mais il se contenta de boire une gorgée de vin et de s'essuyer posément les lèvres.

— Eh bien, bonne nuit, père.

Le roi Dario se leva et quitta la pièce.

Un lourd silence s'installa dans la pièce. Même le ballet des serveurs avait cessé. Julianna compta jusqu'à cent. Quand allait-elle pouvoir prendre congé elle-même ?

— J'ai du travail, dit Enrique en reculant sa chaise. Si vous voulez bien m'excuser, ajouta-t-il à son intention comme si cette pensée lui était venue après coup.

Parfait ! Elle ne se tenait plus de joie.

— Je vous en prie.

— J'irais bien faire un tour en boîte de nuit, annonça alors Brandon.

— Emmène Klaus, lui suggéra Julianna.

Brandon leva les yeux au ciel.

— Ecoutez les conseils de votre sœur, lui dit Alexandro. Vous serez heureux d'avoir un garde du corps en cas de problème.

— Mon frère sait de quoi il parle, lâcha Enrique d'un ton méprisant. Il se trouve souvent au centre de la mêlée.

Julianna n'aimait pas ce ton. Elle-même taquinait ou réprimandait souvent ses quatre frères, comme toute sœur aînée, mais elle ne leur avait jamais parlé avec un tel manque de respect.

— Fais-le, s'il te plaît, Brandon. Père ne me le pardonnerait jamais s'il t'arrivait quoi que ce soit.

— Et vice versa, répondit Brandon en lui adressant un regard plein d'affection. C'est entendu, je vais emmener Klaus.

Julianna était soulagée. Elle lui sourit.

— Merci.

— Et que comptez-vous faire ce soir, Julianna ? demanda Enrique, qui s'apprêtait — enfin — à se lever.

— Oh je ne sais pas. Lire, regarder la télévision… Ne vous inquiétez pas pour moi.

— Alors, je vous souhaite une bonne nuit. A demain.

Julianna le regarda quitter la pièce. L'atmosphère lui parut aussitôt moins lourde. Elle s'en voulut de cette pensée peu charitable. Après tout, c'était son futur mari. Et elle ferait mieux de l'accepter comme il était.

Alexandro se leva à son tour.

— Je vous souhaite une bonne nuit, moi aussi.

— Viendrez-vous me rejoindre un peu plus tard ? lui demanda Brandon.

— Non, pas ce soir. J'ai déjà un rendez-vous.

C'était tout à fait exact, et Julianna réprima un sourire. Dans deux heures et vingt-deux minutes, ils se retrouveraient sur un petit port privé. Elle avait mis la carte, une lampe de poche frontale, et tout ce dont elle aurait besoin dans le grand sac en toile qu'elle avait trouvé caché dans sa penderie.

— Elle est blonde ou brune ? s'enquit Brandon avec un clin d'œil.

Alexandro éclata de rire.

— Ce n'est malheureusement pas un rendez-vous galant.

Julianna se demanda ce que voulait dire Alexandro. Est-ce qu'il regrettait de ne pas aller retrouver une autre femme ce soir ? Ou de ne pas la retrouver, elle, dans des circonstances différentes ?

— A plus tard peut-être alors ! lança Brandon.

— Peut-être…

— Non !

Les deux hommes regardèrent Julianna avec curiosité. Ce non lui avait échappé.

— Brandon, tu ne vas pas rester en boîte jusqu'à point d'heure à attendre Alexandro ? ajouta-t-elle pour se rattraper.

— Arrête de jouer à la grande sœur. S'il peut me rejoindre, il m'enverra un texto.

— O.K., je n'ai rien dit.

— Votre sœur n'a pas tout à fait tort, Brandon. Je ne suis vraiment pas certain de pouvoir venir.

— Eh bien, dans ce cas, il y aura plus de jolies femmes pour moi.

— Gardez-m'en un peu pour demain soir.

— C'est entendu, répondit Brandon avec un grand sourire.

Julianna se leva de table.

— Bonne nuit, messieurs. Passez une bonne soirée.

5

Deux heures plus tard, à la lueur de sa lampe frontale, Julianna cherchait d'une main tremblante le verrou secret situé au fond de sa penderie. Elle portait un blouson de marin trop grand pour elle, une perruque brune et courte, et une casquette.

Son cœur battait la chamade. Elle n'avait jamais désobéi à son père ni même jamais rien fait de répréhensible. Elle sentit enfin le verrou sous ses doigts et l'actionna. Avec un léger grincement, la porte secrète s'ouvrit sur un escalier qui plongeait dans les ténèbres.

Elle éprouvait un mélange d'excitation et de peur. Après être descendue sur la première marche éclairée par sa lampe frontale, elle se retourna et referma le verrou derrière elle.

L'escalier raide et étroit conduisait à un passage secret qui devait dater d'un siècle ou plus. A quoi servait-il par le passé ? D'autres princesses s'étaient-elles échappées par là ?

Le sol était en terre, et murs et plafond étaient renforcés par de grosses poutres de bois. D'après la carte, la galerie faisait plus de cent mètres de long. Elle s'y engagea d'un pas hésitant, effrayée par les ombres qui se profilaient devant elle. Un mouvement au sol à deux mètres lui glaça le sang. Etait-ce un rat ? Elle s'obligea à penser qu'il s'agissait seulement d'une souris.

« Il n'y a pas de rats dans le palais, pas de rats dans le palais », se répétait-elle pour se donner du courage chaque fois qu'un nouveau mouvement la faisait sursauter. Elle était de plus en plus nerveuse et avait hâte de sortir de ce boyau.

Elle arriva bientôt devant une grille en fer forgé fermée

par un cadenas. Elle entra la combinaison de chiffres écrite sur son plan. Le déclic qui suivit fut pour elle comme un symbole de liberté.

Le tunnel débouchait dans une grotte. Personne n'aurait pu deviner que la paroi rocheuse abritait un passage secret. Elle repéra l'endroit par lequel elle était sortie.

Elle s'engagea avec appréhension sur un sentier pavé à l'intérieur de la grotte. Des insectes voletaient autour d'elle dans la nuit. Personne. Pas une lumière à l'horizon.

Elle poursuivit bravement son chemin. Elle n'avait pas le choix, elle était bien obligée de faire confiance à Alexandro. Malgré ce qu'elle avait prétendu la veille, elle n'aurait jamais pu réaliser son rêve sans lui.

Elle se retrouvait rarement seule quelque part, sans un membre de sa famille, un garde du corps ou un chaperon. Malgré sa nervosité, elle en éprouvait une certaine excitation.

La grotte sombre déboucha enfin sur un grand parc éclairé par la lune. Elle perçut alors le bruit du ressac.

Arrivée en haut d'une butte, elle s'immobilisa, fascinée par le spectacle : la pleine lune éclairait la mer, donnant à la crête des vagues des reflets argentés.

Elle retint son souffle. Le rivage devait être en contrebas. Elle descendit la butte et aperçut enfin une lumière. Elle éclairait une courte jetée au bout de laquelle se balançait un voilier.

Son cœur fit un bond dans sa poitrine, et elle pressa le pas. Elle était arrivée au lieu de rendez-vous sans se faire prendre.

Un homme était debout dans le cockpit. Alexandro !

Il lui adressa un signe de la main auquel elle répondit, puis il se pencha à l'intérieur et, aussitôt, les lumières du bateau s'allumèrent. La rouge à bâbord, la verte à tribord, et la blanche à l'arrière.

Une joie immense s'empara d'elle. Pour un soir, ce soir, elle allait oublier ses contraintes et ses obligations, pour être enfin elle-même et s'élancer vers le large comme un oiseau libéré de sa cage. Avec Alexandro !

Elle éteignit sa lampe frontale, redressa les épaules, releva le menton et s'avança en souriant.

Son estomac faisait des nœuds. Elle n'aurait pu partager son bonheur avec personne d'autre qu'avec Alexandro !

En la voyant approcher d'un pas léger, lui-même sentit se relâcher la tension qui lui crispait les épaules. Il avait planifié la sortie de Julianna avec une précision toute militaire, et l'opération avait réussi.

Elle s'arrêta à quelques pas du bateau.

— J'ai suivi votre plan. Il était parfait, Alexandro.

Il aimait la façon dont elle prononçait son prénom. Il jeta un coup d'œil vers la butte de terre derrière elle. Quiconque aurait emprunté le chemin conduisant à cette jetée privée aurait été en infraction. Il l'avait choisie exprès.

— Personne ne vous a vue ?

— Non, et je doute que quiconque puisse me reconnaître.

— C'est vrai, dit-il avec un sourire amusé. Ainsi vêtue et sans maquillage, vous ressemblez à une gamine.

— Un gamin, vous voulez dire. Ce déguisement de garçon est parfait.

Le fait que ses courbes féminines disparaissent sous son blouson trop large et que ses magnifiques cheveux blonds soient emprisonnés dans une casquette de base-ball ne la contrariait pas. Cela le surprit.

— Ortiz dit qu'il n'y a pas de rats dans le palais. Mais il y en a dans le tunnel.

— Seule la famille royale connaît l'existence des passages secrets. La grotte a été construite par des pirates pour y abriter leur trésor. Quand un de mes ancêtres l'a fait relier au palais, il a choisi pour creuser les galeries une équipe d'ouvriers triés sur le volet. Ils étaient amenés sur place les yeux bandés.

— Et comment votre famille a-t-elle découvert ces passages secrets ?

Alexandro sourit.

— Il paraît qu'avant de devenir roi mon arrière-arrière-arrière-grand-père était lui-même un pirate.

Le rire de Julianna enchanta Alexandro.

— Vous trouvez cela amusant ?

— Mais oui. Et je ne suis pas surprise que vous descendiez d'une lignée de pirates.

— Pas une lignée. Il n'y en a eu qu'un.

— Si vous le dites.

Alexandro lui-même aimait l'idée qu'il y ait eu un autre rebelle avant lui dans son illustre famille. Il aurait trouvé amusant de donner foi à cette histoire de lointain ancêtre pirate. Cela aurait donné un peu de piment et de mystère à l'île. Mais son père et son frère ne voulaient pas qu'on colporte cette légende.

— Ohé matelot, prêt pour la manœuvre ?

— Fin prêt, capitaine.

Julianna inspectait le voilier de la poupe à la proue.

— Il est magnifique !

— J'avoue que je suis content du résultat. Même si je n'ai pas encore testé ses capacités en course. La Med Cup devrait être une expérience intéressante.

— Vous ne craignez pas d'être déçu par ses performances ?

— Non. *La Rueca* a toutes ses chances avec un bon vent. Et un bon équipage.

Julianna examina le nom inscrit sur la coque.

— Que veut dire *La Rueca* ?

— La roue au sens de roue du hasard, répondit Alexandro.

Il regarda Julianna en affectant un air contrarié.

— J'ai déjà cédé pour le nom du chat. Vous n'allez pas aussi me faire changer celui du bateau.

— Non, répondit-elle en riant. Et j'espère que *La Rueca* vous apportera beaucoup de joies.

Cette sortie en mer sous la pleine lune en compagnie d'une jolie femme en était déjà une pour Alexandro.

— C'est bien parti. Alors, prêt à appareiller, moussaillon ?

— Oui, capitaine.

Plus vite ils s'éloigneraient du bord, moins ils courraient de risques de se faire surprendre. Il tendit la main à Julianna pour l'aider à monter à bord et fut surpris de savourer autant le contact de sa main.

— Mmm…, fit Julianna en humant l'air avec bonheur. J'adore cette odeur d'iode.

— Attendez d'être en pleine mer.

— J'ai déjà hâte d'y être. Merci, Alexandro, de m'offrir le bonheur de cette sortie. Peu de gens se donneraient autant de mal pour faire plaisir à une inconnue.

— Tout le plaisir est pour moi.

Il disait vrai. Elle était jolie, intelligente, enthousiaste.

— Et puis vous n'êtes pas une inconnue. Vous serez bientôt ma belle-sœur.

Julianna ne répondit pas. Elle contemplait le ciel étoilé.

— Le ciel est avec nous, ce soir, dit-elle d'une voix un peu rauque, qu'Alexandro trouva étonnamment troublante. Nous avons de la chance.

— Oui. Alors, en route. Je vais larguer les amarres. Pouvez-vous tenir la barre pendant que nous nous éloignons au moteur ?

— Bien sûr.

Quand Julianna passa derrière lui et le frôla, il eut encore une réaction qui le surprit lui-même. Il fallait à tout prix qu'il se contrôle. La moindre erreur de sa part risquait de le priver de la liberté que représentait le mariage d'Enrique et de Julianna. Il ferait peut-être bien d'aller rejoindre Brandon en boîte de nuit un peu plus tard et d'y draguer une jolie fille. Cela l'aiderait à évacuer la tension qu'il ressentait dès qu'il était un peu trop près de Julianna.

— Si quelqu'un repère le voilier sur l'eau, cela ne va-t-il pas paraître bizarre ? demanda-t-elle.

— Non. Je teste toujours mes nouveaux bateaux la nuit pour ne pas risquer de me faire voler mes idées.

— La concurrence a l'air rude dans le monde de la construction navale.

— Très, mais je suis confiant.

Après avoir écarté le voilier de la jetée avec son pied, Alexandro sauta à l'intérieur. Julianna manœuvra aussitôt pour se diriger vers le large et poussa doucement la manette des gaz.

— Il y a une bonne brise, remarqua-t-elle. Prêt à hisser la grand-voile ?

— Je suis prêt.

Pendant qu'il avançait sur le pont par tribord, elle mit le voilier travers au vent. Cette action demandait une bonne connaissance de la voile. Alexandro fut impressionné. Il hissa la grand-voile, et Julianna enroula la drisse sur un taquet au-dessus de la cabine.

— Vous avez l'air de vous y connaître, cria-t-il pour se faire entendre par-dessus le bruit du moteur. Il y a longtemps que vous faites de la voile ?

— Depuis l'âge de sept ans. Mes grands-parents m'y ont initiée sur la mer Noire. Ce furent mes plus belles vacances. Et vous ?

— Aussi loin que je puisse m'en souvenir, j'en ai toujours fait, répondit Alexandro en passant à bâbord pour hisser le foc. Mon père et ma mère pratiquent tous deux la voile.

Une fois le foc hissé, Julianna orienta le bateau pour prendre le vent et tendre la grand-voile.

— Je n'imagine même pas qu'on puisse vivre ici sans en faire.

— Moi non plus.

Julianna coupa le moteur. Alexandro s'occupa de le relever. On n'entendait plus que le bruit de l'étrave fendant les flots et celui du vent sifflant dans les voiles.

— Bravo, lui dit Alexandro en la rejoignant.

— Merci.

Il lui indiqua la direction à prendre.

— Vous voulez que je reste à la barre ? demanda-t-elle, l'air surpris.

— Pourquoi pas ? Vous vous en tirez comme un chef.

La Rueca s'élança vers le large.

Julianna gardait son cap et maintenait le voilier au vent sans aucune difficulté.

— Je me régale, dit-elle bientôt, les yeux brillant de joie. Je suis au paradis. Et vous êtes l'ange à qui je dois ce grand bonheur.

Alexandro s'obligea à se concentrer sur les voiles. Il n'était pas vraiment un ange, non. Pas quand le simple fait de la regarder manœuvrer l'émoustillait. Tout comme la vue de son profil parfait.

— On va virer de bord, annonça-t-elle bientôt. Paré à virer ?

— Paré à virer.

Alexandro se baissa pour éviter la bôme qui passa brusquement d'un côté à l'autre. Les voiles faseyèrent un instant le temps qu'il arrime l'écoute du foc et Julianna celle de la grand-voile.

Elle maintenait un angle de quarante-cinq degrés de façon à maximiser la vitesse du voilier. A chaque virement de bord, Alexandro et elle ajustaient les voiles sans avoir à parler. Leur synchronisation était si parfaite qu'on aurait pu croire qu'ils avaient navigué des centaines de fois ensemble.

Alexandro n'avait jamais vu quelqu'un d'aussi doué.

— C'est encore plus grisant que ce que j'imaginais, dit-elle soudain en se tournant vers lui.

Il était du même avis. Mais la présence de Julianna y était pour beaucoup. Le visage levé vers la lune, elle était d'une beauté éblouissante.

— Vous barrez comme si vous aviez fait de la voile en mer toute votre vie.

— J'adore la manière dont votre voilier réagit.

— Moi j'adore la manière dont il réagit à votre main.

Et elle, comment réagirait-elle s'il l'embrassait ?

Elle le dévisagea avec étonnement

— Il réagirait aussi bien avec n'importe quel barreur, je pense.

— Détrompez-vous. *La Rueca* n'a encore jamais eu d'aussi bon capitaine que vous.

— Même pas vous ?

— Non.

Julianna rit, et ce son enchanta l'oreille d'Alexandro. Il aurait aimé que cette sortie en mer ne prenne jamais fin. Mais elle avait déjà duré plus longtemps qu'il ne l'avait prévu.

— Allez, changement de cap, mettez-vous sous le vent. On rentre, souffla-t-il sans enthousiasme.

— Ne pouvons-nous pas pousser un peu plus loin ?

— Non, il est vraiment temps de rentrer si vous ne voulez pas arriver au palais après l'aube.

La déception qu'il lut dans les yeux de Julianna lui serra le cœur.

— Si votre femme de chambre découvrait une perruque blonde sur l'oreiller et un traversin sous les draps…

— Ce serait une catastrophe, admit Julianna en crispant ses mains sur la barre. O.K., je fais demi-tour.

Tandis qu'ils filaient vers le rivage en vent arrière, Julianna ne souriait plus. L'étincelle avait disparu de son regard.

Alexandro n'aimait pas la voir ainsi, abattue et résignée.

La vraie Julianna était celle qui avait partagé cette sortie en mer. Il refusait l'idée de la voir remettre son masque de princesse et le garder jusqu'à la fin de ses jours.

— Nous pourrons peut-être recommencer une autre fois…

— Il n'y aura pas de prochaine fois. C'était ma dernière sortie en voilier. A moins qu'Enrique ne change d'avis…

— Je sais qu'il vous a interdit la voile et que vous ne pouvez pas courir le risque de vous faire prendre, mais vous paraissiez si heureuse en mer, si libre…

— C'est mon destin.

Au diable le destin ! Le bonheur, c'était important, aussi. Il ferait tout ce qu'il pourrait pour remédier à la situation. Ce ne serait pas la dernière sortie en mer de Julianna. Il s'en faisait le serment.

6

Une fois le voilier amarré, Julianna jeta un coup d'œil vers la proue et poussa un soupir. Elle ferma les yeux un instant pour humer l'air marin. L'idée de retourner au palais lui serrait le cœur.

Alexandro, qui s'affairait à l'intérieur, remonta dans le cockpit.

— Je vais vous aider à arrimer les voiles, lui dit-elle.

— D'accord, cela ira plus vite à deux.

C'était bien la dernière chose qu'elle souhaitait : en finir au plus vite pour rentrer au palais. Elle aida néanmoins Alexandro à attacher la grand-voile autour de la bôme.

Quand elle le vit éteindre les feux du bateau, elle s'étonna.

— Et le foc ?

— Je m'en occuperai à mon retour.

Il comptait donc ressortir ? Etait-ce pour aller en boîte de nuit ? Cette pensée la démoralisa.

— A votre retour ?

— Oui, je vous ramène au palais.

— Je peux parfaitement rentrer seule.

— Je sais, mais je vous raccompagne quand même.

Cette galanterie plut à Julianna. Même si elle n'avait pas peur de rejoindre seule l'entrée du passage secret, elle était ravie de pouvoir profiter encore un peu de la compagnie d'Alexandro. Eclairés par la lune, son profil viril et ses cheveux mi-longs le faisaient davantage ressembler à un pirate qu'à un prince. Dommage qu'il ne puisse pas la kidnapper et l'emmener au loin sur son bateau…

Allons, elle n'était pas la princesse d'un conte de fées ! Elle avait des responsabilités à assumer.

Elle descendit du bateau sans prendre la main que lui tendait Alexandro.

— Alors, cette sortie en mer vous a plu ? demanda-t-il en s'engageant sur le sentier avec elle.

— Oh oui ! Je vous remercie de m'avoir emmenée.

— C'est moi qui devrais vous remercier. J'ai eu un réel plaisir à vous avoir comme coéquipière.

— Dois-je prendre cela pour un compliment ? demanda-t-elle d'une voix qu'elle voulait guillerette.

— Bien sûr. Vous êtes naturellement douée pour la voile. D'ailleurs, j'aimerais beaucoup que vous barriez *La Rueca* pour la Med Cup.

— Vous plaisantez ?

— Absolument pas. Si *La Rueca* arrive dans les cinq premiers, ce sera une formidable publicité pour mon chantier naval et pour l'île.

— Mais vous disiez que vous aviez confiance dans votre bateau. Et son équipage.

— C'était avant que je vous voie tenir la barre. J'ai besoin de vous, Julianna.

Ces paroles la bouleversèrent. Personne n'avait jamais eu besoin d'elle. Elle se mordit la lèvre.

— Je suis très flattée. Mais nous savons tous deux que je ne peux pas courir avec vous. La Med Cup a lieu juste avant mon mariage. Enrique et mon père ne changeront pas d'avis d'ici là et ne m'autoriseront pas à participer à la course, même avec vous.

— Ce sera notre secret.

— Mais c'est… c'est…

— Faisable. Il suffit de veiller à ce que personne ne soit au courant.

Julianna éprouvait des émotions contradictoires. D'une part, elle rêvait de vivre cette formidable expérience. De l'autre, elle s'efforçait de garder les pieds sur terre.

— Il ne s'agit pas d'une sortie en mer de nuit. Pour y participer, il faudrait que je m'entraîne de jour avec l'équipage.

A peine ouvrirais-je ouvert la bouche qu'ils comprendraient que je ne suis pas un homme. Et puis les organisateurs demandent le nom de tous les participants. Et si la presse découvrait le pot aux roses, elle s'en donnerait à cœur joie.

Ce n'étaient pas les bonnes raisons qui manquaient à Julianna pour dire non.

— Pour quelqu'un qui n'a jamais navigué en mer, vous avez l'air d'en savoir long sur les courses.

— J'ai participé à quelques régates sur le lac et j'en ai vu beaucoup d'autres. Mais… de toute façon, avec moi à la barre, vous risqueriez de perdre.

— Qui essayez-vous de convaincre, Julianna ? Je vous dis que vous êtes parfaitement qualifiée. Personne ne barre *La Rueca* aussi bien que vous.

— Donnez à vos hommes le temps de s'entraîner. Ils y arriveront très bien… Mais il est tard. Je ne voudrais pas arriver trop tard au palais.

Julianna se demandait si elle ne rêvait pas et si elle n'allait pas se réveiller dans sa chambre d'Alieste. Elle pressa le pas pour semer Alexandro et ne plus risquer de céder à ses arguments.

— Arrêtez-vous, dit-il en la rattrapant.

Il lui posa une main sur l'épaule, et ce simple contact la fit frissonner. Elle avait envie de se laisser aller contre lui, de s'en remettre à lui. Il paraissait si fort, si sûr de lui. Elle se dégagea à contrecœur et compta jusqu'à vingt avant de déclarer :

— J'ai bien réfléchi. C'est non.

— Participer à cette course sera une joie pour vous. Vous adorez la voile.

— J'adore la voile, oui, mais ce n'est pas toute ma vie. J'ai des devoirs envers ma famille et mon pays. C'est plus important qu'un… passe-temps.

Prononcer ce mot qu'employait son père par dérision lui écorcha la langue. Car si la voile était un hobby, elle représentait aussi pour elle un espace de liberté, son seul espace de liberté. Et un lien tangible avec sa mère, disparue trop tôt.

— Je ne peux pas prendre le risque de contrarier Enrique. S'il découvrait…

— Croyez-vous qu'il vous renverrait à Alieste et renoncerait à une dot de cent millions de dollars ?

Julianna retint une exclamation de surprise. Elle savait que son père avait mis beaucoup d'argent de côté pour sa dot, mais pas une telle somme ! Elle avait beau savoir qu'elle était courtisée pour son argent, la vérité lui fit pourtant mal.

— Je… ne peux pas.

— Mais si, vous pouvez. Et cela en vaut la peine.

— Pour vous, peut-être. Pas pour moi.

Si Enrique ne voulait plus d'elle, elle serait obligée d'accepter un mariage détestable dans un pays aux traditions archaïques. Son projet d'aider Brandon et Alieste en devenant reine d'un royaume plus moderne tomberait à l'eau. Il fallait aussi qu'elle pense à la vie de ses futurs enfants.

— Non, j'adorerais courir sur *La Rueca*, mais je ne peux vraiment pas. Je suis obligée de penser aux conséquences possibles.

— Et les conséquences si vous ne le faites pas, y avez-vous pensé ?

— Lesquelles ?

Alexandro lui prit la main.

— Votre bonheur, Julianna. Vous trouverez la vie sur l'île agréable, mais Enrique est très égoïste et ne s'occupera pas du tout de vous.

— Je préfère qu'il m'ignore plutôt que de vouloir contrôler tout ce que je fais. Et quand j'aurai des enfants, je serai heureuse. Je me consacrerai à eux en essayant d'être la meilleure mère possible.

— Cela suffira-t-il à votre bonheur ?

Il le faudra bien.

Julianna retira sa main.

— Je suis désolée, Alexandro. Je dois me contenter de la vie qui sera la mienne. Si j'espère mieux, elle me paraîtra intolérable.

— J'admire votre courage.

— Si j'étais courageuse, je vous dirais oui sans même réfléchir aux conséquences.

— Vous en mourez d'envie. Je le vois dans vos yeux.

Julianna sentit les battements de son cœur s'accélérer.

— Peu importe ce dont j'ai envie. J'ai aussi des responsabilités à assumer. Celle d'améliorer la vie des gens de mon pays.

— Moi aussi, je veux œuvrer pour cette île, dit Alexandro. Mais malgré tout l'amour que l'on peut porter aux autres, il faut savoir rester soi-même et n'écouter parfois que son cœur.

Julianna avait une boule dans la gorge. Ce soir, elle avait goûté à la liberté. Elle s'était sentie insouciante, vivante. Soudain, elle se rendit compte qu'elle ne voulait pas que cette sensation merveilleuse s'arrête.

— Eh bien soit ! J'accepte, s'entendit-elle répondre. Je dis oui pour les mêmes raisons que celles qui m'ont poussée à vouloir cette sortie en mer ce soir. Parce que je n'ai pas la force de résister. Mais une fois mariée à Enrique, je promets d'assumer pleinement mon rôle de princesse et de future reine.

— Les habitants de La Isla de la Aurora ne savent pas la chance qu'ils auront de vous avoir pour reine.

— Faisons d'abord en sorte que je puisse le devenir un jour.

— C'est une priorité, je suis d'accord et je vais prendre toutes les précautions nécessaires pour que votre identité ne soit pas découverte. J'ai autant à perdre que vous dans cette affaire.

— Ah bon ? Et qu'avez-vous donc à perdre ?

Alexandro hésita un instant avant de répondre.

— Ma liberté. Une fois qu'Enrique et vous serez mariés, je serai libéré de toutes mes obligations de prince et je pourrai enfin me concentrer sur mes projets.

— Vous aimeriez réellement renoncer à votre statut de prince, à ses avantages comme à ses inconvénients ?

— Oui.

Il était sincère. Julianna l'admirait et l'enviait en même temps. Alexandro, lui, pourrait se consacrer à la voile, réaliser ses rêves, alors qu'elle-même aurait pendant ce temps de lourdes responsabilités à assumer envers les deux pays.

— Nous avons donc tous les deux quelque chose à perdre.

— Eh oui ! Nous sommes dans le même bateau, Julianna.

Cette constatation la troubla, tout comme la proximité d'Alexandro. Elle regarda ses lèvres. Elle mourait d'envie de l'embrasser. C'était pourtant bien le dernier homme avec qui elle devait échanger un baiser.

Allons, reprends-toi et avance.

— Rejoignons au plus vite la grotte pour éviter d'être vus.

— Aucun risque. Tout cela m'appartient, dit Alexandro avec un large mouvement du bras. Le chantier naval, le parc, ces hectares de terre. J'ai pour objectif de faire de l'île une station touristique renommée. Pour l'instant, elle n'a pas assez d'hôtels de qualité pour attirer les touristes, ni de marinas aménagées pour intéresser les investisseurs. Mon père et mon frère n'ont pas les mêmes idées que moi pour développer l'économie de La Isla de la Aurora. Mais la Med Cup, par exemple, attire déjà le monde de la voile. Il faut maintenant que je m'attaque à l'industrie du tourisme.

Julianna l'écoutait, impressionnée.

— Comme je vous l'ai dit, les résultats de *La Rueca* pendant la Med Cup sont très importants. Nous devons absolument obtenir un bon classement.

Ce nous l'incluait. Elle se rendait brusquement compte de ce que son oui impliquait.

— Cela suppose de nombreuses heures d'entraînement. Quelqu'un au palais va obligatoirement remarquer mon absence, avança-t-elle.

— Ne vous inquiétez pas, lui dit Alexandro en replaçant une mèche de cheveux blonds échappée de sa perruque. Je m'occupe de tout. Faites-moi confiance.

Julianna fut parcourue d'un frisson. Elle ressentait un mélange de désir et d'appréhension.

— Vous croyez vraiment que nous avons des chances de bien nous classer ?

Alexandro esquissa un sourire.

— Avec vous à la barre, nous avons même de bonnes chances de remporter la course.

7

Un bruit de voix réveilla Julianna. Elle ouvrit les yeux et les referma aussitôt, aveuglée par la lumière extérieure. Elle avait eu le temps de constater qu'elle n'avait pas rêvé. Elle était bel et bien sortie en mer avec Alexandro la veille au soir.

Elle frissonna.

Elle avait accepté de faire partie de son équipage. Il faudrait qu'elle arrive à assumer les deux rôles en parallèle, celui de barreuse et celui de princesse, sans que quiconque puisse deviner la vérité.

— La princesse dort encore, disait Yvette derrière sa porte. Je ne veux pas la réveiller si ce n'est pas nécessaire.

— C'est très important.

Julianna reconnut la voix de Brandon. Elle l'imagina en train d'essayer d'amadouer la jeune fille en lui faisant les yeux doux.

— C'est bon, Yvette, dit-elle suffisamment fort pour qu'on l'entende. Mon frère peut entrer.

Dans son costume bleu marine, son élégante chemise à fines rayures et sa cravate de couleur, il avait bien l'allure d'un prince héritier.

— C'est moi qui ai passé la moitié de la nuit dehors et c'est toi qui es encore au lit ! s'exclama-t-il. Le programme de la télé était donc si passionnant…

Julianna haussa les épaules. A vrai dire, elle n'avait pas réussi à s'endormir tout de suite. Chaque fois qu'elle fermait les yeux, elle voyait le beau visage d'Alexandro, comme si ses traits étaient gravés dans sa mémoire.

— Qu'as-tu de si important à me dire ? demanda-t-elle à son frère.

— Le prince Enrique t'attend en bas.

Julianna regarda l'heure. Il était 10 h 15.

— Il n'y avait rien de marqué sur mon agenda.

Si cela avait été le cas, Yvette aurait pris soin de la réveiller à temps.

— C'est une surprise, ajouta Brandon avec un sourire amusé.

— Je n'ai pas droit à un petit indice ?

— Non.

Elle lui lança un oreiller, qu'il esquiva en riant.

— Eh ! Je ne suis que le messager ! J'ai pensé que tu préférerais être réveillée par moi plutôt que par Enrique.

Mieux encore, par Alexandro. Avec un long baiser…

— O.K., sors, je vais m'habiller.

— Ce ne sera pas nécessaire.

— Pardon ?

Brandon poursuivit d'un air taquin.

— Enrique a dit qu'un peignoir et des mules suffiraient.

— Qu'est-ce qui se prépare ?

— Ne t'inquiète donc pas. Et tu peux emmener Yvette. Elle et moi veillerons à ce que ta réputation ne soit pas entachée.

Sa réputation l'aurait été plus gravement encore si elle s'était fait prendre la veille au soir.

— Arrête, tu parles comme notre père. Allez, dehors ! Je te retrouve dans l'entrée dans cinq minutes.

— Pas plus. Enrique a dit que c'était important.

Brandon à peine sorti, elle rabattit les draps et se leva. Sa chemise de nuit en coton toute simple ne ressemblait en rien à ce qu'aurait dû porter une princesse, mais son père lui interdisait les tenues de nuit trop féminines tant qu'elle n'était pas mariée. Sans même parler de lingerie sexy. Elle s'estimait déjà heureuse d'avoir sauvé un soutien-gorge en dentelle de l'inspection rigoureuse de la gouvernante en chef, qui confisquait les achats non conformes aux standards du roi Alaric.

Yvette sortit de la salle de bains en tenant un peignoir en éponge bleu lavande et des mules assorties.

— Tenez, madame.

— Je préférerais m'habiller.

— Vous n'en avez pas le temps.

Julianna apprécia le ton compatissant de sa femme de chambre.

— Avez-vous une idée de ce qui se trame ?

— Non, madame. Mais depuis ce matin, il y a un va-et-vient incessant en bas. Je m'étonne que le bruit ne vous ait pas réveillée.

— Non, j'ai dormi comme un loir.

— Vous deviez être fatiguée.

Plus maintenant. Il y avait longtemps qu'elle n'avait pas aussi bien dormi.

Alexandro regardait les jeunes femmes élégantes qui apportaient des cartons dans la grande salle de musique. Avec leurs robes courtes dévoilant leurs longues jambes fines, elles ne faisaient certainement pas partie du personnel du palais.

Enrique marchait de long en large, les mains derrière le dos, le front plissé et luisant de transpiration. Il n'avait vraiment pas l'élégance des ancêtres dont les portraits ornaient les murs.

Mais Alexandro l'avait déjà vu dans cet état d'agitation à la veille d'un rendez-vous avec une célèbre actrice de cinéma. Le couple n'avait d'ailleurs pas tenu longtemps, les deux étant aussi égoïstes l'un que l'autre et chacun s'attendant à ce que l'autre fasse ses quatre volontés.

— Qu'est-ce que tu mijotes, mon frère ?

— Je me disais bien que les effluves de parfums féminins allaient te faire accourir. Tu peux regarder, mais pas toucher, compris ? Je prépare une surprise pour Julianna.

— Une surprise ?

— Je te rappelle qu'elle va devenir ma femme.

Alexandro ne risquait pas de l'oublier. C'est ce qui l'avait empêché d'embrasser Julianna la veille au soir. En récompense de sa sagesse, il avait obtenu son accord pour barrer *La Rueca* pendant la Med Cup.

— Je sais, répondit-il d'un ton qui se voulait détaché, même s'il était un peu… envieux.

— Il faut que Julianna ait une tenue appropriée pour la cérémonie et la soirée.

Incapable de dormir, Alexandro était allé sur internet pour faire des recherches sur Julianna. Dans son pays, elle était considérée comme un modèle d'élégance. Il en fit part à son frère.

— Pour les tenues de tous les jours, peut-être, dit ce dernier, mais le jour où elle épouse un prince, tout doit être parfait. J'ai fait venir les meilleurs stylistes, coiffeurs et maquilleurs pour elle.

Alexandro leva les yeux au ciel.

— Ne me dis pas que c'est pour lui faire plaisir. C'est plutôt parce que tu veux tout contrôler.

— Aujourd'hui, nous allons passer en revue chaque détail pour le jour du mariage. La styliste va faire les retouches nécessaires à la robe de mariée…

— Je ne savais pas que Julianna avait déjà choisi sa robe.

— C'est moi qui l'ai choisie.

Alexandro était consterné.

— Qu'as-tu…

— Bonjour messieurs, dit soudain la voix fraîche de Julianna.

Elle venait de les rejoindre dans le hall, accompagnée de son frère et de sa femme de chambre. Même en peignoir, les cheveux lâchés mais sagement brossés, elle était superbe.

— Vous vouliez me voir, Enrique ?

Ce ton formel n'avait rien à voir avec la façon dont elle avait parlé à Alexandro au retour de leur sortie en mer. Personne à part lui ne pouvait deviner que cette princesse si posée pouvait aussi être une jeune femme gaie et spontanée, avec des étoiles dans les yeux.

— En effet, ma ravissante future épouse. J'ai une surprise pour vous.

Julianna sourit avec les lèvres, mais pas avec les yeux.

— J'adore les surprises.

Alexandro doutait fort que celle-ci lui plaise. Elle qui semblait rêver de liberté n'apprécierait sûrement pas qu'on lui dise comment elle devait s'habiller ou se comporter. Il fallait qu'il la prépare à ce qui l'attendait.

— Enrique, pourquoi ne demandes-tu pas à père de venir assister aux essayages ? proposa-t-il. Je suis sûr que cela l'intéresserait.

— Père est en train de petit déjeuner avec le président du tribunal, comme toutes les semaines. Tu le saurais si tu t'intéressais à ce qui se passe au palais, rétorqua Enrique en proposant son bras à Julianna, qui le prit.

Quand les portes de la salle de musique s'ouvrirent devant eux, Julianna poussa un petit cri de surprise.

Les murs de la pièce avaient été tendus de satin blanc et de tulle. Un épais tapis blanc recouvrait le sol. Un rideau de soie blanc séparait du reste de la pièce la partie transformée en institut de beauté privé.

Alexandro jeta un coup d'œil à Julianna pour voir sa réaction. Elle était manifestement impressionnée. Si seulement son frère avait fait tout cela pour elle et non pour sa propre satisfaction !

— Il y a là tout ce qu'il vous faut pour vous préparer pour le mariage, annonça fièrement Enrique.

— C'est magnifique ! Merci, Enrique, de vous être donné tout ce mal.

Le sourire de Julianna s'était élargi. Elle paraissait touchée de cette attention.

Ce n'est qu'un écran de fumée, avait envie de lui crier Alexandro. *Mon frère pense avant tout à lui.*

Cependant, il ne voulait pas gâcher son plaisir. Il voulait la voir heureuse, et tant pis si c'était avec son égoïste de frère. Enrique aurait la princesse, lui aurait la barreuse hors pair.

— C'est formidable, commenta Brandon à son tour. Merci, Enrique.

— Rien n'est trop beau pour ma princesse, dit Enrique d'une voix douce avant de baiser la main de Julianna. Et ce n'est pas tout…

Alexandro craignait le pire.

D'un geste théâtral, son frère fit signe qu'on ouvre le rideau. Deux jeunes femmes vêtues de la même robe courte de couleur rose et perchées sur des escarpins noirs, en écartèrent les pans, révélant ainsi un mannequin de présentation portant une robe de mariée, une tiare en diamants et un long voile en dentelle.

— Surprise ! s'écria Enrique, visiblement très fier de lui.

Julianna poussa un petit cri, mais pas de plaisir cette fois. Une lueur de désespoir traversa son regard, cependant elle se reprit aussitôt et s'efforça de sourire.

Alexandro la comprenait. Avec ses manches gigot et son volume exagéré, la robe, tout en dentelle et parsemée de gros nœuds et de pierres en cristal scintillantes avait tout d'une grosse meringue. Elle aurait été parfaite pour la princesse d'un film de Walt Disney, elle ne conviendrait vraiment pas à Julianna.

Il lui fallait plutôt un fourreau élégant et soyeux qui épouserait ses courbes parfaites. Alexandro l'imagina ainsi vêtue en train de remonter l'allée centrale de l'église, lui l'attendant au pied de l'autel…

Allons, il perdait la tête ! Non seulement il ne cherchait pas de petite amie, mais encore moins une future épouse. Et surtout pas celle qui était destinée à son frère et détenait la clé de sa propre liberté.

Julianna regardait la robe d'un air catastrophé. Des larmes apparurent dans ses yeux.

— Je vous l'avais dit, qu'elle la trouverait magnifique ! se rengorgea Enrique. Elle en pleure de joie.

Alexandro se retint de lui balancer un coup de poing dans la figure. Il était si sûr de lui, si narcissique qu'il ne se rendait même pas compte que Julianna était horrifiée. Ou alors, il ne connaissait vraiment rien aux femmes.

— C'est la robe de mariée de ma sœur ? demanda Brandon, incrédule.

Enrique acquiesça, très content de lui.

— J'ai demandé à la styliste d'imaginer une robe de mariée digne d'une princesse de conte de fées.

— Quand… quand le lui avez-vous demandé ? balbutia Julianna.

— Il y a quelque temps. Quand mon père a décidé que je devais me marier.

Julianna pinça les lèvres.

Alexandro n'avait pas besoin de savoir lire dans les pensées pour imaginer sa déception à l'idée que cette robe avait été créée pour une future princesse quelconque et non pour elle en particulier. Lui qui affrontait souvent son frère, dont il ne supportait pas l'égoïsme forcené, n'avait jamais été aussi en colère contre lui.

— Essayez votre robe, dit Enrique à Julianna.

Alexandro s'attendait à ce que celle-ci réponde qu'elle aurait aimé la choisir elle-même. Elle ne le fit pas, mais redressa les épaules.

— Venez, Yvette. Nous allons voir comment elle me va.

Et elle se rapprocha du mannequin.

Alexandro, qui l'avait vue hier si vive et capable de polémiquer avec lui sur le nom du chat, n'en croyait pas ses yeux devant son air résigné. Il jeta un coup d'œil à Brandon, pensant que lui au moins prendrait la défense de sa sœur. Mais non, Brandon la suivit sans un mot.

— Je savais que c'était une bonne idée, lui souffla Enrique, resté sur place.

Alexandro serra les dents.

— Une mariée devrait pouvoir choisir sa robe.

— Cette question a été abordée lors des négociations avec le roi Alaric.

— Il est d'accord pour que sa fille porte une robe choisie par toi ?

— Mais oui. Le roi Alaric a tout payé, y compris cette robe que j'ai commandée il y a quelques mois. Ce vieux bonhomme a tellement hâte d'avoir des petits-enfants qu'il a dit oui à toutes mes conditions. Et, il m'a promis dix millions de dot en plus si je réussissais à interdire la voile à Julianna. Tu te rends compte ?

— Non, répondit sèchement Alexandro. C'est même honteux, sachant que Julianna adore ce sport.

Il serrait si fort les mâchoires qu'il en avait mal. Avec une somme pareille à la clé, Enrique ne céderait jamais.

— Elle s'en remettra. N'oublie pas qu'elle m'aura, moi. Cela devrait suffire à son bonheur.

— Elle serait encore plus heureuse si elle pouvait…

— Ma priorité, ce n'est pas son bonheur, c'est sa dot et sa capacité à me donner des héritiers. Et à m'obéir sans discuter.

Alexandro était outré.

— Tu es monstrueux !

— Je la traite simplement comme elle a l'habitude de l'être. A Alieste, les femmes n'ont pas leur mot à dire.

— Enrique, arrête…

— Ça suffit ! Et si tu souffles un mot de cette conversation à Julianna ou à Brandon, j'annule la Med Cup.

— Tu ne ferais pas une chose pareille !

— Détrompe-toi.

Laissant cette menace planer dans l'air, Enrique s'en fut rejoindre les autres en se dandinant comme un paon.

Alexandro ne pouvait rien faire pour empêcher le mariage, puisque Julianna elle-même préférait accepter cet arrangement plutôt que retourner à Alieste.

Mais il allait donner à la princesse le bonheur de barrer clandestinement *La Rueca* pour la Med Cup, l'occasion d'y prouver ses formidables compétences et de gagner l'estime de tout l'équipage. Il ferait en sorte que cette course reste pour elle un souvenir inoubliable.

J'ai tout d'une meringue avec de la chantilly.

Julianna se regardait dans le miroir avec horreur. Elle n'arrivait pas à croire qu'Enrique veuille la voir porter cette monstruosité pour le mariage. Elle avait pensé un instant que le but de cette mise en scène théâtrale était de lui faire plaisir, mais elle se rendait compte à présent qu'il n'en était rien.

« Croyez-vous vraiment que mon frère renoncerait à une dot de cent millions de dollars en découvrant que vous avez fait de la voile ? »

Les paroles d'Alexandro ne faisaient que confirmer ce

qu'elle pensait au fond d'elle-même. Enrique n'était intéressé que par l'argent et ne faisait les choses que pour se faire plaisir.

Dieu merci, il n'était pas resté longtemps dans la pièce.

Pendant que la couturière et ses assistantes s'affairaient autour d'elle, elle-même cherchait sur quoi elle pourrait concentrer ses pensées pour ne pas craquer.

Elle s'imaginait sur *La Rueca*. Le métal de la barre était doux sous ses paumes. Le bateau gîtait, l'écume lui éclaboussait le visage. Alexandro s'occupait du foc. Son torse musclé luisait de sueur et d'eau. Il se retournait vers elle. Son beau visage était rayonnant, et ses yeux noirs exprimaient son désir pour elle.

Elle sentit une onde de chaleur dans son ventre.

— Vous êtes magnifique, madame !

Le compliment de Délia, la styliste, la ramena brutalement à la réalité. Consternée, elle ne trouva rien à répondre. Quand les jeunes femmes en rose eurent lacé le dos de sa robe, elle ne put retenir un cri.

— Je ne peux plus respirer.

— Desserrez-la ! ordonna Délia à ses assistantes. Pardon, madame. Je vais prendre vos mesures. Cette robe est trop serrée à la taille et trop large au niveau du buste.

Enrique s'était sans doute imaginé sa future femme avec les proportions d'une poupée Barbie !

Une fois les mesures prises, la styliste promit de s'attaquer aux retouches le jour même.

— J'enlèverai aussi quelques nœuds et une épaisseur de tulle. Le prince Enrique m'avait demandé une robe de princesse de conte de fées. J'ai pensé que sa fiancée aurait dix-huit ans à peine mais je me suis trompée, pardonnez-moi.

— Ne vous excusez pas. La qualité de votre travail n'en est pas moins remarquable. Mais j'ai vingt-huit ans et non dix-huit, alors, en effet, si vous pouvez rendre cette robe un peu plus sobre, je vous en serais reconnaissante.

Julianna se retourna vers sa femme de chambre.

— Où dois-je aller maintenant ?

— On vous a prévu un massage, répondit Yvette, qui lisait le programme sur une feuille. Ensuite, séance de manucure et pédicure. Puis la coiffeuse et la maquilleuse s'occuperont de vous.

— Tout cela pour aller nulle part.

— Si, madame. Ce soir, le prince Brandon, vous-même et la famille royale devez assister à un ballet.

Julianna espérait qu'Alexandro serait présent. Elle ne regrettait pas d'avoir accepté de barrer *La Rueca* pour la course. Ses souvenirs de la Med Cup seraient les seules choses qui l'aideraient à tenir jusqu'au jour où elle aurait des enfants à chérir.

Peut-être tomberait-elle rapidement enceinte ? Dès la nuit de noces…

L'idée d'avoir des moments d'intimité avec Enrique lui glaçait le sang. Elle leva la tête vers le plafond et cligna les yeux. Deux fois. Pour contenir ses larmes. Depuis son plus jeune âge, on l'avait habituée à ne jamais montrer ses émotions. Personne ne devait découvrir ce qu'elle ressentait vraiment.

Les épaules en arrière. Le menton levé. Souris.

8

Le soleil ne pointait pas encore à l'horizon lorsque Julianna rejoignit le chantier d'Alexandro. Seule sa lampe frontale perçait l'obscurité. Une odeur d'herbe fraîche flottait dans l'air. C'était nouveau. Quelqu'un avait dû tondre la veille.

Cette fois, elle connaissait le chemin. Le silence était néanmoins impressionnant. Même les insectes semblaient encore endormis.

Elle bâilla, car elle n'avait eu que trois heures de sommeil. Le ballet et la collation qui avait suivi s'étaient terminés au milieu de la nuit.

Alexandro n'avait assisté qu'à la première partie du ballet mais il avait eu le temps, avant de quitter la loge royale, de glisser un mot dans sa pochette en perles. Elle avait été triste de le voir partir. Simplement parce qu'elle appréciait sa compagnie, bien sûr… Cependant, l'idée de le retrouver dans un moment lui faisait chaud au cœur.

Ce serait un peu moins excitant que lors de leur première sortie en mer, car elle allait rencontrer l'équipage pour la première fois. Alexandro la présenterait comme Julius, un étudiant de dix-neuf ans originaire d'Allemagne, qui connaissait suffisamment le jargon de la voile pour pouvoir barrer et donner des ordres en anglais à ses équipiers.

Julianna portait le même déguisement que la veille. Réussirait-elle à tromper les autres sur son identité ? Alexandro lui affirmait que oui. Mais il était si sûr de lui ! Il semblait avoir confiance en elle aussi. Elle ne pouvait pas le décevoir. Il avait besoin d'elle. Et elle avait besoin de lui, de cette course sur *La Rueca* pour se forger des souvenirs à vie. Des souvenirs qu'elle pourrait raconter plus tard à ses enfants. Et peut-être un jour à son mari.

Elle s'arrêta au sommet de la butte pour admirer le lever du soleil et humer l'air marin. Elle avait hâte d'être arrivée. Après avoir éteint sa lampe frontale, elle dévala la pente.

Des hommes vêtus de bleu marine, de noir et de rouge étaient déjà debout sur le quai ou à bord du voilier. Deux d'entre eux portaient des casquettes de base-ball, comme elle. Bien !

En la voyant approcher, ils la détaillèrent de haut en bas, mais pas de la manière dont les hommes la regardaient habituellement. Ouf !

Elle-même étudia leurs visages. Il y avait là des marins de tous âges et de toutes nationalités. Alexandro n'était pas parmi eux. Une vague d'appréhension l'envahit.

Elle fut soulagée en voyant sa tête émerger de la cabine.

— Bonjour, Julius, lui lança-t-il d'un ton jovial.

Elle garda ses mains dans les poches pour ne pas répondre par un signe de la main trop féminin.

— C'est Julius, le garçon dont je vous ai parlé, expliqua-t-il aux autres. Attendez de le voir à la barre. *La Rueca* lui obéit au doigt et à l'œil.

Les marins la regardèrent avec une certaine défiance. Mais elle ne leur en voulait pas. Il fallait d'abord qu'elle gagne leur estime. Et si elle ne se montrait pas à la hauteur ? Et si c'était une combinaison parfaite de mer et de vent qui lui avait si bien réussi la dernière fois ?

— Hello ! dit-elle à tous de sa voix la plus grave.

— Je m'appelle Philippe, lui dit un chauve aux yeux très bleus. C'est moi le tacticien.

Elle l'avait déjà vu dans des courses internationales retransmises à la télévision. Avant qu'elle ait pu répondre, il avait déjà tourné les talons.

— Mon nom à moi, c'est Mike, enchaîna un brun solidement charpenté à l'accent américain très marqué. Je suis l'un des préposés aux winchs.

Il bâilla sans retenue.

— J'espère que tous les entraînements ne vont pas avoir lieu au petit matin comme aujourd'hui.

Alexandro répondit pour elle.

— Julius ne peut pas manquer ses cours à l'université. Et le matin, le vent est parfait.

— Et ma vie sociale, capitaine, vous vous en moquez ?

— La blonde d'hier soir t'attendra bien jusqu'à la fin de la Med Cup, le taquina un jeune blond au visage bronzé et au sourire chaleureux.

Il se présenta ensuite à Julianna.

— Moi, je suis en poste à l'avant. Je m'appelle Sam et je viens de Nouvelle-Zélande. Bienvenue à bord, Julius.

Julianna lui sourit en retour, étonnée que personne ne devine qu'elle n'était pas un garçon.

— T'auras qu'à lui envoyer un texto ! reprit Sam à l'adresse de Mike.

— J'y compte bien. C'est un sacré beau morceau…

— T'as une photo ? demanda un rouquin à l'accent irlandais en se penchant sur le téléphone de Mike.

Julianna sentit ses joues s'empourprer et se détourna. Elle n'avait pas l'habitude d'entendre ses frères parler des femmes de cette manière. Pas même Brandon à propos de ses conquêtes d'un soir.

— Désolé, Cody, cela attendra, intervint Alexandro. Et la suite des présentations aussi. Pour l'instant, profitons du bon vent. Julius va nous montrer ce qu'il sait faire.

Julianna avala avec difficulté. Elle ne pouvait pas décevoir Alexandro.

Chacun rejoignit son poste. Elle monta à bord, sortit de sa poche des lunettes de soleil masculines et les mit sur son nez. Puis elle se plaça devant la barre, les jambes bien plantées.

— Tu es prêt, Julius ? lui demanda Alexandro.

— Oui, capitaine, répondit-elle d'une voix assurée.

Julianna avait passé le test haut la main. Alexandro était fier d'elle. Les trois heures avaient filé trop vite, mais elle devait à tout prix être de retour au palais avant qu'on ne découvre qu'elle n'était pas dans son lit. C'était à lui d'y veiller.

Pendant qu'elle était penchée sur des cartes marines avec Philippe, Sam cria de l'avant :

— Lancez-moi un bout, capitaine !

Alexandro s'exécuta.

— Il est fantastique, le petit ! reprit Sam en amarrant l'avant du voilier au quai. Un peu trop réservé, peut-être, mais quelle maîtrise à la manœuvre ! La manière dont il a viré à la bouée, chapeau !

— Je te l'avais dit.

Sam hocha la tête.

— On devrait l'emmener en virée avec nous un soir. Lui faire prendre une bonne cuite pour qu'il se lâche un peu. Ça lui ferait du bien.

— Julius vit encore chez ses parents qui le surprotègent. Si on le ramène ivre mort, ils ne lui permettront plus de venir sur *La Rueca* avec nous.

— Et lui présenter des filles, on pourrait ?

— Ecoute, Julius est un barreur hors pair. C'est l'essentiel. Pour le reste, il est comme il est, et on lui fiche la paix. C'est un ordre !

Sam haussa les épaules.

— Comme vous voudrez !

Heureusement que Julianna ne pouvait pas les entendre ! Elle était en train de discuter stratégie avec Philippe. En allemand. Alexandro ignorait que le Français parlait couramment l'allemand. Dieu merci, Julianna aussi, semblait-il…

Julianna avançait dans le tunnel obscur sans plus se soucier des rongeurs qui détalaient dans le faisceau de sa lampe. Avoir été acceptée par l'équipage lui procurait une grande joie. Et le grand sourire d'Alexandro et l'expression de fierté de ses beaux yeux noirs la rendaient euphorique.

Arrivée à l'escalier raide qui menait au fond de sa penderie, elle grimpa les marches avec un regain d'énergie.

Le plan d'Alexandro avait marché. Elle pourrait donc

s'entraîner sur *La Rueca* et participer à la course. Après la Med Cup, elle épouserait Enrique comme prévu. Hélas ! Mais personne ne saurait jamais la vérité.

Une fois la porte secrète refermée derrière elle, elle attendit quelques secondes, l'oreille tendue, avant d'ouvrir celle de sa penderie. Pas un son. Tout s'était bien passé !

Elle avait dit à Yvette de la laisser dormir jusqu'à ce qu'elle se réveille d'elle-même. Elle n'avait plus qu'à prendre une bonne douche, cacher sa tenue de voile, et…

Soudain, la porte s'ouvrit. Yvette poussa un cri d'effroi.

Le cœur battant, Julianna se jeta en avant et lui mit la main sur la bouche.

— Chut ! Ne criez pas.

Yvette semblait terrorisée. Elle articula avec difficulté.

— Ne ffff pa maou ma peuseuss.

— Je vais enlever ma main. Ne criez pas, compris ? Qu'avez-vous dit ?

— Ne faites pas de mal à ma princesse.

Sa femme de chambre ne l'avait pas reconnue. Elle pouvait encore repartir en courant… Oui, mais il y aurait une enquête, et l'on découvrirait l'existence du passage secret. Et Yvette resterait traumatisée à vie. La seule solution était de la mettre dans la confidence.

— Yvette, c'est moi, Julianna.

La jeune fille avait encore l'air affolé.

— C'est vous, princesse ? dit-elle, incrédule.

— Oui, c'est bien moi.

Julianna retira d'un geste sa casquette, sa perruque et la charlotte en Nylon qui retenait ses cheveux.

Yvette la regarda comme si elle était une extraterrestre.

— Mais… mais… vous étiez dans votre lit il y a un instant.

— Ce que vous avez vu, c'est la forme d'un traversin et une perruque blonde.

— Et… que faites-vous dans votre penderie, habillée en garçon ?

Parfait. Elle n'avait pas à lui parler du passage secret.

— Je viens de faire de la voile.

— Mais cela vous est interdit.

— C'est bien pour cela que je suis déguisée. Je vous en supplie, Yvette, gardez ce secret pour vous. N'en parlez à personne.

Surtout pas à son père. Ni aux journaux à scandale. Julianna avait l'estomac noué à l'idée que sa tricherie pourrait être révélée au grand jour.

— Je ne comprends pas, madame. Vous n'avez jamais désobéi au roi.

La jeune fille était sidérée.

— Il m'a semblé que je n'avais pas d'autre choix.

Julianna avait besoin de la complicité d'Yvette. Elle devait donc tout lui dire. Peut-être qu'en apprenant la vérité elle éprouverait de la compassion pour elle.

— Une fois que j'aurai épousé Enrique, ma vie ressemblera à ce qu'elle était chez nous, avec les mêmes obligations. Enrique m'a interdit de remettre les pieds sur un voilier. Je sais qu'en le faisant, je désobéis à mon père, mais j'ai besoin de goûter à la liberté. Quand Alexandro m'a demandé de barrer son bateau…

— Vous allez en mer avec le prince Alexandro ?

Yvette paraissait scandalisée.

Juliette fit oui d'un signe de tête.

— Mais sa réputation…

— De play-boy ? Avec moi, il se conduit en parfait gentleman.

Et c'était bien dommage !

— Si le roi Alaric ou le prince Enrique l'apprennent…

— Il n'y a qu'Alexandro et vous qui le sachiez. L'équipage du voilier me prend pour un jeune étudiant allemand.

Yvette restait muette. Julianna lui prit les mains.

— Je sais que je ne devrais pas vous demander cela, mais je vous en supplie, ne dites rien à personne.

Après quelques secondes, Yvette répondit enfin.

— Je vous promets de garder votre secret, madame. Et de vous aider si je le peux.

— Oh ! Merci, merci, Yvette ! Je vous revaudrai ça.

— Ce n'est pas nécessaire, madame. Je vous comprends.

Le regard d'Yvette exprimait de la compassion.

— Vraiment ?

— Oui, madame. Moi-même, j'aimerais tant pouvoir quitter mon emploi de domestique au palais et aller m'installer à Milan ou à Paris pour travailler dans l'industrie de la mode.

Le ton d'Yvette était plein de mélancolie.

— Vous avez du talent, vous réussiriez.

— Merci, madame.

— Je suis sûre que nous ne sommes pas les seules femmes à rêver d'une autre vie.

Yvette confirma d'un signe de tête.

— Je n'ai pas de relations dans ce milieu à Paris et à Milan. Mais je peux vous obtenir un emploi similaire ici, sur l'île.

— C'est très gentil à vous, madame, mais ma famille a besoin de moi à Alieste. En particulier mes sœurs, qui ont des projets de mariage.

— Je comprends. Mais si vous changez d'avis, dites-le moi.

Julianna avait plus de points communs avec sa femme de chambre qu'elle ne l'aurait pensé. Elle lui sourit avec chaleur.

— Grâce à vous, Yvette, il me sera beaucoup plus facile de m'entraîner pour la Med Cup et d'y prendre part. Voilà donc ce que nous allons faire…

9

Les jours suivants, Julianna jongla entre ses deux rôles, celui de Julius, le jeune marin, et celui de Julianna la princesse. Les quelques fois où quelqu'un voulut la voir le matin, Yvette répondit qu'elle dormait encore.

Julianna avait trouvé le moyen de remplir son devoir vis-à-vis de son père et de son pays tout en s'accordant la liberté à laquelle elle aspirait. Cependant, l'aventure enivrante qu'elle vivait actuellement ne durerait pas éternellement. Elle se sentait coupable de n'avoir pas une seule fois songé à son mariage imminent ou à son futur époux. Enrique n'était pas l'homme de ses rêves. Pourtant, il serait bientôt son mari et le père de ses enfants. Pour la vie.

Jusqu'à présent, il ne s'était pas beaucoup occupé d'elle, et c'était mieux ainsi. Mais pour qu'un sentiment d'amour puisse naître entre eux, il fallait que l'un des deux fasse le premier pas. Elle se sentait obligée de le faire.

Elle se dirigea d'un pas décidé vers le bureau d'Enrique. Son secrétaire n'était pas là, mais la porte du bureau principal était entrouverte.

Elle tapa discrètement.

— Enrique ?

En la voyant, il se leva. Avec son costume gris, sa chemise blanche et sa cravate rouge, il n'avait pas l'allure décontractée d'Alexandro avec ses bermudas et polos de marin, mais c'était un bel homme distingué.

— Que me vaut le plaisir de votre visite ?

Elle pénétra dans la pièce et avança vers son imposant bureau en châtaignier.

— Je vous ai à peine vu cette semaine.

— C'est vrai. Mais vous devez comprendre. J'ai énormément de travail.

— Je sais que vous êtes très occupé. Mais nous ferez-vous le plaisir de vous joindre à nous pour le dîner ?

Enrique ne l'avait pas fait les quatre derniers soirs.

— Je regrette, mais c'est impossible. Si je travaille autant, c'est pour pouvoir partir quelques jours en vacances après le mariage.

Il parlait de vacances. Pas de voyage de noces.

— Pour notre lune de miel ?

— Oui. Je ne pourrai d'ailleurs pas m'absenter plus d'une semaine.

— Je comprends. Le devoir avant tout.

Et c'est aussi bien, se dit Julianna. Les rares fois où ils avaient assisté à une sortie ou une soirée officielle, il l'avait irritée en la promenant à son bras et en parlant d'elle aux autres comme si elle n'était qu'un objet. Tant mieux, donc, si la lune de miel ne durait que quelques jours.

— J'aime votre sens du devoir, Julianna.

Et ma dot encore plus, pensa-t-elle.

Allons, elle devait essayer de positiver. En vivant sur l'île, ses filles pourraient devenir médecins ou avocates si elles le souhaitaient.

— Merci, murmura-t-elle en se forçant à sourire.

— Et où en sont les préparatifs du mariage ?

Elle resta interloquée. C'était Enrique qui avait pris toutes les décisions sans même la consulter.

— Les coordinateurs sont en train de finaliser toute l'organisation. Et, pour ma part, j'ai de quoi m'occuper.

Tous les matins, après son entraînement sur le voilier et une ou deux heures de sommeil, elle allait se promener en ville pour le plaisir de la découverte et pour faire connaissance avec la population de l'île.

— J'adore me promener dans la capitale. Les gens que je rencontre sont charmants.

La ville côtière ressemblait à une carte postale avec ses bâtiments aux murs pastel et aux toits de tuiles, ses cafés aux terrasses ombragées et ses marchés colorés où l'on pouvait acheter aussi bien du poisson frais que des légumes. L'après-midi, à l'heure de la sieste, tous les commerces étaient fermés. Ce rythme de vie décontracté lui faisait penser à Alexandro.

En raison de leur héritage espagnol, les citoyens de La Isla de la Aurora parlaient aussi bien espagnol qu'anglais, mélangeant parfois les deux dans une conversation. Partout où elle allait, les gens lui souriaient. Ils étaient beaucoup plus chaleureux que les habitants d'Alieste. C'était une raison de plus pour rester vivre ici.

— Vous me paraissez fatiguée en ce moment, lui dit Enrique sur un ton contrarié.

Elle fut étonnée qu'il l'ait remarqué.

— Je le suis un peu, c'est vrai. J'essaie d'apprendre à tenir mon rôle le mieux possible.

— Vous vous en tirez très bien. J'ai vu une photo de vous ce matin dans le journal. Vous étiez à l'hôpital.

— J'aime rendre visite aux malades, surtout aux enfants. Il y a par exemple un petit garçon qui…

— Cessez vos visites à l'hôpital jusqu'au mariage, l'interrompit Enrique. Vous pourriez attraper un vilain microbe. Ce n'est pas le moment de tomber malade.

— Non, bien sûr.

Une fois de plus, Enrique ne pensait qu'à lui.

— Ce n'est qu'une fatigue passagère. Ne vous inquiétez pas. Je suis en très bonne santé.

— Je le sais.

— Ah bon ?

— Notre médecin s'est entretenu avec le vôtre.

Julianna en resta sans voix. Ses précédents fiancés avaient-ils demandé son dossier médical, eux aussi ? Bien qu'elle n'ait rien à cacher, ce manque d'intimité la mettait hors d'elle. Elle était certaine que, en tant qu'hommes, ses frères n'auraient jamais à subir ce genre d'humiliation.

Enrique leva les yeux vers l'écran de son ordinateur.

— Vous vouliez me parler d'autre chose ?

— Oui. Nous pourrions sortir un soir, rien que vous et moi… Comme pour un rendez-vous galant.

— Quelle charmante idée ! Mais ce n'est pas possible pour l'instant. Ne vous inquiétez pas, ma princesse. Nous aurons tout le temps pour cela après le mariage.

— Très bien. Je vous laisse travailler.

Enrique ne releva même pas la tête pour lui dire au revoir. Il tapait déjà sur son clavier.

Quel mufle ! se dit-elle en se dirigeant vers la porte. Elle avait pris sur elle pour faire la moitié du chemin, mais il n'avait pas fait l'autre. S'il ne changeait pas d'attitude, leur mariage était voué à l'échec.

En tout cas, elle n'éprouverait plus le moindre remords à faire de la voile. Et elle comptait bien s'éclater sur *La Rueca* avec Alexandro et son équipage.

Alexandro contemplait la photo de Julianna dans le journal du matin. Un grand sourire illuminait son visage, et son regard était pétillant de vie. Etait-ce grâce à lui… enfin, à la voile ? Ou à Enrique ?

Il ne les avait pas vus ensemble depuis plusieurs jours. Enrique avait même manqué plusieurs dîners. Cela ne le dérangeait pas, personnellement. Au contraire, il appréciait ses conversations à bâtons rompus avec Julianna, même en présence de Brandon et de son père, le roi Dario. Il avait hâte de la retrouver.

Il regarda sa montre. 14 heures à peine.

Et s'il rentrait au palais assez tôt pour avoir la chance de passer un moment seul avec elle ? Il avait beau la voir tous les matins sur le voilier, ils étaient tous les deux obligés de s'en tenir à leur rôle. Il ne la raccompagnait même plus au palais, de peur d'éveiller les soupçons de ses coéquipiers. Elle partait seule de son côté pendant que lui-même rejoignait son chantier.

Après avoir donné quelques instructions au responsable du chantier, il rentra au palais. Il trouva le chaton, Bottines, endormi dans un fauteuil. Il le prit délicatement et alla frapper à la porte de Julianna.

Pas de réponse. Il frappa de nouveau. Toujours pas de réponse. Il était affreusement déçu.

— Vous cherchez la princesse ? lui demanda une domestique armée d'un plumeau.

— Oui, Elena. Je lui ai amené Bottines.

— Elle me parle souvent de lui. C'est bien vrai qu'il a grandi et forci depuis que vous êtes ici.

Le sourire de la vieille femme accentuait ses rides. Elle travaillait au palais depuis qu'Alexandro était tout petit. Quand il était consigné dans sa chambre et privé de dîner, elle lui apportait toujours de quoi manger en cachette.

— La princesse est partie à la plage il y a une demi-heure.

— Merci Elena.

Alexandro ramena le chat dans ses appartements et prit à son tour le chemin de la plage. Il aperçut de loin Julianna. Elle était assise dans le sable. Les vagues venaient parfois mouiller le bas de son pantalon blanc, mais elle ne semblait pas s'en soucier. Elle n'était pas seule. Quelques mètres derrière elle se tenait son garde du corps, Klaus.

Alexandro le salua avant de rejoindre Julianna.

— Bonjour, princesse.

Elle leva la tête et lui sourit. La couleur de sa chemisette — la même que celle du ciel — accentuait le bleu de ses yeux.

— Je ne vous dérange pas ?

— Non, non. Asseyez-vous.

— Vous construisez un château de sable ?

Elle était en train de façonner grossièrement un monticule avec ses mains.

— Oui. Vous voulez m'aider ?

— Il nous faudrait des pelles et des moules pour en faire un beau.

— Peu importe s'il n'est pas parfait en apparence. Celui-ci est très spécial.

— En quoi l'est-il ? Vous voulez bien m'en parler ?

— Il représente un idéal. Un endroit où l'on peut faire tout ce qu'on veut. La seule règle est de suivre son cœur.

— Une excellente règle, approuva Alexandro en plongeant ses mains dans le sable chaud.

— Et l'on ne s'y marie qu'à condition d'avoir trouvé le grand amour.

— Alors les mariages y sont rares.

Alexandro creusait à quelques centimètres de Julianna. Ils tournaient le dos à Klaus, celui-ci ne pouvait donc pas voir ce qu'ils faisaient. Il rapprocha imperceptiblement sa main gauche. Il rêvait de toucher la peau douce de Julianna. Mais ce ne serait pas bien… Il écarta sa main.

— Et les contraintes imposées par la royauté ?

— Il n'y a pas de royauté. Tous les gens sont égaux.

— Il doit faire bon y vivre.

— Ce n'est qu'un rêve…

La mélancolie perceptible dans la voix de Julianna émut Alexandro.

— La Isla de la Aurora n'est pas un endroit parfait, mais on s'y sent bien, vous verrez. Certes, on n'y jouit pas de la même liberté que dans le château de vos rêves…

— Malheureusement ! soupira Julianna.

— Si vous aimez tant votre liberté, je ne comprends pas que vous acceptiez d'épouser Enrique.

— Je ne fais que mon devoir. J'ai toujours su que mon futur mari serait choisi par mon père. Les mariages arrangés font partie des traditions à Alieste. Et Enrique représente apparemment le meilleur choix pour notre famille et notre pays.

Alexandro admirait son abnégation.

— Vous avez beaucoup plus le sens du devoir que moi. Vous êtes prête à accepter un mariage arrangé et renoncer à tous vos rêves. Moi, je n'ai qu'une hâte, c'est d'être libéré des contraintes de la vie au palais.

Il regarda Julianna dans les yeux.

— Mon frère ne vous mérite pas.

— S'il apprenait que je fais de la voile à son insu, c'est lui qui pourrait penser que je suis indigne de lui.

— En le faisant, vous œuvrez pour la réputation de l'île. Si *La Rueca* se classe bien…

— Vous voulez dire quand elle aura remporté la Med Cup…

Alexandro sourit devant cette belle assurance.

— En effet, quand elle l'aura remportée, cela attirera les passionnés de voile et me permettra de développer l'activité touristique de l'île. Mon père et mon frère…

— … ont une optique différente.

— Très différente. Enrique pense que votre fastueux mariage princier suffira à faire parler de notre royaume. Mais je leur prouverai que ma méthode est bien plus efficace.

— Je vous fais confiance.

Les battements de cœur d'Alexandro s'accélérèrent. Avec ses cheveux dorés par le soleil de fin d'après-midi, Julianna était d'une beauté saisissante !

L'un des jardiniers arrivait vers eux, les bras chargés de moules, pelles et seaux de plage colorés. Il les déposa sur le sable.

— Avec les compliments d'Ortiz, Vos Altesses.

— Vous le remercierez pour nous, lui dit Julianna.

Quand le jeune homme fut reparti, elle se tourna vers Alexandro d'un air soupçonneux.

— Vous avez envoyé un texto à Ortiz pour les lui demander ?

— Etre prince a parfois quelques avantages, répondit-il avec un grand sourire.

10

Ce soir-là, en descendant le grand escalier, Julianna souriait. L'après-midi passé avec Alexandro lui avait fait un bien fou. Il lui avait parlé de sa jeunesse sur l'île et l'avait écoutée lui raconter la sienne à Alieste. Ce que les hommes de son pays ne faisaient pratiquement jamais. Pas même ses frères.

Elle se réjouissait à l'idée de le retrouver pour le dîner. Elle se rendit compte qu'elle était tombée amoureuse de lui, son futur beau-frère. Le cas n'était pas prévu dans le guide de la princesse parfaite.

Eh bien, elle n'en était pas une. Et, de toute façon, elle ne laisserait pas ses sentiments la détourner de son devoir.

Enrique et Alexandro avaient une discussion animée. Cependant, en la voyant entrer dans la salle à manger, ils se turent et se levèrent pour l'accueillir.

Seuls trois couverts étaient dressés sur la grande table capable d'accueillir vingt-quatre convives.

Enrique se fendit d'un baisemain.

— Nous ne sommes que tous les trois. Mon père dîne avec de vieux amis.

— Et Brandon avec ses nouveaux amis, ajouta Alexandro. Ne vous inquiétez pas, il a emmené Klaus.

Sûrement poussé par lui. Son élégance décontractée plaisait à Julianna. Beaucoup plus que la raideur compassée d'Enrique dans son costume sombre.

Quand son regard croisa celui d'Alexandro, elle dut faire un effort pour cacher son trouble.

Enrique trônait au bout de la table à la place de son père.

Il n'en avait ni la prestance ni la majesté. Mais peut-être lui viendraient-elles… avec l'âge.

Alexandro repoussa sa chaise.

— Je pense que je vais vous laisser. Je suis sûr que vous préféreriez dîner en tête à tête.

Julianna attendait la réponse d'Enrique, le cœur battant.

— Merci de cette délicate attention, mais la table est mise pour trois. Alors reste avec nous. J'aimerais bien terminer notre discussion.

Enrique aurait dû accepter la proposition de son frère et sauter sur l'occasion d'un dîner romantique avec elle. Mais il ne l'avait pas fait.

Les serveurs apportèrent l'entrée. Du gaspacho.

Julianna attendit qu'Enrique porte une première cuillerée à sa bouche avant d'en faire autant. La soupe froide était délicieuse, un peu plus épicée que ce à quoi elle était habituée.

Enrique s'essuya la bouche et reposa sa serviette.

— Il paraît que vous avez fait des châteaux de sable sur la plage, cet après-midi ?

Julianna, mal à l'aise, prit une gorgée de vin blanc. Son goût frais s'accordait bien avec l'acidité de la soupe.

— Oui, répondit Alexandro. J'ai vu Julianna essayer de bâtir un château avec ses mains, alors j'ai demandé à Ortiz de nous faire apporter les bons outils.

— Des outils ? railla Enrique. Moi, j'appellerais cela des jouets.

Alexandro fit un effort pour ne pas riposter. Il se contenta de boire une gorgée de vin pour se calmer.

— Ils m'ont en tout cas bien aidée, intervint Julianna. Et j'ai apprécié cette gentille attention.

— Vous n'auriez pas dû rester si longtemps sur la plage, Julianna, reprit Enrique sur un ton de reproche. Vous avez attrapé un coup de soleil sur le nez.

Enrique la regardait comme une marchandise défectueuse, qu'il était tenté de renvoyer à l'expéditeur.

Elle porta la main à son visage.

— J'ai la peau claire. Je n'ai pas dû mettre assez de crème solaire.

— Le soleil tape fort ici, dit Alexandro. J'aurais dû vous prévenir.

Enrique approuva d'un signe de tête. C'était bien la première fois qu'il se montrait d'accord avec son frère.

— A l'avenir, faites attention. Les coups de soleil feraient mauvais effet sur les photos du mariage.

Julianna savait qu'elle devait servir de faire-valoir à Enrique.

— Je me protégerai mieux demain. C'est promis.

— Vous avez l'intention de construire d'autres châteaux de sable ?

— Non. Mais je compte bien aller en ville. J'aimerais beaucoup que vous puissiez vous joindre à moi.

— J'ai des réunions importantes.

— Et toi, Enrique, tu as passé un bon après-midi ? demanda Alexandro pour changer de sujet.

— J'ai fait des choses plus intéressantes que jouer dans le sable.

Enrique leur raconta son après-midi par le menu. Julianna était reconnaissante à Alexandro d'avoir branché son frère sur son sujet préféré.

Enrique était tellement centré sur lui-même et son rôle de prince héritier et futur roi que rien d'autre ne l'intéressait. Il se moquait sans doute de qui était assis à sa table, du moment qu'on l'écoutait parler.

Alexandro n'était pas parfait non plus. Il détestait tellement les obligations imposées par sa naissance qu'il avait peu de respect pour la fonction royale. Même s'il aimait autant son pays qu'elle le sien.

Elle se sentait bien en sa présence. Personne ne l'avait jamais fait se sentir aussi vivante, ne l'avait poussée, comme lui, à prendre conscience de ses propres qualités.

La fatigue et l'émotion eurent bientôt raison d'elle. Aussi posa-t-elle sa serviette dès le dessert terminé.

— Merci pour votre agréable compagnie, messieurs. Je suis un peu fatiguée ; il est temps pour moi de me retirer.

Les deux hommes se levèrent.

— Bonne nuit, Julianna, lui dit Alexandro.

— Dormez bien, lui dit Enrique. Je veux voir les beaux yeux de ma future épouse plus pétillants demain matin.

Elle pensait qu'il l'accompagnerait jusqu'à ses appartements, mais il ne bougea pas. Son regard peiné croisa celui d'Alexandro, qui lui dit gentiment :

— Faites de beaux rêves.

Elle le remercia d'un sourire.

Dans ses rêves, il y aurait un prince, mais ce ne serait pas celui qui lui était destiné.

Dès qu'elle eut quitté la pièce, Alexandro apostropha Enrique.

— Tu aurais pu l'accompagner.

Enrique s'était déjà rassis et faisait signe au maître d'hôtel de le resservir en vin.

— Elle a dit qu'elle était fatiguée.

Alexandro avait du mal à contenir sa colère.

— Raison de plus.

— Mais, d'abord, en quoi cela te regarde-t-il ?

Alexandro se rassit à son tour et vida son verre d'un trait. Il aurait pu répondre à son frère qu'il s'offusquait simplement de son manque de courtoisie, mais cela n'aurait pas été l'entière vérité.

— Il ne faudrait pas qu'elle souhaite repartir d'ici.

— Ne t'inquiète pas, railla Enrique. Si Julianna renonçait à se marier avec moi, son père l'obligerait à épouser quelque vieux barbon d'Alieste. Si elle a un minimum de bon sens, elle doit bien en être consciente.

Alexandro détestait l'idée que la princesse n'ait que cette alternative.

— Julianna est non seulement douée de bon sens, mais aussi très intelligente.

— Donc, peu importe la façon dont je la traite, elle sait où est son intérêt. Elle n'a pas d'autre choix que de m'épouser. Dans son pays, les hommes la traiteraient encore plus mal.

— Du coup, tu en profites pour te comporter comme un goujat.

— Ces reproches sont plutôt mal venus de la part d'un homme qui choisit les femmes comme les plats d'un menu.

— Je n'ai peut-être jamais eu de relation durable, mais je connais les femmes mieux que toi. Julianna n'est pas un robot docile. Elle a des sentiments, des rêves… Elle mérite…

— Elle mérite ce que je veux bien lui donner.

— Enrique !

— Du moment qu'elle m'obéit et me donne des héritiers, elle aura tout ce dont elle peut avoir besoin.

— Elle a avant tout besoin d'être aimée et acceptée pour ce qu'elle est. Si tu continues d'abuser de la situation, elle finira par en avoir assez.

— C'est de ton après-midi passé avec elle à faire des châteaux de sable que tu tiens toute ta science ?

— Tu as manqué plusieurs dîners cette semaine. On en apprend beaucoup sur une personne en bavardant lors d'un repas aussi long que les nôtres.

— Allons, ne me fais pas croire que tu te soucies réellement du bien-être de Julianna. Tout ce que tu veux, c'est qu'elle m'épouse, n'est-ce pas ?

— Exact. Plus vite vous serez mariés, plus vite je serai libéré de mes obligations au palais.

Son rêve le plus cher. Comment pouvait-il avoir oublié cette priorité ?

Il serait déraisonnable de laisser son attirance physique et son amitié pour Julianna l'empêcher de réaliser ce rêve. Elle-même, malgré sa passion pour la voile, ne renoncerait jamais à son titre et aux avantages qu'il comportait pour son peuple et ses futurs enfants.

Sitôt la Med Cup terminée et le mariage célébré, il devrait oublier Julianna. Elle était destinée à son frère, pas à lui.

Il se rendit compte que cette pensée lui était douloureuse.

— Fais un effort pour la traiter un peu mieux, conclut-il.

Il souhaitait voir Julianna heureuse. C'était nouveau pour lui qui se souciait du plaisir d'une femme uniquement le temps de leur relation, et plus du tout ensuite. Tout compte fait, il ne valait pas mieux qu'Enrique à qui le bonheur de Julianna importait si peu.

Cette vérité lui apparut brutalement. Il en fut choqué, lui qui refusait tout point commun avec son frère.

— Fais-le dans ton propre intérêt. Et aussi pour moi et pour notre île. Ta priorité doit être d'assurer la descendance royale.

Enrique plissa le front.

— Tu es si impatient d'être écarté de la succession au trône ?

— Oui.

Il se souvint de ce que lui avait dit Julianna. Elle ne serait heureuse que le jour où elle aurait des enfants et pourrait se consacrer à son rôle de mère. Alexandro souhaitait donc pour elle que ce jour vienne le plus tôt possible.

Mais le souhaitait-il réellement pour lui ?

Il dormit d'un sommeil agité. Toute la nuit, des images fugitives de Julianna se succédèrent comme des photos défilant dans un cadre numérique. Ses longues jambes sous sa robe courte. Son sourire joyeux sur la plage. Ses lèvres entrouvertes quand elle barrait *La Rueca*. Ses yeux pleins d'amour quand elle le regardait…

Allons, cette dernière image n'était qu'un fantasme !

Il grimaça et tenta de se rendormir pour la énième fois. Il n'arrivait pas à chasser Julianna de ses pensées. Il avait envie de la voir, de la sentir près de lui, de la toucher…

Incapable de trouver le sommeil, vers 5 heures du matin, il préféra se lever et s'habiller pour rejoindre son voilier.

Pour une fois, l'équipage n'était pas en train de s'activer sur le pont. *La Rueca* oscillait sur l'eau comme un bouchon, ballottée par les vagues.

Alexandro sauta à bord et jeta un coup d'œil vers la mer. Les premières lueurs rouges et dorées pointaient à l'horizon dans un ciel encore obscur. Le vent était plutôt fort. La sortie de ce matin serait un bon test pour l'équipage.

Et pour Julianna, surtout. Plus elle affronterait des conditions difficiles, mieux elle serait préparée pour la course.

Il ne doutait pas un instant qu'elle soit prête à relever

le défi. Le plus dur serait pour elle de trouver une bonne excuse pour justifier son absence pendant les trois jours que durerait la course.

L'image de son visage lui apparut. Son sourire radieux, ses yeux bleus pétillants, son joli nez rosi par le soleil. Il eut un petit rire. Au moins cette image-ci était-elle innocente.

— Puis-je savoir ce qui vous fait rire ?

Son cœur fit un bond dans sa poitrine. Il avait reconnu la voix mélodieuse de Julianna. Il se tourna vivement vers le quai. Le faisceau lumineux de sa lampe frontale l'aveuglait. Il mit ses mains en visière.

— Vous êtes bien matinale.

— Je n'arrivais pas à dormir.

Sûrement pas pour la même raison que lui. Dommage !

Julianna éteignit sa lampe et sauta sur le pont du voilier. Dans sa tenue de jeune marin, elle n'était vraiment pas reconnaissable. Sauf par lui.

Il se dit qu'elle était vraiment extraordinaire. Prête à se transformer en garçon pour assouvir son besoin de liberté. A prendre d'énormes risques pour ne pas renoncer trop vite à sa passion.

— Je vais chercher les voiles, dit-il pour mettre une certaine distance entre elle et lui.

Sans attendre sa réponse, il descendit dans le carré.

Elle l'y rejoignit aussitôt.

— Je vais vous aider. Cela ira plus vite à deux.

— Merci.

L'espace intérieur parut soudain minuscule à Alexandro.

Au même moment, le voilier gîta sur la droite. Julianna s'efforça de garder son équilibre. Mais un vent malicieux fit brusquement gîter le bateau de l'autre côté, la précipitant contre lui. Il l'encercla de ses bras comme il l'avait fait le jour de son arrivée au palais.

— J'ai de nouveau la princesse dans mes bras, dit-il sur le ton de la plaisanterie.

Pourtant, incapable de la lâcher, il resserra son étreinte. Malgré tous ses efforts pour contrôler son désir brûlant, il se pencha et prit les lèvres de Julianna.

Elle ne recula pas. Son regard traduisait le même désir. Elle se cambra, pressée contre lui, l'enlaçant, offrant sa bouche à ses baisers avides, y répondant avec la même passion.

Il sentait son sang battre follement dans ses veines. Il avait le corps en feu. Il perdait tout contrôle de lui-même.

Un gémissement monta de la gorge de Julianna.

Il bascula contre les sacs de voile en l'entraînant avec lui. Il prit ses fesses rondes entre ses mains à travers le tissu de son short, glissa une main sous son polo…

Les vêtements le gênaient. Il voulait sentir le corps nu de Julianna contre le sien.

Soudain, des voix se firent entendre sur le quai.

Julianna s'écarta si vivement de lui qu'elle faillit tomber en arrière. Elle porta une main à sa bouche.

— Je… Je suis désolée… Je n'aurais pas dû…

Ses joues roses, son souffle court trahissaient son désir. Elle était dans le même état d'excitation que lui. Elle partageait le même regret d'être arrachée à cette étreinte passionnée.

— C'est moi qui vous ai embrassée. Pardonnez-moi.

— J'aurais pu refuser ce baiser.

Malgré la passion qui brillait dans ses yeux, ses lèvres gonflées de désir, elle essayait de garder la dignité d'une princesse. Il retint un sourire.

— Alexandro ?

Philippe l'appelait du quai.

— Je suis dans le cockpit. Jul… Julius m'aide à sortir les voiles.

Alexandro avait besoin d'un instant pour reprendre un aspect normal. Et Julianna aussi, s'ils ne voulaient pas éveiller les soupçons. Mais il n'arrivait pas à oublier le goût de ses lèvres. Il avait embrassé beaucoup de femmes dans sa vie, mais jamais il n'avait échangé un tel baiser.

— J'arrive tout de suite, cria-t-il à Philippe pour l'empêcher de les rejoindre.

— Que fait-on à présent ? lui demanda Julianna d'une voix rauque.

L'amour, aurait-il aimé répondre. *On fait l'amour comme des fous*. Mais il devait se ressaisir. Lutter contre sa folle attirance pour elle. Pour la future femme de son frère.

— Nous armons le voilier pour sortir, répondit-il.

11

Ses trois heures de voile passées à lutter contre un vent violent et de fortes vagues avaient réussi à faire sortir de l'esprit de Julianna le souvenir des baisers d'Alexandro. Mais elle ne pouvait oublier ce qu'elle avait éprouvé dans ses bras. Une merveilleuse sensation de plénitude qui lui était jusque-là inconnue et qu'elle n'oublierait jamais.

Quand le voilier fut revenu à quai et amarré, elle salua l'équipage et s'en fut aussitôt pour courir se réfugier dans sa chambre. Elle avait besoin de réfléchir.

Elle n'avait pas le droit d'éprouver une telle attirance pour Alexandro. C'était mal envers lui et mal envers Enrique. Ses sentiments étaient condamnables.

Elle courut tout le long du chemin pour atteindre les rochers, la grotte, le tunnel. Celui-ci lui parut interminable. Elle sentait encore sur ses lèvres le baiser d'Alexandro, son ventre était toujours en ébullition. Elle le désirait de tout son être.

Etait-ce cela qu'on appelait la passion ? Aurait-elle un jour la chance d'éprouver de nouveau ce sentiment exaltant ?

Elle devait à tout prix oublier ces instants torrides sur le bateau.

— Julianna.

En reconnaissant la voix d'Alexandro derrière elle, elle sentit un frisson de plaisir la parcourir. Elle s'immobilisa.

— Vous ne deviez pas aller au chantier ? demanda-t-elle d'une voix hésitante.

— Je voulais… je voulais vous parler. Nous n'en avons guère eu l'occasion sur le bateau.

Ainsi, il l'avait rattrapée.

— Priorité à la manœuvre, dit-elle d'une petite voix qu'elle voulait assurée, en se remettant à avancer.

Il régla son pas sur le sien pour marcher à son côté.

Sentir si près d'elle son odeur, la chaleur de son corps, donnait à Julianna une irrésistible envie de se blottir dans ses bras.

— Je veux vous parler de ce qui s'est passé dans le carré.

— C'est inutile. Chaque fois que je sors de ce passage secret, c'est pour vivre des sensations intenses — voile, liberté, baisers… toutes choses qui me sont défendues. J'ai l'impression d'être dans un rêve.

Julianna n'osait pas regarder Alexandro.

— Le baiser que nous avons échangé était bien réel.

— Ce… c'était une erreur, balbutia-t-elle. Un moment de faiblesse de ma part. Nous n'aurions pas dû. Cela ne peut nous mener nulle part.

— Je sais.

Le regard plongé dans les yeux de Julianna, Alexandro suivait d'un doigt léger, caressant, le contour de sa mâchoire délicate.

— J'épouse Enrique dans quelques jours.

— Je le sais aussi. La Med Cup commence demain. C'est peut-être notre dernière occasion d'être seuls.

La poitrine de Julianna se serra à cette pensée.

— Il ne peut en être autrement.

Alexandro resta silencieux un instant. Mais au lieu de s'écarter, il se rapprocha dangereusement.

— Comme vous voudrez, princesse…

Impulsivement, Julianna leva son visage vers lui. C'était une erreur, sans doute. Mais elle voulait, elle avait besoin de goûter encore une fois à ses lèvres. De savourer un baiser chaud et salé, délicieux au point de lui en donner des frissons.

Elle se serra contre Alexandro, le corps brûlant de désir.

Après ce baiser, il n'y en aurait pas d'autre. Elle le savait. La raison le lui interdisait.

*
* *

Le lendemain matin, premier jour de la course, l'excitation était à son comble sur *La Rueca*. Alexandro et le reste de l'équipage étaient impressionnés par le calme et la maîtrise de Julianna. Très concentrée, elle barrait comme un pro. Chacun s'activait à son poste, et leurs efforts à tous furent récompensés. *La Rueca* remporta la première manche. Le rêve d'Alexandro se rapprochait.

Mais le moment était également venu pour lui de dire au revoir à Julianna. Une perspective qui lui nouait l'estomac.

Son père le dispensa de dîner au palais ce soir-là. Cependant, malgré l'ambiance du bar à tapas où l'équipage de *La Rueca* était réuni, il n'avait pas le cœur à faire la fête.

Il rentra donc au palais de bonne heure.

Julianna. Il ne cessait de penser à elle. Elle aussi aurait dû célébrer la victoire avec l'équipage. Avec lui.

Il mourait d'envie de la tenir dans ses bras et de l'embrasser encore et encore jusqu'à ce qu'elle demande grâce.

Ils s'étaient quittés la veille en acceptant tous deux l'idée qu'ils venaient d'échanger leur dernier baiser. Mais ce n'était pas possible. Pas avec les sentiments qu'il éprouvait pour elle !

Il retrouva Bottines qui l'attendait dans sa chambre. Le chaton l'accueillit avec un miaulement.

Soudain, Alexandro eut une idée.

— Dis-moi, Bottines, tu n'aurais pas envie d'aller voir Julianna ?

Considérant le miaulement du chaton comme une réponse affirmative, il le prit contre lui et se dirigea vers les appartements de Julianna.

Yvette, sa femme de chambre, était assise dans le couloir. En le voyant approcher, elle reposa son livre.

— Vous venez voir la princesse ?

— Oui. Bottines la réclame.

Le chaton eut la bonne idée de miauler à cet instant.

— Je suis désolée. La princesse est souffrante et a demandé qu'on ne la dérange pas avant demain. Voulez-vous que je lui dise que Bottines et vous êtes venus lui rendre visite ?

— Non, c'est inutile. Merci. Je la verrai demain.

Alexandro retourna à son appartement, déçu et malheureux.

Le visage de Julianna le hantait. Il revoyait la passion qui embrasait son regard pendant leur baiser, la joie qui illuminait son visage tout le temps de la course…

Il fallait absolument qu'il trouve un moyen de la voir.

Il se munit d'une lampe de poche et s'engagea dans le passage secret reliant sa chambre au reste du palais. Quelques minutes plus tard, il atteignait le palier de l'escalier donnant accès au fond de la penderie de Julianna.

Arrivé devant la porte secrète, il tourna tout doucement le verrou.

Quand il était venu déposer la tenue de marin dans son placard, il n'avait pas hésité un instant. Mais, à présent, il se demandait s'il ne devait pas rebrousser chemin.

Il entendait encore les paroles de Julianna l'avant-veille. « Cela ne nous mènera nulle part ».

Malgré sa terrible envie de la voir, il n'avait pas le droit d'insister. Elle était bien décidée à épouser son frère. Pour le pire et le meilleur. Il ne pouvait pas aller contre sa volonté. Ils risquaient tous deux de le regretter ensuite.

Il referma doucement la porte du passage secret et s'éloigna en silence.

Le matin de la deuxième manche, Julianna chargea Yvette de dire à quiconque voudrait la voir qu'elle resterait alitée toute la journée à cause d'un problème digestif. Personne n'insisterait. Et surtout pas Enrique.

Quelques heures plus tard, elle était à la barre de *La Rueca* avec un sentiment d'exaltation qui faisait courir l'adrénaline dans ses veines.

Ils étaient déjà à la moitié de la course et avaient une bonne avance sur leur concurrent le plus proche. Le vent et les vagues avaient doublé de force en vingt-quatre heures, aussi la tension de l'équipage était-elle encore plus grande que la veille.

Julianna avait besoin de toute sa concentration pour

barrer. Elle n'avait pas le temps de penser à autre chose. Pas même à Alexandro. Elle l'avait cependant dans son champ de vision. Le visage fouetté par les vagues, en pleine action sur le pont, il semblait heureux.

Plus qu'une journée de course. Plus qu'une semaine de liberté avant le mariage. Le cœur de Julianna se serra. D'un autre côté, elle ne regrettait rien. Enfin si, une seule chose : elle ne pourrait plus voir Alexandro…

— *Dragon's Rider* a dessalé, annonça soudain Sam, le radio.

Leur concurrent avait sans doute pris trop de gîte et basculé sur le côté. Les hautes vagues et les voiles de *La Rueca* ne permettaient pas de bien voir, mais le mât était sûrement dans l'eau, car le bateau restait invisible.

— Est-ce qu'il peut se redresser seul ? demanda Alexandro d'une voix tendue.

— Ça y est, je l'ai repéré ! cria Mike. Non, il est encore couché.

« Un homme à la mer », annonça la radio de bord dans un grésillement.

— O.K., on y va, cria Julianna sans hésiter. On réduit la voilure.

Alexandro sauta du pont pour empoigner le micro.

— Ici, *La Rueca*. Nous leur portons secours.

Une vie était en jeu. La course passait au second plan. C'était la règle.

— C'est bon, Julius ? Tu vas pouvoir approcher ? s'enquit Alexandro en lançant un regard confiant à Julianna.

— Oui, oui, ne t'inquiète pas.

Tout le monde s'activait sur le pont, mais avec prudence, compte tenu de la force du vent. Il ne fallait pas que *La Rueca* dessale à son tour.

— Ne lâchez pas des yeux l'homme à la mer, cria Julianna à Philippe, qui était le plus près d'elle.

— Je lance la balise, l'informa Alexandro en avançant péniblement vers la proue.

Elle savait qu'il était harnaché, mais elle était néanmoins inquiète pour sa sécurité.

— Ça y est, il s'est accroché à la balise. Tu l'as contourné par l'arrière, Julius !

— O.K., je reviens, cria-t-elle en essayant de se faire entendre malgré le vacarme épouvantable.

Elle poussa le voilier au bout de ses limites pour atteindre le naufragé au plus vite. Les équipages avaient multiplié les efforts toute la journée. L'homme tombé à la mer devait être épuisé !

Ils entendirent soudain un hélicoptère approcher et se positionner au-dessus d'eux.

Mike réussit avec une gaffe à attraper le cordage de la balise pour l'amener tout près de *La Rueca* avec l'homme qui s'y cramponnait. Philippe saisit alors le mât de la balise et tira celle-ci vers la poupe.

— Ils ont réussi à se remettre à flot ! cria soudain Cody.

Ils poussèrent un ouf de soulagement. Cependant la partie n'était pas encore gagnée. Julianna alla au lof pendant que Mike et Philippe hissaient l'homme à bord. Il était livide, mais soulagé.

— Ça y est nous avons récupéré votre marin ! annonça Alexandro au capitaine de *Dragon's Rider* par l'intermédiaire de la radio. Il va bien, mais, avec ces vagues, on va avoir du mal à vous le rendre.

— Ça pourra attendre l'arrivée. Nous abandonnons.

Deux autres voiliers étaient encore dans la course. Aussi Julianna interrogea-t-elle Alexandro du regard. Il lui adressa un sourire qui la remplit de joie.

— Nous, on continue, annonça-t-il à *Dragon's Rider.*

— Alors bonne chance, les gars. Et merci.

Chacun reprit sa place avec des acclamations de joie.

— Nous pouvons encore gagner, dit Alexandro d'un ton confiant. A toi de jouer, Julius !

C'était comme si l'épisode du sauvetage n'avait pas eu lieu. A part le passager en plus, rien n'avait changé dans l'efficacité et la cohésion de l'équipage.

Quand le voilier franchit la ligne d'arrivée en tête, ils poussèrent de grands « hourras ». Julianna riait de bonheur.

Ils avaient remporté la course !

La Rueca participerait à la finale le lendemain.

Tout excitée, elle leva les yeux vers Alexandro. Il était radieux. Et si beau, si cher à son cœur. Il lui tapa dans la main en signe de victoire. Elle aurait préféré qu'il la prenne dans ses bras, mais c'était impossible.

— Je n'ai jamais eu de barreur aussi extraordinaire, lui dit-il.

— Tu es le meilleur, Julius, renchérit Sam.

— Merci pour la balade, dit à son tour Robert, le marin qu'ils avaient sauvé. Et… respect, jeune homme ! Tu es un sacré barreur.

Julianna sourit mais ne dit rien, de peur que sa voix ne la trahisse dans l'état d'exaltation où elle était.

Quand le voilier arriva à quai, une foule dense les attendait ainsi qu'une équipe médicale.

— C'est pour vous, Robert. Ils veulent vous examiner.

— J'aurais préféré aller faire la fête avec vous dans un bar. Bon, eh bien, au revoir et merci à vous tous. Et à l'année prochaine. *Dragon's Rider* sera de nouveau dans la course.

Dès qu'ils eurent mis pied à terre et que l'équipe médicale eut emmené Robert, la foule se resserra autour de l'équipage de *La Rueca*.

— Souriez, les gars, cria Sam. Les journalistes sont venus accueillir les champions.

Le cœur de Julianna se mit à battre la chamade. La joie avait fait place à la peur d'être reconnue malgré sa tenue. Elle enfonça un peu plus sa casquette et baissa la tête.

— N'ayez pas peur, je suis là, lui murmura Alexandro, debout près d'elle.

Les photographes, les reporters de presse et de télévision les assaillaient comme des piranhas affamés. Des gens dans la foule de plus en plus dense les photographiaient, les flashes crépitaient, des questions fusaient dans toutes les langues.

Un jeune barreur couronné de succès aurait dû être fou de joie et se montrer flatté de toute cette attention. Mais Julianna, elle, ne rêvait que de s'enfuir à toutes jambes. Dans son rôle de princesse, elle pouvait compter sur ses gardes du corps pour tenir la foule à distance. Aujourd'hui, celle-ci l'encerclait dangereusement.

Quelqu'un tendit le bras pour toucher sa casquette.

— Non ! hurla-t-elle en la cramponnant à deux mains.

— Laissez-le barreur tranquille ! s'écria Alexandro.

Mais un autre admirateur réussit à s'emparer de la casquette avec la perruque de garçon à laquelle elle était cousue. Seul le filet enserrant la chevelure de Julianna resta sur sa tête.

Il y eut des exclamations de stupeur, suivies d'un silence horrifié.

— C'est une fille !

— Ça alors ! Une femme !

— Eh ! On dirait la princesse qui doit épouser le prince Enrique ?

Julianna avait du mal à respirer. Son pire cauchemar devenait réalité. Son identité allait être révélée au grand jour. A la foule assemblée sur le quai, aux médias… A Enrique et à son propre père.

Elle ne pouvait s'en prendre qu'à elle. C'en était fini de ses rêves pour elle-même, sa descendance, son pays…

La vie qu'elle avait connue jusqu'ici était terminée. Le risque qu'elle avait pris en valait-il la peine ?

Elle leva les yeux vers Alexandro. Son regard plein de chaleur la réconforta un peu.

— Je suis là. Vous n'affronterez pas la situation toute seule, murmura-t-il.

Elle ne regrettait pas les heures passées à faire de la voile avec lui. Non, vraiment pas. Et tant pis pour les conséquences.

Dos droit, menton levé, sourire aux lèvres. Elle se rappela les préceptes inculqués depuis son enfance. Otant le filet qui retenait sa chevelure blonde, elle la laissa se répandre sur ses épaules.

Adieu Julius. Bonjour princesse Julianna.

Alexandro l'aida à répondre aux questions qui fusaient de toutes parts. Les autres membres de l'équipage paraissaient désorientés, mais ils restaient près d'elle.

La présence d'Alexandro à son côté lui donnait la force dont elle avait besoin.

12

Julianna était secouée de tremblements. Même la douche chaude qu'elle avait prise dès son retour au palais n'avait pas suffi à la calmer. Elle enfila une robe bleue très classique, se maquilla d'une main mal assurée et remonta ses cheveux en chignon comme il convenait à une princesse.

Un coup frappé à sa porte la fit soudain tressaillir. Yvette alla ouvrir et revint annoncer :

— C'est le prince Brandon, madame. Il est venu vous chercher pour vous emmener dans le salon.

Dès que Julianna sortit dans le couloir, son frère la serra dans ses bras avec chaleur.

— Père t'attend en bas.

— Yvette m'a dit qu'il était arrivé et qu'il semblait fou de rage.

— Je ne l'ai jamais vu aussi en colère, confirma Brandon, l'air inquiet.

— Ne t'en fais pas. Il sera sans doute… sévère, mais juste.

Du moins l'espérait-elle.

— C'est ma faute, reprit Brandon. Si j'étais un peu moins sorti le soir… Klaus aussi s'en veut de t'avoir trop souvent laissée seule.

Julianna mit une main sur l'épaule de son frère dans un élan d'affection.

— Personne d'autre que moi n'est à blâmer. Vous n'avez aucun reproche à vous faire, Klaus et toi.

Julianna descendit le grand escalier très lentement, de peur de tomber. Quand elle entra dans le salon avec son frère, le cœur battant, un silence pesant l'accueillit.

Alexandro, Enrique, le roi Dario et son père se levèrent ensemble.

Alexandro était là ! Il s'était rasé et portait un costume très élégant. Malgré son allure princière, elle le préférait en pirate.

Enrique, très digne lui aussi, considérait son frère d'un air réprobateur. Julianna s'en voulut de creuser davantage encore le fossé existant entre eux. Le roi Dario avait les lèvres pincées et les mains derrière le dos. Quant à son père, le roi Alaric, il explosa aussitôt.

— Comment as-tu osé me désobéir, Julianna ?

— Je vous prie de m'excuser, père. Je ne pensais pas faire de tort à quiconque.

— Du tort ! Tu as sali la réputation de notre famille et de notre pays. Il y a des photos de toi partout, cheveux au vent, en tenue de moussaillon : dans les journaux, à la télévision, sur internet.

Le roi Dario se tamponna le front avec son mouchoir avant de prendre la parole.

— Julianna, ce comportement irresponsable est en effet inacceptable de la part de la future reine de La Isla de La Aurora.

— Totalement inacceptable, renchérit Enrique avec un regard noir. Votre père et moi, nous vous avions défendu de faire de la voile.

— Non seulement tu m'as désobéi, tonna le roi Alaric, mais tu as également mis ta vie en danger. J'ai vu une vidéo de la course.

— Julianna est une excellente barreuse, père, plaida Brandon. Et elle a sauvé la vie d'un marin tombé à l'eau. Par ailleurs c'est ma faute si Klaus n'a pas mieux surveillé ses allées et venues. Je suis beaucoup sorti le soir et chaque fois je l'ai emmené avec moi.

C'était la première fois que son frère osait affronter leur père, et Julianna était fière de lui.

— Ta sœur savait très bien qu'elle allait contre ma volonté, rétorqua Alaric. C'est à elle d'assumer les conséquences de ses actes.

Julianna redoutait le châtiment qui l'attendait : elle serait contrainte de passer le reste de sa vie à Alieste. Elle jeta un bref regard à Alexandro, et son cœur se serra. Elle n'aurait plus jamais l'occasion de le voir.

— Votre Majesté, intervint celui-ci en faisant un pas en avant. Je suis le prince Alexandro Cierzo de Amanecer, le second fils du roi Dario.

— Le second choix, répliqua Alaric d'un ton cinglant. Pour moi, vous êtes l'imbécile qui a mis la vie de ma fille en danger.

Julianna inspira profondément. Elle ne pouvait admettre que son père insulte ainsi Alexandro.

— Soit, mais sachez, Votre Majesté, que la sécurité de Julianna a toujours été l'une de mes priorités. J'assume l'entière responsabilité de ce qui s'est passé. C'est ma faute si elle vous a désobéi. C'est moi qui lui ai proposé de faire de la voile. C'est moi qui lui ai demandé de barrer mon voilier pour la Med Cup. C'est donc moi qui devrais être puni, et non elle.

Julianna jeta à Alexandro un regard plein de fierté. Et d'amour.

Je l'aime.

C'était une certitude. Et lui-même devait avoir des sentiments pour elle. Sinon, il n'accepterait pas d'endosser ainsi toute la responsabilité.

— Merci, Alexandro, mais je ne peux pas vous laisser vous accuser à ma place.

Elle le regarda longuement, plus longuement que la bienséance ne le permettait. Elle adorait son regard grave, les reflets dorés de ses prunelles.

— Mais si, déclara Enrique, affirmatif, en se tournant vers le père de Julianna. Tout ceci est la faute d'Alexandro, Votre Majesté.

— Non. Je savais ce que je faisais, le contra Julianna. J'avais tellement envie de liberté que j'ai laissé ce désir l'emporter sur la raison. Et je n'en ai aucun regret. Père, vous devez me croire : Alexandro n'est en rien responsable.

La tendresse et la fierté qu'elle lut dans les yeux de ce dernier lui mirent le cœur en fête.

— Ta belle-mère s'est pourtant efforcée de faire de toi une princesse digne de ce nom, dit son père en la toisant avec mépris. Mais tu as toujours été comme ta mère…

Julianna eut un sourire enchanté.

— Merci, père.

Les narines dilatées de fureur, le roi Alaric riposta :

— Ce n'est pas un compliment !

— Pour moi si, osa-t-elle dire en gardant son sourire.

Son père la considéra avec effarement, puis il se tourna vers le roi Dario.

— Je vous ai confié mon bien le plus précieux. Vous m'aviez promis que ma fille serait en sécurité ici, et vous l'avez laissée faire n'importe quoi !

— Nous ne savions pas qu'elle aimait la voile à ce point, répondit le roi Dario, l'air navré.

— Son bien-être était notre principal souci, ajouta Enrique.

Julianna était agacée qu'on parle d'elle comme si elle n'était pas présente.

— Je vous rappelle que je suis ici, messieurs.

Alaric ignora l'intervention de sa fille.

— Comment se fait-il que personne n'ait remarqué son absence ? Pas même son fiancé.

— J'avais beaucoup de travail et j'étais très occupé par les préparatifs du mariage.

— Les préparatifs de mariage incombent généralement aux femmes, gronda Alaric d'un ton méprisant.

Voyant son frère tressaillir, Alexandro intervint.

— En tant que prince héritier, mon frère travaille effectivement sans relâche. Et il n'avait aucune raison de remarquer l'absence de Julianna, puisque ses heures de voile n'ont jamais empiété sur ses obligations princières. Elle n'a fait aucun mal.

— Aucun mal ? s'étrangla le roi Alaric. Sa désobéissance a semé le chaos à Alieste. Un mouvement féministe a profité de sa participation à la Med Cup pour réclamer l'égalité des droits pour les femmes et organiser des marches de protestation dans tout le pays. C'est une honte.

Non, c'était le progrès. Julianna était heureuse d'avoir servi de déclencheur à ce mouvement. Alexandro devinait sa satisfaction. Il lui sourit, et elle lui sourit en retour.

— La situation actuelle est inacceptable, tonna Alaric. J'annule le contrat de mariage !

Julianna fut prise de panique. Elle ne voulait pas retourner à Alieste. Elle voulait rester vivre sur l'île. Tout près d'Alexandro.

En voyant son expression de désarroi, celui-ci fut bouleversé. Il chercha à analyser ce qu'il ressentait pour elle. Rien à voir avec une simple attirance physique ou de l'amitié. C'étaient des sentiments bien plus profonds. Qui lui faisaient peur. Etait-ce de l'amour ? Non, il se pensait incapable de tomber amoureux. Qu'était-ce, alors ?

Il dut se retenir pour ne pas prendre la main de Julianna. Il voulait tellement la protéger de l'orage qui s'abattait sur elle.

Brandon s'éclaircit la voix.

— Père, je vous en prie…

— Cette affaire ne te concerne pas, répondit sèchement le roi Alaric.

Mais elle le concernait lui, Alexandro. Il mourait d'envie d'envoyer son poing dans la figure du roi et de libérer Julianna du joug de sa tyrannie. Cependant, il se retint, pensant que cela ne servirait qu'à envenimer la situation.

— Votre Majesté, si je puis me permettre…

Le roi Alaric lui jeta un regard furibond.

— N'avez-vous pas déjà fait assez de mal comme cela ?

— Sire, insista Alexandro, qui employait sciemment ce terme démodé, Julianna doit rester sur La Isla de La Aurora.

— Et pourquoi donc ?

— Parce que c'est ce que je souhaite, père, dit Julianna avant de sourire à Alexandro.

Le cœur de ce dernier fit un bond dans sa poitrine. Sa joie se mua aussitôt en tristesse à l'idée qu'elle n'était pas pour lui.

— Tout le monde ici l'adore, reprit-il.

Il avait toujours vécu dans l'ombre de son frère, mais

l'heure était venue pour lui de s'exprimer librement. Seul Enrique pouvait offrir à Julianna le genre de vie à laquelle elle était destinée. Elle comptait mettre à profit son titre d'épouse du prince héritier pour amener des changements dans son propre pays et assurer ainsi un avenir meilleur au peuple d'Alieste.

— Julianna est appréciée pour sa gentillesse et sa compassion. Le peuple de notre île la considère comme sa princesse et, un jour, ils l'aimeront comme leur reine.

— Il est certain que ma fille est appelée à devenir reine un jour.

— Tout le monde peut voir qu'elle a reçu la meilleure éducation possible pour la préparer à ce rôle.

Alexandro souhaitait de tout son cœur que Julianna puisse rester sur l'île. Pour son bonheur à lui. Mais il se savait incapable de lui offrir la vie qui lui convenait. Il ne saurait pas la rendre heureuse. Il avala la boule qui lui obstruait la gorge.

— Vous dites qu'elle a semé le chaos dans votre pays, Sire. Mais les femmes là-bas voient en elle quelqu'un qui leur ressemble, et qui est capable de défendre leur cause. En sa qualité de future reine de La Isla de la Aurora, elle sera aimée et respectée de toutes les femmes. Celles d'Alieste, mais aussi celles de notre île et du monde entier.

— Prenez en considération les paroles de mon cadet, dit le roi Dario dont le regard manifestait son approbation. Alexandro n'est peut-être pas un prince conventionnel, mais il raisonne bien.

C'était le premier compliment qu'Alexandro recevait de son père.

— Julianna a enchanté l'île tout entière, Et gagné notre cœur à tous, intervint Enrique.

Le roi Alaric les regarda les uns après les autres en s'attardant un peu plus sur Alexandro.

— C'est ce qu'il semblerait, en effet.

— Je tiens à ce contrat de mariage, poursuivit Enrique. Je veux épouser Julianna.

— Je ne suis pas sûr que ce soit une bonne chose, déclara

alors le roi Alaric en indiquant du regard Julianna et Alexandro. Il semble y avoir entre ces deux-là des liens… très étroits.

— D'amitié, sire, s'empressa de dire Enrique en se rapprochant de Julianna d'un air possessif. Et ils partagent la même passion pour la voile.

Alaric avait une expression dubitative. *Tiens*, pensa Alexandro. *Il ne manque pas de perspicacité.*

— Nous sommes amis, en effet, confirma Alexandro.

— Si Julianna a fait plus que de la voile avec son « ami » Alexandro et qu'il puisse y avoir un doute sur la paternité d'un héritier à naître…

Julianna, choquée, devint rouge comme une pivoine.

Alexandro de son côté avait peine à croire qu'Alaric puisse mettre en doute la virginité de sa fille. De colère, il serra les poings.

— Je vous assure, Votre Majesté…

Alaric lui coupa la parole et toisa sa fille de toute sa hauteur.

— Y a-t-il une raison pour laquelle tu ne pourrais pas épouser Enrique ?

Julianna était mortifiée par cette question. Son cœur battait à tout rompre dans sa poitrine. Tout le monde attendait sa réponse.

Son père avec un regard noir, accusateur.

Le roi Dario avec compassion.

Enrique avec un sentiment de panique.

Et Alexandro avec un espoir fou.

Oui, elle avait une bonne raison. C'était l'homme d'un mètre quatre-vingts aux yeux sombres qui ne se décidait pas à dire qu'il la voulait pour lui. Elle le supplia par la pensée. *Réclame-moi, je veux vivre avec toi. Pas avec ton frère.* Elle était sûre qu'il avait des sentiments pour elle. Pourtant, il la regarda avec un sourire encourageant, mais il n'intervint pas.

Soudain, elle se souvint de ce qu'il lui avait dit. Son rêve le plus cher était d'être libéré de ses obligations de prince pour pouvoir se consacrer à ses affaires. Il n'était pas prêt à sacrifier sa liberté pour elle. Elle se sentit glacée intérieurement.

Mille pensées se bousculaient dans sa tête. Elle leva les

yeux vers Brandon. C'est lui qui était chargé de lui servir de chaperon jusqu'au mariage. Si celui-ci n'avait pas lieu, le Conseil des anciens le tiendrait pour responsable. Et la presse ne se priverait pas de commentaires désobligeants à son égard. Si elle rentrait à Alieste, leur projet de travailler à la modernisation de leur pays ne pourrait jamais se réaliser. Avant de rencontrer Alexandro, son rêve était de vivre dans un autre pays, d'épouser un prince qu'elle aimerait et de fonder une famille. C'était encore possible, les sentiments mis à part. Elle devrait s'en contenter.

Le dos droit, le menton levé, souris.

— Non, père, je n'ai aucune raison de ne pas épouser Enrique, répondit-elle enfin.

— A la bonne heure, commenta le roi Alaric. Le contrat de mariage sera donc honoré, mais à une condition : que Julianna ne participe pas à la Med Cup demain. Je veillerai à ce qu'elle ne sorte pas du palais.

Julianna eut envie de hurler, mais elle avait repris sa dignité de princesse et elle ne protesta pas.

— J'y veillerai également, déclara le roi Dario.

— Et moi aussi, renchérit Enrique.

Alexandro hocha la tête.

— Julianna est une barreuse extraordinaire, mais j'en conviens, il vaut mieux qu'elle ne remonte pas sur le voilier.

Ainsi, il était de leur côté ! Le cœur brisé, Julianna se dit que si l'amour causait de telles souffrances, elle préférait la vie qu'elle avait avant d'arriver sur l'île. Elle l'avait supportée en s'évadant par le rêve. Elle survivrait désormais de la même façon.

Le regard vide de Julianna inquiétait Alexandro. Il savait combien elle était déçue de ne pas pouvoir participer à la finale de la Med Cup.

— Jul… commença-t-il.

— Il est inutile que tu restes au palais, Alexandro, lui dit son père avec un regard appuyé. Rentre chez toi te préparer pour la course de demain.

— Cela ne m'ennuie pas de rester.

— Vas-y, te dis-je. Et garde tes distances jusqu'au mariage.

— Il vaudrait mieux que vous continuiez à le faire après le mariage aussi, conseilla le roi Alaric. Je vous ferai remettre une compensation financière.

Le sang d'Alexandro ne fit qu'un tour.

— Ce ne sera pas nécessaire. Je sais me tenir.

— Te voilà libéré de tes obligations, mon fils, annonça le roi Dario. C'est ce que tu as toujours souhaité, n'est-ce pas ?

Alexandro fit un signe de tête affirmatif. Mais, bizarrement, il n'en éprouvait aucune joie.

— Merci, père.

En voyant Julianna se rapprocher d'Enrique, il éprouva comme un grand vide.

— Compte tenu des circonstances, il vaut mieux que tu ne sois pas mon témoin au mariage, lui dit son frère.

— En effet.

Alexandro ajouta à l'intention de Julianna.

— Vous êtes le meilleur barreur que j'ai jamais eu, Julianna. Tout l'équipage vous regrettera.

— Merci de m'avoir accueillie sur votre voilier.

Julianna lui avait parlé comme à un étranger. La princesse parfaite était de retour. Lui qui l'avait connue pleine de spontanéité et de chaleur, avait envie de lui arracher son masque.

— Je sais combien vous aimez la voile, Julianna, mais il vaut mieux que vous repreniez le fil de votre vie. Pour le bien de votre pays et du mien. Je ne…

— Je sais où est mon devoir et l'ai toujours su, le coupa-t-elle. Je me suis seulement servie de vous pour goûter une dernière fois à la liberté avant de m'engager dans la vie que j'ai choisie. J'espère que vous ne m'en voudrez pas.

Etait-elle sincère ou jouait-elle la comédie ? Il l'ignorait, mais ses paroles lui firent l'effet d'un coup de poignard dans le cœur.

— Non, je ne vous en veux pas, répondit-il avec difficulté. Je vous souhaite beaucoup de bonheur. Et je vous salue tous.

Il mit son sac en bandoulière, ramassa Bottines, le chaton, qui dormait à ses pieds, et quitta le palais. Il ne s'était jamais senti aussi mal de sa vie.

13

Les deux rois, satisfaits que le mariage entre leurs enfants puisse avoir lieu, se retirèrent dans la bibliothèque. Julianna resta dans le salon avec Enrique. Il voulait lui parler. C'était bien normal.

Quand Alexandro avait quitté la pièce, l'air peiné, elle avait senti son cœur se briser. Et pourtant, si elle s'était montrée désagréable avec lui c'était volontairement, pour le punir. Pour qu'il s'engage au lieu de la pousser dans les bras de son frère.

Malgré son envie de hurler et de pleurer, elle gardait un visage impassible, comme elle l'avait toujours fait, à l'exception des moments qu'elle avait partagés avec Alexandro. A faire de la voile, bavarder, construire des châteaux de sable. Ces moments resteraient les plus beaux de sa vie.

— Je comprends que l'exaltation de faire de la voile ait pu vous emporter, mais vous devez me répondre.

Enrique s'était levé et la dominait de toute sa hauteur.

— Avez-vous eu une relation sexuelle avec mon frère ?

La réponse était facile. Néanmoins, elle prit soudain conscience qu'elle ne disposerait pas davantage de liberté sur l'île qu'à Alieste. Enrique ne se souciait que de lui-même et veillerait à ce qu'elle ne soit jamais pour lui une cause d'embarras.

Elle se leva et redressa le menton.

— Non, je n'ai pas eu de relation sexuelle avec Alexandro. Mais je l'aime.

Au lieu de se mettre en colère, Enrique parut amusé.

— Cela ne m'étonne pas. Alexandro est un vrai play-boy,

et il y a plus d'un cœur brisé sur l'île à cause de lui. Une jeune fille innocente comme vous n'avait aucune chance de lui résister. Ne vous en faites pas. Une fois que nous serons mariés, vous l'oublierez.

Julianna ne put cacher sa surprise.

— Vous voulez encore m'épouser alors que j'aime un autre homme ?

— Bien sûr. J'aurais pu penser que son attirance à votre égard était physique, mais, en fait, ce qu'il voulait, c'était juste remporter la course pour donner un essor à ses affaires. Avec toute la publicité à laquelle il a eu droit aujourd'hui, il n'a plus besoin de vous.

Julianna en eut le souffle coupé.

— Mais je fais partie de son équipage !

— Alors pourquoi n'a-t-il pas insisté pour vous avoir demain pour la finale ?

— C'est à cause de mon père. Et de vous.

— Croyez-le si cela vous fait plaisir. Mais, un jour, vous verrez la vérité en face.

— Votre frère me voulait pour l'aider à remporter la Med Cup. Et vous pour ma dot.

— Votre sang royal est un plus non négligeable.

Les deux hommes étaient, en fait, aussi égoïstes l'un que l'autre. Julianna en prenait soudain conscience et cette constatation la blessait profondément.

Pourtant, elle ne pouvait pas vraiment reprocher à Alexandro d'avoir tout fait pour gagner sa liberté. Quant à elle, ce n'était pas en continuant de se soumettre qu'elle allait trouver le bonheur et sa propre voie pour y accéder.

Pour apporter de vrais changements dans son pays, elle devait prendre des risques, aller de l'avant. Les femmes d'Alieste souhaitaient protester contre leur condition, elle devait leur servir d'exemple, être capable de s'affirmer, comme l'avait fait sa propre mère. Si elle épousait Enrique, elle serait un mauvais exemple. Celui d'une princesse passive et soumise.

Elle redressa les épaules.

— La Isla de La Aurora est peut-être un pays plus progressiste, mais Alexandro et vous êtes aussi égoïstes que les hommes d'Alieste. Les femmes n'ont de valeur à vos yeux que pour ce qu'elles peuvent vous apporter.

— Pourquoi vous en étonnez-vous ? Vous-même n'avez-vous pas accepté un mariage arrangé. Pensiez-vous qu'il pourrait se transformer en mariage d'amour ?

— Je l'espérais.

Enrique rit.

— L'amour est un sentiment puéril qui ne sied pas à la royauté.

Les paroles d'Enrique renforcèrent Julianna dans sa décision.

— Je vous remercie d'être encore prêt à m'épouser, mais, de mon côté, je souhaite être libérée de cet engagement.

— A cause d'Alexandro ? demanda Enrique, surpris.

— Non, il ne veut pas de moi.

Cette pensée lui était douloureuse, mais Alexandro lui avait ouvert les yeux en lui affirmant que le bonheur de chacun ne dépendait que de lui. Elle lui en serait toujours reconnaissante.

— Mais cela ne veut pas dire que je ne pourrai pas trouver l'amour un jour.

Le roi Alaric semblait sur le point de faire une attaque.

— Comment as-tu osé faire une chose pareille ?

— J'ai compris qu'Enrique n'était intéressé que par ma dot.

— Et alors ?

Julianna soutint le regard de son père.

— Pour ma part, j'attends davantage d'un mariage.

— Attends d'être de retour à Alieste et obligée d'épouser un homme de notre pays. Tu verras si tes exigences seront satisfaites.

Ces paroles libérèrent en elle un sentiment qu'elle refoulait depuis trop longtemps. Elle n'était plus prête à laisser les autres diriger sa vie.

— Je ne compte pas retourner à Alieste. Et je n'accepterai pas un mariage forcé.

— C'est pourtant ton devoir de femme.

— Cela l'était peut-être au siècle dernier, mais plus maintenant. Ma mère, elle, m'aurait comprise.

Le roi Alaric se leva, fou de rage.

— Je ne tolérerai pas une telle impertinence. Si tu ne m'obéis pas, je te renierai. Tu perdras ton titre, ton toit, tes biens. Je te retirerai ton passeport. Tu n'auras plus rien. Ni argent. Ni palais. Ni pays.

C'était très dur de tout perdre, mais elle était bien décidée à suivre son cœur.

— Faites-le ! Si vous devez le faire, faites-le, père.

— Je te raye de ma vie ! hurla Alaric.

Julianna sentit les larmes lui monter aux yeux. Elle était partagée entre la tristesse et la joie. Mais elle tint bon. Pour la première fois de sa vie, elle était libre de toute obligation. Son avenir lui appartenait.

— Père…

Alaric lui tourna le dos et quitta la pièce.

Elle allait être obligée de se débrouiller seule sans pouvoir compter sur personne. Cela ne lui faisait pas peur. Mais dans l'immédiat elle savait ce qu'elle voulait faire. Même si Alexandro ne voulait pas d'elle, elle devait à tout prix terminer la Med Cup. Pour elle, pour sa mère et pour toutes les femmes.

— Je vous aimerai toujours, père.

Alexandro dormit très peu cette nuit-là. Au petit matin, il tournait en rond dans sa villa, incapable de chasser un sentiment de mal-être et de grande solitude. Il aurait dû se réjouir d'être de retour chez lui, libre de continuer la course, de se consacrer à ses projets.

Il avait laissé Julianna partir. Pour qu'elle puisse s'accomplir, trouver son bonheur sans lui. Mais elle lui manquait déjà.

Lui qui était habitué à vivre seul et à ne compter que sur lui-même avait, pendant ces dix derniers jours, savouré sa présence, son bon sens et sa gaieté. Il avait été heureux comme il ne l'avait jamais été. Elle aussi semblait heureuse.

Je l'aime.

Ce sentiment qu'il essayait d'ignorer lui apparaissait brusquement comme une évidence. Quand était-il né ? Sur le voilier ? Sur la plage ? Il aimait en Julianna son besoin d'aventure sous ses airs de jeune fille rangée, il aimait sa façon de barrer le voilier comme si sa vie en dépendait, il aimait son regard, son sourire, son rire. Pour elle, il avait envie de devenir meilleur.

La vie sans elle lui paraissait désormais impossible.

— Viens, Bottines, dit-il à son chat, je dois à tout prix la convaincre que nous sommes faits l'un pour l'autre.

Alexandro quitta la villa précipitamment, sauta dans sa voiture et prit la direction du palais. Le soleil se levait à peine.

Arrivé au palais, il traversa le hall en courant. Yvette n'était pas assise devant la porte de Julianna comme à son habitude. Il frappa à la porte. Pas de réponse. Il frappa de nouveau.

— Elle n'est… pas… là, lui dit Enrique, qui avait du mal à articuler.

Il venait d'émerger de sa propre chambre, une bouteille de whisky à la main, encore vêtu de son pantalon et de sa chemise de la veille.

— Julianna ne veut plus se marier. Son père l'a reniée. Elle est partie.

— Où est-elle ? demanda Alexandro, plein d'espoir.

Si elle avait annulé le mariage, c'était peut-être parce qu'elle l'aimait, lui, Alexandro.

— C'est quoi ce vacarme ? Vous savez l'heure qu'il est ?

Le roi Dario arrivait de ses appartements, drapé dans un peignoir de soie.

— Où est Julianna, père ? lui demanda aussitôt Alexandro.

— Je ne sais pas. Je lui ai proposé de rester au palais le temps de s'organiser, mais elle a répondu qu'il était temps qu'elle prenne son avenir en mains.

— Il faut absolument que je la retrouve. Je veux m'assurer qu'elle est en sécurité. Je l'aime. Je veux le lui dire, même si elle ne partage pas ce sentiment.

— C'est une… princesse… sans cœur, articula Enrique avec difficulté. Tout cet argent envolé…

— Alaric lui a confisqué son passeport. Elle est donc encore sur l'île, dit le roi Dario à Alexandro en lui mettant une main sur l'épaule. J'ai eu tort de vouloir toujours décider de vos vies à tous. C'est ce qui a fait fuir votre mère. Craignant de vous perdre, vous aussi, mes deux fils, je lui ai interdit de vous emmener avec elle, mais je crains bien de t'avoir perdu quand même. Nous ne voyons pas les choses de la même façon, toi et moi, mais sache que je t'aime, mon fils, et que je suis fier de l'homme que tu es devenu.

Alexandro ravala des larmes d'émotion. C'était ce qu'il avait toujours souhaité entendre de la part de son père.

— Bonne chance avec Julianna, lui dit le roi Dario avec un sourire.

— Merci, père.

Alexandro repartit en courant vers sa voiture. Chercher Julianna seul lui prendrait trop de temps. Il ne pouvait pas demander l'aide de ses coéquipiers. Ils devaient déjà se préparer pour la course.

La course !

Non, retrouver Julianna était plus important. Pendant deux heures, il la chercha partout. Les tunnels, la plage, le quai. Les rues étroites de l'île commençaient à grouiller de monde. On sentait dans l'air une excitation grandissante à l'approche de la finale de la Med Cup.

L'équipage de *La Rueca* le harcelait de SMS. Ils voulaient savoir pourquoi il n'était pas déjà au bateau et si Julianna allait venir.

Il ne voulait pas leur dire qu'elle était partie. Il finit par leur envoyer un message qu'il ne se serait jamais cru capable d'écrire :

Allez-y sans moi.

Il reconnut soudain au loin les longs cheveux blonds de Julianna. Elle portait une tenue aux couleurs de *La Rueca*. Garant sa voiture sur un trottoir car la circulation devenait trop intense, il se rua à sa poursuite.

Mais il la perdit de vue. Il était désespéré. Comme il tournait la tête vers la marina, il aperçut alors un mât qui lui était familier. Le voilier se rendait déjà au départ de la course. Il tapa rapidement sur le clavier de son téléphone.

Bonne chance !

Sam lui répondit aussitôt par le même moyen.

Julianna est à la barre. Tout va bien.

Alexandro ne savait plus s'il devait rire ou pleurer.

La course touchait à sa fin. *La Rueca* était en seconde position, mais n'arrivait pas à dépasser le voilier de tête.

— On peut encore gagner, dit Philippe, le tacticien, à Julianna. En tirant des bords…

— Nous pourrons passer tribord amures. Compris. Prête pour la manœuvre.

— C'est le moment ! cria bientôt Philippe. On y va, les gars !

Quelques instants plus tard, *La Rueca* franchissait en tête la ligne d'arrivée.

Quand le voilier rejoignit la marina, Alexandro les attendait sur le quai avec du champagne. Un grand sourire éclairait son visage.

— Bravo à tous ! Et surtout à toi, Julianna. Tu es un barreur de classe internationale. Merci.

Un membre du yacht-club vint chercher l'équipage pour le conduire sur le podium. Fans et journalistes se pressaient au pied de l'estrade. Julianna cherchait sans cesse le regard d'Alexandro. Une fois les trophées remis, il l'entraîna vers le voilier.

— J'ai à te parler.

Elle le suivit, le cœur battant et, dès qu'ils furent à bord, lui annonça d'un ton ferme :

— Je n'épouse plus Enrique.

— Je sais. Je pensais que ce mariage serait une bonne chose pour toi. Mais je suis malheureux sans toi. Je t'aime, Julianna.

Elle en eut le souffle coupé et balbutia :

— Vraiment ?

— Oui. J'aime tout chez toi. De ta façon de barrer un voilier jusqu'à ta façon de m'embrasser. Ton sourire radieux et même tes airs de princesse hautaine, parfois.

— Je suis désolée pour ce que je t'ai dit hier. J'étais peinée, furieuse contre toi.

— C'est oublié. Je suis là maintenant, je vais prendre soin de toi. Es-tu sûre que tu ne regretteras pas ton statut de future reine ?

Le cœur empli de joie, Julianna toucha la joue d'Alexandro.

— Je me moque bien d'être reine. Je t'aime, Alexandro. C'est tout ce qui compte pour moi.

Alexandro se pencha pour l'embrasser, puis mit un genou en terre.

— Je t'aime. Tu es la femme avec qui je veux passer le reste de ma vie. Acceptes-tu de m'épouser ?

— Oui, oui, cent fois oui.

Elle l'obligea à se relever et l'embrassa avec fougue.

— Pour l'instant, je n'ai que ceci à t'offrir comme alliance.

Alexandro sortit de sa poche un anneau de cordelette, qu'il passa au doigt de Julianna.

Elle l'avait mal jugé. Il n'était pas égoïste. Il avait seulement eu peur de s'engager. Mais à cet instant, son regard débordant d'amour lui disait qu'il ferait tout pour la rendre heureuse.

— Je veux t'épouser, Julianna, mais d'abord, je vais te laisser le temps de goûter à la liberté dont tu rêvais tant. Le temps de voyager, de faire de la voile…

— Pas sans toi.

Alexandro sourit et lui embrassa le bout des doigts.

— Ne t'inquiète pas. Je compte bien prendre part aux réjouissances. Nous ferons certaines choses ensemble. Il y en a d'autres que tu feras seule. Mais sache que je serai toujours là. Pour te soutenir, t'aimer et enfin t'épouser le moment venu.

— Je compte les jours.

Julianna leva son visage vers celui d'Alexandro. Elle était radieuse.

— Embrasse-moi, pirate.

Épilogue

Un an plus tard

Debout sur le pont en teck d'un magnifique vingt-cinq mètres, Julianna écoutait le vent siffler dans les voiles. Le ciel était bleu, le soleil au zénith. La goélette semblait tout droit sortie d'un film de pirates.

Elle était heureuse. Elle avait passé l'année écoulée à poursuivre ses rêves. Elle avait participé à de nombreuses régates, elle en avait même remporté une prestigieuse en tant que membre d'un équipage entièrement féminin. Elle avait beaucoup voyagé et œuvré sans relâche pour la cause des femmes. Pendant tout ce temps, Alexandro l'avait soutenue, encouragée et attendue.

Il lui restait à réaliser son rêve le plus cher. Elle ne pouvait imaginer de meilleur endroit pour célébrer leur mariage que ce magnifique voilier. Pas d'inconnus, pas de journalistes, pas de chefs d'Etat. Juste les amis et la famille. Son père, sa belle-mère et ses quatre frères. Le père, la mère et le frère d'Alexandro.

Alexandro la regardait comme si elle était le soleil de ses jours.

A la fin de la cérémonie, le capitaine prononça la phrase attendue : « Je vous déclare unis par les liens du mariage. »

Sous les applaudissements de l'assistance, Alexandro embrassa Julianna qui lui rendit son baiser en y mettant toute son âme.

— J'ai l'impression d'être en plein rêve, murmura-t-elle.

— Réveille-toi, belle princesse. Ton rêve est en train de devenir réalité.

— « Ils se marièrent et ils vécurent heureux jusqu'à la fin de leurs jours » ?

— Parfaitement, mon amour.

JANETTE KENNY

L’héritière insoumise

Traduction française de
FLORENCE GUILLEMAT-SZARVAS

HARLEQUIN

Titre original :
CAPTURED AND CROWNED

Ce roman a déjà été publié en 2012

Prologue

— Je ne veux pas épouser le prince héritier, papa.

Il avait fallu deux jours à Demetria Andreou pour trouver le courage de parler à son père. Elle avait attendu que Sandros Andreou se relaxe au palais au bord de la piscine, près du pavillon des invités, en tête à tête avec une assiette de *mezze* et une bouteille d'ouzo. Car, désormais, elle n'avait plus aucun espoir que les relations entre son fiancé et elle s'améliorent.

Le teint hâlé de son père vira au rouge, indiquant une explosion de colère imminente. Demetria sentit son ventre se nouer dans l'attente de la tempête.

— Je me moque bien de ce que tu veux ! Le roi d'Angyra t'a choisie à douze ans pour que tu sois l'épouse du prince héritier. C'est un honneur ! Un devoir envers ta famille et ton pays !

C'était aussi une aubaine pour Sandros Andreou, songea-t-elle avec amertume : devenir le père de la future reine lui donnerait plus de pouvoir encore.

— Mais je ne l'aime pas et il est évident qu'il n'a aucune affection pour moi.

— L'amour… !

Son père venait de cracher ce mot comme une insulte.

— Pauvre idiote ! A vingt-trois ans, tu régneras sur ton propre pays, tu seras immensément riche et ne manqueras plus jamais de rien.

Sauf d'amour, sauf de la liberté de faire ce qu'elle voulait de son existence. Réaliser son rêve de créer des vêtements, par exemple. Mais son père ne comprenait pas cela.

Le prince Gregor ne l'avait pas compris non plus lorsqu'elle avait abordé le sujet, la veille, lors de leur sortie annuelle, cette soirée en ville destinée à s'afficher ensemble en train de s'amuser — un simulacre de ce que faisait d'ordinaire un couple de fiancés normaux, amoureux.

Le prince avait haussé les épaules, déclarant qu'elle pouvait se consacrer provisoirement à cette carrière, mais que ce serait mal vu *après* leur mariage. Il la tolérerait éventuellement en tant que hobby.

Demetria avait alors compris qu'il était inutile de discuter. Sa vie de reine serait une vie solitaire, froide, désolée.

Elle n'était pourtant pas la seule femme susceptible de devenir un jour reine d'Angyra ! Le prince héritier pouvait certainement se trouver une autre épouse !

— Papa, peut-être que si vous parliez au roi ce soir, il accepterait…

— Non ! Il n'en est pas question, répliqua son père d'un ton menaçant. Tu épouseras le prince héritier Gregor Stanrakis dans un an, jour pour jour, ainsi que l'exige le roi. Est-ce clair ?

— Oui, père.

Elle s'éloigna du pavillon, le long du sentier impeccable qui descendait vers la plage privée, tout en songeant à sa brève carrière dans la mode.

Le roi et son propre père avaient planifié son avenir. Il lui restait donc un an pour se faire un nom, pour réaliser son rêve, ne fût-ce que brièvement.

Dix années de suite, Sandros Andreou avait amené sa famille dans le royaume insulaire d'Angyra, où ils étaient les hôtes de la famille royale des Stanrakis.

Angyra était une île enchanteresse, entourée de plages sablonneuses et d'une mer étincelante comme la topaze. Frangipaniers et bougainvillées y fleurissaient à profusion, embaumant l'air de leurs notes suaves. Des bosquets d'oliviers et de cyprès verdissaient les montagnes arides qui s'élevaient, majestueuses, dans le ciel sans nuage.

Ici, la vie s'écoulait à un rythme plus tranquille qu'ailleurs. Les habitants adoraient ouvertement le couple royal ; ils montraient déjà de l'affection pour Demetria.

Quand elle était adolescente, l'avenir lui paraissait un conte de fées ; les *paparazzi* les photographiaient, le beau prince héritier et elle, lors de leur « rendez-vous » annuel… Elle avait déchanté depuis.

— Un prince se marie par devoir, pas par amour, lui avait expliqué le prince Gregor. Il en a toujours été ainsi. Je serai gentil avec vous. Tout ce que je vous demande, c'est de m'être fidèle jusqu'à ce que vous m'ayez donné des héritiers.

Vierge encore, elle allait épouser un homme qui la traitait comme une enfant et ne la désirait même pas.

Perdue dans ces pensées, elle quitta la plage privée et gagna les étendues sauvages qui entouraient le palais royal. Elle marcha jusqu'à ce que les bruits du port s'évanouissent, jusqu'à ce que le palais ne soit plus qu'un point à l'horizon, jusqu'à ce qu'elle n'entende plus que le fracas des vagues sur le rivage rocheux.

Parvenue sur une mince bande de plage jonchée de bois flotté, elle grimpa sur un éperon rocheux et contempla la mer. La vie était injuste ! Le prince héritier, qu'elle connaissait pourtant depuis dix ans, demeurait un étranger pour elle. Et, après leur dernière entrevue, elle n'avait plus guère d'espoir d'être un jour proche de lui.

Gregor, son aîné de dix ans, était un homme impassible. Elle ne s'était jamais amusée en sa compagnie. Ils n'avaient aucun point commun, ce qui limitait grandement la conversation. Il ne l'avait jamais embrassée que machinalement — et uniquement pour la galerie, elle en était sûre !

Il n'y avait rien entre eux. Ni passion ni amour.

— Qu'est-ce que vous faites ici ? fit soudain une voix d'homme, tout près d'elle.

Elle baissa les yeux vers l'inconnu en priant pour qu'il ne la reconnaisse pas. Mais non, il la dévisageait comme s'il ne l'avait jamais vue. Ce devait être un touriste.

Il portait un short, des sandales, et son sourire en coin la bouleversa immédiatement.

C'était le plus bel homme qu'elle avait jamais rencontré. Son épaisse chevelure noire était ébouriffée par le vent, son corps musclé hâlé par le soleil… Quant à ses yeux noirs…

ils brillaient d'une fascinante lueur, mélange d'amusement et de désir…

— Eh bien ? reprit l'inconnu.

— Je savoure la vue, le calme, le silence…

Son cœur s'emballait, son ventre était noué. Son visage trahissait-il son émotion ?

— Et vous ? Que faites-vous ici ?

Il désigna la plage, où ses empreintes étaient encore visibles.

— J'inspecte les aires de nidification des *Chelonia mydas*. Les tortues vertes, si vous préférez.

— Vous travaillez pour la protection des espèces ?

Il répondit avec un sourire insolent.

— Cette plage est interdite au public. Vous devriez partir.

Oh oui, elle aurait dû… Car elle sentait que cet homme beau comme un dieu représentait un danger. Elle ressentait face à lui un trouble qu'elle ne connaissait que par ses lectures, qu'elle avait rêvé de connaître un jour avec son mari. Et cet inconnu ne l'avait même pas touchée et encore moins embrassée !

Oui, elle ferait mieux de partir, de mettre le plus de distance possible entre lui et elle.

Elle se surprit pourtant à prolonger la conversation.

— Parlez-moi de votre travail ici.

— C'est…

Il s'interrompit à cause d'un bruit sur le rivage et tourna le regard vers la mer en marmonnant un juron.

Avant qu'elle n'ait le temps de comprendre ce qui se passait, il sauta sur l'éperon rocheux et s'assit si près d'elle qu'elle sentait la chaleur de ses membres élancés et puissants, et inhalait son odeur à chaque inspiration.

Il passa un bras autour de sa taille et l'attira contre lui.

— Non ! Lâchez-moi ! protesta-t-elle.

Ce dernier mot ne passa pas ses lèvres car il plaqua une main sur sa bouche. Affolée, Demetria songea qu'elle ne faisait pas le poids contre ses muscles d'acier.

— Ne faites pas de bruit, vous allez les effrayer.

Des tortues marines émergeaient de l'écume et se dirigeaient vers la plage comme si elles savaient exactement où elles allaient.

Quel spectacle magnifique !

Emerveillée de voir ces animaux de si près, Demetria se détendit contre le corps chaud et ferme de l'inconnu. Elle avait cessé de le repousser et glissé ses bras autour de son torse, le serrant comme il la serrait.

Ils demeurèrent ainsi un bon moment, enlacés, serrés l'un contre l'autre, tout en se sentant infiniment privilégiés d'avoir la chance d'assister à un spectacle aussi rare.

Quand la dernière tortue eut pondu et regagné la mer, Demetria leva les yeux vers son compagnon et sourit.

— C'est la chose la plus fascinante que j'aie jamais vue.

Il lui décocha son sourire diabolique en lui effleurant la joue du bout des doigts. Ce contact léger déclencha aussitôt des frissons dans tout son corps.

— Je ne l'ai jamais savouré autant qu'aujourd'hui, *agapi mou*. Grâce à vous, ce fut un moment unique.

Ce terme affectueux la toucha mais le désir qu'allumait cet homme en elle la faisait trembler. C'était une sensation nouvelle, puissante… et totalement addictive.

Ce qu'elle ressentait et désirait était mal. Si elle demeurait dans les bras de ce séduisant inconnu, cela se solderait forcément par une catastrophe… Mais elle ne trouvait pas la force de s'en aller.

— Dommage que ce soit fini, dit-elle.

— Ce n'est pas une fatalité…

Coupant court à toute protestation, il plaqua ses lèvres sur les siennes. Et lorsqu'il l'allongea sur le rocher, elle l'enlaça pour se désaltérer à la source de ses baisers. La roche était dure sous elle, mais tout aussi ferme était le corps de l'homme allongé à son côté. Il glissa une main sous son T-shirt et un frisson électrique la parcourut.

La chaleur de sa main sur son sein nu la fit frissonner. Mais elle fit un effort surhumain pour résister au tourbillon qui menaçait de l'engloutir.

— Non…

— Si, dit-il en tourmentant du pouce la pointe d'un de ses seins.

Comment résister alors qu'elle n'aspirait qu'à ses caresses, à ses baisers ? Ses souhaits furent exaucés lorsque, lui retirant son T-shirt, il porta son sein à sa bouche.

En proie à des sensations inédites, Demetria se cambra, glissa ses mains dans les cheveux épais de l'inconnu, et le serra contre elle, goûtant pour la première fois les saveurs de la passion.

Il ne lui vint pas à l'idée de protester lorsqu'il glissa une main dans son short pour la caresser intimement. Aucun homme ne l'avait jamais touchée ainsi et, même si elle connaissait ces pratiques par la lecture, la réalité était beaucoup plus excitante…

Et quand il glissa ses doigts en elle, Demetria cessa tout simplement de penser sous la puissance des sensations qui déferlaient en elle. Elle ferma les yeux et s'accrocha à lui avec l'impression de s'envoler vers le soleil.

Ce fut une explosion de lumière sous ses paupières closes, un carillon de cloches, exactement comme elle l'avait imaginé…

Des cloches ?

Ces cloches n'étaient pas celles du septième ciel mais bel et bien celles du village ! Elles sonnaient 5 heures de l'après-midi. Dans une heure, elle devait se présenter au palais pour dîner avec la famille royale !

Elle aurait dû être en train de se préoccuper de sa toilette au lieu de folâtrer sur la plage avec un inconnu, de lui accorder une intimité réservée à son futur époux. Comment en était-elle arrivée là ?

Elle s'arracha aux bras puissants de l'inconnu, tremblante du désir qui bouillait encore en elle.

— Arrêtez, fit-elle en rajustant ses vêtements d'une main maladroite.

— Comme madame voudra.

Un sourire ironique se peignit sur les lèvres bien dessinées qui, quelques minutes plus tôt, avaient parcouru son corps.

Demetria secoua la tête. Elle avait honte de sa conduite, honte de ce que réclamait son corps.

Sans un mot de plus, elle descendit du rocher et s'enfuit en courant.

Sans un regard en arrière.

De retour dans le pavillon des invités, elle comprit pourtant qu'elle n'oublierait jamais ces instants volés, partagés avec un inconnu.

Le prince Kristo Stanrakis pénétra dans le bureau de son père, où ce dernier l'attendait ainsi que ses frères. Il aurait préféré se trouver n'importe où sauf ici. Il avait beau aimer sa terre natale, ses passions le portaient ailleurs.

Il aurait aimé se soustraire à ce dîner avec les Andreou. Depuis ce premier repas, dix ans auparavant, au cours duquel le roi avait annoncé que Gregor épouserait la fille d'Andreou — une petite fille plate comme une limande et tout à fait insignifiante — il avait toujours réussi à se soustraire à cette invitation annuelle.

Mais cette fois, c'était un ordre, et personne, pas même un prince, ne pouvait s'y soustraire sans encourir la colère royale.

— Comme c'est aimable à toi de t'être arraché aux tables de jeu, ironisa son père lorsqu'il leva les yeux vers lui.

S'il avait réellement passé son temps dans les casinos, songea Kristo, il serait mort d'ennui.

Mais, depuis des années, le souverain désapprouvait son mode de vie et aurait préféré le voir plus souvent à Angyra. Tout ce qui concurrençait les obligations officielles étant sans importance aux yeux de son père, Kristo n'en parlait même plus.

— Soyez assuré que j'assisterai au Conseil d'Etat qui se réunit la semaine prochaine.

Une fois encore, son père accueillit ces mots avec dédain. Il savait que Kristo quitterait l'île sitôt après s'être acquitté de cette obligation officielle.

Mais peut-être en irait-il autrement, cette fois-ci, songea-t-il. Car, après ce qui s'était passé cet après-midi sur la plage, il serait peut-être intéressant de prolonger son séjour… C'était la première fois qu'il rencontrait une femme aussi éblouie que lui par les merveilles de la nature. Jamais il n'avait partagé ce genre de moment avec quiconque.

C'est ce qui avait donné d'autant plus de force à leur parenthèse de passion explosive. Son corps vibrait encore au souvenir de la parfaite beauté du corps de la jeune femme. Si les cloches de l'église n'avaient pas sonné, Dieu sait jusqu'où ils seraient allés…

— Il était temps que tu arrives, déclara à son tour son frère Gregor.

Kristo prit le verre de *tsipouro* que lui tendait un domestique et but une gorgée avant de répondre au prince héritier.

— Les tortues marines sont en période de ponte. J'ai dû attendre qu'elles aient terminé. Où est ta fiancée ?

— On vient de me prévenir qu'elle était arrivée, répondit Gregor sans aucun signe de joie. Si vous voulez bien m'excuser…

— Exactement comme notre père : beaucoup trop sérieux, glissa Kristo à son plus jeune frère, lorsque le prince héritier fut sorti.

— Il fera un bon roi, répondit Mikhael. Mais fera-t-il aussi un bon époux pour sa jeune épouse ?

Sans doute Gregor suivrait-il, là encore, l'exemple paternel, songea Kristo avec amertume.

— Votre majesté, annonça Gregor d'un ton impérieux, en pénétrant de nouveau dans le bureau. Je vous présente ma fiancée, Demetria, future reine d'Angyra.

Kristo se retourna et son sourire se figea.

La ravissante jeune femme à laquelle Gregor donnait le bras était celle qu'il avait si passionnément embrassée, une heure auparavant, sur la plage ! Une heure auparavant, il avait goûté les lèvres charnues et sensuelles de cette fille. Il avait senti ses seins dans sa main, exploré sa peau de soie…

Gregor, qui n'avait rien perçu de sa stupéfaction, conduisit la jeune femme jusqu'à lui. Le sourire poli de cette dernière s'évanouit quand elle croisa son regard. Elle entrouvrit les lèvres et pâlit.

— Demetria, je vous présente mon frère, le prince Kristo.

Je doute que vous vous souveniez de lui car vous ne l'avez pas vu depuis plusieurs années.

Elle l'avait vu une heure auparavant, songea Kristo, amer. Et il l'avait conduite au sommet du plaisir.

Comment expliquer à son frère que sa future épouse lui était infidèle ? D'ailleurs, n'était-il pas coupable de ne pas l'avoir reconnue ?

— Votre Altesse, dit-elle en exécutant une révérence.

Quelle farce après ce qui s'était passé entre eux !

— Enchanté, Demetria.

La jeune femme répondit par un sourire forcé et une formule de circonstance.

Kristo comprit alors que Demetria Andreou n'avouerait jamais ce qui s'était passé. Pourquoi aurait-elle pris ce risque alors que la fortune et le rang de reine l'attendaient ?

Quelle femme détestable et perfide !

Dès le lendemain, il éviterait comme la peste le palais royal et la fiancée de son frère.

1

Un an plus tard

Le prince Kristo Stanrakis était à deux doigts de piquer la première colère royale de son existence. Il jeta sa veste de smoking sur un fauteuil Louis XV tapissé de brocard et ouvrit violemment sa chemise, arrachant du même coup ses boutons en diamants.

La réunion extraordinaire avec le prince Gregor, ses hommes de loi et les plus hauts dignitaires venait de prendre fin.

Le royaume allait encore une fois devoir faire face à des changements.

Quant à lui, sa vie venait de basculer et il ne pouvait absolument rien faire pour échapper à son sort — ou plutôt à son devoir !

Il tournait comme un lion en cage dans l'immense pièce. Le devoir ! Comme il haïssait ce mot — et comme il la détestait, *elle* !

Un mois plus tôt, il enterrait son père, le bien aimé roi d'Angyra. *Elle* avait assisté aux funérailles avec son père et sa sœur. *Elle* affichait un air solennel, princier, distant, sexy en diable dans un fourreau noir qui épousait ses formes.

Il ne l'avait pas revue depuis près d'un an mais, dès qu'il avait croisé son regard, c'était comme s'il avait revécu ces moments de passion sur la plage, avec elle. Un mélange de culpabilité, de rage et de désir s'était aussitôt emparé de lui.

En sa présence, il se sentait de nouveau coupable d'avoir trahi son frère. Il ne voulait rien avoir à faire avec elle et, pourtant, il la désirait comme jamais il n'avait désiré aucune femme.

Il s'était néanmoins préparé, après les funérailles, à la revoir deux semaines plus tard, lorsqu'elle épouserait le prince Gregor.

Mais voilà que tout avait changé.

Mikhael entra, une bouteille d'ouzo sous le bras et deux verres à la main.

— Je me suis dit que ça te ferait du bien, dit-il en remplissant les verres.

Kristo vida le sien d'un trait, heureux de sentir l'alcool fouetter ses sens.

— Tu te doutais que Gregor était malade ?

— Non. Il paraissait fatigué, ces derniers temps, il se plaignait de maux de tête et de vertiges, mais j'ai pensé que c'était à cause du stress.

Kristo avait pensé la même chose. Jamais il n'aurait pu soupçonner que Gregor avait secrètement consulté un médecin juste avant la mort de leur père et appris, deux jours auparavant, qu'il était atteint d'une tumeur inopérable.

Le pronostic était terrible. Devant l'imminence de sa mort, le prince héritier avait décidé d'abdiquer devant le Conseil d'Etat la veille de son accession au trône.

L'annonce officielle avait été faite une heure auparavant.

Par ordre de naissance, la couronne revenait donc à Kristo. Il était le nouveau prince héritier, d'où la réunion extraordinaire du Conseil. A moins que le Conseil ne le juge totalement inapte à régner — ce qui n'était pas impossible, étant donné sa réputation —, la cérémonie d'accession au trône aurait lieu le lendemain, à 11 heures précises.

Et, comme si cela ne suffisait pas, il était aussi dans l'obligation d'honorer le contrat de fiançailles de son frère !

Il devait épouser Demetria Andreou dans moins de deux semaines !

— Je n'ai pas hâte d'être à demain, dit-il d'un air sombre.

— Personnellement, je pense que tu feras un bon roi, déclara Mikhael.

Kristo en était moins sûr. Même s'il avait toujours honoré

ses fonctions au sein du Conseil d'Etat, siégeant à toutes les réunions, il n'était pas très attentif à ce qui s'y disait car il n'y jouait en réalité qu'un rôle honorifique.

Il prenait beaucoup plus au sérieux son rôle d'ambassadeur, qui lui avait permis de partager la table des personnalités officielles du monde entier. De jouer et de faire la noce, selon son père.

Ce cadre informel lui avait aussi rendu service et son éloignement d'Angyra lui avait donné la liberté de faire ce qu'il aimait vraiment.

Tout cela appartiendrait bientôt au passé.

Comment Demetria allait-elle accueillir ce changement de programme ?

Kristo s'immobilisa devant la fenêtre et contempla les jardins en terrasse qui descendaient vers la mer céruléenne.

Il n'avait pas envie d'être roi et encore moins envie d'épouser cette femme ! Hélas, la seule manière d'échapper à ce destin était de mourir ou de quitter son pays, et il était incapable de se soustraire à son devoir.

— Gregor semble certain qu'Andreou ne trouvera rien à redire à ce changement de programme, dit Mikhael. Mais il soupçonne la fiancée de ne pas être du même avis.

— On se moque de son avis. Elle doit obéir à son devoir.

— Certes, mais elle ne te connaît absolument pas.

D'une certaine manière, c'était vrai ; d'une autre, ils se connaissaient intimement.

— Comme Gregor l'a fait remarquer tout à l'heure, reprit-il, le contrat de fiançailles stipule que Demetria doit épouser le prince héritier. Je suppose qu'elle est au courant.

— Je te trouve bien cynique.

— Je suis seulement pragmatique. Demetria et moi-même devons nous soumettre aux mêmes lois. Il n'y a pas à discuter.

La famille royale des Stanrakis obéissait à une règle ancienne et immuable : tous les futurs rois devaient être issus de la noblesse grecque. Et les princes héritiers devaient épouser des aristocrates grecques.

Choisie par feu le roi, Demetria avait été élevée pour devenir la prochaine reine d'Angyra. Elle était issue d'une lignée adéquate : sa mère était issue d'une vieille famille aristocratique.

Certes, les origines de Sandros Andreou étaient moins pures.

Cet homme avait bien souvent irrité Kristo ; quant à Demetria, elle avait le don d'exciter son désir autant que sa colère.

— Je continue à penser qu'il serait bon que tu t'entretiennes en particulier avec elle dès demain, déclara son frère. Cela calmerait ses craintes.

Kristo contempla le fond de son verre et, peu à peu, retrouva le sourire.

— Oui, tu as raison.

Il allait lui parler. Il lui ferait savoir qu'il ne tolérerait aucune aventure et la ferait surveiller étroitement, étant bien placé pour savoir qu'on ne pouvait pas lui faire confiance.

Le lendemain, lors de la cérémonie d'accession au trône, Demetria brillait malheureusement par son absence.

Sandros Andreou s'inclina devant Kristo du mieux que l'y autorisait sa corpulence.

— Veuillez excuser ma fille, Votre Majesté. Quelques heures avant que le prince Gregor n'abdique, Demetria est partie faire des achats pour son trousseau. Depuis, je n'ai pas réussi à la joindre sur son portable.

— Elle est seule ?

Le vieil homme haussa les épaules.

— Je l'ignore.

— Et vous ne savez pas où elle est ? Vous ne pouvez pas envoyer quelqu'un à sa recherche ?

Le visage de Sandros Andreou devint rouge de confusion.

— Je ne sais pas exactement où la chercher, Votre Majesté. Sa sœur prétend qu'elle est à Istanbul, mais sa domestique pense qu'elle est en Italie.

— C'est intolérable, s'écria Kristo. Elle peut être n'importe où, avec n'importe qui. Qui sait si elle n'est pas avec un homme !

— Soyez assuré que, dès son retour, je lui demanderai de contacter…

Kristo fit taire Sandros Andreou d'un geste impérieux qui lui rappela étrangement le geste que faisait son père en pareille circonstance. Un geste qu'il détestait.

— Je vais m'en occuper moi-même. Etant donné les derniers événements, il serait bon que votre fille demeure au palais jusqu'au mariage.

— Pendant douze jours ? Hum, naturellement, Votre Majesté.

— Votre famille et vous-même pourrez profiter du pavillon des invités la veille de la cérémonie.

— La veille ?

— Oui. Vous pouvez disposer.

Le vieil homme esquissa une nouvelle courbette et sortit.

Kristo se leva et gagna la fenêtre. Il ne s'était pas senti aussi nerveux depuis longtemps. Il contempla la crête montagneuse au loin.

Les gracieux cyprès et les groupes d'oliviers qui couvraient le paysage aride cachaient la ressource la plus précieuse d'Angyra : l'or de Rhoda, un or légèrement rosé prisé dans le monde entier. Cet or extrait des mines de Chrysos avait apporté aux Stanrakis une richesse incommensurable. Il avait fait de ce royaume insulaire un haut lieu touristique où l'on affluait en masse pour acheter des colifichets taillés dans le précieux métal.

L'île possédait aussi un autre trésor inestimable : les tortues marines. Kristo avait fait de la protection de leurs zones de pontes un défi personnel et, peu à peu, avait été amené à soutenir des programmes similaires dans le reste du monde. Qui allait prendre sa relève à présent ?

— Qu'est-ce que tu comptes faire ? demanda Mikhael.

La réponse lui paraissait couler de source.

— Retrouver Demetria et l'amener ici.

— Mais votre mariage a lieu dans moins de deux semaines. Une femme a beaucoup de choses à faire avant son mariage.

— Elle pourra faire tout ce qu'elle voudra depuis le palais.

De son côté, il pourrait la surveiller de près. Pas question pour elle d'aller se balader sur la plage et de folâtrer avec des inconnus la veille de *leur* mariage !

— Et si elle refuse ?

— Tu crois que je vais lui laisser le choix ?

Mikhael ouvrit de grands yeux.

— Tu ne comptes tout de même pas l'enlever ?

— Si, parfaitement.

Dans une échoppe d'Istanbul, Demetria Andreou déroulait tranquillement un rouleau de coton d'Egypte. Elle observait la manière dont l'étoffe aux reflets d'argent, de cuivre et d'or tombait par-dessus son bras, comme une chute d'eau bouillonnante. Son cœur s'emballa : lorsqu'un tissu s'animait avec autant de grâce, c'était l'assurance que le vêtement qu'on y taillerait prendrait littéralement vie.

— Combien de rouleaux de ce tissu avez-vous ?

— Seulement un, répondit le marchand. Vous aimez ?

Elle l'adorait ! Il se plissait avec grâce et était d'une sensualité incroyable sur la peau nue. Et s'il n'y en avait qu'un rouleau, elle était sûre qu'aucun couturier ne taillerait un autre vêtement dans ce tissu.

Elle préférait se fournir sur des marchés peu connus pour garantir l'originalité de ses créations. Le meilleur couturier du monde n'était rien sans les tissus appropriés. Et quand la magie opérait, Demetria savait qu'elle avait créé un modèle digne des plus grandes maisons de couture.

— Il est parfait, répondit-elle au marchand. Je le prends.

Le marchand le posa par-dessus les autres rouleaux qu'elle avait choisis et s'éclipsa pour aller chercher d'autres échantillons haut de gamme. Demetria caressa sa trouvaille, excitée mais aussi déçue de ne pas pouvoir superviser elle-même la fabrication de ses modèles.

Tout avait changé très vite pour elle depuis la mort du vieux roi.

Dans deux semaines, elle épouserait Gregor et deviendrait reine. Elle n'aurait donc pas la possibilité d'être dans les coulisses tandis que des mannequins présenteraient ses modèles sur les podiums. Oui, pendant que son collaborateur Yannis préparerait seul leurs débuts dans la mode, autrement dit la réalisation de leur rêve, elle épouserait le roi Gregor Stanrakis.

Cette pensée la fit frémir.

Comment pouvait-elle épouser Gregor, alors que Kristo seul était l'objet de ses fantasmes, depuis un an ? Comment pourrait-elle côtoyer son beau-frère sans être assaillie par le souvenir de ses baisers, de ses caresses ?

Le marchand revint avec d'autres rouleaux, la tirant de ses pensées tumultueuses.

Elle n'eut aucun mal à se décider pour les deux premiers, qui correspondaient exactement à ce qu'elle recherchait. Mais elle sentit l'excitation la gagner en voyant la lumière danser sur le dernier rouleau. Ce tissu était-il bleu ? Vert ? C'était un mélange des deux additionné d'un reflet magenta.

Cette féerie de couleurs changeait constamment à la lumière. Les tonalités chaudes des rouges et des ors, alliés aux bleus et à l'argent attiraient le regard comme un aimant. Ce tissu n'était pas simplement somptueux, il était royal.

— Je suis désolé d'avoir sorti celui-là, fit le marchand en voulant le remporter. Il a été abîmé pendant le transport et doit être détruit.

Mettre au rebut une telle beauté ? Ce serait un crime ! Il était idéal pour la robe ample, souple, virevoltante, qu'elle voulait créer pour elle.

— Je vous prends ce qui est intact.

— Mais il doit y avoir seulement sept mètres, peut-être moins…

— Cela me suffit. Veuillez l'emballer séparément, s'il vous plaît.

Ses achats terminés, et la livraison du tissu organisée — Yannis le réceptionnerait à Athènes —, Demetria quitta l'échoppe avec un sentiment de profonde tristesse. Une fois mariée, il ne serait plus question pour elle de sorties comme celle-là. Elle serait entourée de gardes du corps, aurait sans cesse des obligations. Au fond, elle serait prisonnière.

Ses heures de liberté étaient désormais comptées. et les douze jours à venir allaient filer à toute allure.

Comme elle s'était contentée d'un fruit au réveil, elle décida de s'acheter quelque chose à grignoter. Mais elle devait se hâter : pas question de manquer le ferry si elle ne voulait pas que son père fasse une nouvelle colère.

Elle s'engageait dans la rue quand une limousine la contourna et s'arrêta devant elle. En un clin d'œil, les portières s'ouvrirent et deux hommes en jaillirent pour se diriger vers elle.

Ils étaient de carrure impressionnante, et ils avaient l'air menaçant.

Elle songea à courir mais, avant qu'elle ait pu faire le moindre geste, un troisième homme sortit de la limousine.

Elle se figea en le reconnaissant.

Le prince Kristo d'Angyra.

Son regard glacial la fit frémir.

— *Kaló apóyevma*, Demetria.

Ce salut poli n'était assorti d'aucun sourire.

Elle déglutit avec peine.

— Qu'est-ce que ça signifie ?

— Je vais vous escorter jusqu'à Angyra. Votre mariage avec le roi aura lieu dans douze jours.

— Je suis parfaitement au courant de la date à laquelle je dois épouser Gregor, mais je ne vois pas pour quelle raison j'arriverais si tôt avant la cérémonie.

— Je vois que vous ignorez la nouvelle : Gregor a abdiqué hier.

— Quoi ?

— Je vous en prie : montez. Je ne souhaite pas poursuivre cette conversation dans la rue.

Flanquée de deux armoires à glace, avait-elle vraiment le choix ? L'estomac noué, Demetria s'avança vers l'homme qui occupait tous ses rêves depuis un an.

Quand il la saisit par le coude, elle sursauta, comme électrocutée. Ce simple contact avait suffi à l'enflammer, à la faire trembler d'un désir qu'elle avait jusque-là tout fait pour repousser.

S'armant contre l'attraction qu'il exerçait sur elle, Demetria se concentra sur l'incroyable nouvelle : Gregor n'était pas roi. Si Kristo disait vrai, comment pouvait-elle se marier dans moins de deux semaines ?

Consciente qu'elle n'obtiendrait de réponse qu'en se montrant docile, elle prit place sur la banquette arrière, le plus loin possible de Kristo. Il semblait occuper tout l'espace restant, tant sa présence était imposante.

— Quelle est cette histoire d'abdication ?

— Peu après la mort du roi, Gregor a découvert qu'il avait une tumeur au cerveau. Pour éviter au pays d'enterrer deux rois à la suite, et pour ne pas laisser une jeune veuve, il a décidé d'abdiquer.

Demetria porta une main à sa bouche. Même s'il n'y avait aucune affection entre eux, elle était très peinée d'apprendre cette triste nouvelle.

— Le pauvre… Je suis vraiment désolée.

— Epargnez-moi ces simagrées. Nous savons tous deux que vous vous moquez complètement de mon frère. Sans cela, vous ne vous seriez pas offerte aussi librement à un homme que vous ne connaissiez même pas.

Elle eut un mouvement de recul, comme s'il l'avait giflée. Inutile de nier. Mais elle n'allait pas se laisser insulter sans rien faire, ni se laisser intimider par son air arrogant.

— C'est vrai, j'ai commis une grave erreur de jugement et j'ai regretté ce faux pas chaque jour depuis que je l'ai commis… Mais j'étais… incapable de contrôler mes émotions.

Voilà, elle l'avait dit. Mais cet aveu parut le rendre encore plus furieux. Qu'était devenu l'homme qu'elle avait rencontré ce jour-là ? Qui était cet inconnu dur et froid qui la dévisageait avec dégoût ?

— Vous arrive-t-il souvent de succomber à ce genre… d'émotions, Demetria ?

— Cela a été la première et la dernière fois.

— J'étais sûr que vous répondriez cela.

Demetria dut se retenir de crier et reprit avec tout le calme qu'elle pouvait rassembler :

— Puisque ma compagnie vous est visiblement si pénible, pourquoi êtes-vous venu me chercher ?

— Je vous l'ai déjà dit : je vous escorte jusqu'à Angyra.

— Mais c'est absurde. Puisque Gregor a abdiqué, pourquoi serais-je encore tenue de l'épouser ?

Un sourire narquois se peignit sur la bouche de Kristo.

— Vous ne l'êtes pas. Dès l'instant où mon frère renonce à sa charge, l'ordre de succession m'impose de monter sur le trône. Je vais être le nouveau roi d'Angyra. Et c'est moi que vous allez épouser.

Jamais !

— Vous ne pouvez pas me forcer à vous épouser ! s'écria-t-elle, effarée.

— Oh, si, Demetria.

2

— C'est de la barbarie, dit-elle.

— Non, ce sont les termes de votre contrat de fiançailles : vous devez épouser le prince héritier d'Angyra ou, si ce dernier est déjà monté sur le trône, le roi.

Il vit la jeune femme blêmir.

— Le contrat ne précise pas que je devais épouser le prince Gregor et lui seul ? demanda-t-elle d'une voix tendue.

— Aucun nom n'est mentionné. Vous épousez un titre, pas un homme en particulier.

— Mon Dieu…

Il n'avait pas revu Demetria depuis un an et elle lui semblait encore plus belle que dans son souvenir. Sa beauté classique éveillait en lui quelque chose de profond… qu'il repoussait dc toutes ses forces.

Plus troublant encore était le désir intense qu'il éprouvait. Même un an après, il se rappelait le poids de ses seins dans sa main, la saveur de sa peau, le sentiment de triomphe qu'il avait éprouvé en l'amenant jusqu'à l'orgasme.

Et même lorsqu'ils avaient observé les tortues en train de pondre, il s'était passé quelque chose. C'était la première fois qu'il s'était senti aussi bien auprès d'une femme. En la tenant dans ses bras, il avait éprouvé un sentiment d'évidence tout à fait inédit.

Tout cela avec une femme qui avait trahi son frère !

Il la haïssait autant qu'il la désirait et ce mélange le déstabilisait. Comment pouvait-il épouser cette femme ? Comment pourrait-il jamais lui faire confiance ?

Comme il s'en voulait pour le désir qu'elle lui inspirait…

Il rêvait de l'embrasser, de caresser sa peau douce comme de la soie… D'enfouir les mains dans ses longs cheveux bouclés et noirs, qui descendaient jusqu'à sa taille, libres et sauvages… Quant à ses yeux, ils le fascinaient : leur couleur sombre aux splendides reflets valait les plus belles pépites de Rhoda.

Elle le dévisageait avec froideur et circonspection. Elle n'avait pas fondu en larmes en apprenant son sort. Elle ne l'avait pas supplié de la laisser partir.

Non, elle lui avait tenu tête et Kristo ne l'en désirait que davantage, car cette force intérieure était aussi attirante que sa beauté.

— Si le mariage doit avoir lieu dans plus d'une semaine, pourquoi suis-je obligée de regagner Angyra immédiatement ?

— Notre peuple est inquiet après la mort du roi et l'abdication de Gregor. Il a besoin de voir que nous formons un front uni. Qu'il aura bientôt un roi et une reine. Que la situation d'Angyra est stable.

En outre, comme l'avaient suggéré ses conseillers, les frasques passées de Kristo avaient quelque peu terni son image aux yeux de la population. On le considérait comme le fils prodigue, le play-boy qui préférait faire la fête plutôt que gouverner.

Demetria, au contraire, était très aimée. C'était la princesse de conte de fées qu'on avait vue grandir. Le peuple était impatient de la voir devenir sa belle et jeune souveraine.

Il réprima un rire cynique. Le peuple d'Angyra ne connaissait pas la vraie nature de cette femme. Heureusement qu'elle était tombée sur lui et non sur un autre homme, ce jour-là, sur la plage !

Le seul fait de l'imaginer faisant avec un autre ce qu'elle avait fait avec lui le rendait fou.

— Je suppose que vous avez discuté avec mon père, reprit-elle, l'air résigné.

— Oui. Il sait que je vous ramène à Angyra.

— Il m'y attend, alors ?

— Non. Votre père est invité au palais, mais seulement la veille du mariage.

— Je vais être seule avec vous ?

— Allons… nous sommes déjà intimes.

— A ma grande honte, murmura-t-elle.

— Vraiment ?

Ses lèvres sensuelles, légèrement entrouvertes, semblaient l'inviter au baiser comme ce jour-là, sur la plage.

— Et maintenant, expliquez-moi pourquoi je vous retrouve chez un marchand de tissus alors que, d'après votre père, vous étiez partie acheter votre trousseau.

Elle rosit légèrement.

— Si vous tenez à le savoir, j'achetais du tissu pour mon associé. La présentation des collections à Athènes a lieu dans deux semaines. Ce devaient être mes débuts dans la mode.

Kristo resta quelques secondes interdit avant de demander :

— Votre père vous autorise à travailler ?

— Mon associé et moi dessinons des vêtements depuis un an et demi.

— Gregor était-il au courant ?

— Oui mais il m'avait avertie que je devrais y renoncer lorsque je serais reine.

— Naturellement. Comment imaginer que la reine d'Angyra puisse travailler ?

— Qu'elle suive sa vocation…

Elle avait seulement chuchoté cette mise au point mais il sentit qu'elle le défiait.

Voilà qui expliquait sa présence à Istanbul. Elle avait décidé de travailler jusqu'au bout, jusqu'au dernier jour avant le mariage.

— S'il y avait un moyen de repousser le mariage après les défilés d'Athènes…

— Absolument pas. Le mariage aura lieu à la date prévue. Votre rôle, je vous le rappelle, est d'être une épouse fidèle et la mère de mes héritiers.

— Vous ne m'aimez pas, dit-elle. Vous n'avez même pas de sympathie pour moi.

Non, mais il la désirait comme jamais il n'avait désiré aucune femme.

— C'est le devoir qui nous réunit, Demetria. Le devoir envers votre famille et mon pays.

— Je le sais…

Elle se mordit la lèvre, lui rappelant une fois de plus leur intermède passionné sur la plage.

— M'autoriseriez-vous du moins à dessiner ma robe de mariée ? J'avais l'intention d'en parler à Gregor lors de notre prochaine rencontre, mais la mort du roi a précipité le mariage.

— Votre robe a déjà été commandée. Apparemment, Gregor s'en est occupé immédiatement après le décès du roi.

Kristo n'en aurait rien su si la robe n'avait été livrée juste avant son départ du palais. Il l'avait fait mettre dans la suite qu'il réservait à Demetria. Une suite attenante à la sienne.

— Mais on ne m'a absolument pas demandé mon avis ! protesta Demetria. Je vous en prie, accordez-moi au moins cette concession…

Alerté par sa voix tremblante, il se tourna de nouveau vers elle. La prière qu'il lisait dans ses yeux ensorcelants l'émut malgré lui.

Mais, bien entendu, une requête en amènerait une autre…

Non, il n'était pas possible que la future reine couse elle-même ses vêtements ou qu'elle les dessine. Quel genre de femme était Demetria ? Quels autres secrets lui cachait-elle ?

— Je vais y réfléchir, assura-t-il.

Bien qu'elle y revienne à contrecœur, Demetria trouva l'île toujours aussi splendide : c'était comme un joyau d'émeraude serti dans la mer d'azur.

La limousine filait sur la route en lacet qui conduisait au palais. La cohabitation allait peut-être enfin leur permettre de mieux se connaître, songea-t-elle sans trop y croire. Peut-être trouveraient-ils des bases sur lesquelles bâtir leur avenir…

Jusqu'à présent, celui de Demetria se limitait à ses devoirs envers la couronne : le mariage, donner un héritier au royaume. Si ce programme avait inclus un peu d'affection, l'avenir ne lui aurait pas paru aussi sombre. Mais Kristo n'éprouvait que du mépris pour elle. Car jamais il ne lui avait pardonné de s'être offerte à lui un an auparavant.

Le trajet jusqu'au palais était de courte durée. Au prix d'un effort surhumain pour oublier Kristo, elle admira le magnifique paysage pastoral que sillonnait la route. Sans s'arrêter devant le pavillon des invités, où sa famille et elle séjournaient toujours d'ordinaire, la voiture poursuivit jusqu'au palais.

— Je n'aurai pas ma chambre habituelle ? s'enquit-elle, le cœur battant de plus en plus au fur et à mesure qu'ils approchaient de l'énorme bâtiment.

— Je vous ai fait préparer une suite au palais.

— Mais pourquoi ?

— Cela évitera de vous faire changer de chambre après le mariage. D'ailleurs, c'est une question de sécurité.

De sécurité ? C'était plutôt pour mieux la retenir prisonnière ou pour la plier à sa volonté avant le mariage…

Logée dans le pavillon des invités, elle aurait pu se détendre au bord de la piscine, profiter du sauna ou paresser sur la terrasse en admirant les bateaux sillonnant la mer d'azur. Elle aurait même pu se promener sur la plage…

Mais protester ne servait à rien. Kristo risquait même d'être moins enclin à lui accorder ce qu'elle désirait le plus : confectionner elle-même sa robe de mariée.

Aussi s'efforça-t-elle d'afficher un sourire serein quand la voiture s'arrêta sur la terrasse privée située sur le côté du palais.

Kristo décroisa ses longues jambes et descendit le premier ; Demetria put enfin inspirer à fond. Mais ce soulagement fut de courte durée.

Le chauffeur lui ouvrit la portière avec un sourire, et elle se retrouva de nouveau près de Kristo. Il lui prit la main, et aussitôt une décharge nerveuse la traversa.

Le palais était tel qu'elle s'en souvenait pour l'avoir vu lors des ennuyeux dîners auxquels sa famille et elle avaient été conviées. Jasmins et bougainvillées formaient une treille au-dessus du corridor ouvert qui menait à l'entrée. Leurs effluves mêlés étaient censés apaiser les sens, mais Demetria était trop tendue pour admirer toute cette beauté.

Elle traversa le vaste couloir garni d'un superbe marbre blanc veiné de violet. Au parquet en cyprès succéda un tapis Kerman particulièrement moelleux. Des lustres de cristal étincelants étaient suspendus aux coupoles qui culminaient six mètres plus haut.

Dorures, broderies et armoiries brillaient d'un éclat d'or rose, mais toute cette grandeur ne dégageait aucune chaleur. Les jeunes princes avaient-ils jamais joué ici ? Ces vastes pièces avaient-elles jamais résonné de leur rire ? D'ailleurs, avaient-ils jamais ri ?

Elle avait du mal à le croire en regardant l'homme grand et solennel qui marchait à son côté. Les seuls instants de légèreté qu'elle se rappelait avoir vécus ici correspondaient au jour où elle avait été présentée au prince Mikhael, le benjamin de la fratrie.

Quant à sa dernière visite ici… C'était le jour où elle avait été présentée à Kristo. En cet instant terrible, elle avait cru que, de colère, il allait avouer à Gregor et à son père ce qu'ils avaient fait sur la plage. Elle avait presque espéré qu'il le fasse, car cela aurait rompu les fiançailles. Ainsi, elle aurait été libérée des obligations qu'on lui avait imposées. Mais Kristo n'avait pas pipé mot. Elle non plus, de peur des représailles de son père envers sa sœur et elle.

Elle avait ensuite pensé que Kristo dirait tout à son frère en privé.

Pourquoi ne l'avait-il pas fait ? Pourquoi avait-il gardé le secret sur leur rencontre ?

Ces questions l'obsédaient tandis qu'elle le suivait le long de corridors interminables. Enfin, Kristo ouvrit une porte à double battant et lui fit signe d'entrer. Elle pénétra dans une vaste suite à la décoration moderne, à l'exception de ses dimensions et de ses hauts plafonds.

Il referma la porte. Ils étaient maintenant seuls… et sa présence virile la troublait. Si seulement il souriait ! Si seulement il redevenait l'homme qu'elle avait connu sur la plage !

Elle examina la pièce mais oublia l'opulent canapé et les

fauteuils bien rembourrés en apercevant la robe de mariée commandée pour elle. Elle était d'un blanc aveuglant et d'un style traditionnel à l'extrême, avec volants et lourdes broderies de perles.

Elle la détesta du premier coup d'œil.

— N'espérez pas que je porte cette horreur.

Kristo contempla la robe en fronçant les sourcils.

— Je ne la trouve pas si laide.

— Ne vous gênez pas pour la porter vous-même.

Il esquissa un sourire.

— Je m'en tiendrai au smoking.

— Je préférerai en porter un aussi plutôt que d'enfiler cette chose.

— N'espérez pas me faire fléchir par cette petite démonstration de colère.

Demetria serra les poings.

— Je vous en prie, laissez-moi dessiner la robe que j'ai en tête. Vous jugerez ensuite par vous-même laquelle des deux je dois porter.

— Vous êtes donc si sûre de pouvoir me convaincre ?

— Je suis certaine que ce que je dessinerai sera bien supérieur à cette hideuse meringue.

Kristo s'approcha de la robe et en palpa le tissu raide.

— Très bien, faites comme il vous plaira. Dressez la liste de ce dont vous avez besoin et je vous le ferai livrer aujourd'hui même. Mais n'oubliez pas que la décision finale me revient.

Cette arrogance n'était pas surprenante, les Stanrakis mâles étant réputés pour leurs manières autoritaires.

Demetria alla droit au bureau, où elle trouva un stylo et du papier. La liste — machine et matériel à coudre, mannequin, papier pour le patron, crayons — fut terminée en un clin d'œil.

Elle la lui remit en prenant soin de ne pas le toucher.

— Je dois choisir le tissu moi-même.

— Vous espérez que je vais vous laisser faire du shopping ?

— Oui. Hier, chez le marchand d'Istanbul, je suis tombée sur une soie extraordinaire.

— Si elle était aussi extraordinaire, pourquoi ne l'avez-vous pas achetée ?

— Parce que j'étais pressée de préparer ma collection.

Kristo contempla longuement la robe, l'air solennel. Ses traits finement ciselés ne trahissaient aucune émotion. Demetria se tordait les mains, ne sachant qu'ajouter pour le convaincre que cette montagne de satin, de dentelle et de perles n'était pas faite pour elle.

— Combien de temps vous faut-il pour réaliser votre modèle ?

— Une semaine au maximum.

— Vous travaillez toujours aussi vite ?

— La plupart du temps, oui. Encore une chose : mes vêtements et mes effets personnels se trouvent dans mon appartement d'Athènes. Je dois demander à mon associé de les envoyer ici.

Il la dévisagea si longuement qu'elle en eut le vertige.

— Très bien. Appelez-le et faites préparer vos affaires. Un coursier passera les prendre cet après-midi.

Demetria sortit son téléphone de son sac, si heureuse de pouvoir créer sa propre robe de mariée qu'elle se moquait que Kristo écoute sa conversation.

L'appel terminé, elle posa son téléphone sur la table, nota l'adresse de son appartement et la tendit à Kristo avec un sourire reconnaissant.

— Merci. Vous ne le regretterez pas.

— Allons… Vous pouvez faire beaucoup mieux que ça.

Il la rejoignit en quelques enjambées, comme si elle venait de lui lancer un défi auquel il ne pouvait pas résister.

— Que voulez-vous dire ?

Elle recula, cherchant à ménager la plus grande distance entre eux.

— Je viens de vous accorder ce que vous vouliez. Une telle concession mérite mieux qu'un simple merci.

Elle heurta le mur et laissa échapper un cri. Mais Kristo continua d'avancer. A présent, il était si près qu'elle sentait la chaleur émanant de son corps.

Toute pensée cohérente l'abandonna. Elle ne pensait plus

qu'à une chose : elle avait envie qu'il l'embrasse, la prenne dans ses bras et… qu'il lui fasse l'amour.

Il lui glissa sa main dans les cheveux.

— Vos cheveux ont la couleur du café, des reflets de haute mer et de soleil de minuit.

Demetria se figea. Elle posa les mains sur son torse dans l'intention de le repousser. Grave erreur. Car elle sentait maintenant sous sa main le battement de son cœur, puissant, rapide.

Une lueur sensuelle s'alluma dans son regard et Demetria eut l'impression de suffoquer. Ses poumons la brûlaient, une intense chaleur s'emparait de tout son corps…

Elle cherchait une réplique cinglante pour rompre le charme quand il sourit. Soudain, toute dureté disparut de son visage, dont l'expression, soudain, lui rappela l'homme insouciant qu'elle avait rencontré sur la plage, un an plus tôt.

Mais elle ne devait pas se laisser abuser. Ce n'était qu'un léger sourire de satisfaction. Pour lui montrer qu'il savait quel effet il avait sur elle, qu'il contrôlait la situation et pouvait la manœuvrer.

Comme un marionnettiste tirant les ficelles.

Affolée, elle retira les mains de son torse, comme si elle s'était brûlée.

— Tu es si douce…

Il caressa sa lèvre inférieure puis descendit le long de sa joue.

— Le soleil de ce pays vous a donné tout son éclat.

Etait-ce un compliment ? Même si c'était le cas, quelle importance ?

Il posa une main sur le mur, près de sa tête. Demetria sentait les picotements du désir sur sa peau. Il était si fort qu'elle pouvait à peine respirer.

— Vous êtes ravissante.

Sa voix grave et veloutée était une vraie caresse érotique…

Demetria esquissa un sourire. Un an auparavant, elle s'était laissé prendre au piège de son sourire sensuel. Mais, aujourd'hui, avait-elle seulement envie d'essayer de lui résister ?

Elle le saisit par les poignets et tenta de le repousser.

— Je vous en prie, ne faites pas ça.

— Pourquoi pas, puisque nous y prenons plaisir tous les deux ?

Il posa ses mains sur ses seins. Et soudain, ce fut comme si elle était de retour sur cette plage, le jour où elle l'avait rencontré…

Mais si elle avait manqué de volonté ce jour-là, sa fierté lui procurait maintenant la force nécessaire de le repousser.

— Arrêtez.

Kristo ignora ses protestations et posa une main sur sa taille.

— Vous avez maigri…

Elle se concentra sur la colère et la haine qu'il lui inspirait.

— J'ai travaillé tard ces derniers temps, expliqua-t-elle d'un ton froid, pour préparer le défilé d'Athènes. Mais j'imagine qu'un homme comme vous ne sait pas ce que c'est.

Il posa les mains sur ses fesses et la plaqua contre son bassin.

— Insinuez-vous que je mène une existence oisive ? Je peux vous assurer que j'ai, moi aussi, de longues journées de travail.

Seigneur, pourquoi réagissait-elle ainsi ? Elle sentait son corps fondre contre le sien.

— J'ai effectivement vu des photos de vous dans des tabloïds, en train de travailler très dur pour votre pays.

Chaque fois qu'elle l'avait vu au bras d'une nouvelle conquête, elle en avait éprouvé de la jalousie malgré elle. Et, chaque fois, elle s'en était voulue de s'être abandonnée dans ses bras.

Il la repoussa si brusquement qu'elle trébucha.

— Comme je vous l'ai dit, le mariage aura lieu dans douze jours.

— J'aurai terminé la robe dans une semaine.

Parvenu à la porte, il lui jeta un dernier regard.

— Je devrai d'abord en approuver le dessin, c'est bien compris ?

— Bien sûr.

— Je vous enverrai un domestique pour vous aider.

— Je préférerais travailler avec quelqu'un que je connais.

Une fois encore, il eut ce sourire éclatant qui contrastait avec sa peau hâlée, ce sourire de prédateur qui sait sa proie à sa merci. Ou du moins qui le croit.

— Je n'en doute pas, mais vous devrez vous accommoder des personnes que je vous enverrai.

Sans attendre de réponse, il sortit et referma la porte derrière lui.

Quelle arrogance !

Comment pourrait-elle jamais le supporter ? Sans compter que sa présence la perturbait totalement… Elle en avait oublié de donner à Yannis la liste de tout ce dont elle avait besoin.

Elle alla chercher son téléphone. Il n'était plus là où elle l'avait posé. Elle n'y avait pourtant pas touché pendant que Kristo était là…

Kristo ! Il l'avait sûrement emporté.

Elle courut à la porte dans l'espoir de le rattraper, mais le déclic du verrou l'arrêta net.

Il l'avait enfermée.

Elle était emprisonnée dans le palais.

— Allez au diable ! s'écria-t-elle pour soulager sa rage.

Mais cela ne suffit pas. Folle de rage, elle alla se planter devant la robe.

Elle hésita un instant. Elle avait dû coûter une fortune. Mais, depuis toujours, elle faisait ce qu'on lui demandait de faire, qu'il s'agisse de son père ou du roi. Et où cela l'avait conduite ?

A se retrouver enfermée à clé dans la chambre d'un palais, contrainte d'épouser un homme qui la méprisait.

Alors, laissant libre cours à sa rage, elle déchira la lourde jupe, puis l'immense traîne et enfin les grotesques manches bouffantes.

Elle déchira et réduisit la toilette en lambeaux. C'était du gâchis, mais cela prouvait une chose : sa patience aussi avait des limites.

*
* *

Il n'aurait pas dû la toucher.

Kristo arpentait son salon privé en luttant contre le désir qui bouillonnait en lui, sans trouver de soulagement. La vérité, c'est qu'il avait fait bien plus que toucher Demetria Andreou… Quand il avait tenu ses seins dans ses mains, durant ces quelques instants, il s'était revu sur la plage avec elle, un an auparavant…

Comme ce jour-là, il avait bien failli perdre le contrôle de lui-même.

Il en avait oublié le ressentiment et la colère qu'elle lui inspirait, oublié qui elle était, oublié qu'ils n'étaient liés que par le devoir. Il n'était plus qu'un homme caressant une femme désirable, qui répondait à ses caresses comme aucune autre auparavant.

Il suffisait qu'il la touche pour s'enflammer. Il ne pensait plus à rien d'autre qu'au besoin de satisfaire son désir. Et, maintenant qu'elle logeait au palais, maintenant qu'ils étaient seuls…

Cette fois, il lui fallait aller jusqu'au bout. Ensuite, peut-être pourrait-il enfin se trouver en sa présence sans succomber à ce désir primitif. Puisqu'il avait envie d'elle, il allait la posséder sans plus attendre…

La porte s'ouvrit et Vasos se glissa dans la suite, étonnamment silencieux malgré son impressionnante stature. C'est ce qui faisait de lui le meilleur des gardes du corps. Il savait se déplacer sans un bruit, se fondre dans le décor, et Kristo lui faisait confiance pour sa protection. Il comptait désormais sur lui pour protéger aussi Demetria.

— Votre Majesté, dit le garde en s'inclinant.

Alors que son visage trahissait rarement des émotions, il semblait profondément contrarié.

— Qu'y a-t-il ?

— Demetria a détruit la robe de mariée.

— Comment cela ?

— Elle l'a réduite en lambeaux de ses propres mains.

Il ne l'aurait pas crue capable d'une telle rage, d'une telle flambée d'humeur.

Kristo ne put s'empêcher de sourire malgré sa colère.

— Il semblerait qu'elle ne me laisse pas le choix.

— Je ne comprends pas, dit Vasos en haussant ses épais sourcils noirs.

— Elle est créatrice de vêtements…

Une créatrice furieuse qu'on ne l'ait pas consultée à propos de sa robe de mariée.

Elle ne lui faisait pas plus confiance que lui et ne croyait pas qu'il tiendrait sa promesse. C'est pourquoi elle refusait de le laisser choisir sa robe.

— Dis aux gardes de surveiller le palais de près. Elle va être d'autant plus furieuse qu'elle est enfermée à clé. Je ne voudrais pas qu'elle s'enfuie maintenant.

— Comme Votre Majesté voudra.

Vasos s'inclina et quitta la pièce.

Kristo contempla longuement la porte de sa suite. En l'espace de quelques jours, sa vie était devenue particulièrement compliquée. En un jour, il était passé du rang de frère du prince héritier à celui de roi. Bientôt, il serait aussi un mari…

Il gagna la fenêtre, qui offrait une vue magnifique sur les montagnes, mais il ne parvint pas à trouver la paix que lui procurait habituellement la contemplation de ce paysage.

Le destin les réunissait pour la seconde fois, Demetria et lui, et seul le ciel savait ce que serait leur mariage.

Quelqu'un ouvrit la porte ; c'était son jeune frère, cette fois. Fidèle à son habitude, Mikhael fit l'économie des salutations pour entrer tout de suite dans le vif du sujet.

— Elle est ravissante…

— Elle est comme l'an dernier.

— Peut-être, dit Mikhael en se servant un whisky. Est-ce que l'idée de t'épouser lui déplaît ?

Kristo sourit, percevant l'humour qui pointait dans la voix de son frère.

— Elle n'a pas le choix.

— Elle est donc prête à épouser n'importe qui, pourvu qu'il lui offre une vie confortable ?

C'était l'avis de Kristo. Puis, repensant à ce que lui avait dit Vasos, il partit d'un grand rire.

— Elle n'est pas aussi docile que cela. Elle a fait de la charpie de sa robe de mariée parce qu'elle ne lui plaisait pas !

— C'est donc une rebelle. Au moins, votre vie de couple risque d'être amusante.

— Ce mariage fera sûrement beaucoup parler, en tout cas. As-tu des nouvelles de Gregor ?

— Il a été admis dans un hôpital d'Athènes. Je n'aime pas le savoir tout seul là-bas et j'ai l'intention d'y aller après mon voyage à Londres.

— Voyage d'affaires ou d'agrément ?

— Un peu les deux.

Mikhael vida son verre et le posa sur le comptoir de marbre.

— Appelle-moi si tu as besoin de moi.

— N'hésite pas non plus.

Si l'état de Gregor s'aggravait, il voulait le savoir afin d'accourir à son chevet.

Une fois Mikhael parti, Kristo rejoignit le bar, se servit un généreux verre d'ouzo et savoura une gorgée de ce breuvage anisé.

Demetria n'était pas du tout telle qu'il l'avait prévu. Il l'imaginait flirtant sans vergogne alors qu'elle rêvait de faire carrière dans la mode. En plus de son devoir, elle avait des buts et des ambitions personnels.

Il était dans le même cas mais, en tant que roi, sa vie ne lui appartiendrait plus. Tout juste pourrait-il trouver un peu de paix chez lui, en famille.

« Un homme doit aimer sa femme », lui avait dit sa mère.

Il était du même avis. Il ne voulait pas d'une union comme celle de ses parents. C'est pourquoi il avait prévu de rester célibataire jusqu'à la quarantaine, jusqu'à ce qu'il ait trouvé la femme qui partagerait ses rêves et ses désirs.

Pourtant, il était déjà las de cette vie de fêtes que Mikhael appréciait encore. Le défilé de femmes dans sa vie était aussi ennuyeux que les conversations qu'il avait avec elles.

Il avait envie d'une femme qui vive dans la réalité, qui se soucie de son pays et de lui. Il avait envie de Demetria Andreou.

3

Une fois passé cet accès de rage, Demetria revint à la raison et alla chercher son bloc à dessin et son crayon dans son sac.

Dans moins de deux semaines, elle serait reine d'Angyra. Elle avait fini par accepter ce sort qui mettrait fin à sa carrière dans la mode avant même qu'elle n'ait vraiment débuté. Mais tout son être se troublait en songeant qu'elle serait aussi la femme de Kristo.

Elle s'était imaginé faire une épouse convenable pour Gregor mais, avec Kristo, ils formeraient un couple mal assorti, sauf pour ce qui était de l'attirance physique — mais c'était la dernière chose à laquelle elle voulait penser pour l'instant.

Saisissant son bloc et son crayon, elle s'installa dans le fauteuil, près des hautes fenêtres. Avec un peu de chance, elle s'absorberait dans le travail et cesser de penser à lui.

Elle avait vraiment besoin de se changer les idées ! Hélas, bien qu'elle ait déjà dessiné des centaines de croquis — peut-être davantage si elle comptait les esquisses griffonnées par distraction —, elle n'avait pas dessiné de robe de mariée depuis ses études à l'université.

A l'époque, elle avait mis sur le papier son mariage tel qu'elle le rêvait, jusqu'au beau prince à son bras. Hélas, l'heure venue, le prince avait choisi sa robe sans elle ! Tout avait été organisé sans la consulter.

Elle avait toujours su qu'il n'y aurait pas d'amour dans son union avec Gregor, que ce ne serait pas un conte de fées, mais elle avait espéré du respect. A présent, elle savait qu'il ne lui aurait même pas accordé cela.

Avec Kristo, elle était à peine mieux lotie. Certes, il la désirait, mais pour combien de temps ? Quand allait-il se lasser de sa reine et chercher ailleurs son plaisir ?

Cette perspective la dérangeait malgré elle. Toutes les photos de lui, dans les tabloïds, le montraient au bras d'une beauté.

Le prince play-boy avait fréquenté tous les endroits chic de la planète. Il fréquentait des millionnaires, des gens pour qui la vie était un jeu. Pourtant, c'était sur une plage déserte qu'elle l'avait rencontré, alors qu'il s'occupait de la protection des tortues. Ces deux facettes contradictoires du personnage paraissaient difficilement réconciliables, et pourtant…

Sur la plage, il avait montré un visage qu'elle n'avait plus revu depuis : celui d'un mystérieux titan des mers, veillant farouchement sur son univers et les créatures qui l'habitaient. En faisait-elle partie ?

Demetria prit son crayon et se mit à dessiner, se laissant guider par le désir pour jeter sur le papier la vision qui la hantait depuis tant d'années. Si elle voulait le convaincre de son talent, elle devait créer une robe unique qui lui ressemble totalement.

Les lignes et les détails devraient mettre en valeur sa silhouette et tout ce qui pouvait éveiller du désir chez ce roi aussi beau qu'arrogant. Si elle atteignait son but, on parlerait longtemps d'elle comme d'une créatrice innovante qui aurait renoncé à sa carrière pour la couronne.

Mais c'était là une version enjolivée de sa situation. Si seulement on lui avait laissé le choix ! Si seulement le prince héritier lui avait fait la cour, avait tenté de gagner son cœur !

Elle venait d'apporter les dernières touches à son dessin quand un bruit de clé dans la serrure l'arracha à sa concentration. Une jeune femme entra, portant des vêtements sur son bras. Vasos la suivait, toujours impassible, chargé d'une corbeille en osier remplie de flacons précieux.

La domestique s'éclipsa dans une pièce de la suite que

Demetria n'avait pas encore vue. Probablement la chambre ou le dressing.

— Le roi requiert votre présence au dîner à 20 heures, annonça Vasos en déposant la corbeille. Il a sélectionné ces parfums et ces produits de beauté pour vous.

— Comme c'est aimable à lui de me sortir de ma prison !

Elle brûlait cependant de curiosité de découvrir ce que Kristo avait choisi pour elle, ce qu'il croyait lui convenir.

— S'agit-il d'un dîner en tête à tête ou y aura-t-il des invités ?

— En tête-à-tête. Vous dînerez sur la terrasse.

— C'est donc un dîner informel ?

Le garde hocha sa tête chauve.

Parfait… Demetria se sentait trop à cran pour être présentée à des invités. Cependant, un dîner avec Kristo risquait de ne pas l'apaiser vraiment.

— Un domestique passera vous chercher à 19 h 45, ajouta Vasos.

— Merci.

Le garde partit et le cliquetis de la serrure lui signifia qu'on allait la laisser en paix.

Elle avait accepté d'accomplir son devoir, convaincue qu'elle aurait préalablement l'occasion de réaliser son rêve. A présent, elle en était réduite à marchander le droit de dessiner sa propre robe de mariée.

En toute franchise, la cause de sa nervosité était tout autre. Elle n'avait jamais prémédité de trahir Gregor, mais son attirance envers Kristo était tout simplement irrésistible.

Depuis son faux pas, elle avait marché sur des œufs, certaine qu'à tout moment le roi allait la convoquer, que Kristo allait raconter leur rencontre sur la plage, qu'elle serait jugée infidèle, indigne du titre de reine…

Qu'elle serait bannie du royaume et libre de se jeter dans sa carrière de créatrice de mode.

Mais rien de tout cela n'était arrivé. Pourquoi Kristo avait-il gardé le secret ?

Demetria savait pourquoi elle n'avait rien dit : même si elle ne demandait pas mieux que d'être délivrée de son contrat de fiançailles, tourner le dos au prince héritier aurait eu de graves conséquences.

On aurait colporté n'importe quoi sur son compte et cette perspective avait suffi à l'arrêter. Elle ne voulait pas suivre les traces de sa mère, subir la même honte.

Elle ne voulait pas donner raison à ceux qui l'avaient surnommée « l'Enfant du scandale » quand elle avait six ans. Elle préférait vivre avec son secret, et la culpabilité qui l'accompagnait.

Plus facile à dire qu'à faire, cependant…

Elle retourna à son siège et à son bloc à dessin, désireuse de se vider la tête, ne fût-ce qu'une heure. Elle ne pouvait pas effacer ce qui était arrivé, mais elle pouvait encore influer sur son avenir.

Elle avait dessiné une robe magnifique, aux lignes nettes et pures, reflet de ses rêves naïfs. Une robe romantique correspondant à une certaine idée de l'amour.

Or, il n'y aurait pas d'amour dans son mariage et elle n'était plus la jeune fille naïve d'hier. Elle avait cessé de l'être le jour où elle avait rencontré Kristo Stanrakis.

Il était temps de prouver sa loyauté envers la couronne, son futur époux et elle-même ! Cet objectif en tête, elle se lança dans un nouveau dessin. Elle n'aurait pas le temps de le peaufiner, mais elle pouvait dessiner quelques esquisses. L'une d'elles conviendrait sûrement à une femme qui se mariait par devoir…

Kristo fourra les mains dans les poches de son pantalon et se mit à arpenter la terrasse dans toute sa longueur.

C'était la première fois qu'une femme le faisait attendre, celles qu'il fréquentait d'ordinaire se montrant plutôt désireuses de lui plaire, de gagner ses faveurs. Mais pas Demetria.

Soudain, il devina sa présence, avant même de humer son parfum, d'entendre le cliquetis de ses talons sur le parquet.

Il se retourna au moment où elle arrivait sur la terrasse et la vit à contre-jour, belle comme une apparition.

Elle portait une robe moulante sans bretelles, rouge grenat, sans aucun bijou hormis une fine montre dorée.

Ses longs cheveux détachés formaient une cascade soyeuse et sombre où jouait la lumière. Il aurait voulu y plonger les mains. Elle était très peu maquillée ; une discrète ombre à paupières et une touche de brillant à lèvres, peut-être…

Elle était sans artifice. Rien en elle n'évoquait la provocation, le calcul et, pourtant, elle rayonnait de séduction. Kristo sentit aussitôt une bouffée de désir embraser tout son corps.

— Vous êtes ravissante.

Elle répondit par un petit sourire tremblant, trahissant sa nervosité. Mais, alors qu'il savait cacher ses émotions derrière un masque austère, celles de Demetria se lisaient sur son visage.

Elle se ressaisit très vite.

— Merci, dit-elle d'un ton neutre.

Elle avait un avantage sur lui : élevée pour devenir reine, elle savait ce qu'on attendait d'elle, même si elle ignorait presque tout de l'homme qu'elle s'apprêtait à épouser.

Kristo, au contraire, pénétrait dans l'inconnu. Il acceptait son destin à contrecœur, de même que son peuple hésitait à lui faire confiance.

Les rumeurs se propageaient comme le sirocco à Angyra et le bruit courait que son passé gênerait son règne. Sa capacité à diriger le pays était l'objet de toutes les spéculations. Kristo lui-même avait des doutes, ayant été mal préparé à ce rôle. En tant que second de la lignée, il avait grandi dans l'ombre de son frère. Il avait aussi servi son pays sans crainte du risque, gagnant des alliés à l'étranger… et des détracteurs à Angyra.

Aujourd'hui, le poids du royaume pesait sur ses épaules. Remplaçant le fils chéri des Stanrakis, il allait devoir épouser la fiancée de ce dernier. Sa libido s'en satisfaisait tout à fait, et il avait hâte de consommer cette union. Pourquoi attendre ?

Malgré lui, il avança vers Demetria.

— J'espère que les vêtements que je vous ai fait apporter vous agréent.

— C'était vraiment trop, dit-elle en reculant d'un pas.

— N'hésitez pas à renvoyer ceux qui vous déplaisent.

Elle parut surprise, comme si elle ne s'attendait pas à ce geste magnanime.

— J'ai l'habitude de porter mes propres créations.

— Ce ne sera plus nécessaire.

— Je préfère. Vous n'y voyez aucun inconvénient, j'espère ?

Il aurait presque applaudi à la manière dont elle maintenait la conversation sur le sujet qui lui tenait le plus à cœur : sa vocation, qu'elle abandonnait au profit de la couronne. Elle gagnerait sûrement en popularité si ce détail était divulgué à la presse. Le peuple l'aimerait encore davantage, mais Kristo ne voulait pas que cette popularité augmente au détriment de sa propre réputation, déjà médiocre.

La majorité voyait toujours en lui le prince play-boy, l'enfant gâté qui avait dilapidé son temps et sa fortune dans les casinos du monde entier.

Il avait vécu la grande vie, une vie de jet-setter, pendant que son frère, au palais, veillait sur son peuple. Telles étaient du moins les apparences.

Rares étaient ceux qui savaient que Kristo avait amélioré les conditions de travail dans la mine de Chrysos, qu'il œuvrait en secret pour le bien de son pays et préférait agir seul. Il ne voulait pas être remercié pour n'avoir accompli que des tâches qu'il jugeait nécessaires.

Sur ses propres fonds, il avait acquis des plages désertes et fait en sorte qu'elles demeurent des réserves naturelles pour les tortues marines et d'autres espèces menacées.

Sur l'une de ces plages, Demetria et lui avaient succombé à la passion. Difficile d'admettre que cette femme posée, vêtue d'une robe à la dernière mode, soit la même que celle qu'il avait serrée dans ses bras, sur cette plage.

Il aurait voulu arracher leurs masques, les débarrasser elle et lui du mensonge, du devoir, et succomber au désir qui les poussait l'un vers l'autre.

— Pourquoi tenez-vous tant à travailler alors que vos obligations vont absorber la majeure partie de votre temps ?

— Ma vie de reine ne devrait pas m'accaparer vingt-quatre heures sur vingt-quatre.

— Auriez-vous oublié votre rôle d'épouse ?

Sans attendre sa réponse, il lui prit la main et déposa un baiser sur sa peau satinée. Il la sentit tressaillir, réaction qui illustrait assez bien ce qu'il éprouvait lui-même auprès d'elle.

— Comment pourrais-je l'oublier ? dit-elle en retirant sa main comme si elle s'était brûlée.

— Vous comprendrez certainement que les couturiers vont se disputer la faveur de *vous* habiller.

— Dans ce cas, je ne manquerai pas de m'afficher avec les créations de mon associé.

Kristo ne doutait pas qu'elle se débrouillerait pour glisser à son associé quelques idées personnelles. Soit ! Si cela pouvait la satisfaire.

Et s'il était clair que son favoritisme allait assurer la carrière de son associé, où était le mal ?

Kristo admirait sa loyauté envers ce dernier. Dommage qu'elle n'ait pas été aussi fidèle envers le prince héritier !

— Voulez-vous boire quelque chose ? demanda-t-il en se dirigeant vers le bar.

— Je prendrai un chablis. Où sont vos domestiques et vos gardes du corps ?

— Les domestiques nous apporteront le repas en temps voulu. Quant aux gardes..., ils n'ont pas besoin de me suivre en permanence à l'intérieur du palais.

Il lui servit un verre de vin et se versa un *tsipouro* sur glace. C'était la première fois qu'ils se retrouvaient seuls depuis leur rencontre sur la plage.

Contrairement à ce jour-là, Demetria le fixait d'un regard glacial. Il n'y avait plus entre eux que de la défiance. Il ne lui faisait pas confiance et il était clair que, de son côté, elle ne l'appréciait guère.

Mauvais début pour un mariage !

Ce mariage n'était pas fondé sur les sentiments ou les affinités, mais sur le seul devoir, dont ils étaient tous deux prisonniers.

Ils n'avaient en commun qu'un ardent désir, chaque jour

plus fort. Se calmerait-il une fois qu'ils l'auraient satisfait ? Demetria et lui formeraient-ils alors au fil du temps un couple comme celui de ses parents, deux êtres qui se parlaient à peine et menaient des vies séparées ?

— J'ignorais que nous étions seuls, reprit-elle d'une voix hésitante.

Il lui remit son verre, remarquant au passage le battement de son pouls sur la veine de son cou.

— Cela vous rend-il nerveuse d'être en tête à tête avec moi ?

— Bien sûr que non !

— Vous mentez mal.

Elle posa son verre sans y avoir trempé les lèvres.

— Très bien. Cela me met effectivement mal à l'aise d'être en présence de quelqu'un qui m'estime aussi peu.

— Comment pouvez-vous espérer qu'il en soit autrement ? Vous avez trompé mon frère. Vous avez rompu vos promesses de fiançailles.

— C'était avec vous !

— Je serais donc responsable de vos fautes morales ?

Elle croisa les bras, l'air à la fois blessé et fier.

— Je refuse d'en débattre, car vous avez décidé une fois pour toutes de voir en moi une séductrice alors que c'est vous qui m'avez séduite.

Elle n'avait pas tort. Dès qu'il l'avait aperçue, il n'avait eu de cesse de faire sa conquête.

A ce moment-là, elle n'avait vu en lui qu'un homme, et non un richissime héritier susceptible de changer sa vie. Elle avait paru fascinée par son travail et il n'avait jamais rien rencontré d'aussi excitant chez une femme.

— Vous auriez pu résister, reprit-il.

— J'ai essayé… Mais je n'ai pas réussi.

Du moins reconnaissait-elle le magnétisme qui les poussait l'un vers l'autre et qui ne s'était pas démenti depuis.

— Ce qui est fait est fait. Il ne sert à rien de le ressasser…

Elle s'approcha de la balustrade, le dos raide, les épaules droites.

— Il y a cependant une chose que j'aimerais savoir : pourquoi n'avez-vous jamais rien dit à Gregor ?

Comme il était difficile de répondre à cette question toute simple !

— J'étais sûr que Gregor et le roi me jugeraient aussi fautif que vous.

— Vous vous êtes donc tu par égoïsme ? Décidément, vous ne pensez qu'à vous. Vous n'avez aucun respect pour moi, pour mes désirs.

— Du respect ? Vous n'avez rien fait pour gagner le mien, que je sache.

— Ni vous non plus !

Il la rejoignit, l'acculant à la balustrade, s'approchant jusqu'à ce qu'il puisse sentir son parfum et sa colère.

Il lui prit le menton, l'obligeant à le regarder.

— Pourquoi tenez-vous tant à rejeter la culpabilité sur moi ?

— Parce que, pendant mes dix années de fiançailles avec Gregor, nous aurions dû faire connaissance.

Elle lui repoussa la main et se dégagea.

— Encore eût-il fallu que vous soyez présent, les nombreuses fois que je suis allée à Angyra.

— Il est vrai que je ne vous avais pas revue depuis vos douze ans et que vous avez considérablement changé depuis.

— Vous aussi.

— Cependant, je ne peux pas croire que vous n'ayez jamais vu mon nom ou ma photo dans les journaux à scandale.

Partout où il s'était rendu ces dernières années, il s'était vu en couverture de magazines, accompagné d'une femme avec laquelle il avait eu une brève aventure. Cette femme qui avait omis de lui dire qu'elle était mariée. Cette autre, à cause de laquelle il avait juré de ne pas se marier avant ses quarante ans — car il lui faudrait au moins ce temps-là pour faire de nouveau confiance à une personne du beau sexe.

Puis il avait rencontré Demetria…

Cette dernière fronça le nez, comme si l'idée d'être au courant de ces rumeurs la dégoûtait.

— Je ne lis jamais ces torchons, même dans les salles d'attente !

Il avait du mal à le croire. Son propre père, même s'il ne lisait pas ces magazines, avait eu vent des rumeurs concernant sa dernière conquête, une femme mariée. Tout le monde à Angyra était au courant !

Le roi avait été si courroucé par cette affaire qu'il l'avait menacé de lui retirer toutes ses responsabilités envers la couronne. Kristo se moquait qu'un autre reprenne sa charge d'ambassadeur, mais il avait refusé de renoncer à son rôle de protecteur des ressources naturelles, y compris dans la mine de Chrysos.

Il avait dû longuement parlementer avec le roi pour le persuader de lui accorder une seconde chance. C'était pour cela qu'il n'avait rien dit au sujet de Demetria et lui.

Elle avait raison : il s'était tu pour des raisons égoïstes — mais pas celles qu'elle croyait.

— Je devais garder cette aventure secrète dans l'intérêt d'Angyra, dit-il.

— L'intérêt d'Angyra ou le vôtre ?

Kristo reprit son verre et y fit tournoyer les glaçons, qui tintèrent dans le silence. Elle persistait à penser qu'il était à blâmer et qu'elle avait été la victime. Au moins, ils se ressemblaient sur ce point : ils défendaient tous deux leurs intérêts avec passion.

— Parlons de vous, Demetria. Il est clair que vous placez votre vocation avant votre devoir.

Il eut la satisfaction de la voir se raidir, preuve qu'il avait raison. Sa vocation, tel était son point faible. Ne disait-on pas que les artistes étaient très chatouilleux sur le chapitre de leur art ?

Elle était sur la défensive dès qu'on abordait son désir de devenir créatrice. Pourquoi n'avait-elle pas saisi la chance de rompre ses fiançailles quand elle s'était présentée ? Kristo poursuivit ce qui ressemblait fort à un interrogatoire, en observant attentivement ses réactions.

— Si vous aviez confessé notre petite aventure, le roi vous aurait libérée avec joie de votre contrat, et Gregor, j'en suis sûr, n'aurait plus voulu entendre parler de vous.

— Ou de vous…

— Pourquoi n'avez-vous pas révélé ce qui s'était passé entre nous ?

Elle évita son regard, preuve qu'elle n'était pas disposée à dire la vérité.

— Mon père aurait été furieux.

C'était probablement vrai, mais elle aurait pu passer outre et renoncer à son soutien financier, puisqu'elle subvenait à ses propres besoins.

— Il y a sans doute une autre raison.

— Il n'y en a pas.

Elle mentait. Mais pourquoi ? Que lui cachait-elle ?

— Oublions cette carrière que vous n'avez pas embrassée alors que vous en aviez l'occasion. En premier lieu, vous avez été élevée pour devenir reine et rien d'autre.

Demetria se tourna vers lui, lisse et froide comme une porcelaine.

— Je suis parfaitement au fait de mes devoirs, Majesté. Tout ce que je demande, c'est la permission de dessiner moi-même ma robe de mariée. Me refuserez-vous jusqu'à cela ?

Il la contempla, tenté de l'attirer contre lui et pour qu'elle réponde à ses caresses. Qu'elle comprenne que la tension qui régnait entre eux était autant le fruit d'un désir contenu que l'effet d'une colère partagée.

— Soit, créez votre robe de mariée ! Que ce soit votre moment de gloire dans le monde de la mode.

— Comptez sur moi.

Avec une affectation digne de feu la mère de Kristo, elle tourna les talons et partit.

— Où allez-vous ?

— Dans mes appartements.

Elle ouvrit la porte et se retourna un instant vers lui.

— J'ai perdu l'appétit. Je vous prie de m'en excuser.

Elle sortit sans attendre sa permission.

Kristo demeura immobile, partagé entre l'envie de la rattraper et celle d'abandonner la discussion pour ce soir.

Il fallait gérer la situation avec diplomatie, comme une affaire délicate. Soudain, les douze jours d'attente qui le séparaient de leur mariage lui semblèrent une éternité. En effet, il n'était pas du genre à attendre que les événements se produisent : il préférait les provoquer, pour mieux les contrôler.

Il la désirait tant qu'il se promit que, lors de leur prochaine rencontre, elle ne partirait pas en claquant la porte.

4

Le soleil commençait à pointer au-dessus des montagnes verdoyantes quand Demetria termina le croquis de sa robe. Après deux tentatives, elle avait enfin créé le modèle qui lui correspondait.

Elle pouvait être fière de ce qu'elle allait présenter à Kristo ! Penser à lui la fit frissoner, comme elle avait frissonné la veille en regagnant sa chambre. L'arrogance de Kristo, sa tyrannie la mettaient tellement en rage qu'elle en aurait crié.

Sa colère s'était calmée quand elle arriva dans sa chambre, où ses effets personnels avaient été livrés en son absence : une machine à coudre, une surjeteuse et diverses fournitures avaient été déposées dans ses appartements, formant un atelier qui surpassait celui qu'elle avait installé à Athènes.

Elle avait longuement contemplé tous ces outils, stupéfaite que Kristo ait tenu sa promesse, mettant à sa disposition tout ce dont elle avait besoin.

Grisée, elle avait failli courir le remercier. Mais son bon sens avait prévalu : si elle allait le rejoindre, elle finirait dans ses bras, dans son lit. Elle n'aurait pas assez de volonté pour s'arracher une seconde fois à lui. Déjà, elle était lasse de lutter contre l'inéluctable.

Pourtant, elle devrait bien dompter son désir. Elle ne pouvait pas laisser sa passion prendre le dessus sur sa volonté, comme cela avait été le cas pour sa mère. En épousant Kristo, elle allait renoncer à sa carrière, mais pas à ce qu'elle était.

Elle étudia son dernier croquis d'un œil critique. C'était un savant mélange de tradition et de modernité, assez osé. Simple et classique, la robe comportait une jupe à crinoline à l'ourlet rebrodé. Une étole de dentelle presque transparente, parsemée d'or, venait adoucir le corsage, simple et sans bretelles, en apportant une note de mystère et de séduction. Le tissu ivoire flatterait son teint mat, et les touches d'or apportaient de l'originalité à la tenue. Mais, en dérogeant au blanc immmaculé, ne risquait-elle pas d'être jugée trop en rupture avec la tradition ? Le roi pouvait invoquer cette raison pour refuser la robe. Il préférerait certainement un modèle plus opulent, brodé de perles, un style plus vieille Europe qui ne lui ressemblait pas, dans le goût de cette robe qu'avait commandée Gregor.

Demetria n'avait plus les idées très claires. Elle alla s'allonger sur le sofa, et étendit ses jambes pour les reposer.

Elle avait besoin de dormir et, avec un peu de chance, elle serait trop fatiguée pour rêver…

En milieu de matinée, Kristo se rendit dans la chambre de Demetria avec l'intention de l'emmener faire une promenade. Il souhaitait la soustraire un moment à l'ambiance du palais et prendre avec elle un nouveau départ avant de s'engager dans ce mariage arrangé.

Mais sa hâte de tirer un trait sur leurs premiers démêlés disparut lorsqu'il la découvrit dormant à poings fermés, lovée sur le sofa. Elle avait l'air d'un ange, avec ses cheveux répandus sur le coussin et ses longs cils posés sur ses pommettes dorées par le soleil.

Son carnet de croquis était posé sur la table, et quelques pages arrachées jonchaient le sol. Certains dessins représentaient des robes entières, d'autres étaient inachevés, comme s'ils avaient été éliminés d'emblée.

Le croquis resté dans le carnet attira son attention. Il était particulièrement détaillé et accompagné de notes techniques.

Il l'imaginait sans peine dans cette robe. Elle attirerait tous les regards et il savait déjà qu'il n'aurait d'yeux que pour elle lorsqu'elle couvrirait ses épaules de ce voile transparent tissé de fils d'or.

Il remarqua des cernes sous ses yeux. Avait-elle veillé

toute la nuit ? Il ne l'aurait pas crue capable de travailler autant, de s'investir à ce point dans un projet.

Une fois de plus, elle ne se conduisait pas comme la femme futile pour laquelle il la prenait. Quelles autres surprises lui réservait-elle ?

Il passa la main sur sa chevelure et laissa glisser ses doigts dans la masse soyeuse qui l'avait tant hanté.

Il avait caressé d'autres chevelures de femmes, mais aucune n'avait exercé sur lui cet attrait sensuel. Aucune autre femme ne l'avait obsédé au point que son pouls et sa respiration s'emballaient quand il la regardait dormir…

Il se rappelait le parfum de fleurs et de mer de ses cheveux, de sa peau. Les brefs instants où ces longues mèches avaient effleuré sa peau nue le hantaient. Il rêvait de passer de nouveau ses mains dans ces fils de soie, au plus fort de la passion, lorsqu'elle serait enfin sienne.

Si Demetria avait passé une nuit blanche à dessiner, lui était privé de sommeil depuis près d'un an, torturé par le souvenir qu'il avait d'elle…

En cet instant, il en était au même point qu'avant d'aller se coucher : il avait terriblement envie d'elle. Ce besoin dévorant se calmerait sans doute quand ils auraient fait l'amour, lorsqu'elle serait à lui, rien qu'à lui. Elle n'occuperait plus ses pensées à longueur de journée, elle ne s'inviterait plus dans ses rêves, la nuit.

Encore onze jours avant le mariage — une éternité !

Il retourna aux croquis, cette fois sans prendre de précautions pour rester silencieux. Elle avait un talent remarquable et se serait fait un nom dans la mode si…

Un petit cri étouffé lui signala qu'elle s'était réveillée.

— Depuis combien de temps êtes-vous là ?

— Quelques minutes seulement. C'est le croquis sur lequel vous vous êtes arrêtée ?

Elle se lova dans un coin du sofa, s'enveloppant dans un châle à franges. Ses joues rosies par la chaleur du réveil faisaient ressortir les cernes qui soulignaient ses yeux lumineux mais rougis par le manque de sommeil.

— Oui. Qu'en pensez-vous ?

Il en pensait qu'elle avait un talent exceptionnel et que, si Angyra allait gagner une reine, la mode allait perdre une étoile naissante.

— C'est bien. Si vous êtes aussi habile à coudre qu'à dessiner, vous serez sans nul doute la plus ravissante mariée qu'Angyra ait connue.

Elle rougit de plus belle, comme si elle n'était pas habituée à ce genre de compliment.

— Je suis soulagée qu'elle vous plaise. Avec votre permission, je vais retourner chez le drapier d'Istanbul pour choisir mon tissu.

Kristo haussa les épaules et jeta le carnet sur table, où il atterrit avec un bruit sourd.

— Il est hors de question que vous voyagiez seule.

— Vous contrôlez toujours autant les choses ?

— Je suis toujours prudent.

— C'est une réponse commode.

— Vous allez épouser le roi d'Angyra. A partir de maintenant, vous ne quitterez pas le palais sans garde du corps.

Elle se laissa retomber dans le canapé en croisant les bras sur sa poitrine, comme une enfant capricieuse, mais son regard pensif montrait qu'elle n'avait pas envisagé la question d'une sécurité rapprochée.

— J'ai toujours été libre de mes mouvements. Et vous, le manque d'intimité ne vous pèse pas trop ?

— Vous me parlez d'une chose que je ne connais même pas.

— Bien sûr. Comment un individu aussi privilégié que vous connaîtrait-il le quotidien du commun des mortels ?

Elle venait sans le savoir de toucher un de ses points sensibles. S'il s'était autant battu pour être ambassadeur, c'était précisément pour s'échapper d'Angyra et se soustraire au protocole rigide en vigueur au palais.

A Cannes, Las Vegas ou Rio, il pouvait se mêler à la foule jusqu'à un certain point. Il menait une vie à peu près normale, même si un garde du corps le suivait en permanence.

Mais cette existence appartenait désormais au passé car, maintenant qu'il était roi, il devait se montrer plus prudent. Il ne pourrait plus passer une soirée en ville sans être harcelé par une horde de journalistes ou, pis, suivi par des adversaires du royaume.

Son épouse devrait faire preuve de la même circonspection.

— Ce palais n'est pas une prison, Demetria…

Son père lui avait dit la même chose autrefois.

— Mais notre mariage sera une condamnation à perpétuité, à moins que…

— Je vous interdis d'aller plus loin ! Il n'y a jamais eu de divorce dans la maison des Stanrakis et je ne créerai pas de précédent avec vous !

— Ce n'est pas ce que j'allais dire !

Kristo passa une main dans ses cheveux. Cette discussion lui avait mis les nerfs à vif. Il ne leur servirait à rien de se plaindre de leur sort.

— Vous n'êtes pas la seule à regretter ce mariage arrangé, mais le pays a connu suffisamment de troubles depuis la mort soudaine de mon père, suivie du renoncement au trône de mon frère. Angyra a besoin de nous voir mariés et unis. Est-ce clair ?

— Je pense que oui, dit-elle en relevant la tête avec fierté. Le devoir passe avant le reste. Nous devons montrer que nous nous soutenons alors que notre mariage est fondé sur une illusion de bonheur.

— Angyra a besoin de vous, Demetria. J'ai besoin de vous.

— Vraiment ?

Il en avait trop dit. Il avait dévoilé ses émotions l'espace d'une seconde.

— J'ai besoin d'une reine à mes côtés. Le peuple vous connaît et vous aime.

Demetria réprésentait un lien entre son peuple et lui. Grâce à elle, il espérait gagner la faveur des citoyens d'Angyra. Mais pas question de le lui avouer : c'eût été lui donner trop de pouvoir sur lui.

— Je suis ravie d'apprendre que l'on m'aime quelque part. Cependant, j'insiste pour aller choisir le tissu de ma robe et j'ai besoin de le faire le plus tôt possible.

— Dites-moi ce que vous voulez et je vous le ferai livrer dans les plus brefs délais.

Elle leva les yeux au ciel, comme s'il venait de proférer une énormité.

— J'ai besoin de choisir ce tissu moi-même. Le plus beau modèle du monde n'est rien s'il n'est pas taillé dans le tissu adéquat.

— Je croyais que vous vouliez une robe de soie.

— Il y a des centaines de soies différentes ! Je ne peux pas dire laquelle convient à ma robe sans l'avoir touchée de mes propres mains.

Elle passa dans sa chambre et en revint quelques instants plus tard munie d'un morceau de tissu et de deux vêtements suspendus sur des cintres : un chemisier noir au tissu chatoyant et une robe corail.

— Ces deux pièces sont taillées dans des soies que j'ai achetées à Istanbul. Chacune a été confectionnée dans un tissu qui lui convient parfaitement, mais qui ne conviendrait pas du tout à l'autre.

— Si vous le dites…

Demetria poursuivit avec un soupir d'exaspération.

— Peut-être que ceci vous convaincra : regardez cet autre tissu que j'ai acheté.

Elle brandit la pièce d'étoffe et l'agita, révélant un arc-en-ciel de reflets.

— Vous ne voyez pas ? Ce tissu a l'air vivant quand il est en mouvement.

Il voyait surtout une femme indépendante qui adorait lui tenir tête. Une femme passionnée qui l'excitait. Une femme qui savait de quoi elle parlait quand il s'agissait de mode et de beauté…

Kristo admirait ces traits de caractère. Il ne voulait pas d'une femme trop docile ou sans tempérament. Il voulait celle-ci.

Il voulait la voir s'enflammer pour lui comme elle s'enflammait pour ses modèles. Il rêvait de mordiller ses lèvres charnues, de déposer des baisers le long de son cou gracile. Il voulait l'entendre gémir, la sentir onduler contre lui, comme pour l'implorer d'aller plus loin. Jusqu'à ce qu'elle le supplie de la prendre sans plus attendre.

Mais, au-delà du plaisir sensuel, il voulait voir cette femme de caractère régner à ses côtés. Il voulait pouvoir lui faire confiance et compter sur son aide.

Comment pouvait-il avoir de tels rêves, alors qu'elle avait trompé son frère et qu'elle le trahirait, lui, si l'occasion s'en présentait ?

Leurs regards se croisèrent. Celui de Demetria lui adressait une prière silencieuse. Elle avait trouvé les bons arguments. C'était *son* modèle, *sa* robe. Elle seule devait en choisir le tissu.

— Très bien. je vais faire préparer l'avion et avertir Vasos que nous quittons le palais. Nous partons pour Istanbul dans une heure.

Le visage de Demetria s'illumina aussitôt.

— Merci. Il ne me faudra que quelques instants pour me changer.

Abandonnant le tissu irisé sur le canapé, elle courut à sa chambre. Quelques instants plus tard, il entendit le jet de la douche dans la salle de bains attenante.

Il lui serait facile de se déshabiller, de se glisser sous l'eau tiède, de la posséder…

Kristo serra les poings et inspira profondément, une fois, deux fois. Ce n'était pas le moment, malgré tout le désir qu'il éprouvait pour elle.

Son regard s'arrêta sur le tissu. Il le caressa et constata qu'elle avait raison : une fois en mouvement, il semblait vivant. Quand elle serait vêtue d'une robe taillée dans ce tissu, aucun homme ne pourrait détacher son regard de Demetria. Tous seraient prêts à tout pour elle, pour un sourire d'elle…

N'était-ce pas ce qu'il venait de faire ?

Kristo quitta la suite en étouffant un juron. Aucune femme ne lui avait jamais tenu tête comme Demetria. Aucune n'avait jamais osé se mesurer à lui. Toutes le flattaient et se pliaient à sa volonté, au lit comme ailleurs. Leurs minauderies l'agaçaient ; elles étaient toutes plus creuses et égocentriques les unes que les autres.

« Trouve une femme qui soit ton égale », lui avait dit sa mère.

Peut-être était-ce chose faire, aujourd'hui, car Demetria était forte, belle, désirable…

Mais indigne de confiance.

Il ne devait pas oublier ce détail.

Demetria trouva le vol pour Istanbul plus court que lors de son retour à Angyra. Ce dernier voyage, elle l'avait vécu accablée et la peur au ventre alors qu'aujourd'hui elle n'était qu'impatience et perplexité.

Elle s'était résignée à son mariage avec Gregor, mais son union avec Kristo était une perspective trop nouvelle, trop douloureuse, pour qu'elle puisse l'envisager avec sérénité.

Il existait pourtant une issue : dire non devant l'autel…

Mieux encore, elle pouvait s'échapper aujourd'hui même, se perdre dans la foule, retrouver Athènes et la carrière dont elle avait rêvé…

Mais agir ainsi reviendrait à s'aliéner sa famille. Le scandale provoqué serait bien pire que celui qu'avait déclenché sa mère autrefois.

Demetria n'était pas prête à subir les conséquences d'un tel acte.

— Pourquoi ce visage grave, *agapi mou* ? demanda Kristo, l'arrachant à ses réflexions.

Elle répondit d'un geste évasif — elle ne pouvait certes pas lui révéler ce qui venait de lui passer par la tête !

Son regard s'arrêta sur Vasos, en grande conversation avec l'un des gardes. Il devait être en train de tout planifier pour leur séjour.

— Ils vous accompagnent toujours lorsque vous quittez le palais ? Partout ?

Elle repensa à toutes les occasions où elle s'était crue seule avec Kristo.

Ce dernier hocha la tête.

— Vasos travaille pour moi depuis des années. Pourquoi ?

Demetria se sentit rougir, comprenant soudain que, même lorsque le garde était invisible, il n'était jamais loin et les épiait.

Vasos avait suivi Kristo comme son ombre dans le monde entier. Dans la cohue des casinos comme dans les hôtels les plus luxueux, et jusque dans les endroits reculés où Kristo voulait échapper à la foule…

Demetria fut prise malgré elle d'un rire hystérique.

— Mon Dieu ! Ce jour-là, sur la plage, il était là, n'est-ce pas ? Il a tout vu, bien caché dans un coin, et vous… vous l'avez laissé faire !

Kristo bondit de son siège comme un diable de sa boîte et se pencha au-dessus d'elle, les yeux plissés par la colère et brillant d'un éclat redoutable.

— Ressaisissez-vous !

— Comment le pourrais-je, alors qu'il… que vous…

Elle secoua la tête, trop humiliée et trop furieuse pour aller au bout de sa pensée.

— Faut-il que vous me méprisiez pour penser que, dans un moment pareil, je pourrais permettre qu'un homme vous voie nue. Jamais je ne ferais l'amour à une femme devant quiconque. Jamais !

— Mais… vous venez de dire qu'il vous suivait partout.

— Dans certaines limites.

Kristo se redressa et la toisa avec un dégoût non dissimulé.

— Ne croyez pas tout ce que vous avez lu sur moi.

Demetria surprit une lueur blessée dans son regard. Elle venait de se conduire comme une idiote.

Elle porta ses mains à ses joues, honteuse de s'être affolée comme elle venait de le faire. Cela ne lui ressemblait pas.

Il était cruel de sa part de l'insulter alors qu'il venait de lui accorder des concessions et prenait la peine de l'accompagner lui-même à Istanbul.

— Excusez-moi, murmura-t-elle, abattue.

Ils n'avaient pas cessé de se quereller depuis leur départ. Il était temps d'oublier leur animosité et d'essayer de poser les bases de leur avenir commun — mais peut-être venait-elle de gâcher sa dernière chance d'y parvenir.

— Je vous trouve bien habile à salir mon nom pour quelqu'un qui prétend tout ignorer de ma mauvaise réputation, soupira Kristo.

— Eclairez donc ma lanterne… Parlez-moi de vos désirs, de vos rêves. De vos points faibles et de vos triomphes. Faites en sorte que je vous connaisse.

Il la transperça du regard puis détourna les yeux pour regarder par la fenêtre. Il l'ignorait, et elle détestait cette faculté qu'il avait de l'exclure de son monde, de ne plus montrer aucune émotion.

Pourtant, l'espace d'un instant, quand leurs regards s'étaient croisés, elle avait deviné une souffrance en lui. Comme un manque qu'il lui confiait et qui l'avait touchée. On aurait dit un enfant perdu…

Elle se trompait sûrement car, à l'évidence, Kristo Stanrakis n'avait aucune faiblesse ni aucun manque. Tout comme au jour de leur rencontre, il lui évoquait un dieu païen, et l'attirance qu'il exerçait sur elle n'avait pas faibli, mais rien n'indiquait que, derrière cette carapace, se cachait un homme aimant et attentionné.

L'homme détendu et passionné avec lequel elle avait folâtré sur la plage n'avait-il été qu'une chimère ? Avait-elle seulement vu en lui ce qu'elle avait envie de voir et non la réalité ?

Elle n'avait toujours pas trouvé la réponse à ces questions quand ils atterrirent et partirent tous les deux en quête du tissu de sa robe de mariée. Ou plutôt tous les cinq, en comptant Vasos et ses deux acolytes tout en muscles.

En descendant de l'avion, Kristo la saisit fermement par le coude, faisant courir aussitôt des frissons sensuels dans tout son corps.

— Vous connaissez l'adresse de la boutique ?

— Oui.

Elle dut faire un effort pour la lui donner sans bafouiller. S'il l'embrassait comme sur la plage, s'il la caressait comme elle en rêvait depuis un an, s'il lui faisait l'amour avec la même intensité que celle qui brillait dans son regard, elle était perdue.

Comment pouvait-elle être attirée par un homme qui n'éprouvait rien pour elle ? Elle l'ignorait, mais garder ses distances avec lui était sa seule défense, même si cela semblait bien dérisoire.

Un sentiment de profonde solitude s'empara d'elle. Comprendrait-elle un jour Kristo ? Cela paraissait improbable pour l'instant. Au lieu de se rapprocher l'un de l'autre, comme elle l'avait espéré, ils s'éloignaient de jour en jour…

Dans la voiture, en revanche, sa présence virile s'imposa de nouveau à elle tandis que le chauffeur, flanqué de Vasos, se frayait un passage dans les rues encombrées. Les deux autres gardes les suivaient dans une seconde voiture. A chaque tournant, elle était projetée contre l'épaule de Kristo. Chaque fois qu'elle respirait, elle s'emplissait de son parfum. Chaque contact entre leurs cuisses lui rappelait les moments qu'ils avaient passés étendus sur le rocher, nus, enlacés…

Le trajet jusqu'à la boutique lui parut durer une éternité. Elle respira profondément en descendant de voiture, soulagée de mettre enfin un peu de distance entre eux. Mais son répit fut de courte durée car il l'escorta dans la boutique, une main posée sur sa hanche.

L'intérieur encombré semblait encore plus étouffant en présence de Kristo.

— Ah, vous êtes revenue ! lui lança le marchand, affable. Que désirez-vous ?

— Je cherche une soie ivoire.

— Pour des robes, des chemisiers peut-être ?

— Pour une robe de mariée.

— Ah…

Le petit homme jeta un regard furtif à Kristo et sourit.

— J'ai là deux rouleaux qui vous plairont peut-être.

Il disparut dans l'arrière-salle, la laissant seule avec Kristo, qui ne faisait pas mine de vouloir s'éloigner d'elle.

Les jambes tremblantes, elle alla examiner les dentelles disposées à l'autre extrémité de la pièce. Mais elle dut se concentrer pour pouvoir oublier l'homme qui l'accompagnait et pour examiner les tulles et broderies qui conviendraient pour sa robe.

— Vous venez souvent ici ?

Kristo ne s'était pas rapproché mais sa voix bien timbrée l'enveloppait comme s'il était à côté d'elle.

— Je suis déjà venue plusieurs fois.

Elle choisit un voile crème assorti à une dentelle de soie.

Le marchand revint avec deux rouleaux et elle oublia Kristo. Ces étoffes étaient splendides, mais une seule des deux s'échappait du rouleau tel un flot de crème onctueuse. Une seule était à la fois immatérielle et sensuelle au toucher, qualités idéales pour sa robe de mariée.

— Celle-ci vous plaît ? dit Kristo en caressant la soie.

Elle acquiesça, savourant l'excitation particulière qu'elle éprouvait chaque fois qu'elle trouvait un tissu adéquat.

— La texture et la teinte sont parfaites. Et vous avez vu ? Ce rouleau n'a pas encore été entamé.

— Dans ce cas, nous prenons tout. Il ne faudrait pas que quelqu'un copie votre robe !

C'était ce qu'elle avait l'intention de lui expliquer, mais il l'avait compris tout seul. Il avait deviné l'importance de trouver une étoffe unique, même si sa robe serait sans doute reproduite avec d'autres tissus.

Une fois de plus, c'était comme si quelque chose les reliait l'un à l'autre. Ce lien était fragile, mais Kristo avait compris l'importance de cette robe pour elle et il faisait en sorte que rien ne vienne gâcher son plaisir.

Le drapier annonça un prix faramineux qu'elle s'apprêtait à marchander, mais Kristo paya rapidement, en espèces, et lui prit le bras.

Vasos surgit de l'ombre pour lui prendre le tissu des mains tandis que Kristo l'escortait dehors. Le marché fourmillait de Turcs et de touristes, les mets vendus par les marchands ambulants répandaient leurs parfums.

— Il y a un excellent restaurant près d'ici, annonça Kristo. Nous pouvons attendre que Vasos ait terminé et y aller en voiture — ce qu'il préférerait — ou bien à pied.

Croyant comprendre qu'il préférait la seconde solution, elle répondit :

— Allons-y à pied ! C'est une belle journée.

En outre, elle préférait marcher dans la rue plutôt qu'être encore confinée avec lui dans un espace restreint.

Après avoir glissé quelques mots au chauffeur, il lui prit la main et s'engagea dans la ruelle.

Elle aurait voulu se libérer des doigts longs et robustes glissés entre les siens. Elle aurait voulu éprouver de la répulsion et non du plaisir à ce contact, mais elle frémissait d'avance à la pensée de leur intimité future tandis que son esprit se révoltait contre ces pensées importunes.

Le sentiment d'évidence qu'elle éprouvait en sa compagnie l'obligeait à voir clair dans ses émotions. Elle ne voulait pas le haïr. Elle voulait mieux le connaître et l'aimer.

Quelle dangereuse bêtise !

Car Kristo ne voulait pas de son amour, seulement de son corps. Elle devait s'en souvenir et s'en tenir à une vision pragmatique de leur union.

Seule la passion qu'ils éprouvaient l'un pour l'autre rendait supportable les devoirs qu'ils avaient l'un envers l'autre et, surtout, envers le peuple d'Angyra. Il ne s'agissait pas d'amour, et il ne s'agirait jamais de cela, mais c'eût été encore pire avec Gregor, qui ne la désirait même pas. Gregor, dont il lui arrivait d'oublier le visage, alors même qu'elle rêvait de se donner à son frère…

Elle se souvenait de chaque seconde passée sur la plage avec Kristo. Ses cheveux ébouriffés par le vent, cette mèche qui retombait obstinément sur son front, ses muscles bandés sous sa caresse, la chaleur de son corps sur le sien…

Ses mains… Comme elle avait rêvé de ces mains sur son corps, se caressant parfois la nuit en rêvant d'être avec lui ! Ce désir était devenu réalité, aujourd'hui. Elle aurait bientôt Kristo, ou du moins ce qu'il voudrait bien lui donner de lui. Il allait faire d'elle son épouse, son amante, mais jamais il ne lui donnerait son cœur, jamais il ne lui accorderait sa totale confiance…

Alors qu'elle s'attendait à découvrir un restaurant élégant, il la conduisit jusqu'à un petit café avec une vue splendide sur la mer et un charme suranné évoquant la splendeur passée de l'Empire ottoman. Le patron accueillit Kristo comme un véritable pacha et leur offrit une table à l'écart de la foule.

Elle n'aurait pas cru avoir faim, mais les senteurs épicées réveillèrent son appétit.

— Leurs *mezze* sont délicieux, dit Kristo. Que prendrez-vous ?

— Je vous laisse décider.

Il lui répondit par un de ses rares sourires.

— Des *mezze* pour commencer, commanda-t-il au serveur. Puis des aubergines farcies avec des cailles rôties et une bouteille de votre meilleur *yeni raki*.

Elle sentait sa volonté faiblir. Essayait-il de la séduire ? Quelle était la raison de ces soudaines attentions ?

Le serveur revint quelques instants plus tard avec une bouteille de vin et, avant qu'elle n'ait pu refuser, Demetria se retrouva devant un verre plein.

— Fêtons l'achat de cette merveilleuse étoffe ! proposa Kristo en levant son verre.

Son regard hypnotique la mettait au défi de refuser.

— A la plus belle soie d'Istanbul…

Elle fit tinter son verre contre le sien et goûta le vin. Au même moment, une serveuse apporta un plateau chargé de fromages et de feuilles de vigne farcies.

Kristo lui en présenta une avec un sourire qui la désarma. Aucun homme ne l'avait jamais regardée avec une passion aussi brûlante ni flirté aussi ouvertement avec elle.

C'était comme si l'espace rétrécissait autour d'eux. Elle ouvrit la bouche avec l'intention de ne goûter qu'un morceau de ce qu'il lui offrait, mais il glissa avec délicatesse la nourriture dans sa bouche, effleurant au passage sa lèvre inférieure.

— Ce sera pour moi un immense plaisir de vous avoir à mes côtés au moment d'échanger nos vœux, *agapi mou*.

— Vraiment ?

— Bien sûr. Mais peut-être devrais-je vous retourner la question ?

Surtout pas ! Elle lui dirait la vérité et la magie de cet instant s'évanouirait. Elle opta pour une réponse diplomatique.

— Vous serez sans aucun doute le marié le plus séduisant

qu'Angyra ait jamais connu. Ce sera pour moi un honneur d'être à votre bras.

Elle serait la femme la plus heureuse de la Terre s'il parvenait un jour à avoir de l'affection pour elle et à lui accorder sa confiance.

Si elle ne lui avait pas succombé, ce jour-là, sur la plage, leur mariage aurait commencé sur d'autres bases que le sentiment de trahison. Mais on ne pouvait pas effacer le passé et ils allaient devoir apprendre à vivre avec leurs erreurs.

— Avez-vous des nouvelles de Gregor ?

Comme prévu, ce nom fit aussitôt surgir un mur invisible entre eux.

Il redressa les épaules, le regard lointain, et son visage se creusa.

— Non. Je suppose que son état est stationnaire. Mikhael est à ses côtés et doit m'appeler si… si jamais le pire survenait.

Elle posa une main sur la sienne. A sa grande surprise, il la saisit.

— Votre famille traverse une période tragique. Votre père a eu le temps de faire sa vie, mais Gregor est encore jeune.

Kristo se mit à se balancer sur sa chaise, la scrutant du regard.

— Dites-moi, de quoi parliez-vous avec mon frère quand vous étiez seuls ?

— De mes devoirs de reine. Gregor s'est montré franc avec moi. Il m'a promis qu'il me traiterait bien, mais que je ne devais pas m'attendre à une relation intime avec lui. Quant à ce qu'il attendait de moi…, il me priait seulement d'être une épouse fidèle jusqu'à ce que je lui aie donné des héritiers.

— Une promesse que vous avez rompue avant même le mariage.

— A ma grande honte, oui…

— A la mienne aussi. Vous avez manifesté de l'intérêt pour les tortues, pour mon action en faveur de leur protection.

— J'estimais que c'était une noble tâche, et je le pense toujours.

— Vous appartenez donc à une minorité ! Mon travail

de conservation n'a pas toujours reçu l'approbation de mon peuple, vous savez, tout comme les mesures de sécurité et la réglementation que j'ai mises en place aux mines de Chrysos.

— J'ignorais que vous vous occupiez de la mine.

— Peu de gens le savent — et c'est très bien ainsi. Mon rôle envers la couronne était d'être son ambassadeur, mais aussi de préserver les trésors naturels de notre île. Cela comprend l'or de Rhoda…

Demetria découvrait avec stupéfaction le côté sérieux du personnage.

— Qui a pris votre relève depuis que vous êtes roi ?

Il soupira et une ombre passa sur son visage.

— Mikhael va devenir ambassadeur et s'occupera de la mine, mais je n'ai pas encore trouvé quelqu'un pour superviser la protection des tortues.

— Ne pouvez-vous pas demander à une organisation de s'en charger ?

— J'y ai pensé, mais je préférerais avoir quelqu'un sur place.

— Je pourrai m'en charger, si vous êtes d'accord. Il faudrait que vous m'appreniez…

Il l'interrompit d'un geste, royal et impérieux.

— C'est hors de question !

— Pourquoi ?

— Premièrement, c'est un travail qui demande une étroite collaboration avec le réseau de protection des tortues marines. Vous seriez obligée de vous absenter plusieurs jours, voire plusieurs semaines d'affilée.

Il but une gorgée de vin sans détacher d'elle son regard.

— Ce travail peut aussi s'avérer dangereux. Je ne veux pas vous exposer au danger.

— Mais…

— Cette discussion est close, Demetria.

Ils échangèrent un regard noir, chacun refusant de céder. Mais Demetria savait comprendre quand elle perdait son temps et n'avait pas l'intention de se lancer dans une entreprise dangereuse. Elle avait déjà sa dose avec Kristo !

Elle capitula avec un fier mouvement de tête, pour bien lui montrer qu'elle ne cédait pas facilement.

— Vous allez sans doute trouver quelqu'un à Angyra qui soit convaincu de l'importance de préserver vos trésors naturels.

Il haussa les épaules, le regard pensif.

— Je veux garder l'espoir que quelqu'un peut reprendre le flambeau avec la même énergie que j'y ai mise durant toutes ces années.

C'était le cœur du problème : Kristo était passionné et aimait tout contrôler. Demetria plaignait celui qui prendrait sa relève, car Kristo trouverait toujours un moyen de le surveiller.

Les tortues avaient bien de la chance d'être défendues par un partisan aussi enthousiaste. Pendant que Kristo se restaurait, Demetria picora à peine, son appétit s'étant envolé. Quant au vin, elle ne se rappelait pas en avoir bu, mais un léger vertige lui prouva qu'elle l'avait fait, et même un peu trop vite.

Kristo remplit leurs verres.

— Et votre demi-sœur ? Etes-vous proches, elle et vous ?

— Nous l'étions lorsque nous étions petites. Quand sa mère est tombée malade, elle s'est beaucoup tournée vers moi. Elle avait besoin d'aide et d'une protection contre notre père.

— D'une protection ?

— Notre père a un caractère terrible et elle avait tendance à l'énerver.

— Et vous, qui vous protégeait, *agapi mou* ?

— Je... je me protégeais toute seule.

— Vous n'étiez qu'une enfant !

Certes, mais elle avait appris à se débrouiller seule depuis le plus jeune âge, car sa belle-mère avait trop à faire avec un bébé difficile et un mari qui accaparait tout son temps. En vérité, elle avait secondé sa belle-mère jusqu'à ce jour fatal où le roi d'Angyra était venu leur rendre visite.

— J'étais encore une enfant quand le roi votre père m'a choisie pour épouser le prince héritier. A partir de ce moment, un tuteur s'est occupé de moi.

C'était aussi l'époque où sa sœur était devenue impossible. Demetria avait attribué ce changement à la maladie de sa belle-mère, puis à sa mort un an plus tard. Mais pouvait-il y avoir une autre raison ?

La jalousie ? Demetria était peinée de songer que sa sœur avait hérité de ce trait de caractère de leur père, qu'ils se querellaient sans cesse parce qu'ils se ressemblaient trop.

Kristo tendit la main pour lui caresser la joue.

— Pourquoi vous taisez-vous ? Qu'est-ce qui vous trouble ainsi ?

Malgré elle, Demetria sentit une boule se former dans sa gorge et des larmes lui montèrent aux yeux.

— Je vais bien, je vous assure.

— Non, c'est faux. Pourquoi ce visage triste, *agapi mou* ? Est-ce que vous boudez parce que je ne veux pas que vous vous occupiez des tortues ?

— Bien sûr que non.

— Alors ? De quoi s'agit-il ? Qu'est-ce que vous voulez ?

— Je voudrais un mari qui m'aime…

Son sourire s'évanouit et il lui ôta sa main de la joue.

— J'ai bien peur que ce soit impossible, hélas.

Un coup de couteau dans le cœur lui aurait fait moins mal.

5

De retour à Angyra, Kristo dut gérer des mouvements sociaux à la mine d'Angyra. La mort du roi, suivie de l'abdication du prince héritier, avait engendré un sentiment de flottement, d'abandon, parmi la population, qui se demandait quel roi il ferait.

Kristo se posait la même question, un peu effaré par l'ampleur de la tâche qui reposait sur ses épaules.

— Ne m'attendez pas pour dîner, annonça-t-il à Demetria. J'ignore à quelle heure je vais rentrer.

Il allait partir quand elle l'arrêta d'un mot.

— Merci pour cette journée.

— Ce fut un plaisir. Bonne nuit.

— Soyez prudent.

Kristo sourit. Personne ne lui avait jamais fait cette recommandation. Pour un peu, il aurait juré qu'elle s'inquiétait vraiment pour lui.

La grogne des mineurs provenait de l'inquiétude concernant le remplaçant de Gregor, Kristo et son frère aîné leur ayant toujours laissé croire que ce dernier supervisait la gestion de la mine. Seuls quelques employés savaient que Kristo veillait sur leurs intérêts et ils avaient su tenir leur langue.

Il passa la soirée à écouter les doléances individuelles et les inquiétudes collectives, accordant du temps à chaque employé, sans tenir pour négligeable aucun des sujets abordés.

A minuit, il avait eu le plaisir d'apprendre que les mineurs étaient satisfaits de ce qu'il avait fait pour eux à leur insu. Ils paraissaient aussi soulagés de savoir que Mikhael, très apprécié ici, allait lui succéder.

Il avait également constaté à quel point le peuple adorait Demetria. Comment ne l'aurait-il pas aimée ? Elle était jeune, belle, et son sourire lumineux était un vrai soleil.

Surtout, il était évident que, lors de ses visites annuelles à Angyra, elle avait su se mêler aux habitants et leur parler d'égal à égale. Elle avait su gagner leur confiance. Les Angyriens la considéraient comme une des leurs. Grâce à son futur mariage avec elle, ils acceptaient Kristo, pour l'instant.

Somme toute, ce passage à la mine avait restauré son ego. Si seulement il pouvait, lui aussi, s'accommoder de sa future femme... Il la désirait, cela ne faisait aucun doute, mais jamais il ne lui ferait confiance.

Quant à l'amour qu'elle réclamait...

Même s'il avait été sujet à ce genre de sentiment — ce qui n'était certes pas le cas ! —, il ne tomberait jamais amoureux d'une femme qui avait trahi son frère.

La seule concession qu'il lui avait accordée — mais n'était-ce pas une faiblesse ? — était le droit de dessiner sa robe de mariée. Elle avait beaucoup de talent et il serait certainement fier de l'avoir à son bras. Mais si elle demandait d'autres concessions ? S'il n'y prenait pas garde, elle risquait de grignoter, petit à petit, de plus en plus de liberté. Par exemple, son désir de reprendre son œuvre de protection des animaux...

Elle risquait d'y mettre la même passion que dans tout le reste et d'être toujours absente du palais.

S'il n'y prenait garde, elle règnerait à sa place, elle qui avait l'affection du peuple.

Elle l'exaspérait et, pourtant, il avait tellement envie de lui faire l'amour qu'il en avait mal.

En arrivant au palais, il dut prendre sur lui-même pour regagner ses appartements et non ceux de Demetria. Quand il s'effondra, épuisé, dans son lit, sa dernière pensée cohérente fut d'imaginer le plaisir qu'il aurait à la tenir dans ses bras.

*
* *

Malgré son coucher tardif, Kristo se leva à 6 heures et savoura son café en consultant les cours de la Bourse sur internet. C'était un rituel dont il avait pris l'habitude à l'époque où il triplait sa fortune. Il était à présent plus riche qu'aucun membre de sa famille, même s'il soupçonnait Mikhael d'être bientôt en mesure de rivaliser avec lui.

Sa concentration fut troublée par l'arrivée de Vasos, la mine grave.

— Nous avons un problème, Majesté.

Le garde alluma la télévision. Kristo reconnut l'émission consacrée aux ragots sur les personnalités de premier plan.

— On ne parle que de votre futur mariage.

— Nous n'avons pas caché que nous devions nous marier dans un peu moins d'une semaine.

Peu intéressé par ce genre d'émissions, Kristo s'apprêtait à éteindre quand le garde l'arrêta.

— Attendez. Cela n'est pas tout.

L'image de Demetria apparut à l'écran, ainsi que celle d'un homme plus âgé, qu'il ne connaissait pas.

« D'après nos sources, la naissance de Demetria Andreou est entourée d'un certain flou. Moins d'une année avant sa naissance, sa mère a eu une aventure torride avec un célèbre négociant en vins italien. »

Kristo écouta, stupéfait, le journaliste retracer les grandes lignes de l'affaire. Comme Demetria, sa mère avait été fiancée à un riche Grec. Comme elle, elle avait trompé son fiancé avant le mariage… avec un homme marié.

« Cette histoire a refait plusieurs fois surface au fil des années. Demetria avait six ans lorsqu'on l'a évoquée pour la dernière fois. C'est à cette époque qu'on l'a surnommée "la Fille du scandale". Cela sonnait comme une cruelle insulte, à l'époque, mais nous venons de découvrir que la fille avait suivi les pas de sa mère… en se liant avec un membre d'une famille royale ! »

Non, c'était un cauchemar…

Suivait une version romancée de leur aventure sur la plage, soulignant leur trahison commune envers son frère.

— Comment osent-ils ? C'est un tissu de mensonges. Qui est à l'origine de cela ?

— Je n'ai pas encore découvert la source.

— Continue de chercher. Je veux un nom !

Bondissant hors de ses appartements, il traversa le couloir et fit irruption chez Demetria sans même se donner la peine de frapper.

— Allumez la…

La télévision était déjà en marche, montrant le même journaliste.

« Ne manquez pas notre prochaine émission pour découvrir les dernières nouvelles d'Angyra ! »

— C'est un cauchemar ! s'écria Demetria, la mine défaite.

— C'est bien pire que ça. A qui diable en avez-vous parlé ?

Elle prit sa tête entre ses mains et se recroquevilla dans le canapé, de plus en plus pâle.

— A ma sœur. A mon retour de la plage, ce jour-là, elle a deviné que j'avais rencontré un homme. J'ai essayé d'ignorer ses questions, mais elle croyait qu'on m'avait violentée et m'a menacée d'avertir un garde. J'ai dû lui raconter une partie de la vérité pour éviter qu'elle ne fasse un scandale.

Il aurait pourtant été préférable que le scandale éclate à ce moment-là, songea Kristo.

— Elle a quand même fini par le faire. Pourquoi agit-elle ainsi ? Ne se doute-t-elle pas des conséquences pour vous ?

— Je suppose qu'elle a agi par dépit, parce qu'elle ne pourra pas participer au défilé de mode. Je lui avais promis de la choisir comme mannequin. Elle s'est énervée l'autre jour, quand je lui ai dit que vous m'aviez interdit d'organiser un défilé.

— Votre sœur devrait comprendre que cette décision n'est pas la vôtre. Pourquoi faire rejaillir sur vous cette honte et cette humiliation ? Qu'espère-t-elle y gagner ?

— Je doute qu'elle ait réfléchi à tout cela. Elle est furieuse de ne pas pouvoir défiler et cherche à me le faire payer.

Kristo se mit à arpenter la pièce. Sa future belle-sœur

les couvrait de honte et Demetria n'était même pas furieuse contre elle !

— Votre sœur a insulté la future reine d'Angyra. Elle a insulté le roi !

— Comme je vous l'ai dit, je ne crois pas qu'elle ait mesuré les conséquences de ses actes.

Kristo en était moins sûr. Ces révélations dénotaient la préméditation et l'intention de nuire. Elles intervenaient à un moment où il avait désespérément besoin que son peuple voie en Demetria et lui un couple de dirigeants responsables. Pas un couple d'amants maudits qui avait trahi le prince préféré…

— Je ne veux même pas imaginer les problèmes que cela va causer.

— Je suis désolée. Je m'étais promis de ne pas suivre les traces de ma mère, mais j'ai échoué.

Demetria paraissait si abattue qu'il oublia ses résolutions de ne pas se laisser attendrir. Il n'aimait pas l'idée qu'elle ait ce pouvoir sur lui, mais il aimait encore moins la voir porter ce fardeau toute seule.

— Vous n'avez pas échoué, c'est votre sœur qui vous a trahie !

Il la rejoignit dans le canapé et la serra contre lui.

— Ce scandale autour de votre mère, j'ai besoin de savoir de quoi il retourne.

— Bien, mais n'oubliez pas que je ne connais que la version de mon père, car ma mère est morte en me mettant au monde.

— Je l'ignorais.

En vérité, il ne savait pas grand-chose sur la femme qu'il allait épouser. Il venait juste d'apprendre que sa sœur était issue d'un second lit, que Demetria projetait de faire carrière dans la mode et qu'elle avait joué les protectrices envers sa demi-sœur — qui n'avait pas hésité à entrer en guerre contre cette mère de substitution !

— Continuez votre récit, je vous en prie.

— D'après mon père, ma mère est tombée follement amoureuse d'un Italien charmeur rencontré un été. Ils ont eu une aventure et ma mère était persuadée qu'il allait la demander en mariage.

— Si le journaliste dit vrai, cet homme était déjà marié et père de famille. Quant à votre mère, elle a commis une infidélité, elle aussi, puisqu'elle était déjà fiancée à un autre.

— Elle a été anéantie en apprenant la vérité et est allée se réfugier chez son père. Cette humiliante histoire aurait pu en rester là, mais la femme de son amant l'a divulguée par vengeance. Le fiancé de ma mère a annulé leurs fiançailles et mon grand-père maternel a arrangé à la hâte un mariage avec mon père.

Andreou avait dû se faire grassement payer pour accepter la fiancée du scandale ; il était prêt à tout pour de l'argent.

— Donc vous avez pour ainsi dire reproduit la même histoire ?

— Oui… On m'a raconté que l'affaire avait été oubliée jusqu'à la mort de ma mère, neuf mois plus tard. Puis on en a reparlé quand j'avais six ans.

— Pourquoi à ce moment-là ?

— Je ne sais pas, mais c'était horrible. On m'appelait « l'Enfant du scandale » à l'école. Je ne voulais plus y aller mais mon père m'y a obligée. Il disait que cela me rendrait plus forte — même si je ne me sentais pas forte du tout à l'époque ! Enfin, je suppose que vous savez déjà tout cela.

— Pas du tout.

Cette histoire le touchait profondément. Demetria avait dû faire preuve de courage pour affronter si jeune un tel scandale ! Le passé de sa mère était son talon d'Achille, il le comprenait, à présent.

C'était aussi devenu le sien, puisqu'elle était sa promise et allait devenir reine. Ils allaient devoir faire face à un scandale susceptible d'ébranler Angyra.

— Que va-t-il se passer pour nous ? demanda Demetria.

— C'est difficile à dire pour l'instant, mais ça n'augure rien de bon.

Il se leva et alla se planter devant les baies vitrées grandes ouvertes sans que la brise suffise à le calmer. A ses pieds, la ville s'éveillait peu à peu. La nouvelle allait bientôt se répandre de foyer en foyer comme une traînée de poudre. Quelle allait être l'ampleur des dégâts ?

— Votre sœur va regretter d'avoir déclenché ce scandale.

— Vous ne songez tout de même pas à vous venger d'elle ?

Demetria le rejoignit près de la balustrade. Il sentit son regard le transpercer, l'implorant en silence.

Les boucles de ses longs cheveux dansaient dans le vent, comme pour attirer son attention. Son parfum aux effluves capiteux de jasmin montait en volutes autour de lui, l'invitant à se rapprocher…

Non qu'il en ait eu besoin. Mais il s'était mis au défi de lui résister, de garder ses distances, de ne pas lui donner le plaisir de constater qu'il avait follement envie d'elle malgré l'intense contrariété que lui causait sa sœur. Il devait contrôler le désir qu'il éprouvait pour elle au lieu de se laisser contrôler par lui.

— Kristo ? Je vous en prie, vous ne pouvez pas vous venger sur ma sœur !

— C'est pourtant ce que j'ai l'intention de faire.

— Je ne vous laisserai pas lui faire du mal.

— Je n'ai pas l'intention de lui faire du mal. C'est à votre père de veiller à ce qu'elle rachète sa faute. Lorsque Sandros Andreou comprendra qu'il peut perdre les avantages liés à son statut de père de la reine, je vous garantis qu'il fera lui-même le nécessaire.

— Mais ne voyez-vous pas qu'elle est jeune, un peu perdue, et qu'elle cherche à attirer l'attention sur elle ?

Il pivota d'un mouvement brusque et la saisit par les bras, l'attirant si près qu'il pouvait lire le doute au fond de son regard.

— Je me demande si vous souffrez d'une dévotion aveugle à votre famille ou si vous êtes habituée à exaucer les moindres caprices de votre sœur, au point de prendre systématiquement sa défense.

— J'étais la seule personne vers qui elle pouvait se tourner quand elle était petite.

— Ce n'est plus une gamine et elle a choisi de vous nuire.

— Je vous en supplie, attendez avant de contacter mon père ! Laissez-moi d'abord parler à ma sœur.

Kristo serra les dents, furieux. Demetria était bel et bien aveugle. Elle se montrait loyale envers quelqu'un qui ne le méritait pas, mais qu'elle voyait toujours comme une enfant à protéger. Un instinct maternel que sa sœur, aussi vicieuse que son père, l'avide Andreou, avait exploité. Comment obliger Demetria à ouvrir les yeux ?

— Assez discuté ! Je gérerai la situation comme je l'entends.

Il ne tolérerait pas cette attaque contre Demetria, car toute insulte faite à elle le touchait aussi et rejaillissait sur Angyra.

Il s'apprêta à sortir mais elle arriva la première à la porte et lui barra le passage.

— Non ! Kristo, réfléchissez d'abord.

— C'est tout réfléchi. Laissez-moi passer.

— Non ! Ne me quittez pas comme cela, c'est absurde.

Croyait-elle vraiment pouvoir l'arrêter ?

— Inutile de persister à me retenir ici pour discuter des agissements de votre sœur, alors que la riposte est évidente à mes yeux.

— Je ne vous laisserai pas faire.

— Vous ne pourrez pas m'en empêcher.

Il la plaqua contre lui, dans l'intention de l'intimider et de mettre un terme à cet affrontement ridicule.

Mais, à la seconde où il la toucha, un désir violent s'empara de lui, aussi violent que lors de leur rencontre sur la plage. Demetria était son point faible car il n'avait jamais rencontré aucune femme qui le trouble autant, qui éprouve la même passion que lui. Elle surgissait dans ses pensées aux moments les plus inattendus, faisant de lui un jouet entre ses mains…

Il ne pouvait pas lui faire confiance mais, pendant un an, il avait enragé en l'imaginant dans les bras de son frère.

Elle était à lui, à présent. Il n'avait plus aucune raison de garder ses distances. Il la désirait, il l'aurait.

— Non…, murmura-t-elle.

Ses yeux écarquillés disaient qu'elle avait compris à quel jeu dangereux elle venait de jouer en le défiant.

— Si…

Il s'empara de ses lèvres pour un long, électrisant baiser riche de toutes ses émotions contenues.

Il se contenait toujours avec les femmes, sauf avec Demetria, qui savait tirer de lui le pire comme le meilleur. Ensemble, ils risquaient de se noyer par excès de passion.

Au moment de reprendre son souffle, il eut un instant de lucidité. Il devait partir avant qu'il ne soit trop tard. Il ne devait pas la posséder alors qu'il était lui-même si confus et dominé par ses émotions.

Une bretelle avait glissé de l'épaule de Demetria, dénudant sa peau douce comme la crème. Elle lui faisait penser à une déesse grecque… Alors, soudain, sa lucidité s'évanouit. Il ne pensait plus qu'à glisser les mains dans son cou gracile, dans son décolleté et sur les seins qui tendaient le tissu léger de sa robe…

Il avait envie d'elle et allait la posséder sur-le-champ. Il voulait déposer des baisers partout sur sa peau, goûter son corps jusqu'à ce qu'elle crie son nom et le supplie de la prendre.

Il l'embrassa de nouveau, oubliant toute retenue, et les dernières bribes de raison désertèrent son esprit.

Demetria frissonna, l'étreignant violemment et répondant à son baiser enfiévré. Quand ils s'interrompirent pour reprendre leur souffle, front contre front, elle glissa les mains sous sa chemise, attisant le feu qui lui brûlait la peau.

Il n'avait plus envie de la dominer pour l'instant, mais il voulait lui faire l'amour.

— Ce serait le moment idéal pour s'arrêter, avant d'aller trop loin, s'entendit-il murmurer.

— En effet, répondit Demetria en lui mordillant la lèvre. Mais rien ne nous y oblige…

6

Quand il effleura ses lèvres du bout des doigts, Demetria sentit s'éveiller en elle une énergie sensuelle qui l'attirait vers lui. Son regard était un océan de passion où elle se noyait, ses forces l'abandonnant peu à peu…

A quoi bon attendre la nuit de noce ? Il était plus raisonnable d'assouvir leur passion maintenant. Ainsi, elle n'attendrait plus rien de cette nuit, d'ordinaire si spéciale pour les jeunes mariés.

Le parfum, les baisers de Kristo étaient d'ores et déjà gravés dans sa mémoire. C'était à lui qu'elle comparait désormais tous les hommes, ceux qui auraient dû compter et lui voler son cœur, au lieu de ce ténébreux prince dont elle était tombée amoureuse. Ce n'était pas son frère, celui qu'elle devait initialement épouser, mais bel et bien Kristo, qui hantait ses rêves.

Il était temps d'affronter l'avenir et la vérité qu'elle se cachait depuis un an. Elle était accro à Kristo Stanrakis. En plus de ses pensées, il était maintenant maître de son destin.

Elle n'était que l'épouse avec pedigree qu'on lui avait choisie, un simple rouage, mais cela n'entamait pas ce besoin qu'elle avait de lui, ce désir qui courait dans ses veines, et que lui seul savait allumer d'un seul regard.

— Tu es à moi, dit-il en caressant ses hanches.

— Et réciproquement.

— Sorcière…

Quand il s'empara de sa bouche, elle l'enlaça, avide de découvrir si faire enfin l'amour avec lui serait à la hauteur des souvenirs brûlants qu'elle gardait des caresses sur la plage.

Il s'arracha un instant à son étreinte pour lui retirer son caraco. Lorsqu'il la reprit, ses seins s'écrasèrent contre son torse musclé, les pointes dressées, déclenchant en lui une nouvelle poussée de fièvre.

C'était plus intense que sur la plage. C'était une faim primitive, un véritable cataclysme.

Elle n'avait jamais été audacieuse avec les hommes, mais c'était encore une chose que Kristo réveillait en elle. Avec des gestes lents, elle ouvrit son pantalon et caressa son sexe dressé du revers de la main. Elle caressa et goûta son buste ; sa peau brûlante avait une saveur épicée et salée puissamment aphrodisiaque.

Kristo se mit à murmurer en grec. Elle le sentit déboutonner sa jupe, qui tomba par terre, suivie de sa culotte.

A partir de cet instant, leurs corps s'affolèrent, comme sur la plage, mais cette fois rien ne les retenait plus…

Leurs mains avaient la fièvre, leurs corps bougeaient l'un contre l'autre, leurs bouches s'abandonnaient l'une à l'autre, leurs langues s'enroulaient, préfigurant l'assaut final.

Elle eut vaguement conscience qu'il la soulevait, qu'il tremblait, que son sexe pressé contre sa hanche était la preuve de son désir. Ivre de son parfum et de sa force, elle se sentait libre de l'aimer.

Quand il l'allongea sur le lit et s'étendit sur elle, tout devint confus. Elle attira son visage contre le sien, s'accrochant à lui, comme si sa vie en dépendait. Il prit ses lèvres, la pénétra avec douceur, et la sensation dépassa tout ce qu'elle avait imaginé.

— Non, souffla-t-il soudain en s'immobilisant. Tu ne peux pas être vierge…

Son visage arrogant arborait une expression si stupéfaite qu'elle l'enlaça pour le réconforter.

Il avait pensé d'elle pis que pendre et elle l'avait en partie mérité. Maintenant, il allait enfin comprendre que l'incident de la plage avait été son seul écart de conduite. Qu'elle n'avait pas eu la force de lui résister, ce jour-là comme maintenant…

Une expression indéchiffrable passa dans son regard, qui l'émut plus que tout.

— Vierge…, reprit-il, et mienne…

Il l'embrassa encore, annihilant toute pensée, et se mit à aller et venir en elle, chaque assaut la rapprochant de l'explosion finale. Soudain, comme par magie, le monde se résumait à eux deux, à la danse sensuelle de leurs deux corps, à cette union charnelle avec le seul homme auquel elle n'avait jamais pu dire non. Plus encore, c'était comme si elle avait attendu cet instant avec lui, depuis toujours…

Au moment où elle n'en pouvait plus, le plaisir la saisit. Ivre de volupté, elle sentit une onde monter en elle, de plus en plus violente, et crut mourir de bonheur. Ce qu'elle ressentait était au-delà des mots. Elle planta ses doigts dans le dos luisant de sueur de Kristo en se demandant si elle redescendrait jamais sur terre, jusqu'à lui…

Après cela, elle resta lovée contre son corps, qui couvrait le sien, sa joue contre la sienne, savourant l'instant en reprenant son souffle.

— Pourquoi ne m'as-tu pas dit que c'était la première fois ?

— Tu m'aurais cru si je te l'avais dit ?

L'arc finement ciselé de sa lèvre s'amincit.

— Non, peut-être pas tout de suite.

Ainsi, il ne l'aurait pas crue sur parole : il lui aurait fallu des preuves…

Bien, il avait sa preuve, maintenant, mais ne semblait pas ravi de sa découverte. Quelle étrange contradiction !

— Ça n'a plus d'importance, maintenant, dit-elle pour couper court à la conversation.

Il la contempla en plissant son beau front grec, large et haut.

— Comment peux-tu dire une chose pareille ?

Elle n'était pas étonnée qu'il fasse tant d'histoires : il n'aimait pas avoir tort et elle venait juste de l'obliger à réviser son opinion sur elle.

— Parce que c'est vrai : nous sommes fiancés.

— Nous ne l'étions pas, sur la plage !

Il en revenait toujours à cet épisode. Que pouvait-elle dire pour sa défense, sinon la vérité : qu'elle n'avait pas pu lui résister ?

Il se leva, nu, splendide et sûr de lui. Son corps était plus agréable à regarder que son visage courroucé.

— Tu te rends comptes de la catastrophe que cela aurait été, si je t'avais prise, ce jour-là ?

— Oui, je ne sais pas de quelle manière j'aurais vécu ce bouleversement.

Elle se couvrit d'un drap car, contrairement à lui, s'exposer nue la mettait mal à l'aise, surtout alors qu'ils étaient sur le point de se quereller.

— A l'époque, je me demandais comment j'allais pouvoir supporter ta présence lors des réunions de famille. Comment j'allais pouvoir me retrouver dans la même pièce que toi sans me rappeler les instants passés dans tes bras…

Il s'immobilisa et la fixa du regard.

— J'ai eu exactement les mêmes inquiétudes en pensant à ma trahison.

— Qu'allons-nous faire, maintenant ? Continuer à nous disputer ? Révéler ce qui vient de se passer ?

Son sourcil froncé, ses muscles contractés, tout indiquait que cet homme fier et droit était face à un dilemme.

— Non. Mais je ne peux pas oublier le passé.

— Bien sûr que non ! Passons à autre chose, s'il te plaît, parce que ce qui vient d'arriver était…

Proche de la perfection ? Inoubliable ?

Il la rejoignit et la prit dans ses bras. Son visage n'exprimait plus la colère, mais la passion.

— Continue, dis-le. C'était comment pour toi, Demetria ?

— Incroyable. J'ignorais qu'on puisse éprouver un tel plaisir.

— Ce n'est que le commencement, *agapi mou*.

Il l'embrassa encore, d'un long baiser qui lui rappela les délicieux moments qu'elle venait de vivre.

Cela lui suffisait pour l'instant.

Dire qu'elle était vierge !

Après avoir fait l'amour une seconde fois — plus lentement et tendrement —, Demetria s'était blottie contre lui et avait sombré dans le sommeil, une main posée sur son torse, à l'endroit du cœur.

Pour la première fois, il n'avait pas envie de quitter le lit d'une femme. Il ne voulait pas être le premier à rompre cette merveilleuse harmonie.

Le plaisir de savoir qu'il était le premier était plus fort que la culpabilité. Il voulait aussi être le dernier homme avec lequel Demetria ferait l'amour !

Cependant, le devoir l'appelait.

La maison des Stanrakis avait connu d'autres scandales, mais jamais il n'y avait eu de rivalité entre frères. Jamais une femme ne les avait séparés, celle-là même qui allait devenir reine. Il fallait réagir vite.

Kristo saisit son téléphone portable et appela Sandros Andreou. Il lui fit part de son déplaisir en quelques mots. Andreou lui assura qu'il s'occuperait de sa benjamine.

Cette question réglée, Kristo songea aux autres problèmes. Le scandale risquait de lui faire perdre encore en popularité, donnée que les juristes et le Conseil devaient examiner. L'estime dont jouissait Demetria risquait de faiblir aussi, ce qui rejaillirait sur lui. Le seul élément en leur faveur était l'absence de preuves concernant ce qui s'était passé sur la plage. Ce n'était qu'une rumeur, après tout.

Demetria et lui n'avaient plus qu'à convaincre le peuple qu'il s'agissait d'une simple diffamation visant la couronne, qu'ils avaient passé un moment sur la plage à observer les tortues, et non à se dispenser des caresses osées, qu'il n'était pas un play-boy irresponsable, et qu'il partageait avec Demetria sa passion pour la protection des ressources naturelles.

La passion… Ils en avaient certes à revendre.

Tout en jouant avec une mèche de ses cheveux, il songea au mélange de colère et de passion qui présidait à chacun de leurs échanges. Demetria avait l'art de briser ses défenses, mais aussi de le mettre hors de lui.

Il était bel et bien furieux contre elle, mais aussi contre lui-même, pour avoir perdu de vue son objectif et l'avoir bousculée comme un jeune étalon en rut.

L'expérience lui avait plu, pourtant, et il savait qu'un

baiser, une caresse suffirait à ranimer la flamme qui brûlait en elle, en lui…

Mais avant qu'il ne s'allonge contre elle pour examiner de plus près cette éventualité, son téléphone sonna. Il saisit cet objet importun en marmonnant un juron.

Ce coup de fil lui annonçait justement que le Conseil et les juristes se réunissaient dans une heure.

Il s'habilla, sans cesser de songer à sa situation délicate. Il fallait régler le problème immédiatement. Plus vite cette rumeur serait contrée, mieux Gregor la supporterait quand elle parviendrait jusqu'à lui — si ce n'était déjà fait !

— Que se passe-t-il ? demanda Demetria.

— Le Conseil se réunit dans une heure.

Elle bondit hors du lit en s'enroulant dans le drap, désirable, pure et intouchable comme une déesse grecque.

— Il faut que je parte, dit-il en consultant sa montre.

— Bien. Je m'occupe de ma sœur.

— J'ai déjà réglé ce problème.

— Comment ? Quand ?

— J'ai demandé à ton père de s'en charger.

Elle se raidit comme s'il l'avait giflée.

— Termine ta robe, *glyka mou*, et ne sors pas du palais. Il pourrait y avoir de l'agitation quand le scandale éclatera.

— Comme c'est aimable à toi de t'inquiéter pour moi !

— Il est de mon devoir de te protéger, toi et l'enfant que tu pourrais porter.

Elle pâlit, n'ayant visiblement pas envisagé cette éventualité.

Kristo y avait pensé tout de suite après avoir fait l'amour. Ils n'avaient pas utilisé de protection, il était son premier amant. Quand il lui avait fait l'amour une seconde fois, il avait espéré concevoir un enfant…

Avec un peu de chance, le Conseil et les juristes se mettraient d'accord d'ici à la fin de la journée. Il avait hâte de revenir auprès d'elle, de retrouver son lit…

— A mon retour de cette réunion, nous nous présenterons au peuple ensemble, *agapi mou*.

— Pourriez-vous cesser de m'appeler ainsi ? Je ne suis pas votre bien-aimée.

— Peut-être que si, dit-il en lui caressant la joue. Comme je te l'ai déjà dit, que nous soyons heureux ou malheureux dans le mariage, nous devrons toujours faire bonne figure en public. Compris ?

— Comme Sa Majesté voudra.

Elle semblait si rétive aux règles et aux ordres… Peut-être cela passerait-il lorsqu'elle serait mère. Peut-être ne comprenait-elle pas encore l'ampleur et la portée de ses devoirs…

— Repose-toi en attendant, Demetria.

Lorsqu'il aurait jugulé la rumeur, il reviendrait allumer le feu de sa passion.

Demetria regarda Kristo regagner la salle de bains d'un pas souple et assuré. Mais elle devinait ses muscles tendus sous sa fine chemise.

Il n'était pas aussi sûr de lui qu'il voulait le faire croire. S'il s'était chargé lui-même de chapitrer son père, cette réunion avec le Conseil était une épreuve autrement redoutable. Quelle en serait l'issue, et comment Kristo allait-il accueillir la décision finale ?

Il était si plein de contradictions !

Lorsqu'ils avaient fait l'amour, elle avait retrouvé l'homme qu'elle avait connu sur la plage, grand, fort, protecteur…

Mais cela ne changeait rien à ce qui les séparerait toujours : la trahison envers le frère de Kristo — un frère désormais mourant — dont elle s'était rendue coupable.

Si seulement le destin s'était montré moins cruel envers eux ! S'ils avaient été amis, et non ennemis, s'il n'y avait pas eu entre eux de liens du devoir ni de secret inavouable.

— Tiens-moi au courant, dit-elle.

Il s'arrêta sans se retourner, la main sur la poignée de la porte.

— Très bien.

Il quitta la chambre et elle entendit la porte de la suite se refermer avec un bruit sec.

Elle resta enroulée dans son drap, seule et désemparée.

Elle l'avait longtemps pris pour l'héritier oisif et irresponsable que peignaient les tabloïds. Mais Kristo était un homme d'honneur, un homme fier, qui aimait profondément son pays.

Si seulement il l'avait aimée, elle aussi !

7

Dans la matinée, Vasos lui apporta un plateau de *bougatsa* et de café *elliniko*. Elle dégusta l'épais breuvage jusqu'à la dernière goutte mais ne fit que goûter les délicieuses pâtisseries fourrées d'une garniture crémeuse.

Ses pensées se partageaient entre le scandale déclenché par sa sœur et le souvenir de Kristo la prenant dans ses bras et lui faisant tendrement l'amour.

Pour la première fois, elle comprenait ce qu'il ressentait à son égard. Il pensait avoir trahi son frère, elle venait d'être trahie par sa sœur. La trahison au sein d'une famille était une chose terrible.

Tout aussi terrible était l'attente à laquelle elle était condamnée. Comment les membres du Conseil et les juristes allaient-ils gérer cette crise ? Allaient-ils juger Kristo impropre à régner ? A cause de l'indiscrétion de sa sœur, allaient-ils dénoncer son contrat de fiançailles ?

S'ils prenaient cette décision, Kristo la libérerait. Elle pourrait rentrer à Athènes, humiliée mais libre, et participer au défilé. Elle pourrait réaliser son rêve de se faire un nom dans la mode.

A ce détail près qu'elle ne le désirait plus avec la même force. Face à Kristo, son rêve lui paraissait futile, inconsistant.

Que signifiait ce changement ? Etait-elle esclave de sa passion ? Cette idée difficile à admettre était sa seule explication.

Elle devait à tout prix s'empêcher de l'aimer : il était trop torturé, trop arrogant. Elle l'épouserait, comme elle s'y était engagée. Si le Conseil décidait que le mariage devait avoir lieu, sa robe serait sa première — et dernière — création importante. Elle serait copiée, enviée, et l'on dirait sans aucun doute possible qu'elle aurait pu faire carrière dans la mode.

Si, et seulement si, ce mariage avait lieu…

Demetria faisait les cent pas dans ses appartements. Son avenir était entre les mains du Conseil et des juristes du roi. Avec Kristo, ils allaient décider s'ils la gardaient ou non comme future souveraine.

Elle les voyait mal s'en prendre à Kristo. Il restait leur roi, même s'il avait commis une erreur.

C'était elle qui avait sciemment trahi le prince héritier et son contrat de fiançailles. Simple fiancée choisie pour le roi, elle n'était pas de sang royal. Quelle ironie ce serait d'être bannie alors qu'elle portait peut-être le futur héritier du trône !

Elle alla contempler la soie de sa future robe drapée sur le mannequin. Ce serait une robe de rêve, mais pas un mariage de rêve. Avant ses fiançailles, elle avait rêvé de rencontrer le prince charmant et de lire dans son regard, le jour de leur mariage, une éternité d'amour et de passion. Elle n'aurait rien eu de tout cela avec Gregor, et Kristo n'avait à lui offrir qu'une passion brûlante.

Elle contempla la mer, qui, au loin, étincelait de mille diamants. Pourquoi cette réunion s'éternisait-elle ?

Si elle ne se trouvait pas une occupation, elle allait devenir folle ! Elle se mit à sa robe et s'absorba dans son travail jusqu'à ce que Vasos vienne lui apporter un plateau, à midi.

— Avez-vous besoin de quoi que ce soit ?

— Non. Avez-vous des nouvelles du roi ?

— Il est toujours en réunion.

Cela n'augurait rien de bon.

— Si vous n'avez besoin de rien…

— Tout va bien, je vous remercie.

Vasos la salua et partit.

Demetria se replongea dans le travail. Qu'elle épouse ou non Kristo, elle devait finir cette robe !

Chaque point, chaque fronce, chaque découpe la rapprochait de son but : créer un chef-d'œuvre qui, une fois porté, la distinguerait de toutes les autres têtes couronnées. Telle une apparition, elle ferait l'envie de toutes les femmes et nul ne devinerait ses tourments.

A la tombée du jour, elle avait mal au dos et aú bout des doigts, mais la robe était terminée, hormis les broderies et les dentelles.

Elle s'étira. Son corps lui faisait payer ses longues heures de travail et sa nuit d'amour avec Kristo. Kristo… Huit heures avaient passé et toujours aucune nouvelle de lui.

Elle alla se blottir dans un fauteuil, inquiète mais physiquement épuisée. Cette journée avait été de loin la plus éprouvante de son existence. Combien de temps allait-elle devoir attendre encore avant de connaître le sort qui lui était réservé ?

Lorsque Kristo pénétra dans la suite de Demetria, la nuit était tombée sur Angyra. Il avait pensé à elle toute la journée, mais le besoin de la voir avait redoublé dès la clôture de cette épuisante réunion.

L'irritation provoquée par ce long affrontement s'évanouit quand il la découvrit endormie. Elle était déchaussée, les ongles de ses pieds recouverts d'un rose vif. Une fine chaîne d'or entourait sa cheville, ornée d'une breloque en forme de cœur qui reposait sur sa peau douce et tiède. Un modeste bijou qui paraissait chic et élégant sur elle.

Il avisa la robe disposée sur le mannequin. Elle ne comportait pas encore les broderies prévues sur le dessin, mais sa forme classique, la pureté de ses lignes et la teinte crème du tissu atteignaient des sommets de sophistication.

Il imaginait très bien l'apparition saisissante que Demetria ferait dans cette robe, parée des joyaux de la couronne, dont l'or rose flatterait son teint mat. Il admira en pensée le magnifique pendentif en perles qui tomberait entre ses seins ronds, soulignant le reflet lumineux de la soie ivoire.

Demetria serait extraordinaire dans sa robe… et tout aussi extraordinaire lorsqu'elle ne porterait plus que ses bijoux, pour leur nuit de noce.

S'il reconnaissait volontiers le désir qu'elle lui inspirait, il n'était pas prêt à admettre ses autres émotions, trop nouvelles pour être analysables ou fiables.

Demetria allait devenir sa reine et la mère de ses enfants. Dans son sommeil, elle semblait à la fois vulnérable, très sexy et surtout épuisée. Il était venu directement pour lui annoncer la nouvelle mais hésitait à la réveiller. Elle aurait bien le temps de passer des nuits blanches…

Il tourna les talons, malgré son envie de la serrer contre lui, de l'embrasser, de la posséder et de faire que le monde se résume à eux deux et à l'instant présent.

— Kristo ?

Sa voix, qui le touchait comme une caresse, le ramena vers elle et vers ses désirs.

— Pardon de t'avoir réveillée.

— Comment s'est passée la réunion avec le Conseil ?

— Une horreur !

Elle se redressa sur son fauteuil et une bretelle de son débardeur fuchsia glissa de son épaule, révélant la naissance de ses seins. Il dut se retenir de plonger ses mains dans son décolleté.

— Kristo, tu me fais peur. Quel est le verdict ?

Qu'il avait agi de manière irresponsable et qu'il était autant à blâmer qu'elle car, s'il avait été présent lors des précédentes visites de la fiancée de son frère, ce scandale aurait pu être évité.

— Comme nous le redoutions, tous les tabloïds ont fait leur couverture sur le sujet.

Il avait eu le déplaisir de les lire tous. Tous reprenaient la même histoire agrémentée de photos de Gregor, Demetria et lui. La plupart étaient des montages, mais le lecteur moyen ne pouvait pas déceler cette tromperie.

— Gregor doit être au courant, à l'heure qu'il est. Quelle horreur !

Kristo aussi était persuadé que son frère aîné avait vu ces journaux et se sentait trahi. Ses deux frères devaient le mépriser depuis qu'ils connaissaient la nouvelle.

Ni l'un ni l'autre ne l'avaient appelé, pourtant. De son côté, il avait été trop occupé à trouver une issue au scandale pour les joindre. Une fois leur décision prise, les juristes avaient jugé prudent de contacter Gregor et de le conseiller sur la meilleure façon de traiter les journalistes qui allaient certainement le harceler.

Kristo verrait ses frères plus tard. Il n'était pas pressé d'affronter leur censure. En raison de son passé tumultueux, le Conseil craignait que le peuple ne perçoive ce scandale comme une rivalité autour du trône — et d'une femme, comme dans les tragédies grecques.

Kristo refusait d'accréditer la thèse du triangle amoureux. Sa fierté ne lui permettait pas de laisser croire à un mensonge, même si cette solution était la plus simple.

— Le Conseil, les juristes et moi-même avons opté pour une déclaration officielle. Lorsque toi et moi aurons publiquement démenti ces allégations mensongères, nous ferons le tour de l'île et parlerons directement aux citoyens. C'est le meilleur moyen de regagner leur soutien.

— Quand allons-nous faire cette déclaration ?

— Demain matin. Je compte sur toi pour porter une tenue sage.

— Bien sûr, dit-elle en rougissant.

Un lourd silence s'ensuivit et Kristo soupira, conscient de sa maladresse.

Il aurait dû partir, regagner ses appartements, mais il avait envie d'être dans ses bras.

Depuis qu'il l'avait quittée, son parfum l'obsédait au point qu'il s'était surpris à penser à elle pendant la réunion.

Avant cette nuit, elle était vierge. Elle n'était pas la traînée que dépeignaient les tabloïds, mais il ne pouvait tout de même pas, comme au Moyen Age, brandir à la fenêtre le drap qui prouvait sa virginité !

Il voulait la défendre, même s'il lui reprochait de l'avoir laissé la posséder. Sa colère, d'ailleurs, s'évanouissait dès qu'il repensait à la nuit passée.

Aucune femme n'avait jamais eu cette emprise sur ses sens. Aucune femme n'avait jamais déclenché de tels conflits en lui. Aucune femme ne l'avait jamais comblé comme Demetria.

— J'ai envie de toi, Demetria. Maintenant.

— Moi aussi, j'ai envie de toi.

— Alors viens…

C'était l'accord parfait entre eux, au moins sur le plan physique. Un homme de son rang ne pouvait pas demander davantage. Il s'était juré que son couple ne ressemblerait pas à celui de ses parents, mais il n'avait pas vraiment le choix.

Il oublia cette triste réalité quand Demetria s'abandonna dans ses bras.

— Je n'aurais jamais cru qu'un homme et une femme puissent partager quelque chose d'aussi fort, dit-elle quand ils eurent fait l'amour.

Son soupir de plaisir effleura Kristo comme une caresse, éveillant déjà le désir de recommencer.

— Et ce n'est que le début, *agapi mou.*

Elle était celle qu'il voulait pour amante jusqu'à la fin de ses jours.

— Je te trouve particulièrement sensuelle.

— C'est toi qui me rends sensuelle.

Ces mots flattaient son ego, mais l'idée que, la veille encore, elle était vierge, le glaçait.

Il aurait dû le comprendre sur la plage, à sa manière d'hésiter, de le suivre au lieu de prendre des initiatives, à ses grands yeux innocents…

Il n'avait pas voulu se rendre à l'évidence. Il avait préféré la prendre pour une intrigante, une croqueuse de diamants. Il avait eu tort, il lui avait fait du tort.

— Il y a encore tant de choses à découvrir, dit-il.

Un sourire ravi apparut sur les lèvres sensuelles de Demetria.

— Montre-moi…

— Avec plaisir.

Elle s'offrit sans hésiter, mais avec des gestes d'une tendresse inédite. Il allait devoir faire preuve de plus de délicatesse, cette fois. Il brûlait d'explorer chaque centimètre de son corps, de se l'approprier entièrement, de lui faire l'amour toute la nuit au lieu de quelques heures.

Il l'embrassa, leurs langues s'enroulant en une danse

torride. Il la pénétra et se retira aussitôt, mais elle protesta et l'attira en l'enlaçant avec ses jambes. Jamais il n'avait eu de mal à se retenir comme avec elle.

Elle plantait ses doigts dans sa chair, l'invitant à aller plus loin. Alors il lui prit avec douceur le visage entre ses mains et revint en elle. Leurs corps entamèrent une danse sensuelle tandis qu'il fixait ses yeux extasiés, songeant qu'il n'avait jamais rien tenu de plus précieux entre ses mains.

Il comprit alors qu'elle avait plus de prix à ses yeux que tout l'or d'Angyra. Jamais auparavant il n'avait fait l'amour de cette façon.

Cette pensée l'effraya. Il avait besoin d'être fort, de garder la tête froide.

Quand elle eut atteint encore une fois le sommet du plaisir, il la serra contre son cœur, qui battait encore de l'effort de l'avoir attendue, de l'avoir laissé savourer chaque instant de passion.

Elle se laissa retomber contre lui, relâchant son étreinte. C'était le moment qu'il attendait. Sa dernière pensée avant de céder au sommeil fut de s'émerveiller devant l'intensité du plaisir qui l'envahissait.

Il ne s'était jamais senti aussi épuisé — ni aussi comblé.

8

Demetria ne l'avait pas entendu quitter la chambre. Quand il revint, à 9 heures, elle était déjà levée, avec une faim de loup. Des parfums irrésistibles montaient des cuisines ; sans doute préparait-on un repas de gala.

Peut-être avalerait-elle quelque chose, cette fois-ci. Quoique…

Elle n'avait pas hâte de se donner en spectacle, mais elle était prête et avait choisi un corsage de soie très simple ainsi qu'une jupe classique, sans rien de provocant.

— Tu es superbe, dit Kristo en l'embrassant.

— Tu es très bien aussi.

Il était plus que cela. Il aurait pu faire une carrière de mannequin, avec son visage à la beauté classique et son corps sculptural. Toutefois, le contour de ses yeux paraissait plus marqué et ses épaules constamment contractées.

Il eut un sourire crispé en entendant les cloches.

— Viens. Il est l'heure de faire cette déclaration.

Une foule s'était réunie devant le palais, d'autant plus impressionnante qu'elle restait silencieuse. Si Kristo ne l'avait pas tenue par la main, elle se serait enfuie.

Il l'attira jusqu'à la balustrade. Elle se força à sourire, consciente qu'elle devait paraître calme, même si elle avait l'estomac noué. Les *paparazzi* commencèrent à les photographier et Kristo prit la parole.

— Aujourd'hui, Demetria Andreou, le prince Gregor et moi-même sommes la cible de rumeurs malveillantes. Nous déclarons qu'il s'agit de mensonges et de calomnies.

Nous vous demandons de ne pas oublier que mon frère est malade et que propager ces rumeurs ne peut que lui nuire.

Des murmures s'élevèrent dans la foule, mais personne ne lança les accusations ou les injures qu'elle redoutait.

— Je vous invite également à nous accompagner jusqu'au cimetière pour rendre hommage à mon père.

Les murmures enflèrent, mais Kristo abrégea son discours.

— *Náste Kalá* ! lança-t-il avant de regagner l'intérieur du palais.

Demetria lui emboîta le pas.

— Tu es fou ?

— Peut-être, mais le peuple a besoin de nous voir fidèles aux traditions. Nous devons rendre hommage à mon père et inviter la population à en être témoin.

— Tu aurais pu me prévenir !

— Je t'ai pourtant dit que nous allions prendre un bain de foule.

— Oui, mais j'étais loin de m'imaginer que nous irions à pied au cimetière !

— C'est une vieille tradition et cela laissera les abords du palais libre pour la préparation du banquet de ce soir.

— Quel banquet ?

Kristo lui décocha un de ses rares sourires. Il paraissait sûr de lui.

— Après que nous nous serons inclinés sur la tombe de mon père, j'inviterai l'assemblée à une *garden-party* au palais.

Kristo prenait des risques, mais c'était apparemment dans sa nature.

— C'est le Conseil qui t'a suggéré tout cela ?

— Ils ont insisté pour que je me rende accessible au peuple, mais l'idée est de moi.

Il entrecroisa ses doigts avec les siens et lui serra la main en la questionnant du regard, comme pour la supplier de lui faire confiance.

Elle ne demandait pas mieux, mais il était encore trop tôt.

*
* *

A la porte, on remit à Demetria un énorme bouquet de fleurs fraîches. Ils quittèrent le palais par la galerie ouverte où le parfum des bougainvillées et des jasmins, qui l'avait charmé à son arrivée, lui parut soudain bien fade.

Vasos et ses acolytes formaient un cordon autour d'eux, mais la foule semblait si proche que Demetria pouvait lire au fond des yeux le doute, la colère, les pensées de chacun. Kristo restait stoïque mais remarquait certainement la même chose. Rien ne lui échappait.

Ils rejoignirent le cimetière comme une armée en marche. Kristo, la tête haute et le visage impassible, elle tremblant comme une feuille et n'entendant que le piétinement de la foule qui se pressait autour d'eux et le battement de son propre cœur.

Comme le cimetière ne pouvait pas contenir tout ce monde, les badauds s'agglutinèrent autour des murs pour observer.

Kristo s'arrêta devant une tombe sculptée. Lorsqu'il s'agenouilla devant la sépulture de son père pour y déposer les fleurs, un silence respectueux enveloppa l'assistance.

Il paraissait invincible, comme s'il contrôlait son univers et sa propre personne. Mais Demetria devinait son désarroi et sa peine.

Emue par le geste de cet homme fier, elle tenta en vain de retenir les larmes qui lui montaient aux yeux, et les essuya maladroitement. Elle n'avait même pas pensé à prendre un mouchoir…

Une empoignade entre plusieurs personnes sur sa droite attira son regard. C'était une femme âgée qui essayait d'attirer son attention malgré les gardes.

— C'est pour Sa Majesté ! lança-t-elle en brandissant un mouchoir dans sa main noueuse.

— Laissez-la passer, dit Demetria.

Comme les gardes ne bougeaient pas, elle lâcha la main de Kristo et s'approcha de la vieille femme.

— Merci, dit-elle en lui prenant le mouchoir.

— Les dieux étaient avec nous le jour où feu le roi, dans sa grande sagesse, vous a choisie pour future reine, dit la vieille femme avant de s'incliner devant elle.

Les photographes, toujours présents, immortalisèrent l'instant. Les tabloïds auraient le temps de changer leurs gros titres avant la fin de la journée. Ils y joindraient cette photo inspirant le respect et une nouvelle histoire qui chasserait la précédente — et ses ragots infâmes.

Kristo avait raison : sa sœur avait agi par méchanceté. Peut-être cela lui servirait-il de leçon. Peut-être Kristo et elle allaient-ils pouvoir aller de l'avant et, avec le temps, tisser des liens plus intimes que ceux du seul devoir.

Elle sentit sa présence à côté d'elle avant même qu'il ne lui prenne la main. Lorsqu'elle se tourna vers lui, il adressait un sourire éblouissant à la vieille femme.

— *Efharisto*, lui dit-il en baisant sa main ridée. C'est infiniment aimable à vous de venir en aide à ma future reine.

— *O Theos mazi sou*, gémit la vieille dame.

Cette fois, sa révérence fut si profonde que Demetria craignit qu'elle ne perde l'équilibre.

Cette simple bénédiction adressée au roi par une femme du peuple avait brisé la glace. Des gens sanglotaient, d'autres s'éclaircissaient la voix.

Demetria comprit que Kristo n'avait pas fait ce geste par calcul, pour s'attirer la sympathie populaire : il était sincère.

Kristo était un homme fier, qui ne distribuait pas les paroles affectueuses à tort et à travers, qui n'avait pas peur de prendre des risques — mais conquérir son amour ne serait pas facile. Peut-être même impossible…

— La maison des Stanrakis vient de vivre des mois éprouvants, reprit-il d'une voix forte. Depuis la disparition de notre souverain bien-aimé — *o sinhoremenos* — jusqu'à la grave maladie de mon frère. A tous, *na tous cherese*.

Des vœux de prospérité s'élevèrent peu à peu dans la foule. Demetria sentit Kristo se détendre ; elle était fière de le voir s'ouvrir à son peuple.

— C'était très beau, lui glissa-t-elle.

— Non, c'est toi qui es très belle.

Sans lui laisser le temps de savourer ce compliment, il reprit en s'adressant à la foule :

— Je vous invite à nous rejoindre au palais. Un banquet y a été préparé en l'honneur de mon père.

Sur ces mots, il lui reprit la main et quitta le cimetière à grands pas. Ils rentraient au palais, sa future demeure. Ils avaient peut-être une chance d'en faire un véritable foyer si Kristo s'ouvrait aussi à elle, s'il lui donnait une chance de conquérir son cœur.

A leur arrivée au palais, les musiciens jouaient déjà, une musique bruyante, exubérante et authentiquement grecque.

C'était la première fois que Kristo voyait la pelouse livrée au public. C'était sans doute une bonne chose, même si son père devait se retourner dans sa tombe. Il avait besoin de prendre le pouls de son peuple, de savoir s'il était de son côté ou attendait l'occasion de le poignarder dans le dos.

Demetria se laissa guider jusqu'à la table qui leur était réservée ainsi qu'aux membres du Conseil et autres dignitaires.

— C'est absolument incroyable ! déclara-t-elle. Qui a eu l'idée de cette réception ?

— Moi. Mon père disait qu'il fallait faire la fête lors d'un décès. Je crois qu'il approuverait ceci.

L'initiative était pour le moins audacieuse. Le Conseil et les juristes avaient averti Kristo que cet événement pourrait se retourner contre lui, mais les citoyens d'Angyra semblaient ravis.

Kristo espérait gagner leur soutien ou du moins leur intérêt, mais il était clair que Demetria les avait envoûtés. Elle avait regagné leur estime et leur respect — et les avait charmés comme elle l'avait charmé, lui, songea Kristo en souriant.

Les heures passant, le volume sonore augmenta. En dansant le *hassapiko*, Kristo croisa le regard circonspect de Vasos et comprit qu'il était temps de se retirer.

— Viens, dit-il à Demetria.

Elle hésita, contemplant la foule avec envie. Il devina ses pensées : c'était la dernière fois de sa vie qu'elle était libre de danser et de faire la fête avec le commun des mortels. Dans quelques jours, elle serait reine.

— Dommage que cela se termine déjà.

— Pas pour eux. Ni pour nous, si tu veux bien que nous nous amusions en privé…

Un sourire s'épanouit lentement sur ses jolies lèvres. Ses joues s'étaient échauffées avec la danse, ses yeux pétillaient de bonheur.

— Avec grand plaisir…

Quelques instants plus tard, ils allèrent se réfugier à l'intérieur du palais, s'arrêtant en chemin pour échanger un long baiser fiévreux.

Kristo avait l'intention de l'emmener dans sa chambre, mais celle de Demetria était la plus proche. Ils faillirent faire l'amour avant même d'y être entrés…

Après leurs fougueux ébats, alors que Demetria dormait blottie contre lui, Kristo essaya de faire le point sur la journée écoulée. Pour la première fois depuis qu'il était roi, il avait l'impression de maîtriser la situation.

Avec Demetria, il se sentait détendu, complet — heureux ? Contre toute attente, il appréciait sa compagnie, et pas seulement dans son lit.

Tout à l'heure, au milieu de la foule, il avait vécu des instants presque magiques. Et, ce soir, il avait prévu de dîner en tête à tête avec elle… quand il l'aurait réveillée d'un baiser et qu'ils auraient fait l'amour une nouvelle fois.

Son téléphone sonna, strident dans le crépuscule. Il fouilla ses vêtements éparpillés pour retrouver l'appareil et se figea en reconnaissant le numéro de Mikhael.

— *Ela* ?

— L'état de Gregor empire d'heure en heure. Il n'y a plus rien à faire.

Cela survenait au pire moment, mais il fallait montrer un front uni, surtout avec ce scandale.

— J'arrive le plus vite possible !

Kristo appela son pilote.

— Préparez l'appareil. Je dois partir immédiatement.

— Que se passe-t-il ? demanda Demetria.

— Gregor est mourant. Je dois y aller…

Elle s'assit sur le lit et demanda d'une voix blanche.

— Quand partons-nous ?

— Nous ? Tu ne peux pas m'accompagner.

— Pourquoi cela ? J'ai été fiancée à lui à douze ans.

— Tu es aussi la femme qui l'a trahi.

— Il a sans doute eu vent du scandale à l'heure qu'il est. Nous pourrions lui expliquer…

— Non ! Il n'est pas question de se liguer contre lui.

— Ce n'est pas ce que j'avais l'intention de faire, mais j'ai été sa fiancée.

— C'est justement pour cela que tu ne dois pas venir. Tu l'as trahi et rien ne peut justifier cela.

Elle recula jusqu'à la tête de lit, le regard fixe, le visage pâle.

— Je ne suis pas d'accord. Je veux aller le voir.

— Pourquoi ? Que veux-tu expliquer à un mourant ? Que tu as succombé au désir ?

— Si tu étais honnête avec toi-même, tu admettrais que quelque chose d'irrésistible s'est passé entre nous.

— Il n'est pas question d'évoquer notre attirance physique devant mes frères. Je ne reviendrai pas là-dessus.

— Enfin, Kristo, c'est bien plus que cela !

— Quoi ? Tu ne vas pas me dire que… tu es amoureuse ?

— Bien sûr que non, voyons !

Kristo la dévisagea longuement. Une fois encore, il s'était montré maladroit, mais le moment était mal choisi pour songer à cela.

— Je te tiens au courant ! lança-t-il en s'apprêtant à partir.

Elle acquiesça d'un brusque hochement de tête, mais sans le regarder. Ce fut cette image d'elle qu'il garda tout le long du trajet jusqu'à l'aéroport.

Trente minutes plus tard, Kristo était au chevet de son frère, devant lequel il s'inclina avec respect.

— Je suis venu le plus vite que j'ai pu.

Jamais le vol d'Angyra à Athènes ne lui avait paru aussi

long ni aussi angoissant. Kristo ignorait ce qui l'attendait, mais il était décidé à affronter son destin sans broncher.

Gregor lui répondit avec un sourire faible, le regard vague.

— Merci, mon roi. J'avais pourtant dit à Mikhael de ne pas te déranger.

— Je ne lui aurais pas pardonné de ne pas l'avoir fait.

Mikhael le dévisagea froidement sans lui rendre son sourire. Donc il savait. Gregor aussi était-il au courant du scandale ? La réponse ne se fit pas attendre.

— J'ai vu que nous faisions les gros titres des journaux à scandale. Y a-t-il quelque chose de vrai là-dedans ?

Il pouvait mentir, épargner son frère, mais il n'aurait pas aimé qu'on agisse ainsi avec lui. C'est pourquoi il lui raconta, le plus simplement possible, ce qui s'était passé ce jour-là, sur la plage, en passant sous silence certains détails.

— Je ne sais lequel des deux a été le plus surpris, de retour au palais, en découvrant l'identité de l'autre. Je n'ai jamais eu l'intention de te trahir, et elle non plus. Le sort en a voulu ainsi.

Mikhael semblait furieux tandis que Gregor, comme leur défunt père, ne laissait transparaître aucune émotion.

— Tu as couché avec elle ?

— Pas tant qu'elle a été ta fiancée.

— Alors c'est une bonne chose que ce soit toi qui l'épouses.

— Assez parlé de cela ! Parle-moi plutôt de toi.

— J'ai fait venir les plus grands spécialistes, déclara Mikhael, résigné. Il n'est plus en notre pouvoir d'agir.

Kristo l'avait compris en entrant dans la pièce, mais cette défaite lui laissait un goût amer. Il avait perdu son père deux semaines auparavant et ne voulait pas perdre son frère, celui qu'il avait trahi. A cause de cette trahison, qui serait désormais sa croix, il se jugeait indigne de la couronne.

Gregor soupira, serrant les dents sous la douleur. Quand l'accès fut passé, son teint était encore plus gris qu'avant.

— Pardonne-moi. Je ne voulais pas mourir avant ton mariage… Je voulais voir mon play-boy de frère prendre femme… Voir Angyra fêter son roi et sa reine.

— Je ferai tout mon possible pour servir mon pays mais, en raison de ton état de santé, je préfère reporter ce mariage.

— Non ! Pas de deuil après ma mort. Angyra a suffisamment souffert de la disparition de notre père.

— Sais-tu que tu es toujours leur prince préféré ?

— Peu importe… C'est toi, le roi… Je crois que tu feras un bien meilleur dirigeant que moi… Tu sauras rendre le pays plus fort.

Kristo souhaitait de tout son cœur que son frère ait raison. Il espérait être un souverain fort et juste.

— Repose-toi.

— J'aurai bientôt tout le temps de me reposer. D'après les médecins, je n'en ai plus que pour quelques heures.

Kristo avait beau le savoir, entendre son frère le dire et le voir décliner ainsi lui déchiraient le cœur. Sa famille pouvait s'offrir tout ce qu'elle voulait, faire plier des gouvernements ; elle ne pouvait rien devant la mort…

— Rentre chez toi, mon roi. Marie-toi comme prévu. *Nása kalá* !

Ces mots résonnaient encore quand Gregor s'éteignit. Une infirmière se précipita pour lui fermer les yeux, puis débrancha les appareils sans un bruit et quitta la pièce.

Kristo s'éclaircit la voix. Il n'avait obtenu ni le pardon ni la malédiction de Gregor.

— Qu'allons-nous faire, maintenant ? soupira Mikhael.

— La seule chose à faire : ramener Gregor à Angyra et organiser des funérailles nationales.

9

Demetria fut tirée du sommeil par le bruit de violents coups de marteau. Elle se redressa, et reprit peu à peu pied dans la réalité.

La veille lui semblait appartenir déjà à un passé lointain… Avaient-ils réellement dansé sur la pelouse avec le peuple d'Angyra et ri avec les enfants, comme s'ils étaient libres ? Avaient-ils réellement fait l'amour tout l'après-midi ?

Etait-elle tombée amoureuse de Kristo ?

Oui, tout cela était bien réel. Tous ces souvenirs étaient bien réels, comme les courbatures causées par leurs fougueux ébats…

Toutefois, la mort de Gregor avait terni son plaisir. Kristo l'avait appelée tard dans la nuit, pour lui dire que son frère avait fini de souffrir et qu'il rentrait au palais.

Elle se traîna jusqu'à la douche. Quelques minutes plus tard, une fois habillée, elle entendit des voix dans le salon et ouvrit la porte communicante, croyant que Kristo était de retour.

C'étaient Vasos et la femme de chambre, cernés par des housses à vêtements et des cartons.

— Que se passe-t-il ?

La femme de chambre lui répondit avec une mine radieuse :

— Les dernières parures pour le mariage sont arrivées.

Demetria attendait certes quelques accessoires, mais ces cartons et housses devaient contenir bien plus que des escarpins en satin et de la lingerie.

— Le roi a demandé que vous choisissiez votre trousseau, indiqua Vasos.

A en juger par les noms prestigieux imprimés sur ces emballages, il y en avait pour une fortune. Tous ces articles venaient de couturiers qu'elle admirait et avait espéré égaler un jour. Cela, Kristo ne pouvait pas le savoir, car elle n'avait jamais eu les moyens de s'offrir ce genre de luxe.

Mais Kristo n'avait pas fait ce geste par affection ou pour lui offrir un cadeau somptueux. Cela appartenait simplement à son nouveau rôle : la future reine ne devait porter que ce qui se faisait de plus beau. Malgré tout, il avait dû se renseigner sur ses préférences.

— Bien. Laissez ça ici, je regarderai plus tard.

Vasos s'inclina.

— Comme Mademoiselle voudra. Avez-vous besoin de quoi que ce soit ?

— Non. Quel est ce remue-ménage, dehors ?

— On s'occupe des préparatifs pour le mariage royal.

Dès que Vasos fut sorti, elle alla à la fenêtre et vit qu'une armée d'ouvriers était au travail. Le long du mur d'enceinte, des jardiniers plantaient des rosiers dont le parfum lui parvenait, porté par la brise marine. D'autres ouvriers installaient un autel près du mur du jardin au-delà duquel le terrain partait en pente abrupte, offrant une vue dégagée sur la mer et la ville, en contrebas.

Ce mariage s'annonçait grandiose et l'on en parlerait longtemps. Elle avait toujours rêvé d'une cérémonie dans un jardin et sa robe ivoire serait superbe, en plein soleil.

Ce mariage de conte de fées, avec un beau roi, allait devenir réalité…

Au détail près que ce roi ne l'aimait pas.

Elle se tourna vers les articles haute couture que la femme de chambre était en train de déballer. Elle s'en occuperait plus tard. Elle devait d'abord régler un dernier détail sur sa robe.

Quand Kristo entra dans la suite de Demetria, la femme de chambre remballait une pile de vêtements. Sans doute ceux dont Demetria ne voulait pas, c'est-à-dire presque tous.

— Votre Majesté…, dit la domestique en le saluant.

Elle paraissait nerveuse et jetait des coups d'œil inquiets en direction de la chambre.

— J'ai besoin de rester un moment en privé avec Mademoiselle.

La femme de chambre s'enfuit en courant.

— Que se passe-t-il ? demanda Demetria en sortant de sa chambre.

Au milieu d'un nuage ivoire nimbé de soleil, c'était une apparition, plus lumineuse qu'une perle. Inoubliable…

Elle saisit en hâte un châle qui traînait sur le divan et s'en couvrit, mais l'image de Demetria en robe de mariée s'était déjà gravée dans sa mémoire.

Il n'avait jamais vu une aussi belle femme. Nul doute qu'elle allait fasciner tout le monde le jour du mariage. Aucune autre mariée ne ferait parler autant d'elle dans tout le bassin méditerranéen, et elle était à lui !

Pourquoi son frère n'était-il jamais tombé amoureux d'elle ? Etait-ce une conséquence de sa maladie, ou était-ce parce que l'alchimie n'existait pas entre Demetria et lui ?

— Cela porte malheur de voir la mariée dans sa robe avant le mariage, dit-elle en se réfugiant dans la chambre.

— Tu ne crois pas que nous avons déjà eu notre part de malchance ?

— Je préfère ne pas prendre de risques. Tu viens juste d'arriver ?

— Je suis rentré il y a une demi-heure. Je n'ai pas encore annoncé au peuple la mort de Gregor — il ne voulait pas que je le fasse !

— Il faut le faire.

— Tu es consciente des changements que cela implique dans notre mariage ?

— Je m'en doute un peu. Nous n'avons pas le choix.

Le choix… Il lui en avait donné si peu.

— J'ai prévu d'annoncer sa mort à 18 heures. Je viendrai te chercher une demi-heure avant.

— Je serai prête… Pourrais-tu m'envoyer la femme de chambre ?

— Elle est partie. Je l'ai renvoyée.

— Comment ? Mais j'ai besoin d'elle pour retirer cette robe.

— Je peux m'en charger.

— Les boutons sont trop petits.

— Douterais-tu de ma dextérité ?

— Non, mais cela t'obligera à me voir dans ma robe… S'il te plaît, rappelle la femme de chambre.

Kristo secoua la tête, étonné qu'elle s'accroche à cette superstition.

— Je vais fermer les yeux. Tu n'auras qu'à me présenter ton dos.

— Tu promets de ne pas regarder ?

— Oui.

Il ferma les yeux en se promettant de les rouvrir dès qu'elle serait nue. Il se sentait comme un enfant participant à un jeu.

Il sentit le froissement de la jupe contre sa jambe. Privé de la vue, tous ses sens exacerbés, le désir qu'il ressentait n'avait plus rien d'enfantin.

Son parfum aux senteurs de jasmin lui paraissait plus provocant, ses cheveux plus soyeux que le satin de sa robe.

Il déboutonna la robe en frôlant son dos, imaginant la peau soyeuse qu'il dénudait à chaque bouton. Quand le dernier fut libéré, il fit glisser les deux pans de la robe et ouvrit enfin les yeux. Le vêtement n'était plus retenu que par les hanches de Demetria.

Eperdu de désir, il le fit tomber d'un geste. Elle rattrapa sa robe, l'enjamba et se retourna en se couvrant, laissant paraître une partie de ses seins nus.

— Il faut que j'aille m'habiller.

— Non.

Il approcha son visage du sien et se mit à l'embrasser. Au troisième baiser, elle se hissa sur la pointe des pieds, l'enlaça et lâcha sa robe. Leurs langues se cherchaient et Kristo tentait en vain de se maîtriser. Mais il était las de garder ses distances, las d'être son adversaire alors qu'il ne désirait qu'une chose : être son amant, son unique amant.

Elle l'attira par les pans de sa chemise en répondant avec passion à son baiser.

— Tu es une panthère.

— Seulement avec toi.

Qu'importait qu'elle soit sincère ou ne dise cela que pour l'apaiser. Elle était sienne, et la partenaire idéale pour lui. Il la prit par les épaules pour contempler sa beauté. Les pointes de ses seins se dressaient vers lui, comme pour le supplier de les toucher, et un string de satin rouge cachait les secrets qu'il brûlait d'explorer…

— Voilà une agréable surprise à laquelle aucun jeune marié ne resterait insensible.

Elle rougit, le surprenant une fois de plus par sa timidité.

— Ce n'était pas calculé…

Il s'en moquait car son désir pour elle avait atteint le point de non-retour. Il arracha sa chemise, la souleva dans ses bras et la porta jusqu'au lit.

Il se déshabilla en hâte, essayant de trouver les mots cette fois qu'elle avait envie d'entendre, tandis qu'elle le caressait du regard, décuplant son désir. Son esprit s'embrumait à la voir ainsi offerte et, lorsqu'il baissa les yeux sur le petit morceau de satin rouge, toute pensée logique l'abandonna.

— J'en ai rêvé toute la journée, dit-il en s'étendant entre ses jambes.

Il les caressa et glissa ses doigts sous le string pour caresser sa chair humide, constatant avec plaisir qu'elle était prête. Elle était toujours prête pour lui…

Ecartant le satin rouge, il se mit à déposer des baisers au cœur même de sa féminité, d'abord doucement, puis en s'aidant de la langue pour l'obliger à se donner toujours plus, à s'abandonner à ses caresses.

Elle se cambra en gémissant contre lui, se pressant contre lui avec une telle urgence qu'attendre devenait un supplice… ô combien délicieux !

Kristo sentait la sueur perler sur son front, mais il approfondit sa caresse. Jamais il n'avait éprouvé autant de plaisir à voir une femme atteindre l'extase.

Jamais son cœur ne s'était autant dilaté de bonheur.

Enfin, il retira le triangle de satin et souffla :

— Tu es si belle…

— Toi aussi, dit-elle en caressant son sexe.

Kristo sourit. Si ses maîtresses vantaient souvent ses prouesses, aucune n'avait jamais osé lui dire qu'il était beau. Mais Demetria osait tout.

Son audace et la passion qu'il lisait au fond de son regard l'excitaient au plus haut point.

Il s'étendit sur son corps, tremblant de désir.

— Comment fais-tu ? demanda-t-il.

— Pardon ?

— Comment-fais-tu pour me rendre fou ?

Il n'attendit pas la réponse. Il ne pouvait pas attendre une seconde de plus pour la faire sienne et s'unir à elle encore une fois.

Ivre de volupté, Demetria lui enfonçait ses doigts dans le dos, comme si elle essayait d'entrer dans sa peau. Mais n'était-ce pas déjà chose faite ?

Le désir balaya aussitôt cette question. Leurs corps bougeaient à l'unisson. Faire l'amour avec elle était aussi troublant que la première fois et il savait que la fois suivante le serait tout autant.

Il lui fit pourtant l'amour comme si c'était la dernière fois. Au fond de son cœur, il craignait que ce fût vrai.

Demetria serrait contre elle Kristo, comblée.

Ses pensées se bousculaient en une succession confuse d'images et de sensations : l'impression de liberté qu'elle avait éprouvée en dansant lors de la réception ouverte au public…, son étreinte passionnée avec Kristo, jusque tard dans la nuit… Les plaisirs simples, comme celui de le tenir par la main…

Elle aurait pu se convaincre qu'il l'aimait, mais elle savait qu'elle se leurrait. D'ailleurs, ne s'était-il pas montré franc avec elle dès le départ, en affirmant qu'il n'était pas « sujet » à l'amour ?

Pourquoi ? Pourquoi ne pouvait-il pas lui offrir autre chose que du sexe ? Qui donc lui avait ôté toute foi en l'amour ?

En guise de réponse, sa respiration régulière lui fit comprendre qu'il s'était finalement endormi.

Demetria était bien éveillée, au contraire, l'esprit agité. Elle ne pouvait plus se cacher à elle-même ses sentiments.

Ils avaient atteint une intensité supérieure à tout ce qu'elle avait vécu auparavant et même à tout ce dont elle avait pu rêver.

Son attirance envers lui était beaucoup plus que physique et lui paraissait d'autant plus lourde à assumer qu'elle ne serait jamais payée de retour.

L'amour… Elle ne s'attendait pas à avoir la certitude qu'elle mourrait si elle le perdait, comme si elle ne pouvait être entière qu'avec lui. Kristo avait fait d'elle une femme en manque qui essayait de se convaincre qu'elle pourrait se contenter d'une relation purement physique.

Elle se mentait. Elle voulait plus. Elle voulait son cœur, sa confiance. Hélas, elle n'aurait jamais rien de tout cela et se préparait à souffrir, car elle l'aimait de toute son âme.

Les larmes aux yeux, elle caressa le dos de Kristo, dont les muscles étaient maintenant totalement détendus.

— Je ne voulais pas que cela arrive, et pourtant… murmura-t-elle.

10

Kristo pénétra dans la suite de Demetria à 17 h 45 précises. Etait-elle prête, ainsi qu'il l'en avait priée ? Si tout se déroulait comme prévu, les cloches de l'église sonneraient dans quinze minutes. La dernière fois qu'elles avaient retenti, c'était pour annoncer au peuple la mort de feu son père.

Demetria se tenait debout près du balcon, vêtue d'une robe bleu roi près du corps, terminée par un volant juste au-dessus du genou. Une robe à la mode mais distinguée.

Les boucles de ses cheveux détachés formaient la plus belle des couronnes autour de son visage soucieux.

En lui prenant la main, il sentit s'éveiller en lui le désir qui ne s'apaisait jamais vraiment. Lui, qui avait toujours su garder la tête froide, se découvrait une faiblesse : elle !

Quand il déposa un baiser sur sa main, elle laissa échapper un soupir et il dut se retenir d'en faire autant. La vue de cette main délicate, capable de créer des merveilles avec des perles, de la dentelle et de la soie, et d'inventer des caresses à le rendre presque fou de désir, l'émut étrangement.

Il chassa ces images sensuelles pour se concentrer sur le présent : dans une heure, la maison royale serait de nouveau en deuil.

Le mariage serait repoussé et sa vie personnelle momentanément interrompue. Avant cela, il devait faire une chose qu'il avait négligé d'accomplir et qui le remplissait d'appréhension.

Tandis qu'il la regardait sans rien dire, Demetria serra la main qui tenait la sienne.

— Kristo, tu me fais peur.

Il se faisait peur à lui-même car il plongeait dans l'inconnu mais, avec un peu de chance, il n'aurait à le faire qu'une seule fois dans sa vie.

S'efforçant de sourire, il affronta ses grands yeux inquiets.

— Ce sera un honneur et une joie pour moi de te prendre pour épouse, et pour reine, dit-il en glissant une bague à son doigt.

La taille était parfaite pour elle, le modèle aussi.

— Elle est magnifique, Kristo !

— Elle a été commandée pour ton mariage.

— C'est celle que Gregor avait prévu de m'offrir ?

— Au sens strict, oui, sauf qu'il ne l'a jamais commandée ni vue.

— Je ne comprends pas…

— Gregor m'a demandé de me charger pour lui de ce choix. Il prétendait n'être pas doué pour ces choses-là.

Kristo avait fait fabriquer cette bague sans connaître les goûts de la future reine, juste en se remémorant son tempérament passionné. Cela avait été un supplice car, à l'époque, il pensait pis que pendre d'elle, mais la culpabilité pousse parfois à faire des miracles.

Il avait choisi un diamant bleu de trois carats, entouré de brillants plus petits et monté sur or de Rhoda et platine. Le résultat était spectaculaire, à la hauteur de la beauté dont il ornait la main.

Il ignorait, à l'époque où il avait passé commande, que l'éclat du diamant bleu imiterait celui de ses yeux au plus fort du plaisir. Et que l'or et le platine mettraient en valeur son teint olivâtre.

— Est-ce qu'elle te plaît ?

Si elle ne lui plaisait pas, il en ferait réaliser une autre.

— Elle est sublime…

Sa lèvre trembla furtivement et elle tenta en vain de chasser les larmes qui emplissaient ses yeux.

— Pourquoi verser des larmes pour si peu de choses ?

Elle se tamponna les yeux avec le mouchoir qu'il lui tendait.

— Tu ne comprends pas ? C'est tout un ensemble de choses qui rendent la situation si désespérante.

— Quelles choses ? Je n'y comprends rien.

— Bien sûr, tu ne peux pas comprendre. Tu as accepté que j'aie la robe de mes rêves, et un mariage idyllique dans le parc. J'épouse un roi beau comme un dieu, qui m'offre une bague merveilleuse et… tout cela n'est qu'apparence. Au lieu d'un mariage arrangé avec ton frère, c'est un mariage arrangé avec toi que je m'apprête à célébrer. Une union sans amour.

Kristo soupira. Encore l'amour !

— C'est donc cela ? Tu serais heureuse si je te déclarais une flamme éternelle ?

— Je ne te croirais pas. Tu me le dirais uniquement pour me faire plaisir.

— Je t'ai voulue dès le jour où je t'ai rencontrée sur la plage.

— Voulue ? Voulu me mettre dans ton lit ? Désirée en tant que partenaire sexuelle ?

— Oui et, si tu es honnête avec toi-même, tu reconnaîtras que tu éprouvais le même désir.

Elle détourna le regard, comme si cette idée la blessait, comme si le regarder l'écœurait.

— Comment peux-tu te montrer aussi froid ?

— Question d'honnêteté, Demetria. A la place que j'occupe, je ne peux pas me permettre d'être le jouet de mes sentiments.

Tout était minutieusement planifié et ils se conformeraient aux plans. *Même s'il détestait ce qu'il s'apprêtait à faire.*

— Viens, dit-il d'une voix neutre, il est temps de faire cette annonce.

Elle hocha la tête et le suivit, royale, calme, mais comme absente. Cela n'empêchait pas Kristo d'éprouver toujours les mêmes frissons à son côté mais, cette fois, c'était comme si un mur les séparait, un mur qu'il ne serait pas facile de briser.

Quand ils arrivèrent dans le couloir principal, qui conduisait au balcon, elle s'arrêta brusquement, l'obligeant à en faire autant. Une grande partie du personnel s'était rassemblée le long du couloir, en signe de soutien.

— Votre Majesté…, dit Vasos en s'inclinant.

Les deux rangées de domestiques l'imitèrent.

Kristo hocha la tête, regrettant soudain la distance que

la couronne établissait entre ces gens et lui. Ce n'était pas la vie qu'il avait souhaitée, mais il acceptait ce fardeau sans protester.

Il conduisit Demetria jusqu'à la porte du balcon que réchauffait le soleil de fin d'après-midi.

— Ton père arrivera demain en fin de journée pour les obsèques.

— Je n'ai pas hâte de le revoir.

— Moi non plus, mais le protocole l'exige.

La conversation n'alla pas plus loin à cause du nombre de gardes et de domestiques amassés devant le balcon. Par les portes ouvertes, on entendant le brouhaha de la foule, qui s'étendait jusqu'au port.

Le vacarme des cloches était assourdissant, mais Kristo savait qu'il allait bientôt cesser, tout comme il savait qu'en s'avançant sur ce balcon il allait entamer une vie radicalement nouvelle.

Quand les cloches se turent, leur chant vibra encore de longs instants, amplifié par les collines environnantes. Avant que leur dernier écho ne meure, il prit Demetria par la main et sortit sur le balcon.

La foule, immense, s'était rassemblée pour lui souhaiter la bienvenue. Le moment était unique, intense.

Toute sa vie, il était resté à l'arrière-plan, tandis que son père sortait le premier sur le balcon, pour parler au peuple. Le plus souvent pour annoncer la mort d'un membre de la famille ou d'un haut personnage, et toujours pour des événements d'ampleur nationale.

Gregor se tenait généralement à la droite du roi, et Kristo était ravi d'être en retrait, son rang de cadet lui permettant le luxe de mener la vie à laquelle il tenait.

A présent qu'il était roi, le devoir primait sur tout.

Alors que sa mère l'avait toujours incité à faire un mariage d'amour, voilà qu'il se retrouvait uni à une femme choisie par sa famille, et s'apprêtait à commencer sa vie de couple dans la mésentente et la défiance.

Auprès de lui, Demetria regardait droit devant elle, sans voir la foule d'où montait une clameur assourdissante.

Encore une épreuve inhérente à sa charge ! A présent, elle comprenait sans doute qu'ils devraient sans cesse faire bonne figure, que la petite fête dans les jardins n'avait été qu'une exception.

Il se pencha pour lui glisser un mot à l'oreille.

— Souris. On dirait que tu as un revolver sur la tempe.

— C'est un peu le cas, marmonna-t-elle.

Kristo soupira et, réclamant le silence d'un geste de la main, s'avança vers la balustrade, flanqué de Demetria.

— La maison royale de Stanrakis vous remercie de votre patience et des témoignages de respect que vous nous avez adressés au cours des épisodes tragiques de ces dernières semaines. Je vous suis sincèrement reconnaissant de vous être joints à nous pour commémorer la mort de mon père.

A présent, Gregor était parti aussi. Il avait glissé dans le sommeil éternel, comme il l'avait souhaité…

Kristo contempla la foule. Un silence presque palpable en montait. Puis un murmure naquit, quelques personnes se mirent à applaudir de plus en plus fort.

— Vive le roi et la reine d'Angyra ! s'écria un homme dans la foule.

D'autres vivats suivirent bientôt. S'il y avait des opposants — et il y avait sans doute des sujets auxquels la tournure des événements déplaisait —, ils gardaient sagement leurs opinions pour eux-mêmes.

— Salue et souris comme si tu étais au comble du bonheur, murmura-t-il à Demetria. Il est évident qu'ils ont beaucoup d'estime pour toi.

Elle leva la main et l'agita pour saluer la foule. Ce n'était pas le geste mécanique qu'il avait vu chez certains souverains, mais un vrai salut, comme celui qu'on adresse a un ami aperçu au loin.

— Comme vous le savez tous, le mariage royal devait avoir lieu dans les jardins du palais samedi prochain.

Ici, il observa une pause pour permettre à la foule d'exprimer son approbation.

— Malheureusement, la cérémonie doit être repoussée

car le sort vient de frapper notre maison une fois de plus. Le prince Gregor, mon frère bien-aimé, vient de mourir…

Des femmes se mirent à pleurer, des hommes à se parler à voix basse. A son côté, Demetria ne bougeait pas, mais sa présence le réconfortait

Kristo demeurait droit et ferme, malgré le chagrin. Il venait d'accomplir ce qu'exigeait son devoir, même si cela était contraire aux dernières volontés de Gregor.

Il l'avait fait pour le bien d'Angyra… et peut-être pour Demetria et lui. Le temps le dirait.

Il voulait que le peuple oublie qu'elle avait été la fiancée de Gregor et l'aime autant qu'il l'aimait. L'aimer ? Etait-ce pour cela qu'il pensait sans cesse à elle, qu'il ne pouvait s'empêcher de la toucher, que son sourire hantait son sommeil ?

Etait-il tombé amoureux d'elle ?

11

Le dîner fut très élégant et très lugubre. Assise face à Kristo, à l'autre bout de la table vernie, Demetria se demandait à quoi il pensait. Il ne lui avait pas adressé la parole depuis des heures, lui donnant l'impression qu'elle était un simple bibelot.

Elle aurait aimé savoir ce qui le préoccupait, pouvoir discuter un moment seule à seul avec lui mais, depuis l'annonce officielle, membres de la famille, amis et dignitaires l'accaparaient sans cesse, et elle se retrouvait à l'écart.

Autour de la table, cousins et parents proches conversaient à voix basse sans qu'elle puisse saisir leurs paroles. Quant à Mikhael, à sa gauche, elle ne l'avait jamais vu aussi réservé.

Une jeune femme élégante, fille d'un membre du Conseil, était assise à gauche de Kristo. Elle monopolisait son attention en lui lançant des regards éperdus et en parlant si bas qu'il était obligé de se pencher pour l'entendre. A plusieurs reprises, elle avait posé la main sur la sienne en signe de compassion, un peu plus longtemps que nécessaire.

Heureusement, aucun des autres convives ne semblait avoir remarqué son manège.

— Je vous prenais pour une croqueuse de diamants, mais je m'étais trompé. J'étais aussi persuadé que vous détestiez mon frère, mais je constate que ce n'est pas le cas…

Demetria jeta un regard noir à Mikhael.

— Il m'arrive de le détester, rassurez-vous.

Il haussa le sourcil, comme s'il n'en croyait pas un mot, puis se pencha vers elle, si près qu'elle sentit le brandy qui parfumait son haleine.

— Je sais reconnaître une femme jalouse, et vous l'êtes, Demetria.

— Sottises ! dit-elle en levant son verre d'un geste qui se voulait nonchalant.

— Vous pouvez nier tout ce que vous voudrez, je sais que j'ai raison.

Il avait raison. Elle aimait Kristo, et elle était jalouse, terriblement jalouse de lui et de cette femme qui flirtait sans complexe avec lui.

— Il est jaloux aussi.

— Il est possessif, ce n'est pas la même chose.

— Je vais vous prouver le contraire.

Mikhael se leva et l'attention générale se tourna aussitôt vers lui.

— Cette soirée est trop belle pour rester enfermé à se morfondre. C'est pourquoi j'invite ma future belle-sœur à faire quelques pas dans le jardin…

Il lui offrit sa main avec un sourire charmeur. Un silence total régnait autour de la table.

Refuser publiquement son invitation, c'était offenser Mikhael. L'accepter, c'était laisser Kristo en tête à tête avec cette femme. Or, après les heures éprouvantes qu'elle venait de passer, elle n'avait qu'une envie : s'éclipser.

— Quelle merveilleuse idée ! déclara la voisine de Kristo, brisant le silence.

Devant son sourire arrogant, Demetria se sentit au bord de l'explosion. Elle n'avait pas le choix : elle devait quitter la pièce avant de faire une scène.

Elle posa sa serviette et se leva le plus calmement qu'elle put. Quelques pas dans la fraîcheur du soir la calmeraient et lui remettraient les idées en place.

— C'est bien mon avis, dit-elle.

— Le mien aussi, renchérit Kristo.

Il se leva et la rejoignit avant qu'elle n'ait pu accepter la main de Kristo.

— Venez, *agapi mou*.

Une vieille tante laissa échapper un soupir de ravissement en entendant ces mots tendres.

Si seulement ils étaient sincères… Son regard brillait : certes il était possessif, mais une autre émotion pointait, qu'elle n'avait jamais perçue auparavant. Une émotion primitive, insondable…

— Voulez-vous ?

Elle acquiesça. Kristo posa une main dans le creux de son dos, éveillant aussitôt son désir.

— Merci d'être venus, merci de votre soutien, dit-il aux invités. Maintenant, si vous voulez bien nous excuser…

Tous les invités sourirent poliment, tous sauf la voisine de Kristo dont les yeux brillaient de rage.

Dehors, dans l'air apaisant de la nuit, les notes salées de la mer se mêlaient aux parfums capiteux des jasmins et des bougainvilliers. Mais Demetria n'arrivait pas à se détendre, repassant sans cesse les événements de la journée.

Les lumières des commerces bordant la falaise jetaient des rais colorés sur la mer sombre, tel un arc-en-ciel posé sur l'eau. Mais elle se désintéressa de cette vue splendide dès l'instant où Kristo la prit par la taille.

Soudain, il n'y avait plus qu'elle et lui au monde. Elle posa les mains sur son torse, qu'elle avait tant caressé la nuit passée.

— J'ignorais que tu avais une si grande famille. Il va falloir que je m'habitue.

— Tu n'as vu que mes plus proches parents. J'en ai trois fois plus, si l'on compte les cousins éloignés. Et ta famille ? Tu ne m'as parlé que de ton frère et de ta sœur.

Elle soupira.

— Ma famille se résume à peu près à cela. Mon père était fils unique, ses parents sont décédés, ma belle-mère était une enfant adoptée et nous n'avons plus entendu parler de sa famille après sa mort.

— Et la famille de ta mère ?

— Ils l'ont reniée et m'ont reniée à mon tour.

— A cause du scandale ?

Elle acquiesça, soulagée d'avoir enfin parlé à quelqu'un

de son passé. Savoir que sa propre famille ne voulait pas entendre parler d'elle, même si elle n'avait rien fait, était difficile à digérer.

— Ce sont des imbéciles, déclara Kristo.

— Mon grand-père était un aristocrate grec : il ne pouvait pas pardonner la conduite de sa fille. Le fait qu'elle se soit donnée à un Italien, de surcroît un homme marié, alors qu'elle était fiancée à un homme de son milieu, était une honte pour la famille.

— Ils l'ont pourtant mariée à ton père.

— D'après mon père, seul le père de ma mère était présent à leur mariage. Après ce jour, mes parents n'ont plus jamais entendu parler de lui.

— Même à la mort de ta mère ?

— Non, pas un signe. Pour lui, elle était déjà morte. Quant à moi, mon père a toujours soupçonné mes grands-parents de croire que j'étais le fruit de cette liaison.

C'était faux, même si Demetria, à sa grande honte, avait parfois rêvé que ce soit vrai — tout plutôt que d'être la fille de Sandros Andreou !

— Je ne comprends pas qu'ils n'aient jamais joué un rôle dans ta vie.

— Il paraît que mon grand-père a prévu un fonds en fidéicommis pour moi, mais je ne peux pas y toucher avant de m'être mariée et d'avoir mis au monde un héritier. Grec, naturellement.

— Je vois : fidèle aux traditions…

Elle ne voulait pas de cet argent. Son grand-père n'avait pas voulu d'elle quand elle avait besoin de son affection ; elle ne voulait pas de lui dans sa vie.

— Sais-tu qu'ils ont été invités au mariage ?

— Non, mais on ne m'a jamais consultée pour établir la liste des invités… Je sais que le protocole t'oblige à les inviter.

— En effet, mais n'oublie pas une chose, *agapi mou* : quand nous serons mariés, ils devront s'incliner devant toi.

— Cela m'est égal.

— Pas à moi. Tu seras ma reine et, en tant que telle, ils te devront le respect.

Décidément, Kristo ne comprendrait jamais qu'elle se moquait du respect. Ce qu'elle voulait, c'était son amour, à *lui*…

— Tu te rends compte que tu ne m'as jamais parlé de ton enfance ni de ta mère ? demanda-t-elle.

Il soupira et s'assit sur un banc en l'entraînant avec lui.

— Nous n'avons pas eu une enfance classique. Notre mère était prise par ses obligations, notre père aussi, et nous avons été élevés par des nounous.

— Tu as dû bien les faire courir dans cet immense palais !

Il répondit par un rire, chose si rare qu'elle se tourna pour le regarder.

— Nous étions chahuteurs comme peuvent l'être de jeunes garçons mais, dès que Gregor a commencé à grandir, nous avons été tenus à l'écart, Mikhael et moi.

— Pourquoi ?

— C'était le prince héritier. Notre père tenait à ce que son devoir lui soit inculqué en bonne et due forme. Nous nous retrouvions presque toujours à deux.

Privé d'enfance et de la compagnie de ses frères, Gregor avait connu un bien triste sort à cause de son rang d'aîné.

— Et comment était-ce, votre enfance ici ?

— Nous ne manquions de rien. Nous avions une immense salle de jeux, une nounou qui nous houspillait. A huit ans, je suis entré à l'internat d'une école privée.

— C'est bien trop jeune ! Et que faisaient vos parents ?

Il haussa les épaules d'un geste sec. Il n'avait apparemment pas envie d'aborder ce sujet.

— Mes parents régnaient. Nous n'étions pas proches d'eux. Ils étaient trop occupés.

— Les gens trop occupés ne devraient pas avoir d'enfants.

— Tu renoncerais à ta carrière ou à ton devoir pour ta famille ?

— Oui ! Un enfant a besoin de savoir que ses parents l'aiment et le soutiennent pour s'épanouir.

— Comment peux-tu dire cela alors que, de ton propre aveu, tu as joué les domestiques auprès de ta belle-mère et que ton père a été assez cupide pour t'utiliser, toi sa propre fille, afin de servir ses ambitions ?

Blessée par les accusations de Kristo, Demetria aurait pu battre en retraite, mais elle était trop fière pour le laisser proférer de telles allégations.

— Mon père a beaucoup de défauts, il est brutal, cupide et fait souvent preuve de mauvais goût, mais jamais je n'ai douté qu'il m'aimait, qu'il croyait bien faire en arrangeant mon mariage avec le prince héritier.

— Et la mère de ta sœur ? Tu ne vas pas me faire croire qu'elle t'a traitée comme sa propre fille ?

— Crois-le si tu le veux, mais c'est elle qui m'a appris à coudre, qui a soutenu mes tentatives de création. Grâce à ses encouragements, à ses louanges, je me suis dépêchée de terminer mes études pour me lancer dans la profession, sachant que je devrais bientôt tout abandonner pour accomplir mon devoir envers la couronne…

Soudain, Demetria comprit que Kristo n'avait jamais reçu l'amour qu'elle avait connu, et en éprouva une grande tristesse.

— Tu accordes trop d'importance à l'amour, dit-il.

— Et toi pas assez.

Il se leva et l'entraîna.

— La journée a été longue. Il est temps de rentrer au palais.

Pour passer la nuit ensemble ? Même si elle avait très envie de faire l'amour avec lui, elle savait qu'elle ne gagnerait jamais son cœur.

Devant la porte de sa suite, il lui prit le menton et lui déposa un baiser si tendre sur les lèvres qu'elle en eut les larmes aux yeux.

— Repose-toi, Demetria. Les prochains jours vont être éprouvants.

Sur ces mots, il s'éloigna et elle resta plantée devant sa porte, hésitante. Devait-elle le laisser partir ou le rappeler, l'inviter à venir dans ses bras, dans son lit ?

Ravalant un sanglot, elle essuya ses joues mouillées d'une main tremblante et pénétra dans sa suite.

Pourquoi aimer faisait-il si mal ?

*
* *

elle ne le vit pas de toute la semaine suivante. Le samedi, date initialement prévue pour leur mariage, fut consacré aux funérailles du prince Gregor.

La cérémonie, fidèle à la tradition grecque, fut ponctuée de nombreux rituels et lui parut interminable. Vêtue d'un fourreau noir griffé Donna Karan, Demetria était assise près de Kristo, splendide dans son costume, sa chemise et sa cravate noirs, le torse barré de l'écharpe royale.

Il était impérial, inaccessible.

Quand le service funèbre fut terminé et que le prince Gregor eut été inhumé dans le caveau familial, elle était physiquement et mentalement à bout. Elle dut pourtant attendre que les invités partent et que le silence revienne au palais.

Kristo avait de nouveau disparu, accaparé sans doute par les affaires de l'Etat et des devoirs urgents. Son père et sa sœur étaient partis, eux aussi. Elle n'avait personne à qui parler, personne à qui se confier.

Cela valait peut-être mieux, étant donné l'état d'agitation et de confusion dans lequel elle se trouvait.

Elle regagna sa chambre, croyant y trouver le calme et le silence, mais en vain.

Les préparatifs du mariage étaient en cours dans le jardin, sa robe était prête, sur un mannequin, à l'abri de la lumière. Quand aurait lieu le mariage ?

La maison royale allait prendre le deuil pour trente jours. Trente jours de tristesse, trente jours d'attente… Elle n'aurait aucune obligation officielle avant le mariage et ce mois s'annonçait comme le plus long de son existence. Elle n'avait pas l'intention de passer tout ce temps au palais, désœuvrée.

On ouvrit la porte et Kristo fit son entrée, grand, beau, impressionnant.

— J'espère que tu ne vois pas d'inconvénient à ce que j'aie regagné ma suite. Je voulais te prévenir, mais je ne savais pas où tu étais passé.

— J'avais des affaires urgentes à régler.

— Je m'en suis doutée.

Une tension palpable s'était installée entre eux.

— Quelque chose ne va pas ?

Il prit une expression déterminée qui l'alarma.

— J'ai bien réfléchi : il n'y aucune raison que tu restes ici pendant la période de deuil.

— Tu me demandes de quitter Angyra pour un mois ?

— C'est une bonne occasion pour nous de faire évoluer la situation.

— Pardon ?

— Tu veux faire un mariage d'amour, tu l'as dit toi-même…

Il s'éloigna vers la porte, morose.

— Bien entendu, si tu attendais un enfant, nous procéderions au mariage.

— Et le contrat de fiançailles ?

— En tant que roi, je peux le modifier.

Elle se laissa tomber sur le siège le plus proche, sentant que ses jambes allaient se dérober.

— Es-tu en train de me dire que nous ne nous marierons que si je suis enceinte ?

Il se retourna. Jamais il n'avait paru si lointain. Ses lèvres pincées formaient une ligne mince et revêche. Son regard magnétique ne trahissait aucune émotion.

— Il n'y aura pas d'enfant illégitime chez les Stanrakis. A moins que tu ne portes un héritier de moi, nous sommes libres de nous quitter si nous le souhaitons.

Si nous le souhaitons… Demetria était au bord des larmes. Quitter Kristo était la dernière chose qu'elle souhaitait, mais sa fierté l'empêchait de plaider sa cause.

Kristo s'était montré très clair : il n'y avait pas d'amour entre eux, juste une passion qui s'éteindrait un jour. Peut-être était-ce déjà chose faite, d'ailleurs. Il ne l'épouserait que pour donner son nom à son héritier.

— Si tu pars aujourd'hui, tu seras à Athènes pour le début de la saison…

— Oui…

Elle n'éprouvait plus la même excitation qu'autrefois à la perspective de préparer un défilé.

Son associé devait avoir terminé les dessins. Tout devait être prêt pour le défilé. Tout et tout le monde, sauf elle…

Ce rêve avait été son obsession mais, à présent que Kristo la laissait partir, le cœur n'y était plus. Elle s'était terriblement attachée à lui, mais à quoi bon le lui dire ?

Il ne l'aimait pas et ne l'aimerait jamais.

— Mon avion privé sera prêt à t'emmener quand tu voudras. Tu me feras savoir si tu es enceinte ?

— Oui.

Sans doute allait-il la faire surveiller et ne pourrait-elle pas lui cacher une éventuelle grossesse, même si elle le voulait.

Toute cette passion partagée pour rien ! Déjà, il se lassait d'elle et, sans amour, rien ne les retenait l'un auprès de l'autre. Rien d'autre que le devoir. Or, Kristo était prêt à la délivrer de ce devoir si elle ne portait pas d'enfant de lui.

Mais elle n'allait pas pleurer. Elle partirait la tête haute !

Elle redressa les épaules, affectant un calme qu'elle était loin de ressentir.

— J'aimerais partir sur l'heure.

Il répondit avec un bref hochement de tête, toujours impassible.

— Je vais en informer le pilote. Vasos t'accompagnera à l'aéroport.

— Merci.

Tout cela était trop soudain, trop cruel !

Kristo la dévisageait. Son regard se posa sur sa bouche et s'y attarda, éveillant toujours la même chaleur au creux de son ventre. Il allait la prendre dans ses bras, c'était certain, et lui donner un baiser dont elle se souviendrait longtemps…

Il allait au moins lui dire qu'elle allait lui manquer.

Hélas ! Sans rien faire de tout cela, il tourna les talons et quitta la pièce.

Alors, dans le silence affreux qui l'entourait, elle laissa couler ses larmes.

Kristo était assis à son bureau, dans le noir, un verre d'ouzo à la main, une bouteille à moitié vide devant lui.

Il s'était torturé deux jours durant avant de prendre cette décision. Il avait répété la manière dont il la lui annoncerait. Il pensait qu'elle serait choquée, surprise, peut-être un peu furieuse. Mais il n'avait pas prévu qu'elle se mettrait à trembler comme une feuille, que ses yeux se rempliraient de larmes.

Il avait failli changer d'avis en la voyant dans cet état.

Il avait lutté pour reprendre son sang-froid, pour surmonter l'envie de la prendre dans ses bras et lui faire l'amour.

Mais c'était justement le problème, pas la solution.

Elle voulait de l'amour, et lui du sexe. Il n'y avait pas de terrain d'entente entre eux. Leur problème était sans solution, à moins qu'elle n'accepte ses conditions à lui.

C'était ce qu'il avait fini par comprendre. S'il l'obligeait à l'épouser, elle finirait par lui en vouloir pour ce qu'il lui prendrait et ce qu'il ne pourrait jamais lui donner.

Oui, cette séparation allait leur être bénéfique à tous deux. Demetria pourrait se plonger dans le travail qu'elle aimait et il pourrait se libérer de son insupportable besoin d'elle.

La laisser partir était la bonne décision.

Pourtant, il avait l'impression de commettre la plus grosse erreur de sa vie.

12

Demetria était assise à sa table à dessin, dans son appartement d'Athènes. Le défilé avait été un succès, au point qu'elle avait été invitée à participer à un show prestigieux à Londres, une semaine plus tard.

Malheureusement, et pour la première fois, sa créativité était en panne. Rien de nouveau ne germait dans son esprit, pas l'ombre d'une idée originale. Toutes ses pensées tournaient autour de Kristo. Il ne l'avait pas contactée une seule fois en six semaines et cette absence de nouvelles depuis les funérailles de Gregor n'augurait rien de bon.

Les *paparazzi*, en revanche, ne l'oubliaient pas. Depuis qu'ils épiaient ses moindres gestes, elle avait perdu le sommeil et vivait sur les nerfs. Ils l'assaillaient de questions. Kristo avait-il arrêté une nouvelle date pour leur mariage ? Lui avait-elle parlé depuis son départ ? Leur mariage était-il annulé ? Lequel des deux avait pris cette décision ? Kristo s'était-il lassé d'elle ? Ou était-ce elle qui lui avait préféré sa carrière de styliste ?

Lasse de ce harcèlement, elle avait fini par se terrer chez elle.

— Tu ne peux pas continuer ainsi, déclara Yannis, son associé. Appelle-le.

— Je l'ai appelé hier matin, mais sa ligne était occupée.

Comme la veille et l'avant-veille…

Elle refusait de lui laisser un message pour lui annoncer la nouvelle, à la fois terrible et merveilleuse, qu'elle venait d'apprendre : elle était enceinte…

— J'ai pensé que ton nom devrait figurer sur les vêtements au lieu du mien, reprit-elle à l'adresse de Yannis.

— Ce n'est pas en changeant de sujet que tu vas résoudre ton problème, tu sais…

— Je ne plaisante pas. Je ne trouve pas normal que tu ne reçoives pas la reconnaissance que tu mérites pour ce défilé.

— Mon heure viendra, ne t'inquiète pas !

— Elle viendra bientôt, je suis prête à le parier.

Les derniers modèles dessinés par Yannis étaient impressionnants d'originalité.

Elle avait enfin l'occasion de briller, son rêve était à sa portée, mais elle ne pensait plus qu'à Kristo, au bébé, à l'avenir sans amour qui l'attendait.

Yannis avait raison : il était temps pour elle de se ressaisir. Elle devait penser à élever et aimer son enfant, l'enfant de Kristo…

— Bon, ça suffit ! Tu as besoin de te distraire et ce défilé à Londres tombe à pic, reprit Yannis.

— Je n'ai pas envie de me retrouver sous les feux des projecteurs.

— Tu préfères rester emmurée ici, comme une prisonnière, avec les *paparazzi* qui campent devant ta porte, en espérant qu'il t'appelle ?

— Non, mais assister à ce défilé implique de m'afficher en public et je ne suis pas prête.

Elle ne se sentait pas encore la force d'affronter les questions sur sa relation avec l'arrogant souverain d'Angyra.

— Les sponsors ont prévu un service de sécurité, tu ne seras pas poursuivie par les journalistes.

Yannis s'agenouilla devant elle et prit ses mains froides dans les siennes.

— Demetria, viens à Londres ! Tu as besoin de sortir d'ici.

Elle prit une profonde inspiration et acquiesça.

— D'accord.

Kristo s'arrêta au fond de la vaste salle et jeta un regard dédaigneux aux mannequins filiformes qui s'avançaient sur le podium, sous les rayons des stroboscopes. Le public tassé sur les places assises, la musique trop forte, tout lui déplaisait.

Plus pénible encore était la horde de *paparazzi* parquée dehors, sur l'avenue. C'était pourtant grâce à ces marchands de ragots qu'il avait appris que Demetria était invitée à présenter ses créations dans ce défilé très sélect.

Un coup de fil à l'organisateur de l'événement — un homme de la haute société, défenseur de l'environnement et joueur habile — et il avait obtenu un laissez-passer pour les coulisses. Mais Demetria serait-elle heureuse de le revoir ?

Qu'importe ! Il venait de passer six semaines horribles sans elle. Il avait mis du temps à comprendre pourquoi. Il avait fallu une bouteille d'ouzo de Lesbos et le souvenir d'un vieux jardinier pour lui ouvrir les yeux.

Un homme corpulent se précipita à sa rencontre.

— Votre Majesté… Veuillez me suivre, je vais vous conduire dans les coulisses. A moins que Votre Majesté ne préfère regarder la fin du défilé d'ici ?

— Non, je préfère les coulisses.

— Bien.

L'homme s'engagea d'un pas rapide dans un couloir, Kristo le suivit, escorté de Vasos.

Ses nerfs étaient à fleur de peau à l'idée de revoir Demetria. Comment avait-il pu la laisser partir ?

Par fierté, et par lâcheté aussi. Il avait refusé de se pencher sur les sentiments nouveaux qui le tourmentaient, et avait honte de l'avoir traitée comme il l'avait fait. Et dire qu'il avait été assez stupide pour croire qu'il pourrait se passer d'elle !

Il ne pouvait pas — Angyra ne pouvait pas — vivre sans elle.

Le peuple d'Angyra attendait ce mariage royal d'un jour à l'autre, il s'attendait à voir Demetria, qu'il adorait, dans le rôle de la mariée.

S'il n'avait pas été si désespérément aveugle, il aurait compris six semaines plus tôt qu'il l'aimait — et même avant. Depuis un an, depuis leur rencontre sur la plage, il avait compris sans se l'avouer qu'elle ne ressemblait à aucune autre, qu'elle était faite pour lui.

Au lieu de se laisser aveugler par l'orgueil et la jalousie, il aurait dû aller voir Gregor sur-le-champ. Il aurait dû comprendre qu'elle était innocente et se battre pour obtenir sa main.

Que d'erreurs il avait accumulées avec elle ! Allait-elle lui pardonner ou le condamner à la désirer de loin toute sa vie ?

Harcelé par ces doutes et ces questions, il suivit son guide jusque dans les coulisses faiblement éclairées. Elles ressemblaient au grand souk d'Istanbul, avec leurs petits espaces délimités par des draps blancs tendus. Ce labyrinthe de studios improvisé cachait des créateurs survoltés et leurs mannequins plus ou moins vêtus.

La lettre delta était peinte sur le drap qui servait de porte à la dernière tente. Etait-ce le « D » de Demetria ?

— Voici son espace, Votre Majesté.

L'homme le salua et disparut. Kristo poussa le rideau et pénétra dans le domaine de Demetria. Il survola la foule tassée à l'intérieur sans l'apercevoir.

Soudain, quelqu'un claqua dans ses mains et tout le monde releva la tête.

— Plus que dix minutes, mesdemoiselles ! On se prépare ! Ari, faites quelque chose pour l'encolure de cette robe !

L'homme qui lançait ces ordres passa ensuite à une jeune femme en sous-vêtements, qui attendait qu'on l'habille, comme une enfant.

Si quelqu'un savait où était Demetria, ce devait être ce personnage autoritaire. Kristo le rejoignit en quelques pas.

— Où est Demetria ?

— Tiens, vous vous êtes finalement décidé ?

L'inconnu ne s'embarrassait pas de marques de respect !

— Les raisons de ma présence ne vous regardent pas, monsieur.

— Eh bien, si, figurez-vous ! Je suis l'associé et l'ami de Demetria. Vous avez gâché ses débuts à Athènes. Je vous en prie, ne vous montrez pas, laissez-la profiter de ce moment.

Il méritait amplement cette gifle pour n'avoir laissé partir Demetria que la veille du défilé prévu à Athènes. Elle n'avait donc pas eu le temps de s'y préparer.

Avec un bref hochement de tête, il alla se planter derrière un panneau au lieu de se lancer à la recherche de Demetria, de l'embrasser et de lui faire l'amour comme il en mourait d'envie.

Son cœur bondit quand il l'aperçut qui courait après un mannequin vêtu d'une robe fleurie aux tons passés. C'était comme un coup de poing à l'estomac et, aussitôt, les souvenirs lancinants des journées passées au palais, de leurs nuits de passion, resurgirent à sa mémoire.

Il remarqua aussitôt des changements physiques. Elle avait maigri et le stress marquait son beau visage.

Il aurait voulu la rejoindre, la prendre dans ses bras, l'emporter très loin, jusqu'à Angyra, à son palais, à son lit… Il la désirait comme un damné, plus que jamais. Mais son associé avait raison : ce n'était pas le moment.

Après avoir ajusté la jupe du modèle, elle sourit avec une dernière recommandation.

— Avance sur le podium comme si tu étais la maîtresse du monde.

Le mannequin s'éloigna en suivant cette consigne et Demetria se tourna vers le modèle suivant… dont Kristo avait pris la place.

Quand elle se figea et le fixa longuement, l'air autour d'eux lui parut soudain lourd, irrespirable. Soudain, il avait l'impression de se voir avec ses yeux, à elle, et ce qu'il voyait n'était pas glorieux. Il n'aimait pas l'homme dominateur, distant et solitaire qu'il était devenu.

Comme l'île d'Angyra, il était seul, isolé, au beau milieu des mers…

Sa mère lui avait demandé de se marier par amour, son frère affirmait lui aussi qu'un homme devait aimer sa femme. L'amour… Que savaient-ils tous deux qu'il ignorait ? Pourquoi avait-il tant de mal à comprendre ce sentiment ?

A présent, il savait. Mais n'était-il pas trop tard ?

Demetria fit un pas dans sa direction puis s'arrêta, le perçant du regard comme si elle cherchait à savoir s'il n'était pas un mirage.

— Kristo ?

Il sourit. Rien n'indiquait qu'elle soit enceinte, rien ne les liait l'un à l'autre, rien n'allait lui faciliter la tâche. Il n'avait que ce qu'il méritait. Il allait devoir jouer son avenir sur cette entrevue avec elle, mais pas ici, au vu et au su de tout le monde…

— Continue ce que tu étais en train de faire. J'attendrai que le défilé soit terminé.

Il était prêt à l'attendre toute la vie s'il le fallait.

Elle hésita longuement, comme si elle doutait de sa parole. Il n'avait certes rien fait pour mériter sa confiance.

— Demetria ! coupa Yannis. Ils veulent que tu ailles sur le podium.

— J'arrive…

Elle s'éloigna en courant vers son associé, vers les mannequins, vers l'univers qui était le sien.

Bientôt, on annonça Demetria et les modèles présentés. Des applaudissements retentirent et son associé la poussa sur la scène, mais elle se rebiffa.

— Cette collection est la tienne. Sans Ari et toi, je n'aurais jamais été invitée à ce défilé.

— Nous avons juste assuré l'intérim en attendant ton retour. Vas-y, accepte les honneurs et les louanges que tu mérites.

Yannis la poussa pratiquement sur le podium. Kristo serra les poings, la voyant s'avancer d'un pas hésitant. Elle semblait si menue, si seule, si loin de lui… S'il la perdait maintenant, il en garderait une blessure inguérissable.

— Merci pour ces applaudissements chaleureux, déclara Demetria. Mais c'est à mon associé, Yannis Petropoulos, qu'ils reviennent de plein droit.

Les bravos reprirent. Elle allait quitter le podium quand une voix d'homme s'éleva.

— Mademoiselle Andreou, avez-vous l'intention de renoncer à votre carrière si vous épousez le roi d'Angyra ?

— Ce mariage aura-t-il lieu ? fit une autre voix.

Le silence retomba dans la salle, suivi de chuchotis nerveux. Sans répondre, Demetria salua et regagna les coulisses.

Il remarqua alors les larmes qui brillaient dans ses yeux. Elle tomba dans les bras de son associé, le regard rivé à celui de Kristo. Puis, quand elle se dégagea et s'avança vers lui, il sentit son cœur battre plus fort. Elle s'arrêta à un pas, l'œil méfiant.

— Pourquoi es-tu venu ?

Parce qu'il ne dormait plus, parce qu'il ne mangeait plus. Parce que, sans elle, la vie n'était plus la même.

— Il me semble que c'est évident… Je t'en prie. Une limousine nous attend dehors. Nous pourrons y discuter en tête à tête.

Elle continuait à le scruter. Des larmes perlaient à ses cils, son regard était triste. A quoi pensait-elle ? Allait-elle décliner son offre ? Etait-il seulement possible de l'arracher à cet univers si excitant ?

— Tout cela paraît bien sérieux.

— Très sérieux.

Il lui tendit la main — même s'il aurait préféré l'emporter dans ses bras.

— Bien. Je te suis.

Lentement, elle plaça sa main hésitante dans la sienne et, pour la première fois depuis des heures, Kristo respira.

— Es-tu heureuse, *agapi mou* ?

Non, elle n'était pas heureuse, souffrant de le désirer, d'éprouver pour lui cet amour qu'il lui refusait. Mais elle répondit en se raccrochant à ce qu'il lui restait de fierté.

— Ces dernières semaines ont été éprouvantes, avec les *paparazzi* qui épient le moindre de mes mouvements…

— Le monde entier attend tes prochaines créations. Tu es une nouvelle étoile dans le monde de la haute couture. Tu vas éblouir la planète !

Tout ce dont elle avait rêvé pendant des années. Mais, aujourd'hui que le succès se profilait à l'horizon, elle n'avait plus envie de se dévouer corps et âme à son art.

Parce qu'elle vivait l'enfer depuis son départ d'Angyra.

Parce que l'héritier royal qui grandissait dans son ventre scellait son sort.

— Qu'est-ce qui ne va pas, *agapi mou* ?

Il lui prit les mains, entrecroisant ses doigts dans les siens. Son pouls vigoureux qui se communiquait à elle la troublait. Elle prit son inspiration, une fois, deux fois, sans parvenir à chasser l'impression que sa vie allait basculer.

— C'est toi. Je ne sais pas si je suis heureuse de te revoir ou si je redoute l'issue de cette visite.

Allait-il mettre fin à cette angoisse, lui confirmer qu'il était venu pour elle ?

— L'homme est son propre ennemi. Toujours hésitant, ne sachant s'il doit faire confiance ou se méfier…

Demetria, la gorge brûlante, avait les larmes aux yeux. Etre assise à côté de lui, lui tenir la main, sentir l'attirance physique qui les poussait l'un vers l'autre, c'était plus qu'elle n'en pouvait supporter.

— Tu m'as fait mal en me renvoyant, mais je n'ai jamais cessé de t'aimer. Je n'aurais pas pu, même si je l'avais voulu. Et maintenant, me voilà… me voilà…

— Chut…

Il l'attira dans ses bras.

— Je n'aurais pas dû te faire subir cela, alors que tu me demandais seulement mon cœur. Et sais-tu pourquoi je ne pouvais pas te le donner, *agapi mou* ?

Elle secoua la tête en sanglotant, craignant de deviner la réponse.

— Parce que je ne savais pas ce qu'était l'amour. Parce que j'avais oublié les sages paroles d'un vieil homme.

— Le roi ?

— Non, un homme bien plus sage que mon père. Un jour, quand j'avais six ans, j'ai vu notre vieux jardinier sur le sentier de la colline avec sa femme. Ils marchaient main dans la main. C'était la première fois que je voyais un couple faire ce geste et je lui ai demandé pourquoi ils se tenaient ainsi. Il m'a répondu qu'il avait donné son cœur à cette femme quand il était jeune homme et que leur amour n'avait jamais faibli depuis.

— Comme c'est beau !

Kristo poursuivit avec un sourire étrange.

— Jamais je n'ai vu mes parents se toucher, même si ma mère a donné trois héritiers à mon père. Il n'y avait aucune tendresse entre eux, aucune passion. Ils ne se tenaient pas la main.

Il resserra son étreinte sur la sienne.

— Mon père et ma belle-mère ne se tenaient jamais par la main non plus. En revanche, il leur arrivait souvent de hausser le ton et de se quereller.

Kristo s'éclaircit la voix.

— J'ai juré de n'épouser que la femme qui gagnerait mon cœur. Quand je t'ai rencontrée sur la plage, j'ai tout de suite été attiré. Je te désirais comme jamais je n'avais désiré une femme. Ces caresses et ces baisers volés m'ont donné des ailes…

— Jusqu'à ce que tu découvres qui j'étais.

— C'est cela. J'ai détesté mon frère parce que c'était à lui que tu étais destinée. Je t'ai détestée de m'avoir accordé de telles privautés.

— Je m'en suis voulu d'avoir trahi Gregor mais, moi aussi, j'étais irrésistiblement attirée. Enfin, tu sais déjà tout cela.

Elle serait toujours pour lui la femme qui avait trahi le prince héritier.

— Il est temps pour nous de reprendre le cours de notre vie, déclara Kristo.

Demetria retint son souffle. Il allait lui faire ses adieux. Mais elle devait d'abord lui parler de leur enfant.

— Ce n'est pas…

— Laisse-moi terminer. J'ai commis beaucoup d'erreurs avec toi mais, cette fois, je veux faire les choses bien. Je t'aime, *agapi mou*.

Ces mots qu'elle avait cru ne jamais entendre… Etait-ce un rêve ?

— Vraiment ?

Il l'attira contre lui et l'embrassa si tendrement que cela lui arracha des larmes.

— Veux-tu me pardonner de m'être conduit comme un

imbécile ? Veux-tu m'épouser ? Veux-tu être celle à qui je donnerai mon cœur, qui marchera main dans la main avec moi lorsque je serai vieux ?

Ce n'était pas un rêve et la profondeur de son amour se lisait dans ses yeux.

— Oui, je veux t'aimer maintenant, quand nous serons vieux, jusqu'à mon dernier souffle.

— A l'aéroport ! lança-t-il au chauffeur. Volons vers Angyra et notre avenir…

Elle lui prit la main et la posa sur son ventre encore plat.

— Et vers notre enfant…

Il eut un regard surpris, ravi.

— Tu… tu es enceinte ?

— Oui. J'ai essayé de te le dire tout à l'heure, mais tu ne m'as pas laissée parler.

— Et ce n'est pas maintenant que je vais te laisser parler, maintenant que tu as fait de moi le plus heureux des hommes.

Il l'attira contre son cœur, comme un trésor inestimable, et l'embrassa avec fougue, pour lui prouver la force de son amour. Un amour qui durerait toute la vie, et même au-delà…

LAURA WRIGHT

Pour conquérir son cœur

Traduction française de
FLORENCE MOREAU

HARLEQUIN

Titre original :
RULING PASSIONS

Ce roman a déjà été publié en 2014

Prologue

Ecosse
Mai

La brise du soir agitait inlassablement l'océan et soulevait d'imposantes vagues. Soudain, l'une d'elles dessina la courbe d'une hanche de femme, sensuelle et rose dans le soleil couchant... L'observateur taciturne de cette marine, le prince héritier, Alexander William Charles Octovas Thorne, y demeura parfaitement insensible. Et pour cause : il ne voulait plus entendre parler des femmes, qu'elles fussent réelles ou imaginaires.

Alex s'emplit les poumons de l'air marin en inspirant profondément et s'appuya contre un rocher escarpé. L'écume qui crépitait sur la grève venait mourir à ses pieds, mais les embruns glacés ne le gênaient nullement. Aussi immobile qu'une statue, il fixait obstinément le large. Il appréciait l'impétuosité de l'océan qui s'étendait à l'infini devant lui, car il y voyait un miroir de la rage qui consumait son propre cœur. Après cinq ans de vie commune, sa femme lui avait, en effet, annoncé qu'elle le quittait pour un autre homme.

Cela faisait trois heures que le message lui était parvenu.

Et cela faisait trois heures, que, au-delà de la fureur, il ressentait malgré lui comme un sentiment de délivrance. Naturellement, ce départ représentait pour lui un échec cuisant, mais son mariage n'en avait-il pas été un plus grand encore ? Sa femme l'avait haï dès le début. Dès la première minute. Elle s'était toujours comportée comme un iceberg en dépit de tous les efforts qu'il avait prodigués pour la conquérir. Rien à faire : Patricia refusait tout, jusqu'à son amitié. Sans parler d'une éventuelle progéniture…

Submergé par une bouffée de colère, Alex retira sa chemise, et l'air frais qui coula sur son torse l'apaisa quelque peu.

Le prince Alexander était un homme qui respectait ses engagements. Cinq ans plus tôt, on l'avait marié à une femme qu'il connaissait à peine, mais il lui était resté fidèle pendant tout ce temps. Il avait poussé la courtoisie jusqu'à ne pas protester lorsque son épouse avait affirmé au roi qu'ils essayaient d'avoir un enfant — même si cette allégation était entièrement fausse. Il avait même donné le change concernant une vie commune qui, ces deux dernières années, avait été inexistante.

Et tous ses efforts pour quoi ? Pour qu'elle lui annonce aujourd'hui, qu'elle partait avec un autre ! Allons, autant de pas s'appesantir sur le sujet ! Désormais, sa loyauté, sa parole et son sens du devoir seraient entièrement consacrés à Llandaron, décida Alex. Oui, à présent, il devait penser à sa patrie et tenter de limiter les dégâts. Si son peuple découvrait brutalement la réalité de sa situation, il risquait d'en avoir le cœur brisé.

Il était donc impératif qu'Alex temporise.

Il agirait en douceur et surseoirait aux aveux aussi longtemps que possible. La semaine prochaine, il devait se rendre à une conférence au Japon, pour y rencontrer l'empereur. Naturellement, il transmettrait à ce dernier les « excuses » de sa femme et, de l'empire du Soleil-Levant, il appellerait un vieux camarade de classe, devenu aujourd'hui l'un des meilleurs avocats auprès du tribunal de grande instance de Londres, pour qu'il prenne en charge son divorce. A son retour du Japon, il avouerait la vérité à sa famille — c'est-à-dire son échec à son père.

A cette pensée, Alex serra les dents. Il détestait échouer, mais s'il était une chose qu'il haïssait encore plus, c'était reconnaître ses échecs.

Sans qu'il s'en rende compte, le crépuscule était tombé sur la mer et, de rose pâle, les vagues étaient devenues violet foncé, plus menaçantes... En silence, Alex fit alors le serment solennel de ne plus jamais laisser une femme dominer sa vie et ses sentiments.

Néanmoins, pensa-t-il un serrement au cœur, ce serment n'était-il pas à double tranchant ? Car, sans épouse ni descendance, ses chances de régner un jour sur Llandaron diminuaient considérablement.

Jusque-là, Alex avait tenu pour acquis qu'il gouvernerait un jour son pays ; à présent, il se rendait compte qu'il devrait sûrement se retirer en faveur de son frère Maxim, qui possédait, lui, les deux joyaux vitaux au royaume de Llandaron : une reine et un héritier.

Alex ressentit une douleur cuisante lui serrer le cœur. Mû par une immense frustration, il ouvrit alors la bouche pour pousser un cri libérateur. Un cri qui résonna sur l'océan, un cri que le vent porta loin au large...

Au large où... Bigre ! Ses yeux s'écarquillèrent, puis il fronça les sourcils pour accommoder son regard sur un point éloigné... Oui, c'était bien un bateau qui se profilait dans le lointain. Subitement, une vision lui coupa le souffle : à la proue, se dressait une femme — une femme semblable aux sirènes parées d'or de ses rêves d'enfant. Une silhouette aux courbes fantastiquement voluptueuses et dotée d'une longue chevelure cuivrée et abondante.

L'altière Lorelei lui faisait face, ses longues mèches de feu battant son cou et sa poitrine, telles des lanières de soie sauvage. On aurait dit qu'elle le fixait même si, étant donné la distance, il était impossible de dire sur quoi ses yeux étaient rivés. Elle incarnait à la fois l'air, l'eau, le feu et la terre. Aérienne, fluide, explosive et sensuelle à la fois, elle possédait la force de chacun des éléments de la nature.

Un désir violent étreignit Alex...

Au même instant, une énorme vague vint s'écraser à quelques centimètres de lui, et la gerbe d'eau salée sauta à son visage, l'aveuglant. Instinctivement, il se frotta les yeux, mais lorsque sa vue s'éclaircit, la sirène et son embarcation avaient disparu...

Durant quelques secondes, Alex lutta contre un profond

désarroi… Du désir, il en avait déjà éprouvé — jamais de façon aussi impérieuse, il le concédait — mais en tout état de cause, celui-ci comme les autres, il saurait le dompter. Aucune femme ne lui dicterait désormais sa loi !

Mâchoires serrées, Alex retira son pantalon et plongea dans l'océan glacé, bien déterminé à rappeler à son corps — tout comme il venait de le faire avec sa raison — qui était le maître à bord !

1

Llandaron
Quatre mois plus tard

Un épais rideau de brouillard enveloppa abruptement le sloop. Au même instant, elle eut une vision d'horreur : l'eau s'infiltrait brusquement dans la coque, avec la violence d'un torrent impétueux.

Tout en tentant de colmater la brèche à l'aide d'épais coussins, Sophia Dunhill ne cessait de pester contre elle-même. Comment avait-elle pu être assez stupide pour avoir oublié de pointer sur la carte ?

Etait-ce en voyant brusquement surgir à l'horizon le merveilleux pays natal de son grand-père qu'elle en avait oublié tous les rudiments de la navigation ?

Sophia était tranquillement assise sur le pont, les yeux littéralement enchaînés à l'île de Llandaron qui s'étendait au large de la Cornouaille. Entièrement sous le charme de ses montagnes arborées, de la bruyère violette qui s'étendait à perte de vue et des rochers escarpés, elle goûtait la caresse du soleil de fin d'après-midi sur sa nuque. Le temps était absolument merveilleux : le ciel d'un bleu vif et la mer étale.

Et, en l'espace d'une seconde, tout avait basculé. Surgi de nulle part, un brouillard épais s'était abattu sur ce décor idyllique, la prenant de court. L'instant d'après, le *Daydream* s'échouait contre les rochers.

Certes, tout s'était enchaîné à la vitesse de l'éclair. Il n'empêche ! Elle n'arrivait pas à se pardonner ce moment d'inattention, elle qui naviguait depuis dix ans ! Comment avait-elle pu baisser la garde de cette façon ? Une vague de panique l'envahit tandis qu'elle remontait en quatrième vitesse de la cabine vers le pont et s'enfonçait dans le brouillard…

Allons, elle ne pouvait pas perdre son bateau à cause de sa propre stupidité et de quelques rochers ! Son bateau, était tout ce qui lui restait de son grand-père. Ce merveilleux sloop, c'était son héritage, son rêve, et la seule chose qu'ils n'aient jamais partagée, tous les deux. Elle devait absolument le maintenir à flot, de même qu'elle devait terminer son voyage, aller jusqu'au bout de cette ultime étape, c'est-à-dire amarrer le *Daydream* dans le petit port de pêche de Britin, le village où son grand-père avait vu le jour. Une fois sa mission accomplie, elle pourrait repartir en paix à San Diego, retrouver son appartement vide et tenter de surmonter le blocage de la page blanche qui l'empêchait d'écrire depuis la disparition de son grand-père.

Britin n'était pas loin, juste de l'autre côté de l'île de Llandaron. Et elle y parviendrait, coûte que coûte, l'enfer devrait-il s'ouvrir devant elle ou l'océan se transformer en déluge !

Faisant appel à toute sa volonté, elle recouvrit le pont d'une voile de rechange, sachant que ce n'était qu'un pis-aller. Ce colmatage de fortune ne résisterait pas bien longtemps à la force de l'eau.

Malgré elle, une pensée furtive l'effleura : et si la seule solution était de quitter le navire ? Impossible ! se récria-t-elle intérieurement, indignée par cette pensée. Pour un marin, renoncer à son bateau, c'était comme pour une mère abandonner son enfant : moralement inconcevable !

A cet instant, tel un geyser, un jet d'eau fusa d'une planche du pont. Le bateau tangua dangereusement… En un éclair, Sophia comprit que c'était elle ou lui.

Avait-elle le choix ? Le cœur brisé, elle courut vers la proue… Avant qu'elle ne s'élance par-dessus bord pour sauver sa peau, les derniers événements de sa vie défilèrent à vive allure dans sa tête… L'enterrement de ses parents, sa décision de les défier et d'aller vivre chez son grand-père au lieu de rejoindre le domicile de sa sévère tante Hélène, ainsi que ses parents le préconisaient dans leur testament. Après avoir vécu toute son enfance sous l'emprise de deux personnes aussi dominatrices que son père et sa mère, Sophia avait ressenti un besoin désespéré de liberté. N'écoutant que son instinct, elle s'était donc réfugiée chez son grand-père et c'était l'une des meilleures décisions qu'elle ait jamais prises de sa vie.

En parlant d'instinct… C'était à celui de survie qu'elle se raccrochait à présent et cet instinct lui dictait de sauter du bateau sans délai. Sophia jeta un dernier regard à la carte afin de s'orienter… Puis, les yeux fermés, le souffle court, elle écouta le bruit des vagues, ainsi que le lui avait enseigné son grand-père. Alors, après avoir ajusté les sangles de son gilet de sauvetage, elle plongea dans l'océan.

Il avait espéré tenir le monde à distance, du moins pour un temps.

De la terrasse de sa villa qui donnait sur la mer, Alex Thorne, allongé sur une chaise longue, constata brusquement qu'il était plongé dans le brouillard. Heureusement, cette brume quasi mystique qui s'abattait parfois de façon inopinée sur Llandaron ne durait jamais plus d'une heure.

Cela faisait cinq jours qu'il était revenu de Londres, et on ne cessait de le presser de questions. Comme toujours, il tentait de les éluder ou d'y répondre avec le plus de détachement possible. Sa famille n'avait pas besoin de connaître les détails de son mariage raté, les faits devaient suffire : il était divorcé et de retour à la maison pour remplir ses devoirs, affronter son peuple.

En raison de sa nature emportée, Alex avait cru que les paroles sortiraient facilement de sa bouche. Hélas ! Le sentiment de honte que lui inspirait son échec l'inhibait totalement. Il était tout de même parvenu à leur dire que sa femme l'avait quitté.

Son frère Maxim, et sa sœur, Catherine, lui avaient immédiatement offert leur soutien et leur amour. Quant à son père, il l'avait écouté, les traits tirés, poussant quelques soupirs et hochant de temps à autre la tête d'un air navré.

Oh, Alex ne lui en voulait pas pour sa réaction pragmatique ! En réalité, il le comprenait parfaitement. Lui aussi redoutait la façon dont Llandaron et ses citoyens allaient accueillir la nouvelle de son échec. Nouvelle qu'il annoncerait officiellement lors du pique-nique annuel de Llandaron, le samedi suivant. Et dire que chaque année son peuple attendait patiemment l'annonce d'une naissance, annonce qui n'était jamais venue et ne viendrait définitivement plus ! Son peuple parviendrait-il à lui pardonner ou bien exigerait-il de lui qu'il abdique en faveur de Maxim ?

Exhalant un long soupir, Alex fixa son regard sur l'océan embrumé. Nul doute qu'il aimait davantage son peuple qu'il ne s'aimait lui-même ! conclut-il. Et il agirait selon la volonté de ses sujets. Quelle qu'elle fût, d'ailleurs et…

Soudain, Alex fut interrompu dans ses pensées par un bruit incongru. Il bondit sur ses pieds, et, sourcils froncés, inclina la tête de côté et tendit l'oreille…

Un son, un cri en provenance de l'eau, à peine perceptible mais manifestement désespéré. Et qui nécessitait une intervention immédiate de sa part !

Il se leva précipitamment et courut sur le sable chaud en direction des flots. Le brouillard était à couper au couteau, mais Alex fonçait sans se préoccuper de rien. La plage lui était si familière !

De nouveau, le cri retentit. Bien plus audible, cette fois. Indubitablement, il s'agissait d'un cri de femme. Sans prendre le temps de se dévêtir, Alex entra dans l'eau, puis se mit à crawler avec force vers l'endroit d'où venaient les cris étouffés par les remous de l'océan.

Au bout d'un instant, il releva la tête, tenta de s'orienter, sans cesser de remuer les jambes pour ne pas perdre pied. Il lui fallut cinq secondes pour localiser la source des cris. Une chevelure rousse, de grands yeux verts affolés, un teint pâle : une femme émergeait de l'eau frémissante, les lanières de son gilet de sauvetage retenues par les rochers.

Ses cris étaient devenus rauques. Visiblement, elle était

épuisée. Le cœur d'Alex tambourinait à cent à l'heure et résonnait jusque dans ses oreilles au moment où il se précipita vers elle. A peine arrivé à sa hauteur, il dégagea les lanières des rochers, puis passa son bras autour de la taille de la naufragée. Hélas ! Dans sa précipitation, Alex s'empêtra la jambe dans une énorme masse d'algues qui, telle une sangsue visqueuse, l'attira vers le fond.

En jurant, il relâcha malgré lui la rescapée, happé qu'il était par les eaux, luttant pour maintenir la tête hors des flots tourbillonnants. Impossible ! Les algues exerçaient une pression trop forte. Il ouvrit la bouche pour respirer, avala au moins un litre d'eau salée… Le monde basculait, lui échappait, la sensation de sa propre disparition l'étreignit…

Soudain, l'eau tourbillonna autour de ses jambes et Alex aperçut une masse rousse, au niveau de ses chevilles.

Ce fut elle qui le délivra de l'écheveau des algues. Il remonta alors à la surface comme un ballon d'hélium vers le ciel bleu. Une grande bouffée d'air pur pénétra ses poumons, le brûla atrocement, preuve qu'il était vivant ! En toussotant, il tenta de se maintenir à la surface de l'eau. Mais sa noyade évitée de justesse l'avait épuisé. Et, au moment où il pensait que la fatigue allait avoir raison de lui et l'attirer de nouveau vers le fond, un bras vigoureux enlaça sa taille. Sans intervention de sa part, il commença à se mouvoir…

Les vagues s'élevaient et s'abaissaient autour de lui tandis que la femme à la chevelure de feu nageait tranquillement, lentement, vers le rivage. Peu à peu, Alex parvint à mieux respirer, son souffle devint plus calme, et il constata tout à coup qu'il avait de nouveau pied. Alors, les jambes chancelantes, il tomba sur le sable mouillé… A son côté, la femme se laissa choir, elle aussi.

— Je vous conseille de vous remettre vite, Lancelot ! dit-elle tout essoufflée.

Une Américaine, pensa immédiatement Alex, avant de répéter en écho :

— Lancelot ?

— Le chevalier, vous savez ? Celui qui a secouru la damoiselle en détresse et…

— Oui, je vois ! coupa Alex. Et s'est-il lui aussi empêtré dans un paquet d'algues ?

— Ses algues à lui, c'étaient des étriers, répondit la jeune femme avec un petit sourire. Vous sentez-vous mieux à présent ?

— Merci, je survivrai, répondit Alex en se redressant sur un coude. Donc, si moi je suis Lancelot, vous, vous êtes…

Sa phrase devait rester en suspens.

Bon sang ! Nimbée d'un halo de brouillard laiteux, à quelques centimètres de lui, se trouvait une femme d'une beauté si divine qu'il crut pendant quelques instants qu'il avait péri dans les profondeurs de l'océan et rejoint un autre monde. Des yeux qui reflétaient la couleur de la mer — un vert de jade mâtiné de turquoise — et une chevelure aussi rousse qu'abondante, mouillée et ondulée… Brusquement, Alex se raidit.

C'était elle ! Il le ressentait au plus profond de son être. Le même désir, la même étincelle, le même déclic…

Comment était-ce possible ? Par quel hasard la sirène dont la vue l'avait tellement saisi, quatre mois auparavant, était-elle venue échouer sur sa plage privée ?

— Une idiote, compléta-t-elle avec un petit rire sec. Remarquez, à nous deux, nous formons une belle paire !

— Que voulez-vous dire ?

— Que nous avons tous deux fait preuve d'une maladresse impardonnable, déclara-t-elle.

Humectant du bout de sa langue sa lèvre inférieure, elle ajouta alors d'un air songeur :

— Moi qui viens échouer contre les rochers, vous qui vous empêtrez les pieds dans les algues…

S'il glissait sa main derrière la nuque de cette sublime naïade et l'attirait à lui, ses lèvres rouges et sexy s'ouvriraient-elles sous la pression des siennes ? se demanda Alex. Lui rendrait-elle le baiser torride qu'il mourait d'envie de lui donner ?

— Cela n'a rien à voir avec l'idiotie, décréta-t-il.

— Ah bon ? Et à votre avis, de quoi s'agit-il ?

— D'une intervention divine ! Peut-être avions-nous tous les deux envie d'être attrapés dans un même piège ?

A ces mots, il sembla à Alex que le brouillard venait de pénétrer dans son cerveau. Comment avait-il pu prononcer une telle sottise ? Hélas, trop tard pour se rétracter !

La sémillante rousse braqua sur lui un regard pénétrant, un regard qui semblait lire directement dans son cœur et ses pensées.

— Un piège ? dit-elle vivement. Nullement, je suis en quête de liberté, moi.

— L'un et l'autre ne s'excluent pas forcément, déclara Alex, davantage pour lui-même qu'à l'attention de son interlocutrice.

Une certaine confusion brilla un instant dans les yeux de cette dernière, qui décréta subitement :

— Curieux ! Je n'ai pas envie de vous contredire.

Elle ne lui laissa pas le temps de répondre. La brusque impulsion de cette troublante Lorelei le fit directement pénétrer dans la quatrième dimension…

Se juchant sur lui, elle noua ses bras autour de son cou, plongea son regard brûlant dans le sien, et déposa sur ses lèvres un léger baiser, semblable à l'effleurement d'une aile de papillon. Alex laissa échapper un grognement de plaisir sous le poids délicieux de ce corps féminin, sous la pression de sa poitrine voluptueuse sur son torse, sous le contact de ses lèvres appétissantes…

Se servant du brouillard comme d'une carapace, elle jouait sans retenue la carte de l'érotisme, procurant à Alex d'incroyables sensations, lui donnant subitement envie de lâcher prise comme jamais… Ses yeux, la façon dont elle le fixait, tout cela était si troublant. Comme si elle l'avait capturé dans les rets de son regard, un piège délicieux et dangereux qui lui inspirait une mystérieuse transe sensuelle et lui donnait envie de s'y perdre.

Bouche contre bouche, peau contre peau, enveloppés dans une nappe de brouillard qui les isolait du monde. Le paradis pur. La liberté à attraper.

Le pouls d'Alex battait au rythme de celui de la belle sirène.

Etait-ce un rêve ? A moins que ce ne fût un cauchemar, se dit-il brusquement tandis qu'un désir intense, incontrôlable, insensé, s'emparait de tout son être. Un cauchemar dans lequel il ne pouvait plus rien maîtriser, lui qui s'enorgueillissait de toujours pouvoir tout contrôler !

Ce fut le désir qui l'emporta.

Se redressant, Alex la fit rouler sous lui… Ils se jaugèrent quelques secondes. Le sourire tentateur de la diablesse, ses lèvres sensuellement entrouvertes, offertes, eurent raison de tout. Etait-il devenu fou ? se demanda-t-il, entièrement enivré par ses prunelles couleur de la mer, irrésistiblement attiré par leur profondeur.

Le désir qui s'était emparé de tout son être, un désir plus violent qu'un alcool fort, lui était parfaitement inconnu. A moins qu'il n'ait été tapi quelque part en lui depuis toujours, attendant son heure… Bah, quelle importance ! décida-t-il subitement.

Penchant la tête vers la bouche de la sublime rousse, il captura ses lèvres. Ainsi qu'il s'y attendait, elle répondit à son invitation… Quel délice ! Sa bouche était chaude et sa langue sucrée, un vrai goût de paradis. Les doigts agiles de la belle s'enfoncèrent alors dans la chevelure d'Alex de façon impérieuse pendant qu'elle lui rendait ardemment son baiser. Entièrement grisé, Alex se mit à l'embrasser avec une ferveur sauvage, tandis que sa partenaire pressait ses hanches contre son jean.

Un éclair de lucidité le frappa subitement et un maître mot s'imposa à lui : contrôle !

Il détacha sa bouche de la sienne. Mais, de nouveau, leurs yeux s'enchaînèrent… Ses prunelles vertes rivées aux siennes étaient consumées par le même désir que le sien. Elle n'attendait qu'une chose : qu'il la prenne !

A côté d'eux, les vagues battaient le rivage.

Autour d'eux tourbillonnaient des écharpes de brouillard.

Des doigts félins, fébriles, lui retiraient son T-shirt, déboutonnaient son jean… Avant même qu'il ne s'en rende compte, elle les fit rouler tous deux sur la grève mouillée puis se jucha sur lui. Le brouillard avait paré son visage d'une fine dentelle, constata Alex en la contemplant d'un air lascif.

Le cœur battant, il dégrafa le haut de son maillot de bain, puis pressa ses seins voluptueux entre ses paumes, avant de titiller leurs pointes gonflées entre ses pouces. A cet instant, un léger cri échappa à sa partenaire, qui se mit à frémir contre son membre dur. Nul doute qu'elle était déjà sur les franges du plaisir, songea-t-il. Cette pensée l'excita terriblement. Il aimait son audace, sa liberté…

Et pendant qu'Alex continuait de torturer délicieusement les pointes de ses seins, elle ondulait au-dessus de lui, au rythme intemporel des vagues de l'océan. Au-dessous d'eux, le sable crépitait puis paraissait filer au gré du flux et du reflux de l'écume. Alex chaloupait en cadence, la conduisant vers la jouissance…

La respiration de sa partenaire se faisait de plus en plus haletante, puis elle finit par pousser un cri de volupté qui venait du plus profond de son être… Alors, inversant leur position, Alex lui retira fébrilement la culotte de son maillot de bain. Ils se jaugèrent quelques secondes du regard, le souffle court… Le regard d'Alex glissa sur le corps de la sirène : l'écume venait finir sa course à la pointe de son entrecuisse. Il eut peine à retenir un frisson, ce qui n'échappa pas à la belle. Un sourire érotique éclaira immédiatement le visage de cette dernière, qui enroula alors ses jambes autour des hanches d'Alex. Puis elle se cambra sensuellement…

— Me désires-tu ? demanda-t-elle d'une voix lascive.

— Oui, répondit-il dans un souffle.

Après quoi, tout mot, toute pensée était superflue. Alex plongea en elle, et elle se referma étroitement autour de son sexe.

— Tu as le goût du paradis, lui dit-il alors.

— Détrompe-toi, je ne suis pas un ange, se défendit-elle, avant de s'abandonner à la cadence de leurs corps emmêlés, sauvagement, entièrement.

Une ivresse incontrôlable s'empara d'Alex, renforcée par la sensation que ce bonheur inouï n'allait pas durer… Et pourtant, il aurait donné des années de sa vie pour se perdre définitivement en elle, dans cette merveilleuse hallucination.

Ses coups de reins se firent de plus en plus rapides, de plus en plus violents. Les mains agiles et douces de sa partenaire couraient sur ses hanches, griffaient son dos, agrippaient ses épaules… Il sentit le plaisir s'emparer du corps de sa compagne comme un orage d'été s'abat avec fracas sur la montagne. Cette sensation le transcenda, il crut qu'il allait perdre la raison. Mais ce fut le contrôle qu'il perdit et il s'abandonna à l'orgasme violent qui le submergeait.

Au fur et à mesure que la chaleur de son corps redescendait, le brouillard se dissipait. Pendant quelques secondes, Sophia conçut le vain espoir de s'évaporer elle aussi, de monter avec les nappes de brume là-haut dans le ciel, où elle aurait été en sûreté, loin de la réalité et des conséquences à affronter.

L'homme étendu à son côté bougea légèrement et sa peau chaude effleura la sienne… A cet instant, un nouveau frisson de désir la parcourut. Non, elle n'était décidément pas un ange, se dit-elle. Sur une impulsion, elle enfouit alors son visage dans le cou de son amant…

Comment avait-elle pu permettre qu'une telle chose arrive ? Vrai, elle était d'un naturel plutôt frondeur, mais faire l'amour avec un parfait inconnu, c'était réellement dépasser les bornes.

Et le pire, était qu'elle aurait volontiers recommencé !

Elle voulait rester encore allongée près de cet homme à la beauté dévastatrice. Profiter encore de ces instants merveilleux qui repoussaient aux confins du monde la solitude et les incertitudes. Elle voulait encore avoir la sensation d'être une femme désirée et comblée.

A l'âge de vingt-six ans, elle ne comptait qu'un pâle amant à son actif et avait souvent rêvé de vivre des moments de passion et d'exaltation intenses entre les bras d'un homme, sans jamais réellement croire que cela lui arriverait un jour. Or, le rêve était devenu réalité ! Pour quelques minutes, tout au moins… Ah, comme il était à présent difficile de redescendre sur terre ! Subitement, le soleil levant qu'elle voyait depuis sa chambre, à San Diego, et dont elle avait la nostalgie depuis des semaines lui parut insignifiant en comparaison de ce qu'elle venait de vivre.

Le cours de ses pensées fut subitement interrompu par son amant qui, démêlant définitivement leurs corps, se redressa pour s'asseoir. Elle eut alors tout loisir d'observer son profil…

Oh, oh… Ses mâchoires carrées étaient serrées et ses yeux, couleur de bruyère, reflétaient la consternation lorsqu'ils se posèrent sur elle. Sous ce regard, son cœur se serra et elle éprouva une désagréable sensation de vulnérabilité. Qu'est-ce qui pouvait bien l'affliger à ce point ? se demanda-t-elle. Sa propre conduite ou celle de sa partenaire ?

Les joues brusquement en feu, Sophia se saisit de son maillot de bain qu'elle enfila promptement, tout en affirmant d'un ton détaché :

— Je présume que tu ne me croiras pas si je te dis qu'une telle expérience est inédite pour moi ?

Le visage de son amant était dépourvu d'expression. Pas le moindre sourire, pas la moindre lueur de plaisanterie dans ses yeux.

— Je te présente mes excuses, lui dit-il alors avec gravité.

Sa voix rocailleuse la fit frissonner.

— Tu n'as aucune raison de t'excuser, objecta-t-elle, je…

— Bien sûr que si ! trancha-t-il. Tu étais pratiquement en train de te noyer et…

— Toi aussi ! coupa-t-elle.

— Et je…

— Et *nous* ! rectifia-t-elle.

Il la jaugea longuement, presque sévèrement, puis demanda d'un ton brutal :

— Qui es-tu ?

Bonne question ! pensa-t-elle avec dérision. Sans conteste une femme éhontée, dépourvue du moindre recul ! Mais également une femme si avide de vivre enfin qu'elle avait cédé sans réfléchir à ses impulsions.

— Il est peut-être préférable que nous ne dévoilions pas nos identités, répondit-elle prudemment.

— Impossible ! dit-il tandis qu'un petit rire hautain — nerveux ? — lui échappait.

— Pourquoi ? Pas de question, pas de réponse. Donne-moi juste cinq minutes pour disparaître.

— Désolé, mais cette règle n'est pas de rigueur ici.

— Pourquoi ? insista-t-elle, incrédule.

A cet instant, il se leva, enfila son jean… Mon Dieu, quelle carrure impressionnante ! pensa Sophia. Cet homme était un bloc de muscles, on aurait dit qu'il avait été coulé dans du bronze. Ses cheveux noirs et ondulés venaient chatouiller sa nuque, ses traits aristocratiques et merveilleusement ciselés soulignaient à la perfection sa nature impérieuse. Quant à ses yeux couleur d'améthyste, ils étaient consumés par un feu intérieur et lançaient des éclairs d'orgueil.

— Disons que je suis vieux jeu, répondit-il sèchement.

— Eh bien, moi, non ! rétorqua-t-elle.

Ce qui était faux, naturellement ! Elle n'était pas aussi émancipée qu'elle s'en donnait l'air, mais elle n'allait certainement pas mettre son âme à nu devant cet homme. D'autant qu'il venait de lui faire comprendre sans équivoque que leurs étreintes représentaient pour lui une lourde erreur !

Non, elle ne lui dirait rien ! Ni son nom, ni l'endroit d'où elle venait, ni qu'elle était en train d'effectuer une croisière qui devait la mener sur l'île natale de son grand-père et que, ce faisant, elle recherchait l'inspiration pour le prochain livre d'enfant qu'elle devait écrire.

Non ! Rien de rien ! Motus et bouche cousue, tel était le maître mot. Elle n'avait plus qu'un désir, qu'une seule idée fixe : fuir.

— Je crains que tu ne me contraignes à te donner des ordres, déclara-t-il subitement en croisant les bras.

— Pardon ? dit Sophia en se demandant si elle avait bien entendu.

— Je regrette, mais je t'ordonne de décliner ton identité.

— *Tu m'ordonnes ?* répéta-t-elle, mi-amusée, mi-désarçonnée par son arrogance.

— Exact !

Un sourire éclaira alors le visage de Sophia, sourire

qui dégénéra en un rire irrépressible. Au bout de quelques instants, elle se reprit et finit par dire :

— Mais qui es-tu donc pour m'ordonner quoi que ce soit ? Le roi de Llandaron, peut-être ?

— Pas encore, répondit-il d'un ton impénétrable.

Elle hésita, puis enchaîna, ironique :

— Et moi, je suis la reine des mers !

— L'heure n'est pas à la plaisanterie, mademoiselle !

— Entièrement d'accord ! décréta-t-elle en se levant à son tour, agacée.

Décidément, la situation prenait un tour bien ridicule. O.K., ils avaient agi sur un coup de tête, mais à présent c'était fini ! Inutile d'épiloguer. Elle devait partir sans attendre pour mettre fin à la mascarade… et avant de commettre une plus grosse erreur encore ! Aussi poursuivit-elle :

— As-tu quelque chose à ajouter avant que je ne me mette en quête d'un réparateur pour mon bateau ?

— Oui ! dit-il d'un ton autoritaire. J'ai été imprudent et encore une fois je te prie de m'en excuser.

— Allons, n'en parlons plus ! rétorqua-t-elle, conciliante. Tu t'es déjà…

— Il se pourrait que tu portes mon enfant, lui asséna-t-il subitement, avant d'ajouter avec davantage de solennité encore : en d'autres termes, l'héritier du trône de Llandaron ! Navré, mais tu devras rester sur l'île jusqu'à ce que nous sachions ce qu'il en est, si tel est le cas ou non.

2

Lorsqu'il vit le sang refluer des joues de la belle sirène, Alex eut brusquement envie d'envoyer son poing contre un mur. Il n'avait pas voulu déclencher un tel malaise ou un si gros choc chez elle ! Nom d'un chien ! Il avait été bien trop rapide, trop maladroit dans son besoin de revenir à la réalité.

Sophia se ressaisit néanmoins et, braquant sur lui un regard aussi vert qu'orageux, elle déclara :

— Qui que tu sois, et quoi que nous ayons fait, je pense qu'il est grand temps que nos chemins se séparent !

— Tu ne me crois pas, n'est-ce pas ? demanda calmement Alex.

— Non, dit-elle en haussant les épaules. Je ne te crois pas !

— Je peux te prouver mon identité de plusieurs façons, affirma-t-il alors.

— Je n'en doute pas un instant, dit-elle, sarcastique, mais pour aujourd'hui, les jeux, ça suffit.

— Entièrement d'accord avec toi !

— Parfait ! dit-elle en redressant le menton tandis que ses cheveux voltigeaient autour de son visage tendu. Mon bateau a heurté les rochers et risque de sombrer. Il faut qu'il soit remorqué dans les plus brefs délais.

— Ne te fais aucun souci pour ton bateau, je te trouverai un remorqueur.

— C'est fort aimable à toi, mais ce ne sera pas nécessaire.

— Etant donné les circonstances, je pense que…

— Merci, coupa-t-elle, mais je peux parfaitement me débrouiller seule. Et maintenant, si tu veux bien m'excuser…

Là-dessus, elle lui tourna les talons.

Décidément, Alex ne pouvait tolérer une telle attitude ! Cette affaire n'était certainement pas close. Sans hésiter, il la rattrapa prestement par le bras.

Elle se retourna tout aussi vivement et lui lança d'un ton dur :

— Dis-moi, toi, tu ne manques pas d'air, tout de même !

Malgré lui, Alex eut envie de sourire. Personne ne lui avait jamais parlé sur ce ton ! C'était un crime de lèse-majesté que cette belle inconsciente ne soupçonnait même pas. Il était évident qu'elle ne l'avait absolument pas cru lorsqu'il lui avait assuré qu'il était le prince héritier de cette île. Néanmoins, l'audace de cette adorable rousse le fascinait.

— Que comptes-tu faire en attendant que ton bateau soit réparé ? demanda-t-il alors.

Secouant le bras pour se dégager de son étreinte, elle répondit d'un ton hautain :

— Je ne sais pas, je n'y ai pas encore réfléchi.

A ces mots, Alex tourna son regard vers l'océan. Le brouillard étant définitivement levé, il aperçut le bateau à la dérive… Après une rapide estimation des dommages, il déclara :

— Etant donné l'ampleur des dégâts, le carénage prendra quelques semaines.

— Nous verrons bien, dit-elle d'un ton maussade. Je pourrai toujours donner un coup de main pour faire avancer les choses, j'ai quelques notions en la matière.

— Je doute que M. Verrick te le permette mais, naturellement, il ne faut préjuger de rien.

— Merci du conseil, répondit-elle en lui sachant gré intérieurement de lui avoir livré le nom de la personne à qui elle devait s'adresser. Puis-je disposer, à présent ?

— Où vas-tu loger durant le carénage ? lui demanda Alex sans tenir compte de sa question.

— Je l'ignore encore, dit-elle en poussant un soupir d'impatience. A l'hôtel, je présume.

A ces mots, le sang d'Alex ne fit qu'un tour. Non ! Il était exclu qu'il laisse cette Lorelei séjourner dans une médiocre chambre d'hôtel. En outre, même si cela était déraisonnable, il tenait à la garder tout près de lui — notamment pour conserver un œil sur elle, le cas échéant pour la protéger. Bref, il voulait être certain qu'elle ne quitte pas Llandaron à son insu.

Qu'elle ne disparaisse pas dans la nature en emportant avec elle l'enfant qu'ils avaient éventuellement conçu !

— Tu logeras dans ma villa, décréta-t-il tout à trac.

— Ah bon, tu décides et je dois obtempérer ? Franchement, pour qui te prends-tu ? rétorqua-t-elle en posant les poings sur ses hanches.

— Je t'ai déjà dit qui j'étais.

— O.K., le futur roi de cette île, railla-t-elle.

Balayant la plage du regard, elle ajouta alors, non sans braquer de nouveau ses yeux verts sur lui :

— Curieux, je ne vois aucun garde du corps à l'horizon…

— Ils sont interdits de territoire dans ma résidence privée.

— Voilà qui est bien imprudent pour un futur roi, ne trouves-tu pas ? rétorqua-t-elle, sarcastique.

— Ce n'est pas à toi d'en juger, dit-il sèchement avant de tempérer ses propos. J'ai étouffé durant toute mon enfance sous un écran de protection, aussi ai-je choisi, adulte, de me réserver un espace de liberté.

De nouveau, leurs regards se croisèrent, ils se jaugèrent sans ciller, puis Sophia décréta d'un ton las :

— Assez discuté ! Toute cette histoire commence sérieusement à m'ennuyer ! Puisque nous reconnaissons tous les deux que ce qui s'est passé entre nous n'aurait jamais dû se produire, ne pouvons-nous donc pas en rester là ? Nous avons agi sans réfléchir. Le brouillard, la noyade à laquelle nous avons échappé de justesse, toute notre vie qui est repassée à ce moment-là devant nos yeux, il y a de quoi…

— Perdre la tête, c'est cela ?

— Exactement !

— Je te le concède, mais les faits demeurent : il n'est pas exclu que tu puisses être enceinte.

Elle ouvrit la bouche pour répliquer, puis se ravisa. Un long silence s'ensuivit, tandis que leurs regards restaient toujours rivés l'un à l'autre… Alex vit alors naître dans ses prunelles une lueur d'anxiété. Pourtant, il l'entendit bientôt répliquer :

— Il ne t'a jamais traversé l'esprit que je pouvais prendre la pilule ?

— Je n'en ai pas l'impression, répondit-il.

— Ah bon ? Et pourquoi donc, s'il te plaît ? répliqua-t-elle en relevant le menton d'un air de défi. Suis-je donc si repoussante pour que l'idée que j'aie une liaison stable soit inconcevable pour toi ?

Repoussante ? Il retint un cri de protestation. Ce mot lui paraissait si absurde, ce vilain mot proféré par une bouche si douce, si sensuelle, une bouche qu'il voulait de nouveau déguster... En revanche, l'idée que cette sirène puisse avoir une « liaison stable » était franchement irritante. Pour le coup, repoussante !

Alex serra les dents. Il préférait ne pas l'imaginer dans les bras d'un autre homme, pas plus qu'il ne voulait croire qu'elle prît la pilule, car cela aurait signifié qu'elle avait une vie sexuelle active. Or, ces deux pensées lui étaient également odieuses. Tout comme il avait parfaitement conscience que sa réaction à lui était des plus dangereuses !

— Je ne voulais pas t'offenser, dit-il sèchement. Il s'agissait juste d'une déduction. Comme tu navigues depuis plusieurs mois — quatre au moins — et que manifestement tu es seule sur ton embarcation, il m'a...

— Comment diable sais-tu que je suis en mer depuis quatre mois ? lui demanda-t-elle, le souffle coupé.

— Parce que je t'ai vue !

Et, comme Alex prononçait cette phrase, sa vision d'alors s'imposa de nouveau à lui : une silhouette saisissante, dressée à la proue d'un bateau, une chevelure sauvage, déployée au vent. Il se rappela aussi le désir violent qui avait à cet instant creusé ses reins.

— Quand m'as-tu vue ? demanda-t-elle fort intriguée.

— En Ecosse, au mois de mai dernier. J'étais sur la plage et toi, sur ton embarcation.

A cet instant, une bourrasque de vent salé cingla simultanément leurs visages, et les yeux de la sirène s'assombrirent pour frôler le vert foncé, tandis que ses joues s'empourpraient délicieusement.

— C'était donc toi ? dit-elle, songeuse.

Alex hocha la tête, et son sang s'accéléra dans ses veines. Donc, elle aussi l'avait vu !

Pour sa part, Sophia était consciente qu'elle était en train de rougir misérablement devant ce diable d'homme et elle se détestait pour cet aveu de faiblesse. Dieu sait pourtant si elle n'était pas du genre à tourner autour du pot ! En général, elle saisissait les conflits à bras-le-corps pour les résoudre ! En l'occurrence, face à cet apollon brusquement surgi du brouillard, elle n'était plus elle-même. Et le fait que, durant un mois, elle avait fantasmé sur le torse puissant de cet homme aperçu sur les côtes écossaises renforçait encore son malaise.

— Qui es-tu ? redemanda-t-elle en levant de nouveau les yeux vers lui, résolue cette fois à le percer véritablement à jour.

— Le prince héritier Alexander William Charles Octavos Thorne, déclara-t-il posément.

Là-dessus, il lui adressa un sourire dévastateur… et Sophia sentit ses jambes devenir de coton.

— Tu mens ! se défendit-elle vivement pour garder une contenance.

— C'est l'entière vérité ! rétorqua-t-il.

Le souffle court, elle étudia longuement son visage à la lumière du soleil couchant… Son grand-père n'avait-il pas toujours affirmé qu'elle possédait des dons pour deviner le caractère d'une personne d'après son visage ? Le hic, c'était que cet homme-là avait une expression impénétrable.

Pourtant, dans ses yeux couleur de bruyère, dans ses mâchoires carrées, elle devinait le sens de l'honneur qui le caractérisait et… elle comprit aussi qu'il lui disait la vérité !

Mon Dieu ! Sous le choc, elle se tourna vers le large, tâchant de retrouver une respiration plus régulière. C'était impossible, impossible, se répétait-elle intérieurement, comme une incantation susceptible de conjurer sa découverte. Des choses pareilles n'arrivaient pas dans la vie réelle ! Un prince, pour l'amour du ciel ! Avait-elle réellement commis un crime aussi outrageant que celui de faire l'amour avec un prince ?

Machinalement, elle toucha son ventre… Un enfant… ?

Sa gorge se serra. Elle-même avait été une enfant unique que l'on avait traitée dès l'âge de cinq ans comme une adulte, avec toutes les responsabilités afférentes. Depuis, elle avait toujours rêvé d'avoir des enfants qu'elle traiterait comme tels, c'est-à-dire à qui elle transmettrait l'insouciance et la joie de vivre. En un mot, à qui elle apprendrait à être des enfants.

Mais avoir un enfant de cette façon, l'enfant d'un prince de surcroît…

Un instant, elle crut qu'elle s'était endormie en plein soleil sur le pont du sloop et que son esprit lui jouait un tour. Elle allait se réveiller. L'accident, le brouillard, le prince, tout cela faisait forcément partie du rêve !

Hélas, le réveil tardait à venir… Seigneur, elle était bel et bien dans la réalité !

— Comment t'appelles-tu ?

Elle sursauta et de nouveau lui fit face.

— Sophia Dunhill, répondit-elle de façon automatique. Je vis en Californie, à San Diego.

Le prince lui adressa alors un charmant sourire et, prenant sa main, lui dit :

— Viens chez moi, Sophia, tu te sécheras et ensuite nous ferons le nécessaire pour ton bateau.

— Ah non ! Encore une Américaine ! s'exclama le roi.

Adossé à la cheminée de la bibliothèque, Alex croisa les bras avant de jeter un regard oblique à son frère Maxim et à sa sœur Catherine, enceinte de deux mois. Ces deux derniers tournèrent quant à eux la tête vers leurs conjoints respectifs — tous deux américains — et éclatèrent de rire.

Dix minutes plus tôt, Alex avait laissé sa belle sirène dans l'eau de son bain pour rejoindre le palais. Elle avait fini par accepter le gîte qu'il lui offrait — du moins pour cette nuit, avait-elle précisé. Il n'avait pas épilogué, car s'il était resté avec elle un peu plus longtemps, il n'aurait pu résister à la tentation de l'attirer dans ses bras et de lui refaire l'amour.

D'ailleurs, le simple fait de la savoir dans sa propre salle de bains, nue, plongée dans de l'eau moussante aux senteurs de vanille…

Assez !

Il serra discrètement les poings. Il devait reprendre le contrôle de lui-même !

— Contrairement à mon frère et à ma sœur, commença Alex en sourcillant, il n'y a pas d'idylle entre cette Californienne et moi, père.

Réservant sa réponse, le roi flatta le col de son majestueux lévrier assis à ses pieds avant de se caler contre le dossier de son fauteuil favori. Puis il avala une gorgée de cognac qu'il savoura longuement.

— J'espère bien ! dit-il enfin. Il serait réellement inopportun que tu t'amouraches d'une…

— D'une Américaine, père ? demanda Fran, la femme de Maxim, en éclatant de rire.

Le roi tenta de sourire poliment à la plaisanterie de sa belle-fille, enceinte elle aussi… Mais, quand la jeune femme plaça un bras complice et rassurant sur son épaule, le roi ne fut pas loin de rougir.

Alex observait la scène avec curiosité. Jamais il n'avait vu cette réaction-là chez son père. Néanmoins, pas besoin d'un mastère en psychologie pour comprendre que son Américaine de belle-fille l'avait conquis !

— Donc, elle a brusquement surgi sur la plage ? demanda Maxim en se tournant vers son frère.

Alex opina du chef. Il n'avait nulle envie d'en révéler davantage. Et surtout pas de partager les détails de sa rencontre avec Sophia sur la plage ! Même si ces « détails » ne cessaient de le hanter.

— L'état de son bateau nécessite de sérieuses réparations.

— Et tu t'aies proposé de la loger pendant que le bateau serait au radoub, n'est-ce pas ? railla Dan, le mari de Cathy.

Le nouveau responsable de la sécurité du palais, Dan, n'était pas uniquement un ancien capitaine de gendarmerie américain, il était également un homme bien trop curieux pour son propre salut ! décida Alex. Néanmoins, il répondit patiemment :

— Exactement ! Elle et son bateau sont venus s'échouer sur ma plage privée. Ce qui me rend en quelque sorte responsable de son sort.

— Naturellement, dit Dan en prenant un air faussement sérieux.

Ce fut alors que Cathy demanda :

— Ne rêvais-tu pas de sirène quand tu étais enfant ?

— Si, je m'en souviens encore ! renchérit précipitamment Maxim sans laisser à son frère le temps de répondre lui-même.

— Oh, comme c'est romantique ! s'exclama Fran.

— Allons, raconte-nous les rêves de ton frère, Cathy, dit Dan en se tournant vers sa femme. Car je doute que l'on puisse compter sur la coopération d'Alex.

— Quand passons-nous à table ? trancha ce dernier d'un ton impatienté.

Malheureusement, personne ne prêta attention à lui, toutes les oreilles étant tournées vers Cathy.

— Alex était un enfant secret, commença cette dernière. Il se livrait peu, mais lorsqu'il commença à faire ce rêve, le même toutes les nuits pendant un an, il ne put le garder longtemps pour lui. J'étais toute jeune à l'époque, mais je me rappelle encore son regard le jour où il nous l'a raconté.

— Assez ! coupa Alex d'une voix presque menaçante.

— Laisse Cathy terminer ! intervint alors Maxim d'un ton enjoué.

— Dans tous ces rêves, Alex était assis sur le toit du centre d'équitation royal, face à la mer, poursuivit Cathy. Et la sirène surgissait… Une épaisse chevelure rousse, des yeux verts, le teint pâle, elle émergeait des flots en tendant les bras vers lui…

— N'oublie pas ses pouvoirs magiques, l'interrompit Maxim.

— Des pouvoirs magiques ? reprirent en chœur Dan, Fran… et le roi !

Alex exhala un long soupir puis se dirigea vers le bar pour se resservir un whisky. Comment ce rêve stupide, ce rêve d'adolescent pouvait-il revenir le hanter aujourd'hui ? Et où était donc passée la discrétion familiale sur laquelle, en général, il pouvait toujours compter ? Et l'incorrigible Cathy qui enchaînait :

— Alex prétendait que, lorsqu'elle le regardait, il avait l'impression qu'il aurait pu s'envoler s'il l'avait voulu. Il ressentait soudain un immense sentiment de liberté, la sensation de faire et de devenir tout ce qu'il voulait.

A ces mots, les mains d'Alex se crispèrent sur son verre.

— Conclusion, notre cher aîné était amoureux de sa belle sirène, railla Maxim.

Furieux, Alex regarda tour à tour son frère et sa sœur, puis déclara :

— Vous savez, si je le voulais je pourrais moi aussi raconter à vos conjoints beaucoup d'histoires humiliantes à votre sujet.

— Vraiment ? dit Fran vivement intéressée. Par exemple ?

— Il plaisante, s'empressa de préciser Maxim non sans déposer un petit baiser sur le front de sa femme.

— Me mets-tu au défi ? lança Alex d'un ton provocateur.

— Remettons cela à plus tard, proposa sagement Fran. Après le dîner, par exemple, lorsque les estomacs seront rassasiés et les esprits plus calmes.

Se tournant vers Alex, elle ajouta gentiment :

— Eh bien, à quoi ressemble cette Sophia ?

Evidemment, sa belle-sœur était désireuse de calmer le jeu, loin d'imaginer qu'elle était en train de jeter de l'huile sur le feu en lui demandant une description de sa Lorelei. Encore que… Fran était-elle si innocente ? Elle pouvait parfaitement avoir tout deviné !

— Ne serait-elle pas rousse par hasard ? demanda-t-elle à brûle-pourpoint.

En plein dans le mille ! Cependant, difficile d'en vouloir à une femme aussi belle et rayonnante, enceinte de surcroît, se dit Alex. Soudain, une pensée lui traversa l'esprit : Sophia rayonnerait-elle de cette façon si elle portait son enfant ?

— Très bien, vous l'aurez voulu, déclara brusquement Alex. Elle est rousse, elle a les yeux verts et le teint pâle. Je ne crois pas, en revanche, qu'elle possède des pouvoirs magiques.

Un lourd silence s'abattit alors sur la bibliothèque. Seuls résonnèrent encore discrètement le crépitement des flammes dans la cheminée et le faible tintement des glaçons dans les verres.

— Pourquoi ne l'as-tu pas invitée à dîner, ce soir ? demanda enfin le roi.

— Elle désirait être seule, expliqua sèchement Alex. Et après toutes les épreuves qu'elle a subies, je n'ai pas voulu la harceler.

Il se garda bien de préciser la nature de ces épreuves, ni sa part de responsabilité !

— C'est tout à fait compréhensible, observa Cathy.

— Et si nous l'invitions à notre pique-nique familial, demain, dans la montagne ? suggéra Fran. Plus on est de fous, plus on rit. Je suis certaine que tante Fara et Ranen seront eux aussi ravis de faire sa connaissance.

Lèvres serrées, Alex assistait, impuissant, au complot familial et aux manœuvres habiles que chacun s'efforçait de mettre en œuvre pour rencontrer la rousse aux yeux verts qu'il hébergeait dans sa villa privée.

Décidément, aujourd'hui, tout lui échappait… Ce qui s'était produit sur la plage avec Sophia, cette attirance spontanée et irrépressible pour une inconnue. Et, à présent, l'insistance de sa famille. Il avait brusquement l'impression d'être l'observateur de sa propre vie. Comme si une force de la nature en avait pris le contrôle.

D'ailleurs, avant qu'il ne puisse émettre la moindre protestation, le roi se leva et décréta :

— C'est une excellente idée ! Et à présent, passons à table.

Lorsqu'elle sortit de son bain, Sophia n'était pas aussi détendue qu'elle aurait dû l'être. Il faut dire que le luxe qui l'entourait de toute part lui procurait un sentiment d'étrangeté supplémentaire ! Comment avait-elle fait pour se retrouver dans la salle de bains toute en marbre de Carrare du prince de Llandaron ?

Le savon dont elle s'était servi — aussi délicieusement

parfumé et onctueux fût-il — n'était pas parvenu à effacer son malaise. Sans parler de ce drôle de désir pour son hôte qui continuait de brûler à l'intérieur de son être…

Eh bien ! pensa-t-elle non sans dérision, son psy allait se régaler quand elle serait de retour à San Diego ! En général, elle passait ses séances à égrener ses regrets et ses souffrances passées : son enfance solitaire, le décès de ses parents, sa dévotion à son grand-père adoré, ses hésitations à s'engager dans une relation à deux…

Mais là, la situation dans laquelle elle venait d'être précipitée presque malgré elle dépassait toutes les analyses !

Sophia se planta devant l'immense miroir de la salle de bains, serti dans un cadre incrusté d'or. Puis elle laissa tomber son lourd drap de bain à ses pieds… Yeux brillants, lèvres rouges et gonflées, joues roses : elle avait indubitablement le visage d'une femme qui venait de connaître l'excitation et le plaisir. Le regard d'une femme qui avait laissé le souffle de la vie la pénétrer…

Le double sens de cette pensée lui fit instinctivement porter ses mains à son ventre. Puis un doux sourire éclaira son visage. Alex et elle avaient fait l'amour à un moment très risqué de son cycle. Mais un tel miracle était-il possible ? Et, si oui, qu'allait-elle faire ?

Relevant le menton, Sophia défia du regard son propre reflet. Elle ferait ce qu'elle avait toujours fait : elle assumerait les conséquences de ses actes, vaincrait ses peurs et vivrait sans regret.

— Sophia ?

Elle sursauta en entendant la voix virilement rocailleuse. Ramassant sa serviette, elle se dépêcha de s'en recouvrir le corps. Le dîner d'Alex au palais avait été expéditif ! Nul doute qu'il avait abrégé les agapes pour venir s'assurer que sa « prisonnière » n'avait pas filé à l'anglaise…

Un frisson la parcourut lorsqu'elle constata, dans le miroir, que la porte de la salle de bains était entrouverte. Elle resserra le drap de bain autour de son corps. La seconde d'après, Alex se tenait dans l'encadrement de la porte, tout près d'elle. Trop près…

— Je ne t'attendais pas si tôt, lui dit-elle. Peux-tu fermer la porte ? J'en ai pour une seconde.

— Quelle subite pudeur ! observa-t-il, narquois.

— Contrairement à ce que tu peux croire, je suis une personne pudique, se défendit-elle.

— Ce n'est pas exactement ce que tu m'as laissé entendre, cet après-midi.

— Ecoute… Cet après-midi… J'ai été temporairement aveuglé par…

— Le désir ? suggéra-t-il d'un ton provocateur.

— Par une expérience proche de la mort, corrigea-t-elle sévèrement. Et maintenant, veux-tu bien refermer cette porte ou alors…

— Ou alors quoi ? Poursuis, cela m'intéresse.

Poussant un long soupir, Sophia se campa résolument devant lui et déclara :

— Tu es décidément impossible !

— Et toi, tu es…

— Impossible aussi, je sais ! Bon, que puis-je faire pour toi ?

A ces mots, Alex laissa courir un regard lascif sur elle et répondit tranquillement :

— Si j'étais toi, je ne poserais pas une telle question dans une tenue si légère.

Resserrant sa serviette, Sophia rétorqua :

— Es-tu en train de me dire que je ne peux pas te faire confiance ?

— Heureux de constater que tu m'as parfaitement compris !

Devant cette provocation délibérée, une bouffée de chaleur submergea Sophia, mais elle s'efforça de garder la tête froide.

— Que les choses soient bien claires entre nous, Alex ! Ce qui s'est passé tout à l'heure était une erreur. Cela ne se reproduira pas.

— Comme tu voudras, dit-il. Je n'ai pas l'habitude de supplier.

— Et moi, je ne suis pas du style à plier l'échine, fût-ce devant un roi.

A ces mots, le visage d'Alex s'éclaira.

— Tu vois, nous pouvons nous comprendre, tous les deux. Allez, habille-toi et viens dîner.

A cet instant, les yeux de Sophia tombèrent sur la table dressée derrière lui… De la vapeur et un fumet alléchant s'échappaient d'un plat recouvert d'une cloche en argent, disposé devant trois assiettes en porcelaine superposées et trois verres de cristal alignés. Alex lui avait fait servir un dîner de reine !

— J'apprécie ton geste, mais je n'ai pas faim, décréta-t-elle, par instinct.

Ses attentions l'irritaient. Ne devait-elle pas y voir un piège ?

— Tu dois pourtant te nourrir, Sophia ! insista Alex.

— Cesse de me donner des ordres ! J'ai horreur de cela, je te l'ai déjà dit !

— Il ne s'agit pas de toi, décréta-t-il alors sévèrement, mais de l'enfant que tu portes. De mon enfant. Je ne veux pas qu'il meure de faim.

A ces mots, elle se raidit. Elle n'avait pas envisagé la situation sous cet angle-là et les paroles d'Alex la rappelèrent à l'ordre en même temps qu'elles l'agaçaient profondément. Elle savait tout de même mieux que lui ce qui était bon ou non pour son propre corps !

3

Deux tasses à la main — l'une remplie de café noir, l'autre d'un café sucré recouvert d'un nuage de crème —, Alex rejoignit Sophia sur la grande terrasse de sa villa, qui ouvrait sur l'infini de l'océan.

— Comme tu parais sérieuse ! A quoi pensais-tu ? lui demanda-t-il en prenant place à côté d'elle, dans un fauteuil en rotin.

— A mon futur, dit-elle songeuse.

— Et qu'y vois-tu ?

— De gros nuages incertains…

Sans mot dire, Alex déposa les tasses sur la table basse en teck.

Au-dessus d'eux, le dôme de la nuit étincelait de mille étoiles. Une douce brise marine balayait la terrasse. Sur une impulsion, Sophia se leva, descendit la volée de marches qui menait à la plage et s'assit sur la dernière. Puis elle enfonça ses orteils dans le sable encore tiède.

— Je ne suis pas habituée à contempler l'océan de ce côté-ci, dit-elle, mais c'est très beau aussi.

Alex contemplait pour sa part son profil de médaille, tout en écoutant la musique des vagues qui battaient contre les rochers, se retenant de lui dire ce que *lui* trouvait très beau, de ce côté-ci de l'océan… Il se contenta de se lever pour aller la rejoindre.

— Pourquoi navigues-tu depuis quatre mois, Sophia ?

— Faut-il absolument une raison pour voyager ? demanda-t-elle en esquissant un faible sourire. Tu me sembles bien pragmatique, Alex.

— Non, tu te trompes sur mon compte, décréta-t-il en se glissant à son côté.

— Sauvage et fou, est-ce ainsi que vous préféreriez vous définir, Votre Majesté ? railla alors Sophia.

— Je peux aussi l'être, dit-il, les yeux rivés sur le sable, à l'endroit précis où ils avaient fait l'amour, l'après-midi. Parle-moi de ton voyage.

Ce disant, il s'efforçait de dominer le désir qui montait violemment en lui. Sophia répondit alors sur un ton plus tempéré :

— Mes parents sont décédés lorsque j'étais très jeune et, à part une tante insupportable, je ne croyais pas avoir d'autre famille. Or, je n'aimais pas cette femme. Elle était bien trop étouffante et, qui plus est, se croyait invulnérable. Comme mes parents, du reste. Et soudain, miracle : j'ai découvert que j'avais un grand-père !

Ramenant ses genoux sous son menton, Sophia ébaucha un sourire et poursuivit :

— C'est lui qui est venu me « délivrer » de ma tante. Il m'a élevée sur une péniche, m'a appris à relever les défis au lieu de les redouter. Nous passions presque toute l'année sur l'eau. C'était un être formidable, qui me donnait l'impression d'être une personne exceptionnelle. Et me faisait sourire tous les jours.

Jamais Alex n'avait entendu quelqu'un s'exprimer avec autant d'honnêteté et de franchise. Il se sentit un brin désemparé. Que répondre ?

— Y a-t-il longtemps que ton grand-père est décédé ? se contenta-t-il de demander.

— Un an… Notre bateau, le *Daydream*, était presque terminé, et nous devions partir faire cette fameuse croisière autour des îles de l'Atlantique Nord.

Un sourire de compréhension naquit alors sur les lèvres d'Alex.

— Alors tu as décidé d'entreprendre le voyage en solitaire, en souvenir de ton grand-père, n'est-ce pas ? dit-il.

— Oui, répondit-elle d'une voix où perçait l'émotion.

Llandaron est la dernière étape de mon voyage. Le problème, c'est que je n'ai pas eu le temps de faire le tour de l'île.

Il la jaugea un instant. Le tact et la diplomatie, il connaissait, mais le réconfort… Le vent ayant fait voltiger une mèche rousse sur sa joue, il la ramena délicatement derrière l'oreille de Sophia.

— Tu termineras ton voyage, lui assura-t-il.

— Il le faut ! Llandaron représentait un endroit très important pour mon grand-père. Notamment la ville de Britin. C'est là qu'il est né et a vécu jusqu'à l'âge de treize ans.

A ces mots, Alex lui jeta un regard à la fois étonné et incrédule.

— Aurais-tu de la famille sur l'île ? demanda-t-il.

— Je ne crois pas, non. Du moins, plus aujourd'hui, sinon mon grand-père m'en aurait parlé.

— Dunhill…, dit alors Alex d'un air pensif. Ce nom ne m'évoque rien.

— Forcément, Dunhill, c'est le nom de mon père, précisa-t-elle. Or, il s'agit de mon grand-père maternel. Il a quitté l'île de Llandaron avec sa tante, après le décès de sa mère.

— Comment s'appelait ton grand-père ? s'enquit alors Alex.

— Turk. Robert Turk.

Robbie Turk !

Cela faisait des années qu'Alex n'avait plus entendu prononcer ce nom. Pour l'un de ses proches, il s'apparentait à un blasphème…

Sophia, sa sirène, était donc la petite-fille de ce fameux Robbie Turk ? Incroyable ! Pourtant, si celle-ci était de retour sur la terre natale de son aïeul, son ennemi de toujours devait en être informé.

Mû par un sentiment de protection instinctive, Alex enlaça la taille de la jeune femme et décréta :

— Remontons sur la terrasse boire notre café. Il se fait tard.

Sophia écarquilla les yeux en découvrant le pique-nique ! Chez elle, aux Etats-Unis, un pique-nique consistait habituellement en un poulet rôti et froid, une salade de pommes de terre et un gâteau aux fruits qui attirait en général une armée de fourmis !

Or, la table déployée sur le promontoire le plus pittoresque de Llandaron promettait de véritables agapes et était digne d'une scène d'un film de James Ivory ! Non que les dames de la famille royale fussent parées de dentelles blanches et dotées d'ombrelles et que ces messieurs fussent vêtus de costumes en lin. En réalité, ils portaient tous des tenues décontractées dans les tons de kaki et bleu, sans oublier quelques touches de lavande, en harmonie avec la bruyère qui croissait de façon sauvage alentour.

Non, ce qui impressionnait particulièrement Sophia, c'étaient, outre cette imposante table dressée sur les hauteurs, le personnel élégamment vêtu et la magnifique mise en scène de ce repas champêtre.

Du promontoire, on bénéficiait d'une vue imprenable sur l'infini de l'océan. L'endroit, densément arboré, créait un ombrage tout à fait appréciable, tant pour les convives que pour les différents mets parmi lesquels on comptait des huîtres, des rôtis, des flans de légumes, du fromage, des pains frais ainsi que du vin, rouge et blanc. Le tout à profusion, naturellement.

— Pas de panique ! lui dit Alex en lui prenant la main. Personne ne mord, pas même les chiens.

— Je n'ai pas peur, Alex, répondit-elle avec un aplomb qu'elle était loin de ressentir.

— Rien ne te fait-il donc jamais trembler ?

— Non, rien de rien ! assura-t-elle d'un air bravache.

Pour être honnête, c'était elle qui avait fortement envie d'impressionner tous ces gens. Un sentiment tout à fait nouveau pour Sophia ! En général, elle se moquait éperdument de ce que les autres, riches ou pauvres, pouvaient bien penser d'elle — une philosophie que lui avait enseignée son grand-père.

En l'occurrence, les gens qu'Alex s'apprêtait à lui présenter étaient sa famille à lui et elle désirait ardemment qu'ils l'apprécient. Si elle portait réellement l'enfant du prince héritier, toutes ces personnes feraient partie de sa famille !

Or, rien ne lui tenait plus à cœur que de voir son enfant évoluer dans un environnement familial aimant et rassurant.

— Commençons par mon père, décréta Alex.

— D'emblée le roi ?

— Tiens, tiens, je croyais que tu n'avais pas peur, observa-t-il d'un ton amusé.

— Là n'est pas la question, mais je pensais que tu allais procéder petit à petit. Qu'en guise de hors-d'œuvre, tu allais me proposer… Que sais-je ? Un duc ou une comtesse, par exemple.

A ces mots, il éclata de rire et pressa la main de Sophia dans la sienne.

— Viens ! lui dit-il.

Fièrement calé contre le dossier d'une bergère blanche, le roi de Llandaron observait d'un œil intéressé le couple que formaient son fils et son Américaine qui s'avançaient vers lui. Le souverain affectait une pose hiératique, qui laissait à penser qu'il avait vaincu de nombreuses batailles. En tout état de cause, il avait une formidable prestance, au point que Sophia, la farouche indépendante, sentit ses jambes devenir de coton.

— Votre Majesté, commença Alex, voici Sophia Dunhill. Sophia, mon père, le roi Oliver Thorne.

Celle-ci inclina respectueusement la tête — ainsi qu'elle l'avait vu faire au cinéma —, priant intérieurement pour que ce salut ne fût pas contraire au protocole.

— Enchantée de vous rencontrer, Votre Majesté, lui dit-elle timidement.

Le roi la dévisagea des pieds à la tête : des nouvelles baskets qu'elle avait achetées ce matin même à sa tunique blanche et son jean, en passant par ses cheveux défaits et son visage à peine maquillé. Adressant alors un large sourire à son fils, le souverain décréta :

— Cette jeune femme a de fortes similitudes avec ta sirène, si je ne me trompe, Alexander ?

— Une sirène ? balbutia Sophia en se tournant vers Alex.

A cet instant, le roi se mit à rire de bon cœur tandis que son fils marmonnait :

— Ne prends pas garde aux propos de ce vieux fou. Viens, Sophia.

Et, foudroyant son père du regard, Alex entraîna vivement cette dernière loin du roi. Elle eut juste le temps d'incliner de nouveau la tête et de dire :

— Ravie d'avoir fait votre connaissance.

— Tout le plaisir était pour moi, ma chère, rétorqua le roi. Je…

Le reste de ses propos se perdit dans le vent.

— Pourrai-je avoir quelques explications concernant l'allusion énigmatique de ton père ? lui demanda alors Sophia comme ils arrivaient devant le buffet.

— Après le déjeuner ! promit Alex.

— Je ne manquerai pas de te rappeler ta promesse, le prévint Sophia.

— Je n'en doute pas une seconde !

— Présente-moi au reste de ta famille avant que nous ne commencions à manger, lui demanda-t-elle alors.

Comment lui dire que, après la boutade de son père, il redoutait plus encore les éventuelles plaisanteries des autres membres de la famille ? Bien obligé pourtant de faire les présentations !

Bah, advienne que pourra ! pensa-t-il alors en la conduisant vers le groupe que formaient son frère et sa sœur, avec leurs époux respectifs. Ils paraissaient de fort belle humeur car leurs rires cristallins résonnaient dans l'air pur et s'élevaient vers le ciel bleu, comme des feux d'artifice.

Il présenta Sophia à chacun d'eux, non sans les avertir discrètement de ne faire *aucune* allusion à des sirènes ou des apparitions appartenant au passé. Pour discret qu'il fût, Sophia s'aperçut pourtant de son petit manège et se promit de lui réclamer ultérieurement des explications.

Pour l'heure, impossible d'exiger quoi que ce soit, car Alex venait de s'engager dans un débat passionné sur le sport avec son séduisant frère, Maxim, et son farouche beau-frère. Visiblement, l'équipe nationale de football suscitait des avis contraires. Bref, les circonstances firent qu'elle se retrouva avec la sœur d'Alex, la ravissante Cathy, qui possédait les mêmes yeux violets que son aîné et sa non moins superbe belle-sœur, Fran, les deux femmes étant par ailleurs enceintes.

Curieux ! devait se dire Sophia en y réfléchissant plus tard, mais le courant passa immédiatement entre elle et les deux femmes. D'emblée, une franche complicité se créa entre elles.

Comme elle, Fran était originaire de Californie. Elle paraissait avoir les pieds sur terre et était tout à fait cordiale. Quant à Cathy, elle ne correspondait pas du tout à l'image de la princesse un peu hautaine qu'elle s'était faite. Non, la sœur d'Alex débordait de gentillesse et de chaleur, et une force bien particulière émanait de tout son être. Nul doute qu'elle avait par ailleurs de la volonté.

De fait, Fran et Cathy étaient les deux amies que Sophia avait toujours rêvé d'avoir. Des confidentes à qui l'on pouvait tout avouer. Résisterait-elle à la tentation de leur confier ce qui s'était passé entre Alex et elle ? se demanda-t-elle brusquement. Elle qui était d'un naturel réservé et prudent ne se reconnaissait plus. Elle se fit alors la promesse solennelle de laisser l'événement qui s'était produit hier soir là où il *devait* rester : c'est-à-dire dans le brouillard !

Désireuse de s'arracher à ses pensées, Sophia demanda à Fran :

— Tu es venue en premier lieu à Llandaron à titre de vétérinaire, pour t'occuper des lévriers royaux, n'est-ce pas ?

Avant le « pique-nique », Alex lui avait dressé brièvement le parcours de chacun.

Désignant le majestueux lévrier assoupi aux pieds du roi, et dont le museau reposait délicatement sur l'auguste chaussure de son maître, la jolie blonde répondit :

— C'est exact, et je suis finalement restée... Dernièrement, Glinda a eu une portée d'adorables chiots. Dont Lucky.

Ce disant, elle se mit à flatter gentiment le chiot qu'elle tenait dans ses bras.

— Vas-tu l'adopter ? demanda Sophia.

— Oui, de la sorte, le tableau sera complet : un prince, un enfant et un chiot.

— Plus une belle-sœur et un beau-frère particulièrement casse-pieds, précisa Cathy en riant.

— Chut ! lui intima Fran. Mon enfant pourrait t'entendre.

— C'est vrai, ça. Le mien aussi d'ailleurs !

Elles éclatèrent de rire tandis que, machinalement, Sophia toucha son ventre. Son geste n'échappa pas à la perspicacité de Fran qui demanda alors en haussant les sourcils :

— Te sens-tu mal, Sophia ?

— Non, non, tout va bien, dit cette dernière en laissant retomber sa main le long de son corps— non sans rougir, d'ailleurs. J'ai juste un peu faim. Je vais aller au buffet. Puis-je vous rapporter quelque chose à grignoter ?

— Volontiers, dit Cathy. Du pain au sésame et une tranche de rôti, s'il te plaît.

— Et un verre de jus d'orange pour moi, si ce n'est pas abuser, ajouta Fran.

Sophia se dirigea alors vers le buffet, tout en s'adressant intérieurement mille reproches. Pourquoi cherchait-elle à s'attirer la sympathie de ces gens, de cette île, d'Alex ? Pire : pourquoi s'attachait-elle déjà à un enfant qu'elle n'était même pas certaine de porter ?

Après ce déjeuner champêtre, elle rendrait visite au *Daydream* pour évaluer les travaux et reprendre contact avec la réalité. C'était impératif car qui savait où…

— Sophia !

Elle se retourna vivement. La voix d'Alex la mettait toujours en émoi. Et de plus en plus, d'ailleurs, ce qui n'était pas bon signe…

Il était en compagnie d'un couple âgé, autour duquel tournait un lévrier à la robe toute blanche. Le cœur de Sophia se mit à battre une étrange chamade quand ses yeux se posèrent sur le digne vieillard qui se tenait à côté d'Alex.

— Voici deux invités qui viennent juste d'arriver et que je voudrais te présenter, déclara Alex.

La femme, encore fort svelte et charmante, darda sur Sophia les fameux yeux violets de la famille et, lui tendant la main, elle déclara :

— Je m'appelle Fara. Enchantée.

— Ma tante, ajouta Alex.

Sophia fut instantanément séduite.

— Enchantée de faire votre connaissance, Votre Altesse.

— Tout le plaisir est pour moi, Sophia, répondit Fara d'une voix incroyablement douce et voilée.

Encore sous son charme, Sophia tourna les yeux vers le vieil homme au regard ombrageux qui se tenait à son côté… Pourquoi son visage lui semblait-il donc si familier ? se demanda Sophia. D'où lui venait cette impression de le connaître ?

— Qui êtes-vous exactement, mademoiselle ? demanda-t-il alors d'une voix fort rauque.

— Sophia Dunhill, répondit-elle, sans pouvoir s'empêcher d'ajouter : A qui ai-je l'honneur… ?

— Je m'appelle Ranen Turk.

Sophia en resta bouche bée. Quant à son cœur, il marqua un temps d'arrêt dans sa poitrine…

— Tout va bien, ma chère ? s'enquit la perspicace Fara en posant une main réconfortante sur son épaule, et non sans décocher un regard noir à Ranen.

— Sophia ? dit presque simultanément Alex d'un ton inquiet.

Elle ne prêta pas garde à leurs attentions. Son esprit était prêt à chavirer… Etait-ce possible que… ? D'une voix haletante, elle demanda :

— Connaissiez-vous un certain Robert Turk, originaire de Britin ?

A ces mots, le visage de Ranen se figea et il déclara d'une voix métallique :

— Ne prononcez jamais ce nom devant moi, mademoiselle.

— Le connaissiez-vous ? insista-t-elle, au désespoir.

Les traits tendus, Ranen daigna répondre :

— C'était mon frère cadet. Il a commis un acte criminel, celui d'abandonner sa famille. Depuis lors, il n'existe plus pour moi.

— Ranen, je vous en prie, voulut temporiser Alex en enlaçant Sophia par la taille.

— Je ne comprends pas, murmura cette dernière, reconnaissante à Alex pour le soutien spontané qu'il lui offrait.

— Comment se fait-il que vous connaissiez Robert ? demanda alors Fara, prise entre deux feux : la fureur de Ranen et le bouleversement de Sophia.

Les yeux rivés sur Ranen, à la fois fascinée et effrayée, Sophia répondit :

— C'est… C'était mon grand-père.

A ces mots, Ranen ouvrit de grands yeux étonnés, mais ne pipa mot. Pendant une bonne poignée de secondes, les seuls sons audibles furent le remous de l'océan contre les rochers et les éclats de voix distants des autres convives…

Sophia essaya désespérément de rassembler ses esprits, chercha la bonne question à poser… Hélas, elle ne fut pas assez vive : Ranen tournait déjà les talons et s'éloignait…

La télécopieuse se mit subitement en marche.

Alex retira la télécopie qui en sortait, la posa sur son bureau où régnait le plus grand désordre, puis s'adossa à son fauteuil en cuir, non sans pousser un soupir las. Décidément, il n'avait pas l'esprit à travailler.

Cela faisait quatre heures que Sophia et lui étaient revenus du pique-nique. Sur le chemin du retour, l'atmosphère avait été des plus tendues entre eux, ils n'avaient pratiquement pas échangé une parole. Sophia était toute pâle, particulièrement bouleversée. En arrivant à la villa, elle était allée directement dans sa chambre.

Il aurait voulu la réconforter, lui expliquer pourquoi il avait choisi de la surprendre en lui présentant Ranen, sans l'avertir au préalable de leur lien de parenté. Malheureusement, il n'était pas accoutumé à ce genre de démarche. On ne lui avait jamais appris à s'excuser — et surtout pas en ce qui concernait ses erreurs personnelles !

Bon sang ! Il ne pouvait pourtant pas rester là, assis à son bureau sans rien faire !

Délaissant son travail, Alex se leva et descendit précipitamment au rez-de-chaussée. Un grand calme régnait dans la villa. Seul était perceptible le frémissement étouffé des vagues, à l'extérieur.

Une demi-heure plus tôt, Sophia l'avait informé qu'elle allait prendre un bain de mer. Elle lui avait promis de ne pas trop s'éloigner du rivage.

Promesse qui n'avait guère rassuré Alex ! Néanmoins, il ne s'était pas opposé à l'initiative de Sophia, sachant que seule la mer serait susceptible de lui apporter du réconfort.

Alex sortit sur la terrasse et s'emplit longuement les poumons d'air salé. Le crépuscule avait transformé le ciel en un superbe camaïeu de violets. Pourtant, il ne s'attarda pas sur le magnifique spectacle.

Il voulait la retrouver, il *devait* la retrouver.

Ainsi qu'elle le lui avait promis, Sophia nageait près du rivage, parallèlement à la plage, ondulant avec une grâce naturelle au rythme des vagues. Il la vit disparaître sous les flots puis réapparaître quelques secondes plus tard, la masse de sa chevelure cuivrée plaquée sur la cambrure de ses reins, l'eau ruisselant sur son buste ferme et ses épaules graciles…

Oui, admit alors Alex, elle était bel et bien la réincarnation du rêve de son enfance…

Instinctivement, il se dirigea vers elle. Sous le ciel aussi beau qu'un tableau de Van Gogh, il se mit soudain à courir vers les flots, se convainquant qu'un bon plongeon lui rafraîchirait les idées.

Il se déshabilla rapidement, puis se jeta dans l'eau fraîche, bien résolu également à calmer ses ardeurs.

Ses illusions tombèrent lorsqu'il se trouva à quelques centimètres de Sophia… Comme il s'était leurré ! A la vérité, il s'était jeté à l'eau pour la rejoindre, être près d'elle. De fait, à l'instar de la créature rousse de son enfance, Sophia lui procurait le sentiment d'être vivant et libre.

— C'est courageux de votre part, Votre Altesse, railla-t-elle en essuyant les gouttes d'eau qui ruisselaient sur son visage.

— Courageux ? En quoi ?

— De revenir sur les lieux du crime… Sur les lieux où tu as manqué te noyer, se reprit-elle vivement.

— Avec toi, je ne crains rien. Tu m'as déjà sauvé une fois, je ne doute pas que tu recommencerais.

— Méfie-toi, il ne faut jamais jurer de rien. Etant donné la confusion qui a suivi ce sauvetage…

A cet instant, une vague plus haute que les autres les éloigna un peu plus du rivage.

— Me laisserais-tu me noyer sous prétexte de te protéger contre…

— La souffrance ?

— Le plaisir ! répondit-il à brûle-pourpoint.

— Non, Alex, dit-elle en secouant la tête, tu ne m'entraîneras pas de nouveau sur ce terrain-là.

— Vraiment ? dit-il d'un ton délibérément provocateur.

— On dirait que tu me lances un défi, comme si tu étais certain que je ne pourrais pas le relever et que, d'un instant à l'autre, j'allais me laisser aller et me jeter dans tes bras.

— Peut-être ne s'agit-il pas d'un défi mais d'un vœu.

A ces mots, la belle Sophia passa inconsciemment le bout de sa langue sur ses lèvres… Seigneur, se rendait-elle compte à quel point elle était désirable ? s'interrogea Alex en sentant le désir cingler ses reins.

— Dis-moi, poursuivit-il comme hypnotisé, que ferais-tu après t'être jetée dans mes bras ?

— Je ne sais pas, répondit-elle dans un suave chuchotement. Je t'embrasserais, je présume.

— Avec douceur ou ardeur ?

— Qui sait ? Les deux peut-être, répondit-elle tandis que le vert de ses yeux s'assombrissait.

— Et ensuite ?

— Je l'ignore.

— Faux ! dit-il en s'approchant d'elle sans la toucher. N'enroulerais-tu pas tes jambes autour de mes reins ?

— Probablement…

Dieu ! Qu'il lui était difficile de se maîtriser ! Le désir qui avait pris possession de son être le torturait. Il avait envie de l'étreindre et de lui faire passionnément l'amour.

Du calme, Thorne ! s'enjoignit-il, affolé. C'était elle qui devait faire le premier pas, pas lui !

— Quel beau programme, Sophia ! Seulement…

— Seulement quoi ?

— Ce serait une démarche rudement audacieuse.

— Et tu ne m'en crois pas capable ?

— Non, dit-il, tandis qu'un mouvement de l'eau le rapprochait un peu plus d'elle.

Le vent fouetta les cheveux mouillés de Sophia.

— Pardon ? reprit-elle.

— Je disais simplement que prendre ce dont tu meurs d'envie sans la protection du brouillard et sans la moindre excuse…

— Eh bien quoi ? Tu penses que j'en suis incapable, n'est-ce pas ?

Alex n'eut pas le temps de répondre. De longues jambes lui ceinturèrent les reins et il se retrouva projeté contre la poitrine de la sirène. L'instant d'après, sa bouche humide et gonflée bâillonnait la sienne…

Immédiatement, les mains d'Alex remontèrent le long des cuisses satinées de Sophia et vinrent tâter les courbes voluptueuses de ses hanches… Le voile bleu foncé de la nuit recouvrait l'océan dont la surface tremblait doucement et Alex eut alors la grisante impression qu'ils étaient seuls au monde.

Au moment où il mêla sa langue à la sienne, Sophia laissa échapper un petit gémissement… Bon sang ! Cette bouche avait le goût du bonheur. Enivré, Alex serra plus étroitement sa fière Lorelei contre lui, d'un geste possessif qui l'étonna lui-même. Sophia était à lui, elle lui appartenait ! décida-t-il alors.

Ils s'embrassèrent longuement, éperdument, désespérément, comme deux amants qui se retrouvent et cherchent à reconnaître l'odeur et le goût de l'autre… Finalement, ce fut Sophia qui rompit le sortilège.

— Ai-je fait mes preuves, Votre Altesse ? lui demanda-t-elle alors, les yeux brillants.

A contrecœur, le corps pétri de désir, Alex la relâcha.

— Oui, Sophia, lui dit-il, tu es très courageuse.

Elle hocha la tête, cherchant à reprendre sa respiration.

— Je rentre, décréta-t-elle subitement. Et toi ?

— Pars devant. Je ne vais pas tarder non plus.

Une fois sortie de l'eau, Sophia se retourna une dernière fois et lui lança :

— Attention aux algues !

Il eut le temps d'apercevoir l'éclair moqueur qui brilla à cet instant dans les prunelles de la jeune femme avant qu'elle ne tourne vivement les talons. Alors il ne put s'empêcher de sourire…

Alex la regarda s'éloigner sur la plage de sable blanc puis entrer dans sa villa. Une fois qu'il la sut en sécurité à l'intérieur, il se retourna pour faire face à l'océan et plongea dans une vague. Son esprit vibrait du souvenir de leurs jeux aquatiques et érotiques, et son corps se consumait d'un désir inassouvi.

Allons, la frustration n'était pas un sentiment nouveau pour lui, il s'en remettrait ! N'avait-il pas eu tout le loisir de l'éprouver durant son mariage raté ? pensa-t-il non sans dérision. En vérité, une autre sensation bien plus dangereuse que la frustration l'étreignait…

Pour la première fois depuis six ans, il se sentait de nouveau en vie. Prêt à désirer et à donner. Et nul doute que Sophia Dunhill était responsable de sa métamorphose.

4

« Sara Squirrel serra le bouquet de violettes contre son cœur et sourit tendrement. »

Adossée aux rochers sur la plage, Sophia releva la tête et s'abandonna un instant à la caresse du vent, songeuse… Puis elle pencha de nouveau la tête sur son petit carnet, biffa la phrase qu'elle venait d'écrire et recommença.

« Ce jour-là, dès le réveil, Sara Squirrel comprit qu'elle allait retrouver sa famille. »

Un sourire de satisfaction éclaira soudain le visage de Sophia. C'était déjà mieux ! pensa-t-elle en mordillant son stylo. O.K., rien d'extraordinaire, cependant bien mieux que lors de son dernier essai.

Etait-ce possible ? se demanda-t-elle alors, le cœur plein d'espoir. La beauté sauvage de Llandaron, la luxuriance de sa végétation avaient-elles réussi à faire disparaître son blocage par rapport à l'écriture ? A moins que ce ne fût le charme et les baisers d'un grand prince ténébreux et séduisant !

A cette pensée, elle se sentit rougir malgré elle. Assez de fantasmer comme une adolescente ! En soupirant, Sophia referma son carnet et se cala contre le rocher, face à la mer… Cela faisait une semaine qu'elle avait plongé de son bateau et échoué sur cette plage.

Une semaine qu'elle avait fait l'amour avec Alex…

Et, durant cette semaine entière, elle n'avait cessé de penser à lui, à ses yeux pénétrants et à ses lèvres impérieuses sur les siennes. Et bien sûr, elle était obsédée par l'idée si troublante qu'ils aient pu concevoir un enfant ensemble…

Ah, tout aurait été bien plus facile si l'attraction qu'elle ressentait pour Alex avait été d'ordre purement physique ! Hélas, ce n'était pas le cas… Cette façon qu'il avait de la mettre au défi entraînait chez elle des réflexions qu'elle n'avait jamais envisagées auparavant. Tout conspirait contre elle, et elle mourait d'envie qu'Alex devienne à la fois son partenaire et son amant. C'était un sentiment irrépressible, incontrôlable, qui la consumait intensément.

Et dire que, jusque-là, elle n'avait aspiré qu'à une chose : la liberté. Elle qui était persuadée de n'avoir jamais besoin de personne, elle qui chérissait tellement son indépendance, s'était-elle trompée sur ses désirs les plus intimes ?

Sophia contempla l'océan, les vagues qui se soulevaient sans relâche pour former une crête blanche avant de s'enrouler sur elles-mêmes et de venir lécher la grève en crissant… Malgré elle, elle frissonna.

— Besoin de solitude ?

A ces mots, elle sursauta violemment et se retourna tout aussi vivement… Ranen ! Sa silhouette la dominait tandis qu'à ses pieds un altier lévrier haletait.

— Seigneur ! dit Sophia, le souffle court. Vous m'avez fait rudement peur.

— Désolé, répondit-il alors. Je regrette sincèrement de vous avoir effrayée.

Et, avec une agilité digne d'un jeune homme, Ranen descendit les quelques rochers qui les séparaient pour arriver à la hauteur de Sophia, son chien sur les talons.

— En réalité, poursuivit-il, je regrette un certain nombre de choses. Mais je compte sur vous pour ne pas me demander de toutes les énumérer.

Cet aveu, aussi vague fût-il, mit du baume sur le cœur de Sophia.

— Bien sûr que non ! répondit-elle.

Elle ne voulait pas heurter sa fierté, tout comme elle aurait été incapable, jadis, d'offenser celle de son grand-père.

— Le radoub de votre bateau progresse-t-il de façon satisfaisante ? demanda-t-il alors.

— Il sera prêt dans deux semaines.

A ces mots, Ranen hocha rapidement la tête. Un geste si familier à Sophia que son cœur se serra : comme il ressemblait à son grand-père ! C'était à la fois douloureux et réconfortant. Une pensée s'imposa alors à son esprit : cet homme était la seule famille qui lui restait, mais il était trop entêté pour reconnaître l'importance de ce fait.

Comme devinant ses réflexions, le lévrier vint gentiment se glisser contre Sophia. La chaleur du petit animal se communiqua immédiatement à son être et apaisa à la fois ses sens et son cœur.

— Elle s'appelle Aggie, précisa Ranen.

— Elle est adorable !

— Elle me suit partout, un véritable fil à la patte ! dit-il alors.

Se mettant à caresser machinalement la fourrure d'Aggie, Sophia déclara sans même réfléchir :

— Mon grand-père disait exactement la même chose de notre chat. Que c'était un véritable fil à la patte… En revanche, si Rayure ne dormait pas sur son lit chaque nuit, lui-même avait du mal à trouver le sommeil.

Naturellement, elle ne fut guère surprise que Ranen ne saisisse pas la perche qu'elle lui tendait, mais cherche au contraire à changer de conversation. Elle l'entendit en effet demander :

— Sur quoi travaillez-vous ?

— Un nouveau livre, lui dit-elle. Je suis écrivain, j'écris des histoires pour les enfants. Et j'essaie de surmonter mon angoisse de la page blanche qui, en ce moment, m'empêche de créer !

— A vous entendre, elle a l'air sacrément sérieuse, cette angoisse !

— Disons que j'espère qu'elle ne va pas persister encore longtemps. A vrai dire, j'ai ce problème depuis…

Elle s'interrompit, embarrassée.

— Depuis quand ? l'encouragea Ranen.

— Depuis le décès de mon grand-père.

— Il a donc rendu l'âme ? dit Ranen d'une voix rauque, où sourdait la colère.

— L'année dernière, confirma Sophia, la gorge serrée.

A cet instant, Ranen s'assit à côté d'elle et demeura silencieux un bon moment, tout en fixant l'océan. Quant à Sophia, elle brûlait d'envie de l'interroger sur la vie de son grand-père à Britin et sur la raison de leur dispute. Pourquoi, durant toutes ces années, la rancune avait-elle persisté ?

Soudain, Ranen déclara :

— Ma grand-mère était elle aussi écrivain.

— Vraiment ? dit-elle, surprise.

— Poète…

— Oh ! Comme j'aimerais lire quelques-uns de ses poèmes !

— Hélas, elle n'a jamais été publiée ! Mais si je retrouve l'un de ses cahiers, je pourrais vous le prêter. Ils doivent être quelque part dans mon grenier.

— J'en serais si heureuse, s'exclama Sophia avec sincérité.

— Pourquoi ne viendriez-vous pas à la maison ? Ce soir, par exemple, car cet après-midi, il y a le fameux pique-nique de Llandaron. C'est un rassemblement annuel. Toute l'île sera là. Venez, vous aussi.

De prime abord, l'idée ne la séduisait pas. Elle se sentait subitement intimidée et peu sûre d'elle. Elle ne savait pas très bien quel était son rôle, ici. D'ailleurs, avait-elle seulement une place ? En tout état de cause, elle n'était pas prête à répondre à d'éventuelles questions au sujet d'Alex et d'elle-même.

— Ce serait avec plaisir, répondit-elle alors, mais j'ai du pain sur la planche et…

— Ce n'était pas une invitation, Sophia, mais un ordre, trancha Ranen avant de préciser : Un ordre du roi.

Là-dessus, il se leva, secoua le sable collé à son pantalon et ajouta :

— Le prince héritier Alexander va tenir un discours, et il aura besoin de notre soutien à tous.

— Notre soutien ? Pourquoi ?

— Ne vous a-t-il donc pas mis au courant ? demanda Ranen en fronçant les sourcils.

Sophia secoua la tête en signe de négation.

— Il y a quatre mois, le prince héritier et sa femme ont divorcé. Aujourd'hui, il doit apprendre la nouvelle à ses sujets, en espérant qu'ils l'accepteront sans princesse et sans héritier.

Sophia sentit son estomac se contracter, à l'endroit exact où l'éventuel enfant pouvait se trouver. L'éventuel héritier.

— Pourquoi n'accepteraient-ils pas ce changement de situation ? s'enquit-elle d'un ton faussement détaché.

— Parce que depuis le début des temps, sur cette île, aucun homme n'est devenu roi sans être marié. Et aucun ne l'est resté sans avoir d'héritier.

La peur supplanta la nervosité dans l'esprit de Sophia. Pas étonnant qu'Alex ait réagi si promptement à l'idée qu'elle portât peut-être un enfant de lui !

— Et Alex veut devenir roi, n'est-ce pas ? murmura Sophia.

— C'est son vœu le plus cher, confirma Ranen.

Donc, si elle était enceinte… Durant quelques secondes, Sophia ferma les yeux, tâchant de ralentir les battements de son cœur. Impossible ! Ses pensées l'emportaient vers des abysses vertigineux. Dans un ultime effort, elle parvint à retrouver le fil de ses réflexions. Si elle était enceinte, conclut-elle alors, son enfant appartiendrait à Llandaron.

Et par conséquent, elle aussi !

L'appréhension était exclue ! Alex ne cessait de se répéter cette phrase pour s'en convaincre et conjurer précisément l'appréhension qu'il ressentait. Jamais encore, en trente-cinq ans d'existence, il n'avait craint de faire face à ses sujets. Mais, aujourd'hui, l'enjeu était de taille, car le futur qu'il avait toujours tenu pour acquis pouvait tout simplement et bien cruellement lui échapper. En d'autres termes, son peuple pouvait parfaitement le rejeter en faveur de son frère.

De son côté, Alex ne pourrait leur en tenir rigueur. Les habitants de l'île seraient tout à fait dans leur bon droit s'ils optaient pour ce choix-là, dans la mesure où les rois qui s'étaient succédé sur le trône de Llandaron avaient toujours défendu le même principe, à savoir que l'ordre et la paix avaient pour garant la tradition et la loi.

Par conséquent, Alexander Thorne s'y soumettrait lui aussi, et respecterait les souhaits de son peuple.

Ce fut d'un pas bien lourd qu'il se dirigea vers le podium où il devait tenir son discours, conscient qu'il marchait vers son destin. Et, sous un ciel bleu vif dépourvu du moindre nuage, il fit face à son peuple. Des milliers de visages étaient tournés vers lui, confiants. Nul doute que chacun attendait la bénédiction du prince héritier et non un bulletin malheureux concernant son statut marital pour pouvoir profiter ensuite sereinement du pique-nique et de cette belle journée !

L'espace d'un éclair, Alex crut que sa voix allait lui faire défaut. Sa volonté aussi… Mais soudain, il aperçut un nuage de cheveux roux parmi la foule, ainsi qu'un large sourire sur le visage d'ange de la belle Sophia. Instinctivement, sa tension intérieure descendit d'un cran tandis qu'une question indignée lui traversait l'esprit : que faisait-elle là ?

Il avait laissé des consignes strictes pour qu'on la maintienne à l'écart de l'événement. Il ne tenait absolument pas à ce qu'elle assiste au spectacle de son éventuelle humiliation. Il ne voulait pas qu'elle voie la façon dont son peuple risquait de le rejeter.

Ah, pourquoi Sophia titillait-elle à ce point son orgueil ? pensa-t-il alors. Pourquoi son opinion lui importait-elle plus que tout ? Allons, l'heure n'était pas à rêvasser, s'enjoignit-il vivement. Et d'ailleurs, que faire d'autre, à part assumer la politique du fait accompli ? Adressant alors un signe de tête à la foule réunie devant lui, il se lança…

Sophia s'adossa contre la banquette arrière de la limousine. Elle n'était jamais montée dans une voiture aussi luxueuse et, à dire vrai, ce luxe ne lui déplaisait nullement. Derrière les vitres fumées, la capitale de Llandaron défilait tranquillement tandis que le chauffeur les emportait, Alex et elle, vers la villa du bord de mer.

A son côté, le prince héritier observait un silence souverain. Nul doute qu'il repensait à son discours de l'après-midi.

— J'ai toujours été prêt à sacrifier ma vie pour mon pays, avait-il dit, tout à l'heure, sur l'estrade. Aujourd'hui, je vous donne mon cœur, mon âme et mon futur.

A ces mots, un frisson avait parcouru Sophia. Un homme capable d'une déclaration si passionnée et dotée d'une nature si généreuse ne pouvait que séduire le cœur d'une femme. Surtout le sien.

Sophia risqua un œil dans sa direction. Mâchoires carrées, nez aquilin et prunelles d'un violet soutenu, incontestablement, le prince héritier de Llandaron était remarquable, tant physiquement que moralement. Elle s'efforça de respirer plus calmement. Jamais encore un homme ne lui avait inspiré une telle passion… Elle se retenait de se glisser sur ses genoux et de l'embrasser à en perdre la raison. Elle imaginait déjà la bouffée de chaleur qui la submergerait, lorsque, lui rendant ses ardeurs, Alex glisserait ses doigts dans sa chevelure cuivrée…

Décidément, elle était dans de beaux draps ! conclut-elle. Car non seulement Alex Thorne avait conquis le cœur de sa patrie, aujourd'hui, mais dans la foulée il s'était attaché celui de Sophia. Elle qui n'avait jamais cru aux histoires d'amour et qui avait toujours pensé qu'un cœur pouvait se prendre et se rendre. Quelle erreur ! Celui d'Alex, elle voulait le prendre, mais aussi le garder.

— Tout va bien ?

Lentement, elle tourna le visage vers lui. C'étaient les premières paroles qu'il prononçait depuis qu'ils étaient montés dans la voiture.

— Oui… Et toi-même ? Après cette éprouvante journée, je présume que tu dois être exténué.

A ces mots, un petit sourire énigmatique éclaira le visage d'Alex et il lui assura avec confiance :

— Tout s'est parfaitement bien passé.

— Effectivement, c'est l'impression que j'ai eue.

— Je suis heureux que tu sois venue, Sophia.

— Moi aussi. Tu as été formidable.

— Je me suis mis à nu, déclara-t-il alors en s'adossant contre la banquette.

— Ta nudité était si élégante…

Ses propres paroles effrayèrent Sophia. Pour quelqu'un qui voulait dompter ses ardeurs, c'était réussi ! Et le sourire ravageur que lui adressa Alex à cet instant ne fit qu'intensifier ses émotions !

— Merci, Sophia.

— Pas d'impudence, Alex. Tu sais parfaitement ce que je veux dire.

— Hélas, oui ! soupira-t-il en prenant un air mi-contrit, mi-libertin.

Un air qui la fit rire malgré elle.

— Je doute que nous nous en sortions, toi et moi, si tu continues sur ce registre-là, dit-elle en soupirant.

— Quel registre nous proposes-tu ? demanda Alex avec une provocation achevée.

— Assez ! lui dit-elle en relevant le menton. Puisque, aujourd'hui, tu as joué la carte de la sincérité avec ton peuple, pourquoi ne pas continuer avec moi sur cette voie-là, et m'expliquer enfin cette fameuse histoire de sirène à laquelle ton père a fait allusion, le jour du pique-nique ?

— Je ne préfère pas, dit Alex en se rembrunissant.

— Ah non, ce n'est pas du jeu !

— Très bien, dit-il alors non sans pousser un soupir impatient. Puisque tu veux tout savoir… Lorsque j'étais un petit garçon, j'ai fait un rêve… Enfin, j'ai fait plusieurs fois le même rêve sur l'océan et une certaine…

— Une certaine quoi ? demanda-elle, agacée par le suspens qu'il ménageait.

— Sirène qui sortait de l'eau, dit-il rapidement.

A cet instant, Sophia esquissa un sourire malicieux.

— Et selon le roi, commença-t-elle, je ressemble à cette sirène ?

— Oui, admit-il à contrecœur.

— Est-ce ma chevelure ?

— Entre autres choses, répondit Alex, évasif.

Une réponse qui bien évidemment ne satisfit pas Sophia.

— C'est-à-dire ? insista-t-elle en battant des cils.

— Tu es décidément impossible ! décréta-t-il.

Et, sans lui laisser le temps de protester, il l'attira à lui. L'impact de son regard violet troubla profondément Sophia et elle réalisa alors qu'elle pouvait réaliser son fantasme : se glisser sur les genoux d'Alex, nouer ses bras autour de son cou et l'embrasser à en perdre le souffle, la raison. Mais, si elle s'abandonnait à cette impulsion, où toute cette déraison les conduirait-elle ?

Et si elle n'était pas enceinte et qu'elle doive partir ? se demanda-t-elle subitement. Inversement, si elle l'était et que tout ce qui existait entre eux fût d'ordre purement physique ? Elle ne devait pas perdre de vue qu'Alex sortait d'un mariage difficile. Il était manifeste qu'il n'avait pas envie de se jeter bille en tête dans une nouvelle aventure. Et elle, était-elle prête à jouer avec son propre cœur ?

Soudain, avec son pouce, Alex se mit à caresser doucement la lèvre inférieure de Sophia.

— Si tu veux m'embrasser, lui dit-il alors d'un ton lascif, il te suffit d'approcher tes lèvres des miennes et je serai heureux de te combler.

— Tu ne doutes de rien, n'est-ce pas ?

— En tout cas, pas de notre désir commun, murmura-t-il.

Là-dessus, il pencha la tête vers elle, et déposa un tendre baiser sur ses lèvres. Puis il se recula de quelques millimètres… Une bouffée de chaleur submergea Sophia tandis que son regard se perdait dans celui d'Alex. Un regard éperdu de désir dont Alex n'était certainement pas dupe ! Elle aurait aimé qu'il la prenne sans discuter davantage, sans lui laisser le temps de réfléchir…

— Alex…

— Oui, ma belle…

Cette voix rauque, vibrant de désir, fit littéralement fondre Sophia qui jeta un regard oblique vers la cloison vitrée qui les séparait du chauffeur. De son rétroviseur, ce dernier avait tout loisir d'observer la scène s'il le souhaitait !

— Sommes-nous bientôt arrivés ? demanda-t-elle en déglutissant avec peine.

— Dans dix minutes et quelques secondes…

— Dix minutes entières donc, à passer dans cette voiture en ta compagnie.

A ces mots, Alex éclata de rire puis, ouvrant le minibar installé dans la limousine, il en retira un bol de fruits rouges.

— Partageons quelques fraises, ainsi nos bouches seront occupées, proposa-t-il en lui lançant un regard diabolique.

Lorsqu'il porta la première fraise vers la bouche de sa compagne, cette dernière frissonna. Oh et puis zut ! Ne voyait-il pas qu'elle ne désirait que ses baisers, uniquement ses baisers et qu'elle se fichait pas mal de ses fraises ? Pourquoi ne réagissait-elle pas comme le premier jour sur la plage et ne s'emparait-elle pas de ce dont elle avait envie sans peur ?

Pourtant, elle ne fit aucun commentaire lorsque Alex introduisit la première fraise entre ses lèvres gonflées, des lèvres sur lesquelles il rivait des yeux embrumés de désir… Au moment où elle mordit dans le fruit, le suc gicla sur son menton.

— Tu avais planifié cela, lui reprocha-t-elle immédiatement.

— Penses-tu que je sois puissant à ce point, Sophia ? dit-il en laissant glisser un regard langoureux sur la coulée d'un carmin profond. Que je puisse ordonner à une fraise d'éclater afin de voir le jus rouge de sa chair couler sur la tienne ?

— Oui, murmura-t-elle en baissant les yeux.

Ce fut alors qu'elle découvrit que le suc du fruit avait glissé jusqu'à son corsage, entre la vallée de ses seins.

— Oh ! dit-elle, avec une petite moue. Aurais-tu une serviette ou de l'essuie-tout ?

— J'ai une meilleure idée, décréta-t-il.

Lorsque les doigts d'Alex se posèrent sur son décolleté, Sophia retint son souffle. Cependant, avant de dégrafer son corsage, il demanda :

— Puis-je ?

Refusant de réfléchir, elle hocha la tête. Alex lui adressa un sourire désarmant et défit trois boutons… Le cœur de Sophia s'accélérait au fur et à mesure que l'air frais caressait sa peau chaude… Soudain, Alex pencha la tête et se mit à lécher délicatement le jus de fraise dans le décolleté de sa compagne.

— Tu as un goût merveilleux, Sophia.

— Ce n'est pas moi, c'est la fraise ! protesta-t-elle dans un souffle.

— Non, c'est toi ! décréta-t-il avec autorité.

Puis, d'une main experte, il écarta la dentelle de son soutien-gorge et tâta doucement l'un de ses seins qui se durcit sous la caresse. Instinctivement, Sophia se cambra, priant pour qu'il continue à palper son sein. Et ce fut ce qu'il fit. Il prenait ce qu'elle avait été incapable de prendre, un moment plus tôt, et elle lui sut gré de son initiative.

A cet instant, le feu qui couvait en Sophia se déchaîna brusquement, comme une créature sauvage qui bondit de sa tanière. Et tant pis si elle perdait son cœur et sa raison ! pensa-t-elle lorsque Alex captura dans sa bouche l'une de ses pointes gonflées.

Un gémissement de plaisir échappa à Sophia, gémissement qui visiblement stimula Alex, car sa langue devint de plus en plus frénétique tandis qu'il laissait courir une main fébrile jusqu'à l'entrecuisse de sa partenaire. Celle-ci se cambra contre sa paume… Alex renforça la pression de sa main…

Hélas ! La réalité fit brusquement irruption dans le rêve car la limousine s'arrêta…

— Je crois que la voiture est arrêtée, murmura Sophia, le souffle court.

— Il semblerait, malheureusement…

— Par conséquent, nous aussi nous devrions arrêter.

Ce fut alors qu'Alex releva lentement la tête, puis rivant sur elle un regard brûlant, il déclara :

— Je veux te connaître tout entière, Sophia.

— Nous avons déjà fait connaissance au sens où tu l'entends, rétorqua-t-elle.

— Non, dit-il en prenant gentiment son visage entre ses paumes. Pas comme je l'imagine. Pas de façon si rapide et impétueuse. Je veux te prendre doucement, lentement et…

— Arrête ! l'implora-t-elle en secouant la tête.

La lenteur qu'Alex évoquait supposait la réflexion, impliquait que l'on envisage le futur, que l'on commence à fonder des espoirs. En un mot que l'on franchisse un seuil au-delà duquel était tapie la souffrance. Et cela, elle le refusait !

Alex se redressa alors sur la banquette et, rejetant la tête en arrière, déclara en regardant droit devant lui :

— Très bien, je ne dirai plus rien… Pour l'instant, pour aujourd'hui et pour cette nuit.

A sa droite, la portière de la limousine s'ouvrit. Avant de mettre un pied à terre, il lança un regard oblique à Sophia et décréta d'un ton grave :

— Je ne sais pas ce qui s'est passé, ici, entre nous, mais cela aurait pu nous mener très loin…

Les jambes en coton, Sophia sortit à sa suite de la voiture. Elle sentait encore la pression de ses doigts sur ses cuisses brûlantes et en elle résonnaient toujours les soupirs lascifs d'Alex tandis qu'il tourmentait ses seins.

« Cela aurait pu nous mener très loin… »

Un frisson la parcourut tout entière… Bon sang, elle aurait été prête à aller au bout du monde avec ce diable d'homme ! Ce qui était une pensée aussi excitante qu'effrayante !

5

— C'est un rite de passage, annonça crânement Fran.

Cette dernière et Cathy encadraient Sophia tels deux gardes du corps lorsque le trio franchit la majestueuse porte, couleur caramel, d'une boutique au nom mystérieux : *Caramana*. Fran et Cathy faisaient preuve d'une telle solennité, qu'on aurait cru qu'elles pénétraient dans une cathédrale au lieu de…

— Une confiserie ? s'écria Sophia, fort étonnée, en contemplant les énormes pots transparents remplis de caramels, tout autour d'elle.

— Ce ne sont pas simplement des caramels, annonça Fran d'une voix de grand sage, mais davantage des petits morceaux de paradis.

— Une sorte de *mana* ? railla Sophia avec un sourire entendu.

A ces mots, Cathy adressa une œillade à Fran et déclara sur un ton de commisération :

— Il ne faut pas lui en vouloir, elle ignore encore de quoi elle a été privée jusque-là.

— Effectivement, elle n'en a jamais goûté. Mais quand elle aura fait cette expérience, elle comprendra, approuva Fran.

Emboîtant le pas à ses amies qui s'aventuraient dans une salle étroite, où s'entassaient le long des murs d'impressionnants pots de toffees aussi brillants qu'appétissants, Sophia ne put retenir un petit rire.

— Est-ce que vous essayez de me dire que les caramels que vous allez me faire goûter possèdent des pouvoirs magiques ?

Sans répondre, Cathy ouvrit un pot, s'empara d'un caramel enveloppé dans un papier transparent puis le lui tendit.

— N'oublie pas que l'on offre rarement aux sceptiques des choses de second choix ! lui rappela-t-elle d'un ton faussement sévère.

De nouveau, Sophia laissa fuser un petit rire. Bonne joueuse, elle prit le caramel et le déplia lentement, ménageant le suspens. Décidément, elle s'amusait beaucoup en compagnie de ce joyeux duo, ce qui était pour elle une expérience relativement nouvelle.

En tant qu'écrivain, Sophia travaillait seule, à la maison, et sa vie sociale était relativement réduite. Certes, elle avait quelques amies, mais elle les fréquentait peu car elle n'habitait pas dans la même ville qu'elles. Ce qui — soit dit en passant — ne la contrariait nullement.

Sophia aimait la solitude à laquelle elle était habituée depuis l'enfance. Somme toute, elle avait mené une vie fort isolée sur la péniche de son grand-père. Une existence merveilleuse, car elle s'était toujours sentie en sécurité sur le bateau, comme nulle part ailleurs. D'ailleurs, elle avait toujours un peu de mal à le quitter pour aller à l'école. Naturellement, elle assistait consciencieusement aux cours, et s'était même liée d'amitié avec quelques fillettes — les moins turbulentes. Allons, elle n'était tout de même pas une sauvageonne. Il n'empêche… Lorsque la cloche sonnait, en fin d'après-midi, pour annoncer la fin des cours, ce doux carillon équivalait pour elle à une véritable délivrance. Elle se hâtait de revenir à la maison, sur la péniche, dans son cocon.

Curieusement, en compagnie de Fran et de Cathy, Sophia avait l'impression que cette sorte de cocon se reformait. Elle se sentait en sécurité avec elles, comme si rien de mal ne pouvait lui arriver. Aussi, quand le duo était venu tout à l'heure à la villa d'Alex lui proposer un tour en ville, avait-elle volontiers accepté. Elle…

Mmm ! Quel délice !

Sophia venait de mordre dans le petit carré fondant et le fil de ses pensées s'interrompit de lui-même… Effectivement, elle confirmait : ce toffee s'apparentait à un véritable petit bout de paradis qui vous saisissait et vous enivrait d'emblée !

— Oh, mon Dieu ! parvint-elle à murmurer. C'est…

— Je le savais ! s'exclama Cathy d'un ton triomphant en dépliant à son tour le papier d'un caramel qu'elle mit prestement dans sa bouche.

— C'est… C'est comme…, tentait de poursuivre Sophia, sans parvenir à trouver ses mots.

Comment décrire la merveilleuse sensation que lui procurait le caramel fondant recouvert d'un fin glaçage chocolaté, le tout mâtiné d'un arrière-goût salé ?

A cet instant, Fran posa une main sur son épaule et décréta :

— Nous t'avions prévenue.

— Honnêtement, dit Sophia, je n'ai jamais goûté quelque chose d'aussi divin. Ce doit être l'eau de mer qui…

— N'essaie pas de chercher des explications ! lui conseilla amicalement Fran.

— Non, laisse-toi simplement séduire, enivrer… Comme avec un homme ! renchérit Cathy.

A cet instant, Fran émit un petit rire fripon avant de s'exclamer sur un ton malicieux :

— Miam ! Tu me mets l'eau à la bouche avec ton audacieuse comparaison.

— Pour l'instant, contente-toi des bonbons ! lui ordonna Cathy d'un air faussement sévère tout en lui tendant un caramel. Profite de l'instant.

— C'est… vraiment… délicieux, renchérit Fran tout en mastiquant goulûment la chair tendre et dorée de son caramel.

Pour sa part, Sophia se taisait.

L'analogie évoquée de façon si décontractée par ses amies entre le caramel et les hommes l'avait presque mise mal à l'aise. Des images d'Alex et elle, de leurs corps nus enlacés sur la plage, dansaient comme des feux follets dans les méandres de son cerveau.

Des baisers et de tendres caresses… Des yeux couleur d'améthyste cherchant à pénétrer le secret de son âme… Des mots de désir murmurés ardemment à l'oreille, et puis les vagues de la volupté qui les avaient emmenés vers d'enivrants rivages…

Comment, avec de telles pensées en tête, déguster sereinement son toffee ? Alex était aussi tentant que ce caramel ! Quand on y avait goûté, on en voulait toujours plus. On pouvait facilement devenir accro.

Soudain, Fran poussa Cathy du coude et déclara :

— Je crains que nous n'ayons commis un impair…

— Ou touché dans le mille ! renchérit Cathy. Voyons voir… Les caramels, les hommes, savourer l'instant, une jeune femme aux yeux rêveurs et aux joues rosées…

— Hum, hum, je comprends où tu veux en venir, dit alors Fran en souriant.

S'arrachant à ses rêveries, Sophia les regarda tour à tour, puis décréta :

— Moi non !

Ce fut alors que Cathy lui demanda à brûle-pourpoint :

— Es-tu amoureuse de mon frère ?

Tâchant de garder une contenance en dépit du choc provoqué par cette question directe, Sophia parvint à déclarer sur un ton outré :

— Pardon ?

— Je sais, il peut donner du fil à retordre…

— Max pense exactement la même chose de lui ! observa Fran, non sans laisser fuser un petit rire entendu.

— Mais il ne faut pas se fier aux apparences, poursuivit Cathy en jetant un coup d'œil agacé à son amie. Il sait par ailleurs être brillant, généreux, charmant…

— Amusant et protecteur, enchaîna Fran.

— Et incroyablement sexy, n'est-ce pas ? intervint Sophia sèchement.

A ces mots, Fran et Cathy la regardèrent en écarquillant de grands yeux, avant d'éclater de rire. Quant à Sophia, les mains sur les hanches, elle tâchait de rester stoïque… jusqu'à ce qu'elle cède elle aussi à l'hilarité.

Passant une main sous le bras de Sophia, Cathy attrapa de l'autre un sachet de caramels et entraîna son amie vers la caisse.

— C'est l'une des nôtres, sans aucun doute, décréta-t-elle alors à l'attention de Fran qui les talonnait.

— Oui, sans aucun conteste ! approuva Fran.

Un petit sourire éclaira alors le visage de Sophia. Manifestement, elle avait passé avec succès le rite initiatique.

Alex ne pouvait détacher les yeux du gros titre du tabloïd londonien qu'il tenait entre les mains : « L'ex-femme du prince héritier de Llandaron épouse le président de la banque Garrison. »

En outre, selon l'article, le couple attendait son premier enfant pour le mois de mai prochain.

Les mots s'infiltrèrent insidieusement dans les veines d'Alex, comme un poison venimeux. Son pouls s'accéléra malgré lui…

Bon sang ! Pourquoi le remariage d'une femme qu'il n'avait jamais aimée, et la naissance prochaine d'un enfant qu'ils n'avaient, au fond, jamais voulu avoir ensemble le mettaient-ils dans une telle colère ?

Oh, l'explication était simple : parce que cet article lui renvoyait au visage son propre échec. Et qui plus est de plein fouet ! Lui qui, récemment, avait connu une certaine accalmie en ce qui concernait le ressentiment.

En réalité, ce n'était ni son ex-femme, ni l'enfant à venir qui lui faisait voir rouge. S'il était furieux, c'était contre lui-même, contre ses propres faiblesses et les éternelles questions qui resteraient toujours en suspens : était-il capable de rendre une femme heureuse ? Et si oui, avait-il envie de tenter l'aventure ?

Une sirène à la beauté digne d'un Botticelli s'immisça doucement dans ses pensées… Oui, avec Sophia, il en avait envie ! décida-t-il. Mais était-ce parce qu'elle était susceptible de porter son enfant, ou bien pour ce qu'elle représentait, elle ?

Désirait-il un enfant au point d'être prêt à risquer de nouveau son âme ? Question cruciale… Alex appuya la tête contre le dossier de son fauteuil en cuir. La réponse cingla dans son esprit avant même qu'il n'ait le temps de réfléchir.

Non !

Il était 6 heures du matin, le lendemain, lorsque Sophia comprit que sa vie avait définitivement changé de cours.

Une heure plus tôt, elle s'était réveillée en sursaut, tenaillée par une affreuse nausée. Les yeux gonflés de sommeil, elle était parvenue à se glisser hors de son lit pour se diriger vers la salle de bains. Il était temps qu'elle arrive !

Après quoi, elle s'était assise sur le rebord de la baignoire, tout en se demandant ce qu'elle avait bien pu absorber la veille qui aurait éventuellement provoqué ce malaise. Elle avait pourtant un estomac à toute épreuve, ainsi que le lui répétait jadis son grand-père. Voyons voir… Au dîner, elle avait mangé un steak, des pommes de terre sautées et une glace au chocolat. Rien de bien toxique.

Ce fut alors que, en un éclair, une pensée lui traversa l'esprit et illumina d'une lueur étrange le brouillard de ses réflexions à cette heure bien matinale.

Mon Dieu ! Pouvait-elle réellement…

— Sophia ?

Elle sursauta, s'efforça de respirer calmement. On frappa alors un léger coup à la porte.

— Tu vas bien ? s'enquit Alex à travers la cloison.

— Oui, oui, répondit-elle rapidement.

Trop rapidement sans doute, et pas de façon assez convaincante, car Alex demanda alors :

— Puis-je entrer ?

Son cœur fit un énorme bond dans sa poitrine. Non, elle n'était pas prête à le voir, là, maintenant…

Pas avant qu'elle ne soit définitivement fixée sur son état !

— Je vais bien Alex, reprit-elle d'un ton plus ferme. Sincèrement. Tu peux retourner te coucher.

Passant outre ses propos, Alex ouvrit doucement la porte et passa la tête par l'entrebâillement, le regard soucieux.

— Qu'est-ce qui ne va pas ?

— Rien, dit Sophia précipitamment en se relevant.

Là-dessus, elle ouvrit le robinet d'eau froide et s'empara de sa brosse à dents.

Voir Alex, son visage, changeait tout, brusquement. Aussi absurde que cela puisse paraître, elle éprouva l'envie subite de lui avouer qu'il y avait de très fortes chances qu'elle portât son enfant. Elle mourait d'envie qu'il l'enlace et l'embrasse, brûlait de voir le bonheur illuminer son visage à l'annonce de cette nouvelle extraordinaire…

D'un autre côté… Que se passerait-il si seule une expression de plaisir modéré traversait son visage et qu'il ne bougeait pas du seuil pour venir l'enlacer ou l'embrasser ?

Il aimerait son enfant, c'était une certitude. Mais la mère ? Rien de moins sûr.

— Tu es pâle comme un linge, déclara Alex en s'approchant d'elle.

— Ça va aller, dit-elle en souriant faiblement. Je me sens bien mieux.

Encore une fois, il ne prit pas en compte ses propos et rouvrant le robinet qu'elle venait de fermer, il plaça sous le jet frais un gant de toilette.

— Que fais-tu ? demanda Sophia.

— Cesse de poser des questions et assieds-toi sur cette chaise ! lui ordonna-t-il.

— Alex, je t'assure que tout cela n'est pas nécessaire, je…

— Laisse-moi en décider, d'accord ? Fais-moi confiance.

Le sourire tendre qu'Alex lui adressa alors la désarma. Subitement, elle oublia toutes ses appréhensions concernant le mot *confiance* ou un éventuel futur avec Alex.

Comme apaisée, elle lui sourit en retour et répondit :

— Entendu, Alex.

Gentiment, il lui prit la brosse à dents des mains et la déposa sur le lavabo. Puis, avec des gestes tendres et attentifs, il passa doucement le gant mouillé sur le visage toujours bien pâle de Sophia.

Mmm… La fraîcheur de ce gant était délicieuse et lui faisait un bien fou, pensa Sophia en fermant les yeux, s'abandonnant à la douceur du moment.

— C'est très agréable, murmura-t-elle.

— Tu vois, je te l'avais bien dit. Je ne procure que du plaisir.

— Et tu me promets qu'il en sera toujours ainsi ?

Au même instant, le gant s'attarda sur sa bouche et elle entendit Alex répondre :

— Je te promets en tout cas de faire de mon mieux pour qu'il en soit toujours ainsi.

— Je te fais confiance.

Le silence s'abattit sur la salle de bains tandis qu'Alex continuait à appliquer ses soins. De l'eau fraîche sur son front, ses joues, sa nuque… C'était si apaisant que Sophia aurait bien pu s'endormir là, sur le rebord de la baignoire… Mais elle l'entendit soudain demander :

— Aurais-tu par hasard mangé des crustacés avec Fran et Cathy, hier soir ?

— Non, nous nous sommes contentées d'un steak accompagné de pommes de terre.

— Peut-être y avait-il une épice dans les pommes de terre que tu as mal digérée.

— Possible…

— A moins que tu ne sois malade. Que tu n'aies la grippe, par exemple.

— Je ne crois pas, Alex.

Un nouveau silence s'ensuivit.

— Sophia ? reprit enfin Alex.

— Hum ?

— Ouvre les yeux ! lui ordonna-t-il subitement.

Dans son état de quasi-léthargie, elle obtempéra. Mais lorsqu'elle se heurta au visage d'Alex, à l'impact de son regard, elle regretta de lui avoir si étourdiment obéi !

Ses yeux violets la fixaient d'un air pénétrant, ses traits étaient tendus, ses mâchoires serrées.

— Tout ce que je te demande, c'est de me dire la vérité, lui asséna-t-il d'un ton sévère.

A ces mots, l'estomac de Sophia se contracta.

— Je ne comprends pas ce que tu veux dire, lui répondit-elle d'un ton détaché.

— Oh que si ! Je pense que tu me comprends parfaitement bien, Sophia !

Sur ces mots prononcés durement, Alex se leva et jeta le gant sur le lavabo.

— Alex…

— Juste la vérité, Sophia ! lui dit-il alors tandis qu'une lueur désespérée passait furtivement dans ses yeux. S'il te plaît…

— Pas plus que toi je ne connais la vérité, Alex, concéda-t-elle, non sans une certaine gravité.

— Ce qui veut dire ?

Décidément, le prince était opiniâtre ! Inutile d'épiloguer sur des suppositions, de spéculer, bon sang ! Pourquoi avait-il fallu aussi qu'Alex se réveille ? Passait-il donc son temps à l'épier ?

— Sophia… ? Je t'ai posé une question, me semble-t-il, insista Alex.

— Il se pourrait fort bien que je n'ai pas digéré les épices que contenaient les pommes de terre, commença-t-elle alors. Comme il n'est pas exclu que ce soit la grippe, ou encore le stress.

— Bon Dieu, Sophia ! s'exclama Alex avec brusquerie. Quand vas-tu cesser de tergiverser et me dire la vérité ?

A cet instant, le cœur de Sophia tambourinait si fortement dans sa poitrine qu'elle entendit à peine ses propres paroles lorsqu'elle lui répondit :

— Il se pourrait aussi que j'attende un enfant. J'ai deux jours de retard sur mon cycle.

6

Un peu plus tard, ce jour-là, Alex piétinait devant la porte de la salle de bains, luttant stoïquement contre l'envie d'entrer.

Du calme, Thorne ! ne cessait-il de s'exhorter, les mâchoires serrées. Lui qui s'était toujours enorgueilli d'être un homme calme et rationnel voyait aujourd'hui sa patience mise à rude épreuve. Il ne se reconnaissait plus ! Il fallait dire que, derrière la porte close de la salle de bains, se jouait un drôle de drame, en l'occurrence son destin. De quoi tout de même ébranler les nerfs de l'homme le plus solide !

A moins que le sort en ait été jeté dès l'instant où Sophia était apparue à la proue du sloop de son grand-père, quatre mois plus tôt… Alex passa nerveusement la main dans ses cheveux. Il désirait un enfant depuis tant d'années. Etait-il possible que son rêve devienne enfin réalité ? Cette éventualité faisait naître en lui un sentiment de fébrilité extraordinaire.

Respirer, expirer, respirer…

Et si Sophia portait réellement son enfant, qu'allait-il se passer ? Quel serait leur futur commun ? Allons, il n'y avait pas lieu de tergiverser ! Qu'elles qu'aient été les conditions de leur rencontre, Sophia *devrait* rester près de lui. Oui, l'essentiel de leur futur était déjà décidé. Encore une fois, il se tourna vers la porte, hésita à tourner la poignée, puis renonça.

Cette attente était une véritable torture !

Et s'il prenait un verre, pour patienter ?

Alex regarda sa montre. 11 heures. Un peu trop tôt tout de même.

— Alex ?

Sophia venait d'ouvrir la porte de la salle de bains d'où elle émergea, visage pâle et lèvres serrées. Par réflexe, Alex voulut sonder son regard, y détecter un signe qui lui indiquerait d'emblée le verdict, mais les prunelles de Sophia demeuraient impénétrables.

Dans un ultime effort, cette dernière parvint à esquisser un sourire tremblant… Dans ce couloir noyé d'une lumière joyeuse qui contrastait de façon étrange avec leurs sentiments, ils se faisaient face maladroitement, aussi embarrassés l'un que l'autre. Machinalement, Alex hocha la tête.

Prenant sa respiration, Sophia déclara :

— J'ai fait le test…

— Sophia, tu joues avec mes nerfs ! Je sais que tu as fait le test, puisque ce sont les résultats que j'attends, répondit Alex, tendu.

— Tu n'as pas à t'inquiéter, lui dit-elle alors.

— Que veux-tu dire ?

— Tu n'auras pas de fardeau supplémentaire.

— De fardeau ? s'exclama-t-il avec impatience. Je n'ai jamais prétendu qu'un enfant en serait un !

Sophia glissa une main nerveuse dans sa chevelure, puis enchaîna :

— Ce n'est pas ainsi que je l'entendais. Je voulais simplement dire que tu sors d'une relation difficile et que…

— Navré, coupa-t-il, mais je ne vois pas le rapport.

— Eh bien, commença-t-elle sur un ton gêné, ton mariage a été une épreuve difficile, d'après ce que tu m'en as raconté. Cinq ans, c'est long… En outre, tu m'as fait comprendre quelle importance tu attachais désormais à ta liberté retrouvée.

— Je ne parlais pas de liberté par rapport à un enfant, Sophia, précisa-t-il alors.

— Tu faisais allusion aux femmes, n'est-ce pas ? rétorqua-t-elle d'un ton presque glacial.

Alex n'approuva ni ne démentit. Il n'était pas disposé à se livrer à une séance de thérapie avec elle, et encore moins à remanier un passé sur lequel il était bien inutile de revenir. Ce qu'il voulait, c'étaient des réponses précises. Point ! Et en général, il obtenait ce qu'il voulait.

Aussi, sans plus tergiverser, lui demanda-t-il, mâchoires serrées :

— Le test était-il négatif ? Est-ce ce que tu es en train d'essayer de me dire ?

Sophia ne répondit pas tout de suite, les yeux rivés sur Alex. Enfin, d'une voix presque sans timbre, elle énonça :

— Oui.

Raisonnablement, n'aurait-il pas dû ressentir un petit soulagement à cette annonce ? Après tout, lui et Sophia n'étaient pas mariés, ils n'avaient été que les amants d'un fol après-midi de brouillard, rien de plus. Et pourtant, Alex ne pouvait s'empêcher de ressentir un regret poignant.

— Je quitterai Llandaron sans tarder, reprit Sophia en détournant les yeux. Dès que le carénage du bateau sera terminé.

A ces mots, Alex se raidit. Allons, pas d'apitoiement sur soi-même ! s'ordonna-t-il. A aucun prix, il ne devait lui révéler à quel point tout cela le contrariait. Au fond, n'était-il pas préférable, pour elle comme pour lui, qu'elle suive le cours du destin qu'elle s'était tracé ? Et tant pis s'il en souffrait atrocement !

Adressant un bref signe de tête à Sophia, Alex déclara alors :

— Je te prie de m'excuser, je dois à présent regagner mon bureau.

Adossée à un cerisier qui jetait son ombre sur l'immense étendue de gazon derrière le palais et la protégeait du soleil radieux de l'après-midi, Sophia sortit de sa poche le bâtonnet blanc où se dessinaient nettement deux lignes bleues. Elle se mit alors à le fixer, tenaillée par une angoisse mêlée d'émerveillement…

Elle avait menti.

Un enfant — *l'enfant d'Alex* — était en train de grandir en elle, et pourtant elle avait affirmé à son géniteur que le test de grossesse était négatif.

Mon Dieu ! Face à ce crime de lèse-majesté, la honte

l'envahissait d'un coup. Jamais elle n'avait commis un acte aussi odieux, aussi cruel, aussi égoïste ! Et tout cela pourquoi ? Parce qu'elle avait pris peur devant le résultat du test !

Après avoir entendu le discours d'Alex, lors du fameux pique-nique de Llandaron, et compris à quel point il avait été malheureux pendant cinq ans avec une femme qu'il avait épousée par devoir, Sophia n'avait pas voulu s'inscrire dans le même schéma en lui imposant une réalité qu'il n'avait pas souhaitée.

Certes, ce matin, Alex lui avait affirmé qu'il ne désirait pas seulement l'enfant, mais aussi la mère. Curieusement, cet aveu, au lieu de la rassurer, l'avait paralysée de peur. Une peur qu'elle n'avait jamais ressentie jusqu'alors… Alexander Thorne était un prince, un homme extrêmement puissant. Si tel était son bon vouloir, il pouvait parfaitement lui prendre son enfant. Au nom de Llandaron, au nom de la raison d'Etat.

Seigneur, cette lâcheté ne lui ressemblait pourtant pas. En général, elle ne fuyait pas devant les problèmes !

Nerveusement, elle arracha quelques brins d'herbe… Avait-elle pris la bonne décision pour elle et pour l'enfant ?

Soudain, elle sentit qu'on lui effleurait l'épaule. Se retournant vivement, elle eut juste le temps d'apercevoir une longue langue rose qui lui lécha copieusement la joue : Aggie !

Immédiatement, la tension qu'elle avait accumulée depuis ce matin diminua d'un cran et elle éclata de rire.

— Eh bien, Aggie, comment es-tu arrivée jusqu'ici ? s'exclama-t-elle. Te serais-tu enfuie ?

La réponse lui vint sous la forme d'un autre coup de langue affectueux. Sophia sourit alors tendrement au superbe lévrier puis se mit à le caresser énergiquement, non sans ajouter :

— Allons, tu sais que tu es toujours la bienvenue, ici.

A cet instant, Aggie poussa une sorte de soupir satisfait, et, après avoir tourné deux fois sur elle-même, s'allongea sur l'herbe pour venir se pelotonner tout contre Sophia.

— Je crois qu'elle a un faible pour vous !

A ces mots, Sophia releva vivement la tête et mit sa main en visière. Elle connaissait cette voix ! Sur l'étendue de verdure s'avançait un couple fort distingué : Ranen et la merveilleuse tante d'Alex, Fara. L'élégante vieille dame donnait l'impression de sortir tout droit d'un magazine de mode, avec sa coupe de cheveux à la Louise Brooks, son sourire à la Faye Dunaway, et son ensemble tailleur-pantalon d'une blancheur immaculée, qui soulignait merveilleusement sa silhouette élancée.

Néanmoins, le couple produisait toujours sur Sophia une curieuse impression, comme si une ombre opiniâtre planait sur lui en permanence.

— Toute la journée, Ranen a tenté de l'éduquer et de lui apprendre à s'asseoir, déclara Fara dans un sourire éblouissant.

A ces mots, Sophia leva les bras en l'air et, arborant une mine d'adorable ingénue, elle affirma :

— Je vous jure que je n'ai exercé aucun chantage sur elle et que je n'ai aucune friandise dans les mains. Ni dans les poches, d'ailleurs.

— J'ai peine à vous croire, dit alors Ranen mi-amusé, mi-vexé.

Désignant le plaid déplié sur l'herbe épaisse, Fara demanda :

— Pouvons-nous nous asseoir un peu à côté de vous ? Il est si agréable de profiter de l'ombre de ce vieux cerisier.

— Naturellement ! approuva Sophia.

Le couple prit place sur la couverture, côte à côte. Etrange ! pensa alors Sophia. On aurait dit que Ranen et Fara évitaient soigneusement de se toucher.

— Vous savez, commença Fara, le regard songeur, lorsque Alex était enfant, il grimpait dans ce cerisier à partir de la fenêtre de sa chambre, puis il restait dans les branchages pendant des heures.

— Vraiment ?

— Oui, il adorait rêver, caché dans le feuillage.

— Curieux, je n'arrive pas à me le représenter ainsi.

Fara ébaucha un tendre sourire et reprit :

— Naturellement quand nous étions dans les parages, il se comportait comme son titre et sa position le requéraient, mais quand il était seul, il s'autorisait ce genre d'abandon et de rêveries.

A son côté, Ranen opina du chef et enchaîna :

— Il avait de nombreux rêves. Il souhaitait notamment une femme aimable et aimante qui lui donnerait une ribambelle d'enfants auxquels il transmettrait tout son savoir, ainsi que son amour de l'océan.

A cet instant, Ranen lança une curieuse œillade à Sophia puis poursuivit :

— Mais il possédait également un sens aigu du devoir, de ce qu'il devait faire en tant que prince héritier de cette chère île.

— C'est-à-dire épouser une femme sans même la connaître ? dit Sophia d'une voix qui résonna curieusement, même à ses propres oreilles. Pour avoir un héritier ? Pour régner sur son pays ?

— Un futur roi se doit effectivement d'être discipliné.

— Par devoir, il fallait donc qu'il renonce à tous ses rêves ? Qu'il les laisse mourir en lui ?

— Peut-être que les rêves ne meurent jamais, observa alors sagement Fara. On les met simplement de côté. Jusqu'à ce que quelque chose ou quelqu'un surgisse dans votre vie pour vous aider à réapprivoiser vos rêves et les réaliser…

A cet instant, Sophia sentit ses joues s'empourprer malgré elle. Affolée, elle baissa la tête, regarda Aggie, bref, tout sauf affronter le regard de Fara ! Quand cette femme plongeait ses douces prunelles violettes dans les vôtres, elle pouvait lire vos pensées les plus secrètes. N'allait-elle pas finir par flairer le mensonge que Sophia avait proféré à son neveu ?

« Jusqu'à ce que quelque chose ou quelqu'un surgisse dans votre vie pour vous aider à réapprivoiser vos rêves et les réaliser… » Oh, comme elle aurait aimé qu'Alex retrouve celui qu'il avait été ! Qu'il se réapproprie cette liberté étonnante qu'elle n'avait vue se manifester pleinement qu'une seule fois, chez lui, lors de leur première rencontre… Mais, elle, quelle était sa destinée dans cette affaire ? Et celle de l'enfant ? Etait-elle vouée à aider un homme qui refusait toute aide ?

Posant une main sur l'avant-bras de Sophia, Fara ajouta :

— Vous savez, ma chère, quand la chance passe, il ne faut pas hésiter à la saisir.

— Quelle sagesse ! observa alors Ranen d'un ton railleur, avant d'ajouter : Dommage que tu ne l'appliques pas à toi-même.

— Pour l'amour du ciel, qu'est-ce que cela veut dire ? s'exclama Fara, brusquement tendue.

Se mettant subitement sur ses pieds, Ranen répondit :

— Ne fais pas l'innocente, Fara ! Tu sais parfaitement à quoi je fais allusion.

— Non, je ne vois pas, désolée.

Alors, sans attendre sa femme, le vieil homme s'éloigna en grommelant des paroles inintelligibles.

— Navrée pour cette scène, ma chère, déclara Fara d'une voix blanche.

— Etes-vous certaine que tout va bien, Votre Altesse ? demanda Sophia, soucieuse.

— Il est… Il veut que je…

Fara secoua la tête, à la recherche de ses mots, puis reprit :

— Je vous ai dit qu'il fallait saisir sa chance quand elle passait, car je ne suis pas certaine qu'il y ait de deuxième chance, dans la vie.

Visiblement, Fara ne pouvait en dire davantage, et Sophia n'insista pas. Les deux femmes avaient toutes deux le cœur lourd et chacune se trouvait manifestement devant une décision difficile à prendre.

Aussi, quand le soleil commença à descendre dans le ciel, projetant sur le majestueux palais et le parc tranquille une lumière mordorée, Sophia saisit-elle doucement la main de la princesse Fara, pas uniquement dans le souci de la réconforter, mais dans l'espoir de recevoir elle aussi un peu de réconfort.

Il était presque 8 h 30, ce soir-là, lorsque Alex rentra chez lui, pétri de lassitude et de frustration. Sa journée avait été interminable… Toutes ses pensées avaient tourné autour d'une unique obsession : Sophia. Difficile à l'admettre, mais il ne pouvait se résoudre à l'idée qu'elle allait le quitter ! Et la pensée que cette mystérieuse sirène détenait un tel ascendant sur lui le rendait fou. Ah, le besoin insatiable qu'il avait de la voir, de l'entendre, de la toucher, ne passerait pas, il en était persuadé, quand bien même lutterait-il de toutes ses forces contre ses pulsions !

— Bonjour, toi. Je suis certaine que tu meurs de faim !

La voix de Sophia, à la fois enjouée et douce, le remua jusqu'au plus profond de son être.

— Saurais-tu lire dans les pensées ? lui demanda-t-il alors.

Elle ébaucha un sourire…

— Absolument. Fais bien attention aux pensées qui se cachent derrière ton front, déduisit-elle.

— Tenterais-tu en ce moment même de les percer ?

Par jeu, Sophia rejeta la tête en arrière et, fixant le plafond, fit mine de se concentrer. Ce qui laissa à ce dernier tout loisir de l'admirer.

Elle était vêtue d'une robe verte, en maille légère, et ne portait pas de chaussures, ce qu'il trouvait à la fois émouvant et sexy. Elle était très légèrement maquillée et sa chevelure cuivrée était rassemblée en une queue-de-cheval. En un mot comme en cent, elle était d'une beauté troublante, à la fois élégante et décontractée. Et puis sa robe moulait de façon si érotique son corps voluptueux…

— Oui ! Je viens d'en percer quelques-unes, annonça-t-elle alors d'un ton rieur en dardant subitement son regard couleur de jade sur lui.

— Des pensées inavouables ?

— Et friponnes…

— Je n'y suis pour rien, c'est toi qui les provoques chez moi.

A ces mots, elle se troubla et, pour garder une contenance, lui lança un regard surpris.

— Ne fais pas ton ingénue, Sophia ! Tu sais parfaitement que tu suscites chez moi des pensées inavouables et friponnes.

— Oh ! dit-elle en sentant le rouge lui monter aux joues. Que suis-je censée faire ? Te remercier ?

— Absolument, lui assura-t-il en se rapprochant d'elle d'un pas félin, c'était un compliment.

— Finalement, ce n'est pas parce que tu es un prince que tu n'en es pas moins un beau parleur ! Est-ce ainsi que tu séduis les femmes, d'ordinaire ? Les princesses ou les comtesses à qui tu donnes des rendez-vous galants ?

— Sache que je ne donne pas de « rendez-vous galants », pas plus que je ne livre mes pensées aux femmes — qu'elles soient d'ordre sexuel ou autre.

L'honnêteté d'Alex lui coupa le souffle.

Lui aussi d'ailleurs eut le souffle coupé par cette audacieuse confidence ! Il disait vrai en affirmant qu'il ne livrait jamais ses pensées aux femmes. Aussi, pourquoi avait-il fait un tel aveu à cette femme-là, qui n'était ni une princesse, ni une comtesse, mais une simple roturière de San Diego ? Une diablesse qui s'était emparée de son âme dès l'instant où il avait posé les yeux sur elle…

— Et si nous dînions ? proposa Sophia d'un air malicieux.

La table était dressée, et un plat tout fumant dégageait une odeur alléchante.

— Oh, du lapin en sauce ! Il y a une éternité que je n'en ai pas mangé, observa Alex.

— Tu n'aimes pas ? demanda-t-elle avec une pointe d'inquiétude dans la voix.

— Au contraire, j'en raffole ! affirma-t-il en s'asseyant. Hélas, il est rare que je puisse manger des plats du terroir ! Dans les restaurants que je suis obligé de fréquenter, on ne sert que des plats prétentieux.

— Genre nouvelle cuisine ?

— Exactement ! Cette nouvelle mode culinaire est une véritable catastrophe.

Elle lui adressa un petit sourire, puis prit place à son tour autour de la table. Pas en face de lui, à l'autre bout, comme l'aurait voulu le protocole, mais à côté. Il lui sut immensément gré de cette initiative.

— Je reconnais bien là en toi l'homme politique, déclara-t-elle subitement d'un air détaché en lui servant du lapin. Tu es un merveilleux diplomate, Alex, et tu essaies de me réconforter parce que je sers de la nourriture de manant à un prince.

Sur une impulsion, Alex se saisit du menton de Sophia et l'obligea à soutenir son regard :

— Si je voulais te réconforter, je pourrais trouver des moyens plus judicieux. Comme celui-ci, par exemple.

Sans attendre, il déposa un baiser passionné sur les lèvres de la douce Sophia.

Le cœur de cette dernière se mit immédiatement à battre la chamade, et elle fut stupéfaite de sa propre audace lorsqu'elle s'entendit demander :

— Et quoi d'autre encore ?

Relevant le défi sans se faire prier, Alex se pencha de nouveau vers elle et se mit à mordiller sa lèvre inférieure, à la taquiner gentiment. Un léger gémissement échappa alors à Sophia qui ferma les yeux de plaisir…

Tel un animal sauvage qui bondit sans prévenir, le désir submergea Alex. *Il en voulait davantage et elle aussi !* C'en était presque douloureux… Allons, un peu de tenue ! Il n'allait tout de même pas la prendre sur la table du dîner — surtout après toute la peine qu'elle s'était donnée pour lui préparer ce lapin en sauce.

— Ta bouche est exquise, Sophia, mais je ne me pardonnerais pas de ne pas d'abord honorer ton plat, décréta-t-il alors.

Là-dessus, il avala une première bouchée, la dégusta longuement, puis ajouta :

— Mmm, c'est délicieux.

Le voir manger était également un spectacle délectable, pensa Sophia — d'autant qu'elle avait l'appétit coupé ! Etait-ce le baiser ou le mensonge de ce matin qui la privait d'appétit ? Elle l'ignorait. Ce qu'elle savait, en revanche, c'était qu'il était temps d'arrêter de fuir.

Cet après-midi, assise au côté de Fara, elle avait réfléchi intensément à ce qu'elle avait fait et dit — ou plus exactement caché — à Alex. Elle avait alors compris que, si elle lui avait menti, c'était par couardise, même si au moment où elle proférait ses mensonges, elle était persuadée d'agir selon son bon droit. Le problème, c'était qu'elle n'était pas lâche… Qu'il fallait bien une famille à son enfant… Et qu'elle ne pouvait pas refuser à Alex sa paternité !

Il ne l'aimait pas, c'était un fait, même s'il était temporairement attiré par elle. Tout de même… Il ne pousserait pas la cruauté jusqu'à l'éloigner de son enfant ? Du moins l'espérait-elle de tout son cœur.

Sophia attendit qu'il ait fini son repas, puis son vin, et enfin, prenant une large aspiration, elle se lança :

— Alex, j'ai quelque chose à te dire.

— Tu m'as l'air bien sérieuse, tout à coup, dit-il en roulant des yeux amusés.

— Parce que c'est sérieux !

— Ton sloop doit rester au radoub encore un mois ?

Elle s'apprêtait à lui répondre rapidement, presque sèchement étant donné qu'elle avait cru percevoir un certain agacement dans sa question… Ce fut alors que ses yeux croisèrent les siens. Des yeux de braise, brûlant de désir et de sincérité. Des yeux remplis d'espoir. Il la désirait aussi fortement qu'elle le désirait !

Aucun d'eux n'était prêt à renoncer à… à ce qui existait entre eux ! Quoi que ce fût et quel que fût son nom. Oui, elle mourait d'envie de le prendre par la main et de le conduire vers sa chambre, puis de l'implorer de lui faire l'amour toute la nuit. Son corps brûlait d'impatience de retrouver le sien, elle en avait plus qu'assez de nier ce désir fou qui la consumait. Cependant, avant de retrouver cette délicieuse intimité avec lui, elle lui devait la vérité.

— Qu'as-tu, Sophia ? s'enquit soudain Alex. Que se passe-t-il ?

Une bouffée de honte submergea son âme.

Courage ! s'ordonna-t-elle.

— Ce matin, lorsque je t'ai dit que mon test de grossesse était négatif, eh bien…

Au fur et à mesure que sa voix défaillait, le regard d'Alex se faisait plus froid et bientôt méfiant.

— Continue ! lui ordonna-t-il sèchement, comme s'il intimait à un domestique d'avouer une faute.

Puisant dans le peu de courage qui lui restait, Sophia s'obligea à prononcer ces mots affreux :

— Je t'ai menti.

— Pardon ?!

— Ce que je t'ai dit, n'était pas vrai… C'est…

— Donc, tu es… tu es bien…

— Enceinte, oui, Alex.

Il se leva si violemment de table que son verre à eau tomba par terre et se brisa. Figée, Sophia contempla les bris de verre, l'eau répandue sur le sol… Elle eut alors l'affreuse sensation d'avoir brisé quelque chose en Alex, en eux, en avouant son mensonge.

— Comment as-tu pu faire une chose pareille ? s'écria-t-il avec violence, en dardant sur elle un regard lourd de reproches.

Seigneur, elle ne reconnaissait plus l'homme qui se tenait devant elle. Lui d'ordinaire si courtois, si policé.

— Par peur, marmonna-t-elle.

— Peur de quoi ? questionna-t-il, impitoyable.

— Du futur, du mien, de celui de l'enfant.

— Peur de ton futur ? reprit-il sur un ton à la fois méprisant et surpris.

— Oui ! Car je veux rester auprès de mon enfant, répondit-elle d'une voix brisée.

A cet instant, les yeux d'Alex s'étrécirent dangereusement et il lui demanda d'un ton soupçonneux :

— Attends-tu réellement un enfant, Sophia ? Tu m'as menti une fois. Comment puis-je savoir que désormais tu me dis la vérité ?

Sans piper mot, Sophia ouvrit son sac à main, prit le stick et le lui tendit.

Il s'en empara lui aussi en silence, contempla longuement les deux stries bleues puis décréta soudain :

— Je te préviens, cela change tout !

— Je sais que cet enfant est aussi le tien, et je comprends ce que cela implique.

— Vraiment, Sophia ? lui demanda-t-il d'un ton provocateur et hautain.

— Peut-être pas dans tous les détails, mais je conçois que nous devrons vivre ici, à Llandaron…

— Pas simplement à Llandaron ! Cet enfant devra vivre avec moi.

— Alex, ne commençons pas à…

— Tout comme avec toi.
— Alex, je…
— Sophia, déclara-t-il alors d'un ton solennel, tu dois m'épouser.

7

Comme son lit lui paraissait inconfortable ce soir ! Incapable de trouver le sommeil, Sophia rejeta les couvertures et l'air frais de la nuit, qui entrait par la fenêtre ouverte, vint gentiment caresser sa peau. D'ordinaire, la brise marine avait le merveilleux pouvoir de l'apaiser lorsqu'elle était à bout.

Hélas, il fallait croire que cette nuit faisait exception à la règle ! Elle jeta un coup d'œil vers son réveil : il était minuit tapant. Trois heures plus tôt, elle avait avoué la vérité à Alex concernant son test de grossesse. Et depuis trois heures, elle ne cessait de repenser à cette scène surréaliste où, passé son premier élan de colère légitime, Alex lui avait annoncé à brûle-pourpoint qu'ils allaient se marier.

Pas étonnant, dans ce contexte, que la brise du soir ait perdu ses pouvoirs ! Comment se remettre d'un tel choc ?

Habitué à donner des ordres et à les voir être exécutés, Alex n'avait même pas envisagé qu'ils puissent discuter ensemble du mariage — ou que Sophia refuse de l'épouser. Non ! Après son annonce fracassante, il était tout simplement sorti de la pièce, puis elle l'avait vu, de la fenêtre, s'éloigner sur la plage. Il était resté longtemps à contempler l'océan. Elle l'avait entendu rentrer après s'être elle-même mise au lit.

Devenir l'épouse du prince héritier de Llandaron. Devenir la femme d'Alex…

Malgré elle, un sourire éclaira son visage. Nul doute qu'elle désirait cet homme, tout comme elle souhaitait que son enfant soit élevé avec son père. Mais le futur incertain qui se profilait la remplissait de peur. A l'instar des sentiments ambigus d'un certain prince… Que voulait Alex ? ne cessait-elle de se demander. Que voulait-il *réellement* ?

Nul doute qu'il avait agi par réflexe protocolaire. Peut-être que, sur l'île de Llandaron, le prince héritier était obligé d'épouser la femme à qui il avait fait un enfant. Il était fort possible qu'une loi le stipule. Qui sait ?

Sophia était totalement étrangère au monde des têtes couronnées, un monde où l'on arrangeait des mariages entre des personnes qui ne s'étaient croisées qu'une seule fois dans leur vie. Dans son monde à elle, on épousait la femme ou l'homme que l'on aimait — ou on ne l'épousait pas, d'ailleurs !

Harassée par ses pensées, Sophia se redressa sur son lit… Soit, Alex ne désirait pas épiloguer sur un futur qu'il avait déjà tracé. Qu'à cela ne tienne ! De son côté, elle ne pouvait laisser un nouveau jour se lever sans avoir rediscuté avec lui de tout cela. Sur une impulsion, elle se leva : sa décision était prise, elle allait l'affronter !

Enfilant un peignoir, elle se glissa hors de sa chambre. Néanmoins, une fois arrivée devant la porte d'Alex, elle hésita. Et s'il dormait ? Allons, elle doutait que, après une journée si riche en événements, Alex se soit endormi comme un nourrisson.

Elle frappa doucement à la porte et colla son oreille contre le panneau. Elle l'entendit alors soupirer puis répondre :

— Non, Sophia ! Je doute que ce soit une idée judicieuse ou sage.

— Alex, il faut que nous discutions !

— Retourne te coucher.

— Je n'arrive pas à dormir ! Et apparemment, toi non plus, argua-t-elle.

Ce fut alors que, sans réfléchir, sans attendre la permission d'Alex, elle ouvrit la porte et entra dans sa chambre.

Grave erreur…

Le feu qui brûlait dans la cheminée en marbre noir illuminait l'homme nu, à la perfection bouleversante, qui se trouvait sur le lit.

Le torse bombé et musclé, les bras puissants et bronzés,

Alex était adossé à la tête de lit en bois sculpté, un drap de soie bleu clair recouvrant à peine ses hanches. Ses cheveux noirs étaient ébouriffés, une barbe naissante ombrait ses joues tandis que, telles deux sentinelles, ses yeux brillaient d'un violet sensuel et profond.

Sophia profita sans fausse pudeur du spectacle qui s'offrait à ses yeux. L'espace d'un instant, elle espéra qu'Alex allait ouvrir grands ses bras et la prier de venir s'y réfugier.

— Je t'avais prévenue qu'il n'était pas sage d'entrer, déclara Alex, un sourire cynique aux lèvres.

— Pourquoi ? répliqua-t-elle avec effronterie. Parce que tu es nu dans ton lit ?

— Entre autres choses.

— Cela ne me gêne absolument pas, Alex.

Cela la bouleversait, l'excitait, mais ne la gênait nullement.

— C'est bon à savoir, railla-t-il.

— Après tout, nous nous sommes déjà vus dévêtus, tous les deux…

A cet instant, Alex émit un rire sec et, croisant les bras derrière la tête, il déclara :

— Si l'on suit ta logique, je pense qu'il serait équitable que toi aussi tu te déshabilles.

— Est-ce réellement ce que tu souhaites ? J'avais pourtant le sentiment que tu étais en colère contre moi, lorsque nous nous sommes quittés, tout à l'heure.

— Oh, je ne serais jamais en colère contre toi au point de ne pas souhaiter que tu te dévêtes devant moi, répondit-il en laissant glisser un regard sensuel sur Sophia.

A ces mots, le cœur de cette dernière fit un bond dans sa poitrine — à moins que cette sensation de frémissement ne vienne d'un peu plus bas, s'avisa-t-elle alors. D'un endroit plus intime.

Le crépitement du feu mêlé au bruissement de l'océan en arrière-fond, les larges épaules d'Alex, ses yeux qui la déshabillaient et mettaient son cœur à nu, tout cela formait un cadre romantique extrêmement troublant. Sophia avait la sensation que sa peau était devenue douloureuse tant elle avait envie des caresses de cet homme. Chaque parcelle de son corps désirait le corps d'Alex.

Là, maintenant…

Il suffisait qu'il lui fasse un signe et…

Allons ! se ressaisit-elle en un ultime effort. Elle était venue dans sa chambre pour discuter avec lui, l'avait-elle déjà oublié ? Alex lui devait des explications sur l'ordre insensé qu'il lui avait donné, à savoir celui de l'épouser.

— Alex, nous devons parler, commença-t-elle alors.

— Assieds-toi, je t'en prie, dit-il l'air souverain, en désignant le lit.

— Non, je suis parfaitement bien debout.

— Ne sois pas ridicule ! Viens près du feu, tu sembles frigorifiée. Allez, cesse de faire des manières et prends place sur le bord du lit.

Et lui, ne voulait-il pas la réchauffer ? pensa-t-elle furtivement. En l'enlaçant à bras-le-corps, en la faisant rouler sur son grand lit, en…

Assez ! Réprimant son envie de volupté, Sophia s'assit d'un air détaché sur la soie bleue tout en prodiguant d'immenses efforts pour conserver un rythme de respiration régulier.

— Eh bien ? la défia Alex d'un air hautain, les bras toujours croisés derrière la tête, posture qui soulignait son torse imposant. Qu'est-ce qui te conduit dans ma chambre à cette heure indue de la nuit ?

— Le mariage.

— C'est-à-dire ?

— Tu sais parfaitement à quoi je fais allusion ! s'exclama-t-elle agacée par son petit jeu. Trêve de plaisanterie, Alex, soyons un peu sérieux, si tu le veux bien !

— Je t'assure, Sophia, que j'étais des plus sérieux en évoquant le mariage ! répliqua-t-il sur un ton tranquille.

Sur une impulsion, elle lui posa alors la fameuse question qui, tout à l'heure, lui avait traversé l'esprit.

— Existe-t-il sur cette île une loi qui oblige un homme à épouser la mère de son enfant ?

— Non, il n'y a aucune loi de ce type sur mon île.

— Il n'est donc pas nécessaire que nous soyons mariés pour que cet enfant vienne au monde ?

— Je t'accorde que ma décision ne repose sur aucune base légale, concéda Alex. Mais je te rappelle tout de même qu'en l'occurrence il s'agit d'une monarchie ! Il existe des règles non écrites que nous nous devons d'observer.

A cet instant, il dégagea ses mains de derrière sa tête pour croiser cette fois les bras sur sa poitrine, et ajouta d'un air orgueilleux :

— Un prince héritier ne vit pas au rythme de la modernité et ne suit pas l'évolution des mœurs, Sophia. Mon enfant montera un jour sur le trône. Il doit donc être élevé de façon conventionnelle, par un couple marié, et non dans un foyer monoparental.

— Souhaites-tu réellement commettre une deuxième fois la même erreur ? demanda-t-elle alors insidieusement. Epouser une femme que tu n'aimes pas au nom de ton pays ?

Tendue, Sophia attendait sa réponse…

Ce fut alors qu'Alex rétorqua le plus tranquillement du monde, non sans une pointe de fierté dans la voix :

— Pas au nom de mon pays, mais de mon enfant.

— Quel sacrifice remarquable pour ton enfant que celui d'épouser sa mère !

Ces mots à peine prononcés, elle regretta la note d'amertume dans sa voix. Elle en fut même embarrassée dans la mesure où elle comprenait parfaitement le raisonnement d'Alex. Elle aussi aurait renoncé à tout pour son enfant, à sa liberté comme à ses principes.

Alex reprit alors :

— Sophia, ne fais pas l'erreur de croire que je ne ressens aucun sentiment pour toi.

— Alex, commença-t-elle, tu n'as pas besoin de te justifier. Je…

— Il est vrai que je ne peux plus aimer, l'interrompit-il, imperturbable. Je n'en ai plus la force ou le don, peut-être. En tout cas, cela ne m'intéresse plus. Je crains que ce ne soit un gène définitivement perdu pour moi. Mais je ne peux nier qu'il existe quelque chose entre nous. Appelle-le comme tu veux : désir, envie, feu…

— En tout état de cause, ce « quelque chose » est d'ordre physique !

— Pas forcément ! Le désir et l'envie peuvent aller bien au-delà du domaine physique.

Donc, elle ne lui était pas totalement indifférente, il avait même un faible pour elle, conclut Sophia. Il n'en demeurait pas moins que jamais il ne l'aurait demandée en mariage si elle n'avait pas été enceinte…

Le diaporama de tous les récents événements de sa vie repassa alors lentement dans l'esprit de Sophia, depuis ce fameux après-midi où le *Daydream* avait heurté les rochers jusqu'à sa présence ici ce soir, sur les draps de soie bleue…

Poussant un profond soupir, elle déclara avec lassitude :

— Je n'arrive pas à comprendre de quelle façon tout cela est arrivé.

— La situation nous a échappé, Sophia, mais malheureusement on ne peut pas revenir en arrière. A présent, il convient d'agir au mieux pour le bien de l'enfant, nous sommes d'accord sur ce point, n'est-ce pas ?

— Bien sûr ! Seulement…

— Parfait ! Dans ces conditions, c'est entendu, notre enfant grandira dans une vraie famille.

A ces mots, Sophia se mit à fixer les langues de feu qui dansaient dans le foyer. Son cœur se serra douloureusement… Une famille. Depuis un an, elle avait perdu la seule véritable famille qu'elle n'ait jamais aimée. Elle s'était alors sentie bien seule. Contrairement à elle, son enfant pouvait bénéficier de la chaleur de toute une famille, celle du clan Thorne. Elle ne pouvait décemment l'en priver !

— Sophia, à quoi penses-tu ?

Elle sursauta et tourna son regard vers Alex. Il était beau, royal et… inaccessible. Elle répondit alors d'une voix songeuse :

— Je pensais au fait que je sacrifierais tout pour mon enfant. Même mon propre…

— Ton propre quoi ? Bonheur ? Désir ?

— Oui, murmura-t-elle.

— Je peux t'éviter d'avoir à faire l'un de ces deux sacrifices. Là, sur-le-champ…

A ces mots, le cœur de Sophia manqua un battement.

Sa proposition était terriblement tentante ! Sentir ses mains sur son corps, sa peau contre sa peau… Mmm… Quelle divine perspective ! Un petit bout de paradis !

Mais était-ce assez ?

N'allait-elle pas regretter son abandon lorsque, après des étreintes ardentes, elle se retrouverait allongée près de lui, pensant à tout ce qu'il ne pourrait jamais lui donner ?

Sur une impulsion, elle se leva et déclara :

— Restons-en là pour ce soir.

— Si tu préfères respecter le protocole et attendre notre nuit de noces, je m'incline.

— Bonne nuit, Alex, dit-elle d'un ton ferme.

— Fais de doux rêves, Sophia.

Son pouls battant comme un oiseau fou, Sophia s'enfuit plus qu'elle ne sortit de la chambre de son futur mari.

— J'aime beaucoup le fourreau couleur crème.

— Pour ma part, je trouve que la robe de soie vert pâle lui va bien mieux, décréta Cathy qui tenait entre ses mains la robe en question.

— Mais enfin, réfléchis un peu ! s'exclama Fran. Elle ne peut porter du vert le jour de son mariage.

— Pourquoi ?

— Mesdames, intervint alors Sophia, n'oubliez pas qu'il n'y a rien de romantique dans ce mariage !

A ces mots, les deux femmes se retournèrent d'un même mouvement vers Sophia, et deux paires d'yeux des plus dubitatifs se mirent à la fixer avec intensité.

Devant leurs visages incrédules, Sophia ne put retenir un rire, même si celui-ci n'avait rien de véritablement joyeux.

— Ce que je veux dire, c'est qu'il faut être réaliste, ajouta-t-elle alors.

— Mais je suis *réaliste* ! protesta Fran en sourcillant.

Tu es amoureuse d'Alex, Sophia, et pour moi, c'est du romantisme à l'état pur.

Cathy approuva alors d'un hochement de tête non sans préciser :

— Quant à Alex, il est complètement fou d'amour pour toi et…

— Non, ne dis pas une chose pareille ! coupa vivement Sophia. L'amour n'a rien à voir dans ce mariage. Alex m'épouse à cause de l'enfant !

Jusque-là, Sophia avait toujours eu la ferme intention de ne pas dévoiler son état — du moins pendant quelque temps. Le temps qu'Alex mette son père au courant, par exemple. Cependant, en présence de Cathy et Fran, il lui avait soudain paru inconcevable de garder ce secret plus longtemps. Son duo d'amies l'incitait irrésistiblement à la confidence. Aussi, sans chercher à savoir si elle avait tort ou raison, leur avait-elle tout avoué, ce matin, quand elles étaient passées la prendre pour faire du shopping.

Le bébé et le mariage.

Cathy et Fran avaient été littéralement enchantées. D'ailleurs, qui d'autres qu'elles auraient pu l'approuver avec autant de ferveur ? Tout comme elles continuaient à présent de se réjouir pour Sophia, en dépit de la révélation qu'elle venait de leur faire concernant les sentiments d'Alex.

Reposant la robe couleur crème, Fran vint s'asseoir près de Sophia et déclara :

— Il se peut que l'enfant soit ce qui ait tout déclenché, mais…

— Non ! coupa Sophia. Alex m'a dit clairement qu'il était incapable d'aimer.

— C'est la peur qui lui fait tenir de tels propos. Il cherche à se protéger, lui assura alors Cathy en reposant elle aussi la robe verte. C'est une stratégie tout à fait compréhensible : si Alex ne se tient pas sur ses gardes, s'il reconnaît les véritables sentiments qu'il nourrit pour toi, alors il prend de nouveau le risque de souffrir.

— Que veux-tu dire exactement ? demanda Sophia.

— Il n'aimait pas son ex-femme, mais il avait du respect

pour elle et a tenté de tout mettre en œuvre pour que leur mariage fonctionne, expliqua Cathy.

— Et regarde ce qui est arrivé ! enchaîna Fran. Elle l'a quitté, humilié, lui a donné le sentiment qu'il ne maîtrisait plus rien. Désormais, il se méfie de tout et surtout de lui-même. A sa place, ne craindrais-tu pas de recommencer ?

— Bien sûr, mais…

— Donne-lui une chance, la supplia Cathy. Donne une chance à votre mariage. Il se pourrait que ce soit la meilleure décision de ta vie.

A ces mots, une vague d'espoir submergea Sophia.

Vrai, Alex avait connu l'enfer et, à présent, il craignait de souffrir de nouveau. Bref, il avait peur, ce qui était parfaitement compréhensible. Il n'empêche, une question continuait de la tourmenter : Alex pourrait-il un jour se laisser de nouveau aller et tomber amoureux d'elle ?

Personne n'était en mesure de répondre à cette question aujourd'hui, pensa-t-elle, et il lui fallait se focaliser sur le présent. Créer la plus belle famille possible étant donné les circonstances. Et si elle était assez chanceuse pour trouver un jour le même bonheur que Cathy et Fran au sein de leurs foyers respectifs, alors elle saurait gré pour toujours à la vie et à sa destinée de l'avoir ainsi comblée.

Adressant un superbe sourire à ses deux nouvelles sœurs de cœur — sa nouvelle famille —, Sophia décréta gaiement :

— Finalement, je crois que je vais opter pour la robe verte.

De nouveau, il était devant l'autel.

Vêtu de la tenue protocolaire, l'expression grave, il se tenait devant le même prêtre qui, la fois précédente, avait procédé aux rites du mariage…

Alex prit une profonde inspiration, s'exhortant au calme.

Allons, il y avait tout de même certaines différences par rapport à la première fois ! Au lieu des milliers d'amis et de cousins présents cinq ans plus tôt, *seules* cent cinquante personnes s'étaient rassemblées aujourd'hui, dans la chapelle du palais. Alex se fit la réflexion amère que cette diminution en nombre reflétait parfaitement la perte de ses illusions. Aujourd'hui, il ne fondait plus aucun espoir ridicule, ne spéculait plus sur un avenir heureux.

Naturellement, la femme qui se tenait à son côté était elle aussi différente. Tout en écoutant le sermon du prêtre, Alex lui jeta un coup d'œil en coin… Sous son voile en tulle vert d'eau constellé de minuscules pierres de cristal, Sophia esquissa un timide sourire à l'adresse de celui qui allait devenir son mari.

Sa beauté troublait Alex. Elle portait une longue robe de soie vert pâle qui descendait jusqu'à ses chevilles fines et moulait chaque courbe de son corps gracieux, tout en respectant les règles de la bienséance que dictait ce jour solennel.

Ses longs cheveux cuivrés tombaient librement sur ses épaules, et sa peau resplendissait de santé. Ce début de grossesse lui réussissait à merveille. Mais ce qui faisait naître des désirs dans les reins d'Alex, c'étaient ses lèvres, sensuelles et rose framboise, légèrement humides…

Non ! se reprit-il vivement. Aujourd'hui, il s'était juré de ne rien ressentir ! L'émotion n'était pas à l'ordre du jour, ainsi en avait-il décidé. Ah, pourquoi fallait-il que la mariée fût si troublante ? Et pourquoi, lorsqu'il l'avait vue s'avancer dans l'allée, dans sa direction, avait-il fallu qu'il se sente irrémédiablement attiré par elle, et qu'une incroyable envie de la protéger le submerge ? Bon sang ! N'était-il donc qu'un insensé, incapable de tirer les leçons du passé ?

Brusquement, le prêtre interrompit le cours des pensées d'Alex tandis que sa question résonnait dans toute la chapelle :

— Acceptez-vous de prendre cette femme pour…

Acceptait-il de prendre cette femme ?

Le prêtre avait-il deviné les images érotiques qui malgré lui traversaient son esprit lorsqu'il posait les yeux sur Sophia ? se demanda Alex, affolé. Allons, du calme, il s'agissait uniquement de la formule consacrée ! Naturellement qu'il voulait prendre cette femme ! Oh, oui, de toutes ses forces, de…

— Votre Altesse ? demanda le prêtre en se penchant vers lui.

— Oui, j'accepte, déclara alors Alex avec une solennité mêlée de fierté.

— Et vous, Sophia Rebecca Dunhill, poursuivit le prêtre, acceptez-vous de prendre cet homme pour époux ? De l'aimer, de le respecter et de lui obéir…

Lui obéir ?

Immédiatement, un tendre sourire éclaira le visage d'Alex. Hum, hum… Sophia allait répondre par l'affirmative, forcément, mais il doutait qu'elle tienne sa promesse concernant l'obéissance. Elle était si spirituelle, si passionnée, qu'elle lui donnerait forcément du fil à retordre. Mais, au fond, n'était-ce pas précisément ce qu'il aimait chez elle ?

Sophia le regarda alors droit dans les yeux, son regard railleur indiquant clairement qu'elle n'avait l'intention d'obéir ni à son mari, ni à personne, puis dans un sourire chaleureux, elle répondit :

— Oui, j'accepte.

— Par le pouvoir qui m'est conféré par Dieu, je vous déclare mari et femme, déclara l'officiant. Vous pouvez embrasser la mariée, Votre Altesse.

A ces mots, Alex crut que son cœur allait exploser dans sa poitrine. Sa femme, son épouse… Et brusquement, l'anxiété l'étreignit. Mais il la rejeta vivement, car le plaisir qui le submergeait était le plus fort.

Avec un infini respect, Alex releva le voile de la mariée.

— Votre Altesse, murmura-t-il avant d'unir sa bouche à la sienne et de lui donner un tendre baiser.

Elle avait le goût d'un bonbon à la menthe poivrée et il aurait aimé que ce baiser dure, et perdure… Hélas, il ne devait pas oublier les centaines d'yeux braqués sur eux. Alors, à regret, il détacha ses lèvres des siennes, lui prit la main et l'entraîna hors de la chapelle. La réception qui s'ensuivait se tenait dans l'immense cour du palais.

Des roses blanches et de la bruyère violette avaient été disposées sur les tables et dans des fûts de bois qui bordaient l'immense cour. Les domestiques allaient et venaient avec leurs plateaux remplis de coupes de champagne et de toasts au caviar. Un buffet fort appétissant attendait les convives.

Lorsque le roi fit son entrée, toute l'assemblée inclina la tête avec déférence. Il adressa dignement un signe de la main aux invités, puis traversa la cour d'un pas solennel pour rejoindre Alex et sa nouvelle femme.

Un large sourire aux lèvres, Alex le regardait avancer… Curieusement, le roi n'avait pas réagi de façon négative à l'annonce de son mariage avec Sophia. Il ne s'était même pas offusqué d'apprendre qu'un enfant était déjà en route. Bien au contraire !

— Sophia, dit le roi en serrant chaleureusement les mains de celle-ci dans les siennes. Vous êtes désormais l'une de mes filles. J'espère que vous ressentez le même plaisir que moi.

— Oh oui, Votre Majesté ! répondit spontanément Sophia. J'ai perdu mon père lorsque j'étais enfant et, l'année dernière, mon grand-père, l'homme qui m'a élevée, a également disparu.

— Le frère de Ranen, n'est-ce pas ?

Elle hocha la tête, émue.

— Ne vous faites pas de souci, ma chère. Désormais, vous pouvez compter sur Ranen et sur moi. Deux vieillards veillent sur vous et votre bonheur.

— Merci, c'est réellement un grand honneur pour moi, Votre Majesté.

— Et si nous ouvrions le bal pour sceller notre accord ? demanda le roi non sans adresser une œillade moqueuse à Alex. Si votre mari n'y voit aucune objection, s'entend !

Le mari en question ne broncha pas, et le roi entraîna alors Sophia sur la piste. Puis ce fut le tour de Ranen et de Fara, et au bout de quelques secondes chacun avait trouvé une partenaire et valsait allègrement sur la piste aménagée dans la cour.

— Félicitations, Alex ! déclara Maxim en venant prendre place près de son frère. Pourquoi ne danses-tu pas ?

— Je ne suis pas un bon danseur, tu le sais bien.

— Pour ton mariage, tu pourrais tout de même faire un effort, observa Max en contemplant la piste de danse, non sans ajouter : Sophia est une véritable beauté.

— C'est vrai, concéda Alex de façon laconique.

A cet instant, Dan vint se placer de l'autre côté et, posant une main amicale sur l'épaule de son beau-frère, il déclara :

— Une femme et un enfant… Désormais, tu es des nôtres.

— Ça m'en a tout l'air ! dit Alex.

— Ah, tu vas découvrir les joies de la grossesse ! poursuivit Maxim. Les nausées matinales…

— Et les changements d'humeur brutaux ! renchérit Dan.

— Les envies de caramels en pleine nuit !

— Du caramel ? Tiens donc ! Cathy, elle, c'était du poulet rôti.

— Je ne sais pas si je dois vraiment me réjouir ! répondit alors Alex en fixant subitement le nouveau cavalier de Sophia — un duc espagnol !

— Allons, ne te laisse pas impressionner par nos doléances typiquement masculines, rétorqua Dan. Nous avons adoré vivre cette expérience avec notre épouse, n'est-ce pas Max ?

— Absolument. Que peut-on espérer de mieux ? Il n'y a pas de plus grand bonheur que de voir la femme qu'on aime porter son enfant.

Les ultimes propos de son frère eurent le don de déstabiliser Alex qui répondit alors :

— Peut-être…

— Qu'as-tu, Alex ? s'exclama soudain Dan. Tu fais une tête d'enterrement ! Je te rappelle tout de même que c'est le jour de ton mariage et que tu épouses une femme ravissante.

Si ce crétin de duc continuait à serrer Sophia contre lui, il allait devoir intervenir ! Cet Espagnol allait comprendre de quel bois il se chauffait. D'accord, lui ne savait pas danser, mais ce n'était pas une raison pour que ce duc prétentieux prenne autant de liberté avec sa femme.

Peut-être le prince Alexander Thorne n'était-il pas capable d'amour, mais il était capable de jalousie ! Et désormais, Sophia lui appartenait — pour le meilleur et pour le pire !

Pourtant, lorsque cette dernière lui adressa un regard implorant, un regard qui le suppliait de venir la délivrer et de danser avec elle, Alex détourna les yeux… La jalousie était une faiblesse et il ne pouvait s'en permettre aucune, telle était la vérité qui venait de s'imposer à lui ! Ni maintenant, ni jamais, s'il voulait garder la tête froide et rester fort face à ce mariage. Non, il ne pouvait permettre que Sophia aperçoive dans ses prunelles la jalousie qui le consumait. Il s'était laissé suffisamment aller en sa présence, au point d'être aujourd'hui totalement engagée avec elle !

Se tournant vers son frère, Alex annonça :

— J'ai besoin d'air.

— Pardon ? dit Maxim sans en croire ses oreilles.

— Je rentre chez moi, à la villa.

— Alex, que se passe-t-il ? Tu ne peux pas abandonner la cérémonie et ta femme !

— Ce n'est pas au cadet de dire à l'aîné ce qu'il doit faire ou ne pas faire, répliqua Alex d'un ton cinglant.

Inutile de le lui rappeler : il savait fort bien que quitter la cérémonie était un comportement parfaitement incorrect, et qui plus est formellement contraire au protocole ainsi qu'au sens du devoir. Mais il s'en fichait.

Son premier mariage et son second se mélangeaient dans son esprit, et cela le rendait fou. Il éprouvait un besoin impérieux de prendre du recul !

— Alex, commença Dan d'un ton calme et serein, allons prendre un verre tous ensemble.

— Non merci ! Je préfère boire seul toute la nuit.

Dans une ultime tentative pour le retenir, Maxim l'attrapa par le bras et demanda :

— Pense à ta position, Alex ! Comment comptes-tu expliquer ta conduite ?

— Je dirai au roi qu'une affaire urgente a requis mon attention.

— Et à Sophia, qu'allons-nous lui dire ?

Alex haussa les épaules, puis finit par marmonner :

— Ce que vous voudrez !

Là-dessus, il s'éloigna…

8

Dans la douce clarté de la lune, Sophia aperçut soudain la silhouette d'Alex sur la plage… Telle la statue du commandeur, il fixait l'océan agité. Prenant son courage à deux mains, elle se dirigea vers lui.

Alex ne fit pas un mouvement en entendant ses pas sur le sable, ne lui accorda pas le moindre regard. Bras croisés, mâchoires serrées, il contemplait obstinément les eaux vert foncé qui se mouvaient devant lui.

— Je savais que je te trouverai là, lui dit-elle doucement.

— Pourquoi es-tu venue me rejoindre ? demanda-t-il d'un ton cassant.

Un ton dont Sophia ne s'offusqua pas. Elle n'avait jamais eu peur de la colère ou des humeurs d'autrui. En outre, cet homme était désormais son mari, et elle devait l'accepter tout entier, y compris avec ses faiblesses et ses peurs.

Car elle n'avait jamais douté que c'était la peur qui avait momentanément éloigné Alex et l'avait conduit à chercher refuge ici, au bord de la mer, la seule chose qu'il croyait éternelle.

— Alex, tu sais parfaitement pourquoi je suis ici, répliqua-t-elle tranquillement.

N'avait-elle pas toutes les bonnes raisons du monde pour rejoindre son mari sur la plage ? Elle voulait lui assurer qu'elle comprenait ses inquiétudes et le fait que ce mariage ne soit pas aisé pour lui. Hélas, elle aurait également parié qu'Alex n'était pas disposé à l'écouter !

Sur une impulsion, elle opta pour une autre stratégie et déclara :

— Ton départ a presque provoqué un esclandre à la cour. L'orchestre refuse de continuer à jouer des valses. Les musiciens ont décrété qu'ils en avaient assez des airs démodés et qu'ils voulaient jouer le dernier titre de rap en vogue. Tu imagines la tête de ton père ! J'ai préféré partir…

— Vraiment ? dit Alex d'un ton sec, où perçait le plus grand scepticisme.

— Non, avoua-t-elle en soupirant de lassitude devant son manque d'humour flagrant. Ce n'est pas vrai…

Et, après quelques secondes de silence, elle reprit sur un ton enflammé :

— Tu veux savoir la vérité ? La vérité, c'est que tu m'as abandonnée devant ta famille et tes amis les plus proches et que cela ne me plaît pas du tout ! Alors j'ai décidé de te rejoindre… pour te passer un savon.

A ces mots, il tourna enfin son regard vers elle, et ce furent deux prunelles remplies de frustration… et de désir qui plongèrent dans les siennes.

— Me passer un savon ? répéta-t-il, incrédule.

Le regard d'Alex la fit délicieusement frissonner.

— Ou quelque chose d'approchant, répliqua-t-elle, les yeux mi-amusés, mi-défiants.

— Dans ces conditions, rentrons ! proposa-t-il d'un air provocateur. Mettons-nous à l'abri des regards et voyons ce que nous pouvons faire…

— Non ! Pas tout de suite, répondit-elle — même si la proposition d'Alex la tentait terriblement. Je veux d'abord que tu me dises pourquoi tu as éprouvé le besoin de quitter la réception.

— Une urgence m'appelait.

— Ben voyons ! Une affaire d'Etat à régler le jour de ton mariage, c'est cela ?

— Si c'est ce que Maxim t'a dit…

— Oui, c'est ce qu'il m'a répété… en évitant de me regarder en face ! Le pauvre ! L'obliger à mentir alors que, manifestement, ce n'est pas un registre dans lequel il excelle. Voilà qui n'est pas très charitable, Alex !

— Peut-être, avoua ce dernier en ébauchant enfin l'ombre d'un sourire.

Un silence s'ensuivit, troublé par le ressac. L'écume des rouleaux venait crépiter de plus en plus près d'eux… Quel tour donner à présent à la discussion ? se demanda Sophia. Et surtout, de quelle façon ramener Alex à de meilleures dispositions ?

Tout à trac, elle déclara :

— Alex, si nous souhaitons que notre mariage fonctionne, il faudrait au moins que nous soyons amis, ne crois-tu pas ?

— Je ne veux pas que tu sois mon amie ! protesta-t-il vivement comme si elle venait de proférer une injure. L'amitié n'a rien à voir dans notre relation, je refuse qu'entre nous il s'agisse *d'amitié*.

— Que veux-tu alors ? s'exclama-t-elle, passablement agacée.

— Assez, Sophia ! s'écria-t-il à son tour. Cette conversation me rend fou et, qui plus est, ne nous mènera nulle part. Pourquoi es-tu ici ? Qu'attends-tu de moi ?

— Je voulais juste discuter avec toi.

— De quoi ?

A ces mots, elle le regarda droit dans les yeux, hésita, puis finit par dire :

— On me dit souvent que j'ai un don pour écouter les autres. Alors je me suis dit que je pouvais en faire profiter mon mari. Alex, je suis certaine que le fait de parler de ton passé et de tes sentiments t'aiderait à surmonter tes angoisses.

— Je n'ai pas besoin que l'on m'aide à me débarrasser du passé, rétorqua-t-il sèchement.

— Vraiment ? Que comptes-tu faire exactement ? Passer ta vie à ressasser tes blessures passées pour ne pas vivre le présent ? Te servir de ton ex-femme comme éternel prétexte ?

— Je te rappelle que tu es écrivain, pas analyste, s'exclama-t-il alors durement.

Jamais Sophia n'avait rencontré un homme aussi entêté. Certes, son grand-père pouvait l'être, mais pas de cette façon — une façon aussi… agaçante.

Manifestement, le prince héritier Alexander voulait

rester enfermé dans sa tour d'ivoire. Eh bien, qu'il y reste ! décida-t-elle. Elle en avait assez ! Elle jetait l'éponge et advienne que pourra !

— Très bien, Alex, dit-elle d'un ton décidé. Tu as gagné, je ne vais pas te supplier plus longtemps. Je m'en vais.

Là-dessus, elle tourna les talons et se dirigea vers la villa.

Elle n'alla pas très loin car Alex la rattrapa vivement et, se saisissant de son poignet, l'obligea à lui faire face.

— Bon sang, Sophia, n'as-tu donc rien compris ? S'il y a quelqu'un qui doit supplier l'autre dans notre relation, c'est bien moi !

— Toi ?

— Cela te choque, n'est-ce pas ?

— Je ne suis pas choquée, mais étonnée.

— Etonnée de quoi ? dit-il en l'attirant à lui, tandis que la brise marine les enveloppait de sa caresse veloutée, soulevant doucement la robe de la mariée. De me voir si désespéré ? Si humble ?

— Non ! Si honnête…, répondit-elle.

A ces mots, il se raidit, comme si elle venait de l'offenser. Au bout de quelques secondes, il approcha sa bouche de la sienne, et déclara :

— J'ai toujours été *honnête* avec toi, Sophia. Je n'ai jamais nié le désir que tu m'inspires. A cet égard, je ne t'ai jamais menti, ni ne me suis menti à moi-même.

Soudain, Sophia sentit qu'elle perdait le contrôle de sa respiration. Alex se tenait tout près d'elle, trop près pour qu'elle continue à soutenir sereinement cette conversation. Son odeur masculine et épicée était si troublante qu'elle la bouleversait jusqu'à l'âme. Aussi murmura-t-elle :

— Ne crois-tu pas qu'il existe autre chose que du désir entre nous ?

— Impossible ! répliqua-t-il d'un ton farouche.

— Pour moi non plus, Alex, ce n'est pas facile ! se récria-t-elle, irritée par le peu de fair-play dont il faisait obstinément preuve.

Pour toute réponse, il effleura sa bouche de la sienne… Elle ne résista pas longtemps, emportée par la bouffée de chaleur qui l'envahissait. Elle s'abandonna à son baiser fougueux, consciente que le temps et sa raison dérivaient vers le large, au fil du vent et des vagues…

Lorsque Alex détacha sa bouche de la sienne, ce fut pour lui murmurer à l'oreille :

— Je ne crois plus à rien, Sophia, et je ne peux plus faire confiance à une femme. J'ai trop souffert, je refuse de souffrir de nouveau !

— Jamais je ne te ferai souffrir, promit-elle, éperdue.

— Ne fais pas des promesses que tu seras incapable de tenir à long terme !

— Crois-tu que ce mariage ne me terrifie pas autant que toi ? reprit-elle courageusement. Mais à présent, que tu le veuilles ou non, nous sommes mariés, Alex ! Je me suis engagée, j'ai prononcé des vœux et je les tiendrai. Jamais je ne te quitterai !

Glissant une main dans les cheveux de Sophia qu'il tenait toujours dans ses bras, Alex déclara alors avec une douceur mêlée de paternalisme :

— Tu ne sais pas de quoi tu parles, Sophia.

— Détrompe-toi ! se récria-t-elle, irritée par son ton supérieur. Si, contrairement à toi, je ne peux pas me prévaloir de l'expérience d'un mariage, je me connais en revanche assez pour savoir que, grâce à ma volonté de fer, j'obtiens toujours ce que je veux.

— Assez, petite insolente ! décréta subitement Alex.

Et, la soulevant de terre, il l'emporta vers la villa.

Leurs premières étreintes avaient été rapides et sauvages. Cette fois-ci, Sophia était bien décidée à savourer plus longuement son plaisir. A faire en sorte qu'ils se retrouvent enfin, elle et lui, au-delà des reproches et de l'inquiétude.

De façon surprenante, Alex ne la déposa pas sur le lit, mais la laissa glisser lentement contre lui jusqu'à ce que ses pieds touchent le sol. Puis, ce fut son regard — un regard rempli de désir — qu'il fit glisser le long du corps de Sophia…

— Tu es très belle, aujourd'hui, lui dit-il d'une voix

rauque. Lorsque tu es venue me rejoindre sur la plage, tout à l'heure, j'ai bien cru que j'allais défaillir, tellement je t'ai trouvée belle.

— Désolée de t'avoir si profondément troublé, dit-elle en lui adressant un sourire mutin.

— Désolée, toi ? Adorable menteuse, va ! répliqua-t-il d'une voix enjôleuse.

Seule la lune éclairait la chambre, mais sa lueur permit à Sophia de voir le sourire d'Alex. Elle secoua la tête et concéda :

— Tu as raison, je ne suis pas réellement désolée ! Je dirai même que je suis plutôt ravie de t'avoir troublé.

Sur une impulsion, Alex passa derrière Sophia. Subitement, elle éprouva une sensation de perte : la chaleur de son corps viril contre le sien était si rassurante ! Elle voulut se retourner, il l'en empêcha.

— Attends ! lui chuchota-t-il d'une voix rocailleuse.

Une voix qui poussa l'excitation de Sophia à son comble. Quelle nouvelle sensation lui réservait Alex ? Quelle nouvelle surprise ?

— C'est notre nuit de noces, Sophia, ajouta-t-il sur un ton lascif, tout en commençant à défaire les minuscules boutons de sa robe.

Les doigts frais d'Alex effleuraient sensuellement son dos, et sous cette caresse, le cœur de Sophia commençait à s'affoler… Sa respiration devenait imperceptiblement plus haletante…

— Je ne suis pas digne de toi, finit-il par dire non sans cesser de dégrafer sa robe et de la caresser du bout des doigts.

La gorge de Sophia se noua… Alex possédait tout ce qu'un homme pouvait désirer : la fortune, le pouvoir, l'adoration de milliers de personnes. Malheureusement, son sens des valeurs et son orgueil avaient été mis à mal par son mariage raté.

Pourtant, il attendait bien plus de Sophia et de son nouveau mariage qu'il ne voulait l'admettre, cela, elle le savait pertinemment. Mais elle savait aussi qu'elle devrait être patiente, aimante, tendre et ouverte pour qu'il voie enfin la réalité telle qu'elle était. Peut-être serait-il alors en mesure de prendre ce qu'elle était si disposée à lui donner…

Elle en était là de ses pensées, lorsque sa robe vert pâle tomba à ses pieds. Un courant d'air frais balaya son corps, et elle plaqua son dos contre le torse d'Alex, espérant qu'il l'enlacerait.

Mais ce dernier n'avait pas fini de la déshabiller. Habilement, il dégrafa son soutien-gorge, qu'il laissa tomber à terre du bout des doigts. Puis ses mains glissèrent sur son corps et effleurèrent bientôt la dentelle de sa culotte, qui subit alors le même sort que son soutien-gorge.

Délicatement, Alex enlaça la taille de Sophia et, tout en embrassant sa nuque, ses épaules, fit courir ses mains vers son ventre doré, puis un peu plus bas encore…

Un cri échappa à Sophia lorsque son compagnon glissa ses mains entre ses jambes. D'instinct, elle pressa son dos plus étroitement encore contre son torse, sentant son érection dans le creux de ses reins… Tout cela était follement excitant, d'un érotisme achevé ! pensa-t-elle. Jamais personne ne l'avait caressée de cette façon. Oui, elle allait aimer cet homme comme aucun autre avant lui.

Cet homme qui était à la fois son mari et son amant… Cet homme qui d'une main caressait ses seins, de l'autre la fleur de son intimité…

Sophia sentait son désir monter et monter encore… Soudain, elle s'abandonna et un flot brûlant l'emporta. Des frissons de plaisir la submergèrent, la volupté l'étreignit mais le tout fut bientôt suivi d'un sentiment de frustration : elle en voulait davantage, elle le voulait en elle !

Se retournant brusquement, elle lui fit face et, nouant ses mains derrière la nuque d'Alex, elle plaqua ardemment sa bouche sur la sienne. Ce fut un baiser impérieux, éperdu… Et, tout en l'embrassant, Sophia enfonçait ses doigts fébriles dans la chevelure d'Alex qui, de son côté, pressait impétueusement sa virilité contre son ventre.

Elle trouvait suprêmement érotique le fait qu'elle fût entièrement nue entre ses bras et lui encore vêtu. Pourtant, l'envie de le caresser fut la plus forte et elle entreprit à son tour de le déshabiller. Hélas, elle était si fébrile qu'elle en devenait maladroite ! Alex vint à son secours et, au moment où il se débarrassait de sa chemise blanche, Sophia vit ses yeux virer au violet foncé. Un violet couleur du désir, conjugué à un sourire sensuel…

Doucement, il l'entraîna vers le lit, puis s'allongeant sur son corps, l'embrassa longuement avant d'enfouir sa tête entre ses seins… Comment pouvait-il être aussi tendre, se demanda-t-elle furtivement, aussi audacieux, aussi avide d'elle, et malgré tout garder son cœur si fermé ?

La question s'envola tout aussi rapidement qu'elle était venue, car les caresses que lui prodiguait Alex l'enivrèrent au point qu'elle en oublia tout… Poussant un petit gémissement, Sophia rejeta la tête en arrière tandis que son partenaire continuait à mordiller la pointe de ses seins, à la torturer délicieusement… Sous l'emprise d'une fièvre incontrôlable, elle se cambra contre lui. Allait-il enfin comprendre qu'elle avait envie qu'il vienne en elle ?

Jouant avec son désir, Alex plongea un regard farouche dans le sien et lui ordonna :

— Dis-moi que tu me désires, Sophia.

— Oui, je te désire passionnément, répondit-elle d'une voix tremblant d'émotion.

Alors, sans attendre, il se noya en elle.

Immédiatement, Sophia enroula les jambes autour des reins de son amant. Alex se mit alors à chalouper au-dessus d'elle, d'abord doucement, tendrement, avant d'accélérer progressivement ses coups de reins.

De son côté, Sophia agrippait sa taille, ses épaules, enfonçait ses ongles dans sa chair… Soudain, un grognement échappa à Alex qui bascula bientôt dans l'intensité de la jouissance.

Une seconde plus tard, Sophia le rejoignait.

Le soleil dardait ses rayons sur les persiennes, constellant la chambre de papillons blancs et noirs. A travers les vitres ouvertes, la brise venant de la mer s'infiltrait elle aussi, et faisait virevolter gracieusement les rideaux blancs.

Les yeux encore fermés, Alex savourait la douce chaleur du soleil et la caresse de la brise. Cela faisait une éternité qu'il ne s'était pas senti si détendu. D'ailleurs, avait-il jamais connu ce sentiment de sérénité ?

La nuit dernière, Sophia avait été à la fois sauvage et ardente, se donnant à lui sans gêne ni honte. Complètement enivrante. Sophia, son épouse, sa femme…

Pourquoi le nouveau titre de Sophia l'émouvait-il à ce point ? Plus il le répétait, et plus ce titre, tel un sésame magique, s'inscrivait profondément en lui… Curieux !

Allons, ce n'était pas une nuit d'amour, aussi merveilleuse fût-elle, qui allait lui faire perdre la tête ! Non, il allait recouvrer la maîtrise de lui-même, car la notion de contrôle était indispensable à son mariage. Ce qui ne l'empêchait nullement de goûter à la chaleur de son épouse ! Mais en gardant, lui, la tête froide.

Le seul fait de repenser à la nuit précédente et à la fièvre de sa femme alluma de nouveau le désir d'Alex. Il savait qu'il lui avait fait connaître des vertiges inconnus et il voulait réitérer la merveilleuse expérience. Il répondrait à ses désirs chaque fois qu'elle le voudrait…

Tendant la main dans l'espoir de toucher le corps doux et tiède de Sophia, il ne trouva que des draps presque froids et un emplacement vide à côté de lui. Un nuage assombrit immédiatement le front d'Alex et, se redressant sur un coude, il ouvrit les yeux.

Où était Sophia ?

Ni dans le lit, ni dans la chambre.

Il tendit l'oreille…

Pas davantage dans la salle de bains !

L'horloge indiquait 8 heures. Où avait-elle bien pu aller de si bon matin, le lendemain de sa nuit de noces ? Et alors qu'ils avaient si peu dormi !

Malgré lui, une réponse insidieuse s'immisça dans son esprit : et si elle lui avait menti en affirmant qu'elle respecterait ses engagements et resterait toujours près de lui ? Sa tension intérieure monta en flèche tandis qu'une immense tristesse l'envahissait. Assaillie de subits remords, avait-elle décidé, sur un coup de tête, d'élever leur enfant loin de lui ?

Bon sang ! Ce qu'il avait pu être idiot ! Dire qu'il avait cru tout ce qu'elle lui avait raconté. Il serra violemment les mâchoires. Décidément, il…

— Bonjour, Votre Altesse.

Tel le cri d'un oiseau de paradis, ces mots arrachèrent Alex à ses sombres méditations pour le replonger dans la lumière du bonheur. Rayonnante et incroyablement belle, sa femme se tenait sur le seuil de la porte…

Passé le premier instant d'éblouissement, Alex lui demanda sur un ton qui sonna durement même à ses propres oreilles :

— Où étais-tu ?

— Je suis allée à la chasse en vue de rapporter des victuailles pour notre petit déjeuner, dit-elle d'un air malicieux. Il n'y avait plus rien dans le réfrigérateur, cher prince !

— Tu n'as pas le droit d'aller et venir comme bon te semble, répliqua-t-il, peu sensible à la plaisanterie. Je te rappelle que tu es désormais la princesse héritière de Llandaron, non plus une citoyenne lambda de San Diego. Tu te dois de respecter le protocole.

— Inutile de s'énerver, répondit-elle, placide. Je suis juste allée au village faire quelques courses pour le petit déjeuner. C'est tout !

— C'est tout ? répéta-t-il d'un ton cinglant. Etant donné le rang que tu occupes, tu ne peux plus faire tout ce qui te passe par la tête, Sophia ! Tu aurais pu te faire kidnapper ou pire encore, qui sait ?

— Kidnapper ? s'exclama-t-elle avec un sourire amusé aux lèvres. Il est vrai que ton peuple me paraît particulièrement hostile ! Allons, Alex, soyons sérieux, veux-tu ? Pourquoi es-tu si contrarié ? Dis-moi la vérité !

Décidément, Sophia était bien trop perspicace, pensa-t-il. Elle avait deviné que la prétendue licence qu'elle avait prise avec le protocole lui servait de prétexte pour masquer une contrariété plus profonde. Soit ! Mais qu'elle ne compte pas sur lui pour lui avouer qu'il avait cédé à la panique en constatant qu'elle n'était plus dans le lit ! Soudain, il l'entendit ajouter d'un ton léger :

— Naturellement, je présume que tu ne vas pas me répondre.

— Je n'ai rien de plus à dire.

— Bah, comme tu voudras ! Laisse-moi simplement ajouter à ma décharge que le fait d'être une princesse représente une situation complètement nouvelle pour moi. Néanmoins, s'il faut désormais que je sorte avec un garde du corps, je me plierai au protocole. Cela te convient-il ?

— Parfait ! marmonna-t-il, presque agacé par sa bonne volonté. Eh bien, qu'as-tu ramené de la ville ?

Sophia roula alors de grands yeux malicieux et déclara dans un sourire :

— De la tarte aux myrtilles et du beurre de cacahouètes…

Ce fut au tour d'Alex d'ouvrir de grands yeux. Et de sentir son cœur se serrer d'émotion.

— Comment as-tu su que…

— Que c'était ton petit déjeuner favori ?

Décidément, cette femme était dangereuse ! conclut Alex. Dangereuse, car elle s'ingéniait à faire sauter toutes ses réserves. Lui qui s'efforçait scrupuleusement de rester sur ses gardes venait encore une fois d'être pris de court par sa délicate attention. Car n'était-il pas extrêmement touchant que Sophia, sa femme, ait pris la peine de s'informer sur son petit déjeuner préféré ? N'était-ce pas la preuve que c'était une épouse aimante ?

A cet instant, Alex se leva enfin du lit et vint se camper devant elle pour planter son regard dans le sien. Sophia l'aimait-elle ? Il savait qu'il l'attirait, qu'il lui plaisait, mais quant à l'amour…

— Pourquoi as-tu fait cela ? demanda-t-il alors d'une voix rauque.

— Pourquoi ? dit-elle en fronçant malicieusement les sourcils. Quelle drôle de question ! Tout simplement parce que je savais que cela te ferait plaisir, et que j'avais envie de te faire plaisir !

Non, pensa-t-il alors dans un sursaut de raison, il ne pouvait permettre à Sophia de l'aimer.

— J'apprécie ton geste à sa juste valeur, Sophia. Seulement…

Sa voix s'était imperceptiblement durcie et pourtant il fut incapable de poursuivre. Ce fut elle qui compléta, d'un air faussement fataliste :

— Seulement, j'ai franchi la ligne invisible mais irrévocable que tu as tracée entre toi et le reste du monde, n'est-ce pas ?

— Je ne veux pas qu'il y ait de confusion, c'est tout.

— Confusion sur quoi ?

— Sur ce que nous pouvons faire dans cette chambre, et qui je suis en réalité.

— C'est-à-dire ? N'es-tu pas le prince héritier Alexander ? dit-elle en laissant fuser un petit rire nerveux. M'aurais-tu menti sur ton identité ?

— Je suis un homme qui ne pourra jamais t'aimer, Sophia, déclara-t-il alors d'un ton grave.

9

— Et quand partez-vous en voyage de noces ?

— Je ne sais pas, nous n'avons pas encore évoqué le sujet, répondit Sophia de façon évasive avant d'ajouter : Ranen ?

— Oui ? dit doucement ce dernier.

Assise avec son grand-oncle sur une terrasse qui donnait sur un immense jardin, Sophia caressait d'une main distraite Aggie, recroquevillée en boule sur ses genoux. D'un ton mélancolique, elle lui dit alors :

— J'avais besoin de parler un peu, voilà pourquoi je suis venue vous rendre visite.

— Tu es toujours la bienvenue chez moi, tu le sais bien, déclara Ranen.

Non, elle ne le savait pas et elle était heureuse que Ranen le lui dise, celui lui mettait du baume au cœur, car le frère de son grand-père était la seule famille qui lui restât au monde et il lui rappelait tellement le vieil homme qu'elle avait chéri. Voilà pourquoi elle avait besoin de son réconfort. En outre, elle se sentait en paix dans son manoir avenant.

— Allez, dis-moi ce que tu as sur le cœur, l'encouragea-t-il en bourrant sa pipe avec un tabac au parfum fort agréable. Que s'est-il passé ?

Sophia haussa les épaules pour cacher sa contrariété puis finit par dire :

— C'est Alex…

— Que t'a-t-il fait ?

— Eh bien… Pour ma part, je prends notre mariage très au sérieux.

— Et selon toi, ce n'est pas le cas du prince ?

— Si, je crois qu'il considère notre union comme une chose sérieuse, mais le mariage en tant que tel…

Elle laissa échapper un lourd soupir, puis, plongeant son regard de jade dans celui de Ranen, elle avoua :

— Je suis tombée amoureuse, Ranen.

— Je sais, dit ce dernier.

— Hélas, de son côté, Alex ne s'autorisera pas à tomber amoureux de moi.

— Taratata, je crois que tu te trompes à ce sujet.

Spontanément, l'espoir jaillit dans le cœur de Sophia. Serait-il possible que… ?

Non, inutile de se faire davantage de mal en prenant ses rêves pour des réalités ! s'enjoignit-elle. Ranen cherchait uniquement à la consoler.

— Je ne crois pas, rétorqua-t-elle. Il a été tout à fait clair à ce sujet.

A ces mots, Aggie s'étira et bâilla bruyamment. Puis elle leva la patte et la posa sur la main de Sophia, ce qui arracha un faible sourire à cette dernière. On aurait dit que la brave bête comprenait son chagrin et tentait, à sa manière, de la consoler.

— Alex lutte contre lui-même car il est amoureux de toi, répondit tranquillement Ranen en allumant sa pipe.

Sophia se rappela la nuit passée, les merveilleuses caresses qu'Alex lui avait procurées. Il avait été si généreux, si merveilleux… Il l'avait touchée avec une quasi-vénération, avait posé sur elle des yeux si attentionnés. Durant ces heures fantastiques, il avait rempli à la perfection son rôle de mari. Oui, pendant leur nuit de noces, il s'était largement racheté de son comportement peu orthodoxe lors de la réception.

En somme, il lui avait donné une nuit de noces parfaite, pour un couple foncièrement imparfait, pensa-t-elle avec amertume.

— Si ce que vous dites est vrai, commença Sophia, s'il lutte contre lui-même parce qu'il est amoureux de moi, à votre avis, qui va remporter la bataille à la fin ? Le prince de Llandaron qui cherche à tout maîtriser ou les sentiments d'Alex ?

La question parut surprendre Ranen. Il réfléchit un instant, tira longuement sur sa pipe, puis répondit :

— Difficile à dire. Les deux parties sont chacune à leur façon de redoutables adversaires.

Là, Ranen ne lui apprenait rien ! Alex était en conflit permanent entre sa raison et ses envies. Parfois, elle craignait que les deux entités ennemies ne se détruisent mutuellement et qu'il n'y ait pas de vainqueur. A bien y réfléchir, cette situation lui rappelait les éternelles disputes entre sa mère et son père. Ils étaient constamment en désaccord, mais personne ne gagnait jamais. Pire : au final, tout le monde perdait…

— Qu'y a-t-il, Sophia ? reprit Ranen. Tu parais désespérée.

— Mon seul désir est que mon enfant soit élevé dans une famille aimante, pas comme…

Elle se mordit la lèvre. Devait-elle réellement se confier à Ranen ?

— Pas comme la tienne, n'est-ce pas ? compléta le vieil homme, pas dupe de son silence.

— Oui, concéda-t-elle. Mes parents s'adressaient à peine la parole. Ils n'étaient même pas amis.

— Ne te préoccupe plus de cela, aujourd'hui, trancha Ranen. Ce n'est pas une fatalité qui te poursuit. Et puis Llandaron est un endroit unique, spécial. Tout peut arriver sur cette île, la magie y a élu domicile.

— Comme j'aimerais vous croire, car, en l'occurrence, un peu de magie me serait bien utile !

— Sur cette île, la magie frappe comme la foudre, déclara Ranen. Elle te surprendra quand tu en auras le plus besoin, j'en suis certain.

— Dans ces conditions, pourquoi ne vous a-t-elle pas encore frappé ?

La question avait franchi les lèvres de Sophia avant même qu'elle ne réfléchisse à sa portée. Une question qui avait au moins l'avantage de l'honnêteté et qui prit Ranen entièrement de court.

— Moi ? dit-il, surpris.

Par réflexe, Ranen voulut reprendre ses distances et son visage se figea. Mais Sophia ne lui permit pas de se retrancher derrière un masque. N'était-il pas préférable de parler à cœur ouvert ? Après tout, Ranen était son unique famille, il lui était déjà très cher et elle ne souhaitait que son bonheur ! Aussi ajouta-t-elle :

— J'ai l'impression que la magie de Llandaron essaie de vous attraper depuis un bon moment mais que vous courez toujours plus vite qu'elle.

A ces mots, Ranen fixa sur Sophia un regard dur, tandis que cette dernière poursuivait :

— Votre regard ne m'effraie nullement, Ranen. Votre frère aussi pouvait prendre des mines terrifiantes. Dès que je faisais une sottise, il me gratifiait d'un de ces fameux regards… qui ne m'ont jamais fait peur ! Alors trouvez autre chose !

— Je pense pour ma part que l'air et le soleil de l'île t'ont tapé sur la tête, oui ! gronda Ranen.

— Cela n'a rien à voir avec le soleil, mais avec l'amour, mon cher Ranen.

— L'amour ? Quel rapport avec moi ?

— Vous aimez Fara.

Frappé de surprise, Ranen en ouvrit grand la bouche et laissa sa pipe tomber par terre.

— Et Fara vous aime, poursuivit Sophia, imperturbablement.

— C'est insensé ! dit enfin Ranen. Fara est ma femme, je suis son mari.

— Précisément !

— Tss-tss ! émit Ranen à bout d'arguments.

— Il faut que vous réagissiez avant qu'il ne soit trop tard, Ranen, décréta Sophia en toute impudence.

— Allons, jeune fille, je sais parfaitement ce dont j'ai besoin ou non. Et je n'ai pas besoin que tu viennes chez moi me dire ce que je dois faire.

Pas le moins du monde impressionnée, Sophia lui lança un regard de défi et affirma tranquillement :

— Les regrets laissent une amertume éternelle au cœur, Ranen, une amertume qui empêche d'être heureux.

Agacé, il secoua la tête et marmonna :

— La nièce qui fait la leçon à son grand-oncle ! C'est… c'est…

— C'est dans l'ordre des choses, au sein d'une famille, Ranen, et la famille est une bénédiction.

A cet instant, le vieil homme la regarda longuement sans mot dire, visage impassible.

Allait-il la jeter à la porte ? se demanda un instant Sophia, le cœur battant. Ce fut alors qu'une chose amusante se produisit. Peut-être était-ce précisément la magie typique de Llandaron qui le frappait brusquement. Car soudain un sourire éclaira le visage de Ranen, un sourire semblable à un rayon de soleil par une nuit d'hiver, et il déclara :

— Tu es une gagnante, Sophia.

Ce compliment la toucha profondément. Désormais, elle savait qu'elle ferait ce qu'elle devait faire, c'est-à-dire de son mieux, et obtiendrait le meilleur de l'homme qu'elle aimait.

Sans exclure l'enfant qu'ils aimeraient tous deux, naturellement !

Alex venait enfin de la trouver. Il l'avait d'abord cherchée dans toute la villa, puis sur la plage. En vain. Il était alors allé au carénage, sans plus de succès. Sur une intuition, il s'était rendu chez Ranen… pour s'entendre dire que Sophia était repartie une heure auparavant !

Alors, en désespoir de cause, il avait erré dans le village lorsque, brusquement, il l'avait repérée dans un square, entourée d'une trentaine d'enfants. Ou plus exactement, il avait d'abord aperçu son garde du corps.

Instinctivement, il avait voulu se diriger vers elle, mais il s'était ravisé. Elle était en train de discuter et de rire avec les écoliers de Llandaron, les questionnant sur leurs animaux préférés et sur ce qu'ils aimaient les voir faire : voler, danser… ou cracher ? Quand elle posa cette ultime question, Alex éclata lui aussi de rire, de sorte que deux ou trois enfants se retournèrent. Par prudence, il recula de quelques pas. Il ne désirait pas rompre la magie de cette scène.

Une chose était certaine : les enfants l'adoraient, voulaient être près d'elle. Et de toute évidence, la réciproque était vraie. Sophia avait un rapport spécial avec eux. Jamais il n'avait vu une adulte si encline à jouer avec les enfants, à entrer dans leur monde sans réserve, ni gêne.

Nul doute qu'elle serait une mère extraordinaire pour leur enfant, conclut-il alors.

A cette pensée, son estomac se contracta. Et lui, s'interrogea-t-il, quelle sorte de père allait-il être lorsque l'heure serait venue ?

Ce fut à cet instant que Sophia croisa son regard… Immédiatement, Alex détecta une confusion dans ses beaux yeux verts, ce qui ne manqua pas de l'attrister. Nul doute qu'elle se demandait ce qu'il pouvait bien faire ici, et si sa présence dans le square était bon ou mauvais signe… En tout état de cause, sa présence la contrariait, observa-t-il profondément désolé. Et tout le plaisir qu'elle goûtait en compagnie des enfants et qui lui donnait à elle-même des airs enfantins disparut d'un coup.

Oh, il ne la blâmait nullement pour sa réaction ! Après la nuit magique qu'ils avaient passée ensemble et la façon si grossière dont il s'était conduit le matin envers elle, n'aurait-il pas été légitime de la part de Sophia de ne même plus lui adresser la parole ? Néanmoins, il savait que sa femme ne se comporterait pas ainsi. Non, Sophia était courageuse, intrépide, sémillante… Elle ne l'ignorerait pas, ni ne l'humilierait en le rabrouant en public.

Après avoir chaleureusement remercié les enfants et les avoir tous gratifiés d'un merveilleux sourire, elle se détacha du groupe pour s'avancer vers lui. Son garde du corps lui emboîta le pas, à bonne distance.

— Bon après-midi, Alex, lui dit-elle en toute simplicité.

A ces mots, il se saisit de sa main pour en baiser le dos.

— Bon après-midi, dit-il à son tour. Tu m'avais l'air de bien t'amuser avec les enfants.

— Ils sont adorables ! Et si inventifs !

Ils se turent un instant, gênés. Soudain, Sophia plongea son regard vif dans le sien et demanda :

— Que proposes-tu que nous fassions ? Que nous nous évitions ?

Derrière son air serein, Alex sentait toute la colère et l'amertume qui couvaient dans son cœur. La honte l'étreignit.

— Cela ne va pas être facile, dit-il presque timidement.

— Effectivement, admit-elle.

Autour d'eux, les badauds commençaient à s'attrouper.

En temps normal, la famille royale pouvait tranquillement vaquer à ses occupations sur l'île sans que personne ne lui prête particulièrement attention. Un gentil sourire ou une révérence respectueuse si les regards se croisaient, tel était ce que les sujets du royaume se permettaient, mais pas davantage. Aujourd'hui, cependant, les circonstances étaient un peu particulières : le prince héritier s'était marié la veille ! Quoi de plus normal que les habitants de Llandaron contemplent leur nouvelle princesse ?

— Marchons, proposa Alex, non sans adresser un petit signe de la main au groupe de curieux qui s'était attroupé autour d'eux.

Comprenant l'ambiguïté de la situation, Sophia approuva.

— Entendu, lui dit-elle.

Et, leurs gardes du corps respectifs sur les talons, ils quittèrent le square pour rejoindre une petite rue privée et ombragée, à l'écart des regards. Désignant un banc, Alex invita Sophia à s'asseoir. Elle obtempéra et il prit place à son côté.

— Et si, à partir de maintenant, nous décidions de ne plus penser et de ne plus raisonner ? proposa Alex de but en blanc.

A ces mots, Sophia tourna son beau visage vers lui. Un visage sur lequel se lisait la plus grande surprise.

— Es-tu vraiment sérieux ?

— Oui !

— Et les jugements erronés, Alex ? Que proposes-tu d'en faire ?

Il se raidit devant sa franchise, mais ne protesta pas. Après tout, il avait bien mérité ses piques.

— Je te promets de m'abstenir de tout jugement, déclara-t-il alors.

— Pour combien de temps ?

— Aussi longtemps que je le pourrai, dit-il avec un sourire.

— Donc, nous ne pensons plus, nous ne raisonnons plus ?

— Non, nous expérimentons.

— Et apprécions le moment comme il se présente ?

— Oui !

— Parfait ! déclara-t-elle.

A cet instant, Alex se saisit de sa main. Heureux qu'elle ne le rejette pas, il lui déclara, les yeux brillants :

— Viens, je t'emmène quelque part.

— Où ?

— C'est une surprise !

Sophia ne pouvait en croire ses yeux. Devant elle, sur l'écran de l'ordinateur, se trouvait une forme aussi minuscule qu'une cacahouète au sein d'un magma noir. Si minuscule qu'au début elle ne l'avait même pas vue ! Mais au fur et à mesure que le médecin avait déplacé l'appareil sur son ventre, la forme avait paru s'éclaircir, ou avait comme clignoté. En un mot, elle avait attiré l'attention de Sophia.

La gorge serrée, celle-ci déglutit avec difficulté avant de demander :

— Est-ce mon enfant ?

Assis près du moniteur, le médecin officiel de la famille royale hocha la tête.

— Il est encore fort petit, mais oui, dit-il alors. Il s'agit bien de votre enfant, Votre Altesse.

Les yeux de Sophia s'emplirent de larmes. Mon Dieu, elle n'était ni une poule mouillée, ni une fleur bleue, mais tout de même… Une vie grandissait en elle ! Un être qu'Alex et elle avaient conçu. Et cette réalité était d'autant plus troublante qu'elle aimait sincèrement Alex.

— Votre enfant et l'héritier du trône de Llandaron, ajouta le médecin sur un ton respectueux.

A ces mots, Sophia lui adressa un sourire nerveux. Oui, son enfant serait lui aussi prince héritier. Prince ou princesse de Llandaron.

Comme sa vie avait changé en l'espace de quelques semaines, pensa-t-elle tandis qu'Alex se rapprochait un peu plus près d'elle, les yeux rivés sur l'écran, main dans la sienne. Cinq mois plus tôt, elle était seule au monde, sans famille, avec à peine une poignée d'amis et une vie tout à fait ordinaire…

Et aujourd'hui elle se retrouvait avec un mari, une famille, un oncle, une nouvelle patrie, un titre de princesse et — le plus important — un enfant !

Sourcils froncés, Alex pointa soudain son index vers l'écran et demanda :

— Et ça, qu'est-ce que c'est, docteur Tandow ?

— Le cœur du bébé, Votre Altesse.

Sans même s'en apercevoir, Alex étreignit alors plus fortement la main de sa femme.

— Il bat très vite. Est-ce…

— Tout est parfaitement normal, Votre Altesse, lui certifia le docteur.

— C'est beau, dit alors Sophia, l'air songeur, incapable de détacher les yeux de la petite forme scintillante.

— Oui, Votre Altesse, approuva le médecin.

Votre Altesse… Parviendrait-elle un jour à s'habituer à ce titre qui ne lui allait pas du tout. C'était un titre bien trop imposant pour Sophia Dunhill, citoyenne américaine de San Diego, qui avait été élevée sur une péniche et mangeait, enfant, des glaces à l'eau en tachant ses T-shirts.

— Je vais vous laisser seuls, à présent, annonça le médecin en se levant. Vos Altesses.

Et, s'inclinant respectueusement, il sortit de la pièce.

Dès qu'il eut refermé la porte derrière lui, Sophia se retourna vers son prince… Tout habillé de noir, Alex était d'une beauté presque diabolique. Ses cheveux étaient vaguement ébouriffés, ses joues ombrées, et de ses yeux couleur d'améthyste émanait une indéniable sensualité…

Dire que cet homme était son mari et le père de son enfant !

Caressant doucement sa joue, Alex demanda :

— Alors, c'est une belle surprise, n'est-ce pas ?

— Extraordinaire. Merci.

— C'est une surprise en guise d'excuse, déclara-t-il alors.

— Une excuse pour quoi ?

Naturellement, elle savait pourquoi il éprouvait le besoin de s'excuser, mais elle voulait l'entendre de sa propre bouche, elle avait besoin qu'il le lui dise lui-même.

Si la décision qu'ils avaient prise de s'en remettre à l'expérience sans rien juger ni réfléchir devait mener quelque part, n'était-il pas nécessaire qu'ils partent sur une base saine et éclaircissent d'emblée tout malentendu ?

Comme s'il avait deviné ses pensées, Alex déclara dans un sourire :

— Pour ma conduite idiote de ce matin.

— Ah oui, c'est vrai, répondit-elle alors d'un ton ostensiblement détaché.

Et non sans lui rendre un petit sourire hautain.

— Acceptes-tu mes excuses ?

— Hum, hum, dit-elle, se sentant brusquement l'âme cruelle. Je ne sais pas si je dois si facilement les accepter. Ne mérites-tu pas une punition ?

A cet instant, Alex se pencha vers elle et, s'emparant de sa bouche, l'embrassa si ardemment que le baiser laissa les lèvres de Sophia en feu.

— Etait-ce le genre de punition auquel tu faisais allusion ? demanda-t-il d'un ton provocateur.

— Je crois que tu es sur la bonne voie, répondit-elle sur le même ton.

— En exiges-tu davantage de moi ?

— Définitivement !

— Juste des baisers ou… ?

La main d'Alex passa soudain sous la tunique de Sophia et remonta doucement jusqu'à la dentelle de son soutien-gorge. Il ajouta alors :

— Ou également des caresses ?

Tâchant de conserver une respiration normale, elle répondit :

— Les caresses sont également acceptées.

Sophia vécut alors le moment le plus érotiquement romantique de sa vie.

Jamais elle n'aurait cru le vivre un jour sur une table

métallique, dans une clinique privée, sous les baisers et les caresses d'un prince, tandis que le médecin attaché au royaume attendait de l'autre côté de la porte.

Et pourtant, ce moment fut sauvagement, terriblement romantique.

Après avoir volé un ultime baiser à son mari, Sophia déclara :

— Et si nous demandions au Dr Tandow de nous prêter cette salle pour… disons une heure ?

Le sourire aux lèvres, Alex passa gentiment le pouce sur la pointe de son sein durci et répondit :

— Il est vrai que t'embrasser à pleine bouche dans cet endroit inhabituel est assez excitant. Néanmoins, j'ai d'autres projets en tête.

— Des projets ?

— Oui, ceci n'était que les préliminaires, ma chère, lui dit-il alors d'un air diabolique.

Un large sourire éclaira son visage tandis qu'il ajouta :

— Et si nous partions ?

Sophia ne se fit pas prier et Alex l'aida à se relever.

Soudain, il proposa :

— Rentrons à la maison, et habillons-nous pour sortir. Ce soir, je t'emmène dans le plus grand restaurant de l'île et ensuite nous irons au cinéma.

— Oh, mais c'est un rendez-vous galant dans les formes ! s'exclama-t-elle ravie. Et après le cinéma, que ferons-nous… ?

Se penchant vers elle, il lui murmura à l'oreille :

— Nous nous réconcilierons.

— En nous emmêlant ? suggéra-t-elle lascivement.

— Ah, Sophia, dit-il d'une voix rocailleuse, tu me rends…

— Fou ?

— Non, heureux !

Le mot était sorti de sa bouche, de son être, de son cœur, comme un cri. Alex sembla soudain troublé par son propre aveu. Mais ce mot avait plu à Sophia et elle n'entendait pas qu'il se reprenne.

Aussi, avant qu'Alex n'ouvre de nouveau la bouche pour

parler, et qui sait ? se rétracter, elle plaqua ses lèvres sur les siennes, l'embrassa fermement, puis, le saisissant par le bras, elle l'entraîna vers la porte avant de déclarer :

— Viens, Ton Altesse, on rentre à la maison.

10

A la lumière des flammes crépitantes, sur les draps de soie frais et froissés, Alex attira plus étroitement Sophia contre lui, se délectant de la sensation de sa peau contre la sienne. C'était merveilleux la façon dont les courbes de Sophia épousaient son propre corps, pensa-t-il, émerveillé.

Repu par leurs sauvages étreintes et sentant pourtant le désir renaître insidieusement au creux de ses reins, Alex déposa un tendre baiser sur la bouche de Sophia avant de lui murmurer :

— Que voulais-tu me dire tout à l'heure ?

Faisant lascivement glisser sa jambe sur celle d'Alex, Sophia répondit :

— Tu vas rire…

La caresse de Sophia l'excita terriblement. Comme s'il en avait besoin ! D'une voix rauque, il répondit :

— Est-ce que j'ai l'air d'un homme qui rit facilement ?

Sophia se contenta d'un sourire langoureux. Un sourire à se damner…

Dans un élan de possessivité qui indiquait clairement qu'il avait perdu malgré lui le contrôle de la situation, Alex la serra contre lui. Comme il aurait aimé la presser plus fort encore afin qu'ils n'aient qu'un seul cœur qui batte pour deux. Bon sang ! Jamais il ne parviendrait à se rassasier d'elle. C'était de la pure folie !

Allons ! Il était Alexander Thorne, que diable ! L'homme qui voulait garder à tout prix le contrôle de sa vie. Et voilà qu'il concédait ce pouvoir volontairement… Ah, assez !

décida-t-il. Pourquoi vouloir raisonner encore et encore ? N'avait-il pas promis à sa femme de ne plus réfléchir ?

— Quoi que ce soit, Sophia, je te promets d'accéder à ton désir, lui dit-il alors. Dis-moi ce que tu veux.

— Très bien, tu l'auras voulu ! Je voudrais un baba à la crème.

— Hum, hum, dit Alex pour gagner du temps.

Puis lançant un regard sceptique vers le ciel de la nuit, il ajouta :

— Je te l'achète dès l'ouverture de la première pâtisserie… Demain matin.

— Mais c'est dans une éternité !

— Désolé… Encore que, si c'est réellement urgent, je peux toujours réveiller le pâtissier du palais pour qu'il confectionne un baba à la crème.

— Non, dit-elle alors en souriant tendrement, j'aurais bien trop honte d'assouvir mon caprice aux dépens du sommeil du pâtissier du palais. Tant pis, j'attendrai.

Ce disant, elle posa gentiment sa tête dans le creux de son épaule où elle déposa un baiser.

Ses caresses félines, la façon dont elle se mouvait sensuellement sur lui, le rendaient incroyablement vulnérable. Oui, cette sirène à la merveilleuse chevelure rousse, à l'esprit vif et à l'humour acéré, le désarmait, lui, le prince engoncé dans sa cuirasse d'acier.

— Et à part le baba à la crème, as-tu envie d'autre chose ? demanda-t-il à brûle-pourpoint, de sa belle voix rocailleuse et profonde.

Se redressant sur un coude pour poser délicatement son menton sur la paume de sa main, Sophia jaugea son mari d'un air provocateur puis demanda :

— Qu'as-tu d'autre à m'offrir ?

Bigre ! Avait-elle besoin de le fixer de la sorte, d'une façon si… si effrontée et si directe ? Un peu comme si elle voulait déchiffrer son âme… Pourquoi leur histoire ne pouvait-elle rester simple et légère et se dérouler de la manière dont il l'avait suggéré au tout début ?

Tout simplement parce que Sophia n'était pas une femme

qui se contentait de choses simples, et que lui, crispé sur ses principes, s'était éloigné de la réalité, jusqu'à ce que, avec Sophia, celle-ci lui revienne en plein visage !

— Quel suspens, Votre Majesté, railla cette dernière.

Sa voix légèrement voilée interrompit le cours de ses pensées, le ramenant au présent, à elle, à son odeur enivrante, à son corps incomparable…

Envolé tout espoir de maîtrise de soi !

D'autorité, Alex attira sur lui sa compagne, et les jambes galbées et élancées de cette dernière enchâssèrent alors sa taille.

— Je m'offre en pâture, répondit-il tout en appréciant sa chaleur humide contre lui. Tout en espérant que mes envies seront satisfaites au passage !

— Pas de souci, lui assura-t-elle alors.

— J'ai une folle envie de douceur…

— C'est-à-dire ? dit-elle avec un sourire fripon.

Pour toute réponse, il agrippa ses hanches et, l'attirant contre lui, captura sa bouche.

Sophia se sentait à la fois désarmée et puissante… quelle délicieuse impression ! Cette nuit d'amour avec son prince avait été une expérience extraordinaire pour elle. De fait, une véritable révélation. Elle avait exploré des sensations toutes nouvelles. La façon dont Alex l'avait caressée, dont il lui avait fait l'amour tout en lui susurrant des mots doux au creux de l'oreille, faisant appel tant au charnel qu'au spirituel… La conjugaison des corps et des âmes, en somme, se dit-elle en souriant malgré elle.

Ah, comme elle aurait aimé partager ses réflexions avec Alex ! Mais ne s'étaient-ils pas promis de ne plus réfléchir ? Aussi se retiendrait-elle de lui livrer ses pensées. Non ! Calme et volupté, tels étaient les maîtres mots.

Encore que, avec ce qu'Alex était en train de lui faire, il était difficile de rester calme ! Que ces caresses étaient… Un cri lui échappa malgré elle. Jamais un homme n'avait été si proche d'elle, n'avait caressé délicatement son intimité avec le bout de sa langue experte ainsi qu'Alex était en train de le faire.

Et l'idée que son mari, l'homme qu'elle aimait, fût le premier à lui révéler des plaisirs si audacieux la grisait jusqu'à l'âme…

Ce fut alors que, sous les caresses ravageuses d'Alex, toute pensée rationnelle vola en éclats dans le cerveau de Sophia. Des frissons exquis saisirent son corps… Une chaleur intense l'électrisa subitement, son pouls se mit à battre comme un fou, son désir atteignait un paroxysme…

— Alex…, murmura-t-elle sur un ton éperdu.

Comprenait-il qu'elle était entièrement, irrévocablement à lui, qu'il lui inspirait un désir dont elle ne se serait jamais cru capable ?

Remontant lentement le long de Sophia, Alex plongea un regard brûlant, noyé de désir, dans celui de sa partenaire, avant de la pénétrer de façon tout aussi ardente. A cet instant précis, Sophia comprit qu'avec Alex elle avait définitivement trouvé l'âme sœur.

Ah, si seulement lui aussi pouvait en avoir conscience ! Mais accepterait-il jamais de le reconnaître ?

Alex chaloupait de plus en plus rapidement, de plus en plus fougueusement sur elle… l'emportant une nouvelle fois vers des contrées paradisiaques.

Emergeant de l'océan comme un immense fruit mûr et appétissant, le soleil les surprit sur la plage. Sous la couverture, Sophia se pelotonna frileusement contre Alex, sentant la brise du petit matin jouer dans ses cheveux.

Etait-ce possible que la vie rentre dans l'ordre, que les contraires se réconcilient ? se demanda-t-elle songeuse, les yeux rivés sur la mer aussi étale que bleue, qui s'étendait majestueusement jusqu'à l'horizon.

Impossible de nier qu'elle était tombée amoureuse de cette île féerique et de la famille royale qui ne l'était pas moins. Elle était si heureuse d'avoir trouvé deux sœurs en Cathy et Fran, un nouveau père en la personne de son beau-père et, enfin, le pendant de son grand-père chez Ranen…

Comme elle était reconnaissante à la Providence de tout

ce qui lui arrivait ! Et surtout, et avant tout, d'avoir rencontré Alex. D'être sa femme. Cette simple pensée la faisait invariablement frissonner.

— Quel genre d'enfant étais-tu Sophia ? lui demanda tout à trac son mari.

Drôle de question à cette heure indue ! pensa-t-elle, surprise. D'autant que cela faisait un petit moment déjà que ni l'un ni l'autre ne parlait, chacun se laissant aller à ses rêveries intimes…

Une heure plus tôt, sur une impulsion, Alex lui avait proposé d'aller sur la plage où ils avaient fait l'amour pour la troisième fois, avant de se recroqueviller sous la couverture, comme deux enfants ayant pris la clé des champs. Et ils étaient restés ainsi, à savourer leur bonheur et la splendeur de la mer, serrés l'un contre l'autre.

— Je dirais que j'étais une enfant curieuse, répondit-elle alors. Quand je commençais quelque chose, je tenais à aller jusqu'au bout. Et si je faisais des promesses, j'y restais fidèle. J'avais également beaucoup d'imagination.

— C'est un portrait qui ressemble à la Sophia que je connais. Visiblement, tu es aussi restée fidèle à toi-même. Néanmoins…

Son ultime mot la fit sourciller.

— Néanmoins ? répéta-t-elle, suspendue à ses lèvres.

— Il manque un trait à ce tableau.

— Oh, vraiment ? Et lequel ?

Alex ne put retenir un sourire diabolique qui la fit bouillir d'impatience. Puis il déclara :

— Je parie que tu étais également une petite entêtée.

— Et qu'est-ce qui te permet d'affirmer cela ? demanda-t-elle du tac au tac.

Pour toute réponse, il éclata gentiment de rire…

— O.K., concéda-t-elle, je savais ce que je voulais. Il se peut que j'étais un peu entêtée, mais…

— Un peu ?

— Très bien ! J'étais entêtée ! Entêtée comme une mule ! Voilà, tu es satisfait ?

— Entièrement ! affirma-t-il, sourire amusé à l'appui.

Alors Sophia se mit à rire, elle aussi. Il était si plaisant de discuter avec lui sur le mode de la spontanéité ! Cela lui procurait la douce impression qu'ils étaient autant amants qu'amis.

— Tu sais quoi ? dit-elle en se serrant contre lui sous la couverture. Eh bien, en dépit de mon entêtement, je prenais toujours le temps de rêver — que ce soit le bon moment ou non, d'ailleurs.

Dans un élan de tendresse, Alex l'enlaça et roula sur le sable avec elle…

— Et à quoi rêvais-tu, Sophia ? demanda-t-il, son corps recouvrant le sien.

— A ce que serait ma vie, plus tard…

« Si je rencontrerais un homme que je pourrais aimer, comme toi », ajouta-t-elle pour elle-même.

— Et comment imaginais-tu ton futur ?

— Eh bien, à cinq ans, je me disais que je serais plus tard la plus grande collectionneuse au monde de poupées Barbie, commença-t-elle en riant. Ensuite, j'ai voulu devenir vétérinaire, puis chirurgien. Enfin, j'ai commencé à écrire des histoires et j'ai alors compris quelle était ma vocation.

Alex resta silencieux un instant, puis observa :

— Tu as eu de la chance de vivre tes rêves.

Tiens donc ! Devait-elle entendre des regrets dans cette observation ? Le farouche Alex acceptait-il de se livrer un peu ? Avec douceur, elle lui demanda alors :

— Et toi Alex, quel genre d'enfant étais-tu ? Enfin, pour être honnête, je dois avouer que j'ai ma petite idée là-dessus…

— N'oublie pas que nous ne devons préjuger de rien ! D'ailleurs, je pourrais fort bien te surprendre.

— Je n'attends que cela.

— J'étais un enfant beau et intelligent…

— Naturellement, dit-elle en levant les yeux au ciel d'un air amusé.

— Et certainement bien trop sérieux pour mon propre salut, compléta-t-il d'un air affligé.

— Voilà qui me surprend ! s'exclama-t-elle, moqueuse.

A cet instant, Alex glissa une main impérieuse dans sa

chevelure soyeuse avant d'étreindre tendrement sa nuque. Dieu, qu'il était beau dans la lumière du soleil matinal ! pensa-t-elle. Ses cheveux noirs brillaient et sa bouche était si sensuelle…

— Comment oses-tu te moquer du prince de Llandaron ? demanda-t-il d'un ton délicieusement défiant.

Se cambrant contre lui, Sophia demanda d'une voix lascive :

— Qu'est-ce que cet affront va me valoir ? Dix ans d'enfermement dans un donjon ?

— Dix ans ? Il en faudrait au moins vingt pour domestiquer ton esprit rebelle. Mais l'idée du donjon est intéressante.

— C'est-à-dire ?

— Je pourrais t'y enfermer, t'y attacher et m'y livrer à de délicieuses tortures sur ton adorable anatomie.

Il la voyait déjà mains liées, la peau en feu, dans l'expectative de ses savantes caresses… Nul doute qu'elle partageait les mêmes fantasmes, car elle répondit, le souffle court :

— Je survivrai, je crois…

Contrairement à ce qu'elle pensait, Alex ne surenchérit pas. Tout à coup, elle le vit devenir grave.

— Sophia, déclara-t-il, je veux que notre enfant ait des rêves.

Cette déclaration spontanée la désarma tout comme le ton sur lequel elle avait été faite, au point que, malgré elle, des larmes lui montèrent aux yeux. Des larmes d'émotion à l'état pur. Dans un sursaut de volonté, elle parvint à les maîtriser. Les larmes n'étaient pas précisément ce dont Alex avait besoin en cet instant précis !

— Bien sûr que notre enfant aura des rêves, lui assura-t-elle dans un merveilleux sourire.

— Nous ferons tout pour qu'il en ait, n'est-ce pas ?

— Naturellement, Alex.

Capturant sa bouche, son mari lui donna alors un long baiser ensommeillé. Sophia noua alors ses bras autour du cou d'Alex et le regarda droit dans les yeux. Elle y apercevait tellement de choses quand il le lui permettait : son cœur, ses souffrances, ses rêves…

Subitement, Sophia poussa un cri et s'écria :

— Je viens d'avoir une formidable idée pour une histoire.

— Pardon ?

— Pour mon nouveau livre ! Jusqu'à maintenant j'hésitai, ne sachant si j'étais vraiment en train d'écrire la bonne histoire, mais désormais je sais que oui !

De nouveau, Alex embrassa ses lèvres, puis ses joues, et lui murmura à l'oreille :

— J'aime te voir si heureuse.

« Et moi je t'aime tout court », pensa-t-elle en fermant les yeux, sentant la bouche d'Alex courir sur son cou, et ses mains habiles sur ses reins.

— C'est toi qui m'as inspirée, Alex, lui chuchota-t-elle.

— Ainsi, je t'inspire ? demanda-t-il distraitement, embrassant le pouls qui battait à la naissance de son cou avant de descendre vers la vallée de ses seins.

— Bien plus que tu ne peux imaginer ! répondit-elle d'une voix langoureuse tandis que son mari, rejetant définitivement la couverture qui les abritait du vent, capturait avec sa bouche l'un de ses seins gonflés.

— Je suis fière de toi, grand frère !

— Parce que je te demande ton avis sur du linge pour enfants ? demanda Alex à Cathy tandis qu'ils entraient dans la boutique pour enfants la plus réputée de l'île de Llandaron.

Naturellement, la tradition voulait que le futur héritier du trône dorme dans le berceau royal, dans des draps confectionnés spécialement pour le petit prince ou la petite princesse par les nonnes de Sainte-Augustine, qui vivaient à une heure du palais. Et il va sans dire qu'Alex se pliait de bonnes grâces aux conventions concernant son enfant. Néanmoins, il avait envie de faire quelques emplettes plus personnelles comme une couverture ou des peluches. Des livres aussi. Il voulait les lui lire alors qu'il était encore dans le ventre de sa mère afin que l'enfant s'habitue à sa voix.

— Non, je suis fière de l'intérêt que tu portes à ton enfant, expliqua Cathy. Je n'aurais jamais cru te voir un jour franchir la porte d'une telle boutique.

— Je voulais juste soulager Sophia, se défendit Alex. Elle est si occupée à écrire son livre.

— Tss-tss, comme dirait ce cher Ranen… Allons, pourquoi ne pas avouer tout simplement que tu voulais la rendre heureuse ? demanda Cathy tandis qu'ils arrivaient au rayon des couvertures.

— Catherine…, commença Alex d'un ton menaçant.

— De quoi as-tu honte ?

— Honte ? Je n'ai pas honte.

— C'est bon à entendre. Parce que, mon cher frérot, que tu le veuilles ou non, tu es en train de devenir un merveilleux mari.

Soudain l'air sembla irrespirable à Alex. Etait-ce l'effet du mot mari ? se demanda-t-il alors. Dans le passé, en entendant ce terme, il se raidissait et l'amertume submergeait son cœur. Oui, dans le passé, ce mot avait bien peu de crédit à ses yeux. Mais dernièrement, sous l'influence d'une certaine rousse aux yeux verts, ce mot avait fini par exercer une sorte de fascination sur lui au point de lui faire remettre en question tous ses principes…

Se tournant vers Cathy qui le regardait avec une attention soutenue, Alex demanda :

— Crois-tu que Sophia préférera la couverture blanche ou la jaune pâle ?

— Et toi, que crois-tu qu'elle préférerait ?

— Arrête de tergiverser, Catherine ! Mon temps m'est compté, comme tu le sais.

— Celle-là, dit alors sa sœur en désignant la couverture jaune. A propos, ne devrais-tu pas être en train de travailler ? C'est la première fois que je te vois te promener pendant la journée.

A ces mots, Alex lui jeta un regard noir et décréta :

— Franchement, tu vas finir par me faire regretter de t'avoir invitée à m'accompagner.

— Désolée, Alex, s'excusa Cathy avec un beau sourire, je ne voulais pas t'irriter, seulement…

— Seulement ? reprit-il impatienté.

— Te rends-tu compte que ton rêve est devenu réalité ?

— Je ne vois pas ce que tu veux dire !

— Je veux dire que la superbe sirène a émergé des flots, avec sa chevelure cuivrée et brillante, ses yeux verts étincelants et que, d'un regard, elle a fait de toi une autre personne, elle t'a donné des ailes.

Comme une vendeuse passait discrètement près d'eux, Alex baissa la voix pour répondre durement :

— Encore une fois, tu m'obliges à me répéter : entre Sophia et moi, il ne s'agit pas d'une histoire romantique.

— Ah bon ? Et de quoi s'agit-il alors ?

— Nous sommes mariés et nous attendons un enfant, c'est tout.

— C'est aussi simple que cela, tu le crois réellement ?

Alex se retint de la gifler. Comme si lui-même n'avait pas remarqué la similitude entre ses rêves d'enfant et la réalité d'aujourd'hui. Et comme si cela ne l'angoissait pas déjà suffisamment, avait-il besoin que de surcroît on le lui fasse remarquer ? Oui, il avait trouvé la femme de ses rêves et…

Il se reprit à temps. Des hommes de sa trempe ne devaient pas croire à de telles chimères !

— Que penses-tu de ce sac ? demanda-t-il rapidement, désireux de changer de sujet. Dois-je commander l'ensemble, avec la trousse et les divers accessoires ?

Au lieu de lui répondre, Catherine darda sur lui un regard insistant et murmura :

— Sophia n'est pas Patricia, Alex.

— Pardon ?

— Et tu n'es plus l'homme qui a été mal marié pendant cinq ans.

— Je sais, Catherine, dit-il en serrant les dents.

— Non, je ne crois pas que tu le saches, Alex. Je pense que tu portes en toi le fardeau de ton ancienne relation jour et nuit, et que cela t'empêche d'être toi-même. Tu as peur de vivre pleinement ta relation avec Sophia car tu redoutes un nouvel échec.

Assez ! Cette peste n'allait-elle pas finir par se taire ?

Mâchoires serrées, Alex répliqua :

— Je refuse de continuer à discuter avec toi.

— Mais nous n'avons encore discuté de rien ! protesta sa sœur.

— Je n'apprécie guère les nouvelles libertés que tu t'autorises avec moi, Catherine. Je te préférais plus réservée. Je ne te reconnais pas dans cette nouvelle Catherine émancipée, qui dit tout ce qu'elle pense !

— Tant pis ! Il faudra désormais que tu t'y habitues, répliqua-t-elle avec un petit sourire amusé. Parce que tu ne viens pas uniquement de dresser mon portrait, mais celui de ta belle-sœur et, surtout, celui de ta femme.

Alex se figea.

Non pas à cause de ce que venait de dire Catherine, mais parce qu'une vision de Sophia venait de s'imposer à son esprit… Sophia entièrement nue sous la couverture, sur la plage… Sophia avec sa longue chevelure emmêlée, les yeux brillant d'agacement tandis qu'il la taquinait sur son entêtement.

Cette seule pensée l'émouvait terriblement.

— Elle est entêtée, n'est-ce pas ? marmonna-t-il pour lui-même.

Mais Catherine, qui l'avait parfaitement entendu, renchérit :

— Mon pauvre frérot, je crains que tu ne luttes vainement, car tu as déjà perdu ton cœur.

Se retournant vers elle, il lui adressa cette fois un sourire malicieux et déclara :

— Ce que j'ai perdu, c'est la tête, ma chère Catherine. Et à présent, vas-tu m'aider à choisir quelque chose, oui ou non ?

— Je t'ai dit que, selon moi, Sophia préférerait la couverture jaune, et je suis sûre que tu le savais déjà. Quant au sac, il est parfait. Du meilleur goût, cher prince. Avec ou sans les accessoires.

Là-dessus, Alex émit un petit sourire agacé et appela la vendeuse.

11

Sophia n'avait pas touché à sa tasse de thé, qui refroidissait. C'était la deuxième fois de la matinée qu'elle se préparait du thé et que, finalement, elle ne le buvait pas. Néanmoins, voilà qui était plutôt bon signe : pour la première fois depuis le décès de son grand-père, elle n'éprouvait pas le besoin de boire fébrilement son thé ou de dévorer tout un paquet de gâteaux avant de coucher péniblement quelques phrases dans son carnet. Non, aujourd'hui, l'inspiration était au rendez-vous.

En fait, elle l'avait retrouvée depuis le début de la semaine.

> « … *Della Denkins distribua juste trois rêves pour cette nuit-là. Mais les heureux enfants qui les reçurent s'éveillèrent le lendemain le cœur plein d'espoir et rayonnant de bonheur.* »

Sophia apposa alors le mot « Fin » au bas de la douzième page de son conte pour enfants et ébaucha un large sourire. Après quasiment un an de panne d'inspiration, elle venait de boucler ce conte en moins d'une semaine.

Un conte dont elle était très fière et qu'elle ne manquerait pas de dédier à son mari et à son futur enfant. Car, cette fois-ci, il ne s'agissait pas d'une fable avec des animaux doués de la parole ou bien d'une parabole sur un petit garçon en quête d'un nouvel ami.

Non, cette histoire-là parlait des rêves.

Subitement, la faim arracha Sophia à ses rêveries pour la ramener à la réalité. Cette impression impérative d'avoir l'estomac entièrement vide et d'avoir besoin de se nourrir sur-le-champ lui arrivait très fréquemment ces derniers temps. D'abord les nausées au réveil, puis, au cours de la journée, de subits besoins d'avaler tout ce qui passait à portée de sa main, tel était son sort quotidien depuis qu'elle était enceinte.

Ah, les joies de la maternité ! pensa-t-elle, sereine, un sourire aux lèvres. Tranquillement, elle se leva pour aller inspecter le réfrigérateur. De la confiture et du beurre frais sur du pain croustillant, voilà qui lui convenait tout à fait en attendant le déjeuner. Elle pourrait peut-être ajouter un peu de beurre de cacahouètes…

Tout naturellement, le beurre de cacahouètes lui évoqua Alex, dont c'était le péché mignon. Spontanément, un tendre sourire lui monta aux lèvres. Ce matin, il lui avait dit qu'il rentrerait peut-être déjeuner si son rendez-vous avec l'ambassadeur ne s'éternisait pas.

Sophia prit le pot de confiture et les différents beurres, puis s'installa au comptoir de la cuisine pour se préparer une tartine. Au fond, elle était presque certaine qu'Alex rentrerait déjeuner comme il l'avait fait tous les autres jours de la semaine. Et, tout en mangeant une salade ou un plat de pâtes, chacun raconterait à l'autre sa matinée.

Finalement, pensa Sophia en se coupant une belle tranche de pain, depuis qu'Alex et elle étaient unis par les liens du mariage, tout se passait pour le mieux entre eux. Une sorte de douceur romantique les enveloppait à l'intérieur d'un cocon sécurisant. Ils discutaient chaque jour longuement, des conversations entrecoupées de rires joyeux et ponctuées de petites disputes concernant notamment l'éducation de leur futur enfant. Mais ils finissaient toujours par trouver un terrain d'entente. Et chaque nuit, ils faisaient l'amour avant que Sophia ne s'endorme sur son épaule, comblée.

De fait, ils menaient une véritable vie de couple et leur mariage n'était pas une mystification. Tandis que Sophia laissait à Alex le temps de se retrouver lui-même, de son côté, il leur donnait une chance.

Forte de cette pensée et le cœur plein de liesse, Sophia appliqua une grosse couche de beurre sur sa tranche de pain, puis ouvrit le pot de confiture. Hélas, elle ne devait jamais terminer la tartine qui lui faisait pourtant tellement envie !

La douleur frappa sans prévenir.

Subitement, un cri aigu lui échappa et son visage se contracta sous l'effet de l'élancement qu'elle ressentait dans le bas-ventre. Le pot de confiture tomba à ses pieds ainsi que la cuillère qu'elle tenait à la main. Par réflexe, elle posa la main sur son ventre et se courba en deux…

Seigneur, c'était affreux… Elle avait l'impression que des lames de feu consumaient son ventre et ses reins tant la douleur était intense.

Immédiatement, la peur submergea son cœur. La peur de perdre son enfant… Dans un ultime sursaut de courage, Sophia se mit à respirer calmement, profondément, s'efforçant de garder la tête froide et priant pour que la douleur passe rapidement. Mais la douleur persista…

Alors à la peur succéda la panique. A chaque contraction plus violente, Sophia voyait se réduire l'espoir que la crise fût passagère et bénigne.

Soudain, ses yeux se remplirent de larmes et sa vue se troubla. Mon Dieu, elle devait absolument faire quelque chose, appeler au secours… ! Oui, il fallait qu'elle se lève et marche jusqu'au téléphone, compose le numéro d'Alex… Ah, Seigneur, comment parviendrait-elle jusqu'à l'appareil… ?

De nouveau, elle poussa un cri, car un élancement plus intense que les autres venait de traverser ses reins. Elle se rassit brusquement et se recroquevilla douloureusement sur sa chaise.

— Sophia ?

Luttant contre sa souffrance, Sophia crut entendre son nom comme à travers un brouillard. A moins que ce ne fût qu'une illusion.

— Sophia ? Es-tu à la maison ? C'est Fran.

Etait-ce son imagination qui lui jouait des tours ou entendait-elle réellement une voix ?

Puisant dans ses ultimes ressources, Sophia se mit à crier le nom de la personne dont elle avait le plus besoin :

— Aleeex !

*
* *

Un sourire aux lèvres, Alex se dirigeait tranquillement vers la villa. Ces derniers temps, il souriait constamment. Il se sentait enfin heureux et apaisé et, en même temps, ce qu'il vivait avec Sophia lui semblait incroyablement fou.

Chaque fois qu'il retrouvait sa femme, il revivait le choc émotionnel de la toute première fois, quand il l'avait aperçue sur son sloop, sa chevelure rousse et brillante voltigeant sauvagement au vent.

Un jour, peut-être, l'intensité de cette émotion s'amoindrirait. Alors il redeviendrait le prince Alexander, un homme sérieux, laborieux et, hélas, dépourvu de romantisme. Mais, pour l'instant, il ne pouvait pas l'imaginer.

Arrivé devant la porte de la villa, Alex poussa un profond soupir : pour dire la vérité, il n'avait plus vraiment envie de redevenir lui-même. Il n'était plus l'homme qu'il avait été. D'ailleurs, l'avait-il jamais supporté, cet homme-là ? S'il avait été sérieux, laborieux et aux antipodes du romantisme, n'était-ce pas par nécessité ? Pour survivre ?

Et voici que Sophia Dunhill Thorne, telle une tornade surgie de façon impromptue dans sa vie, en avait modifié toutes les données.

Et l'avait transformé, lui.

— Mon amour ! s'exclama-t-il sur une impulsion. Je suis rentré.

Hélas, le sourire confiant d'Alex se figea lorsqu'il découvrit que Sophia n'était pas dans le salon…

Hier, à la même heure, lorsqu'il avait ouvert la porte, il l'avait trouvée assise à la table du déjeuner, le visage parfaitement serein… et fort légèrement vêtue ! Avec un sourire mutin, elle l'avait « contraint » à manger la salade qu'elle avait confectionnée avant de l'autoriser à déguster son… dessert. Elle, en l'occurrence.

Aujourd'hui, c'était lui qui avait apporté le dessert. Celui dont elle raffolait depuis peu : un baba à la crème. Et naturellement, il avait bon espoir de le lui faire manger lui-même, et de voir les yeux de Sophia se brouiller confusément lorsqu'il glisserait les bouchées entre ses lèvres rouges et gonflées.

Encore fallait-il qu'il la trouve !

Le cœur battant d'inquiétude, il ouvrit toutes les portes de la maison en l'appelant. Mais Sophia n'était ni dans la chambre en train de se reposer tranquillement entre les draps frais, ni dans la salle de bains, immergée dans un nuage de mousse.

Non, ni là, ni nulle part ! Où avait-elle bien pu aller ? se demanda-t-il dépité, et terriblement vexé qu'elle ne fût pas là à l'attendre, comme les autres jours.

Amer, Alex revint dans la cuisine, et se mit en quête de l'éventuel papier sur lequel Sophia avait peut-être griffonné quelques lignes pour expliquer la raison de sa subite disparition.

Peut-être était-elle allée faire une course, ou avait-elle organisé un pique-nique impromptu sur la plage… Non, il l'aurait vue en chemin si elle avait choisi la plage.

Soudain, une vieille angoisse remonta en lui et lui serra le cœur. Une angoisse qu'il était parvenu à dompter durant ces dernières semaines. Oh, comme il se méprisait pour ce qu'il ressentait, mais c'était plus fort que lui ! Les pensées venaient sans qu'il puisse les maîtriser.

Quelque chose lui avait-il échappé ?

Un indice révélateur d'une insatisfaction chez Sophia ?

Leur mariage la rendait-il malheureuse ?

A moins que ce ne fût l'île de Llandaron qui lui déplût. D'ailleurs, au départ, Sophia n'était pas d'accord pour se marier… Et pourtant elle semblait d'humeur assez joyeuse depuis qu'ils avaient uni leur vie. O.K., il concédait que, cette semaine, elle avait eu l'esprit préoccupé… Il avait alors naïvement pensé que c'était à cause de son livre !

Allons, se dit-il en passant une main nerveuse dans ses cheveux, pourquoi *naïvement* ? Son absence avait forcément un lien avec son livre. Peut-être Sophia avait-elle un rendez-vous avec son éditeur ou bien était-elle tout simplement sortie pour poster son livre et…

Soudain, le regard d'Alex tomba sur le répondeur. Le

témoin rouge clignotait, indiquant qu'il y avait un message. Bon sang, comment n'y avait-il pas songé plus tôt ?

Se précipitant vers l'appareil, il appuya sur le bouton, impatient d'entendre la voix de sa femme et ses explications... Hélas ! Le message n'était pas de Sophia.

« Votre Altesse, il est 11 heures, disait une voix masculine, à l'évidence âgée. Votre bateau est réparé. Kip l'a poli et sorti de la cale ainsi que vous l'aviez demandé. Ne vous tracassez pas pour les provisions ! J'y ai veillé personnellement, et elles sont prêtes pour le voyage. »

A cet instant, la machine se mit à biper et aucun autre message ne suivit celui-ci... Abasourdi, Alex éprouva quelques difficultés à déglutir. Le nœud qui s'était brusquement formé au fond de sa gorge se serrait de plus en plus, et sa respiration était de plus en plus saccadée.

Dans un état de transe, il se mit à fixer le répondeur comme s'il s'était agi d'un appareil hostile et dangereux.

« Ne vous tracassez pas pour les provisions ! J'y ai veillé personnellement, et elles sont prêtes pour le voyage. »

Alors, telles les vagues impitoyables d'un océan déchaîné, le passé lui revint en plein visage, submergea son cœur, le noya. Son esprit fut immédiatement assailli de visions terribles, et il eut l'impression de revivre l'atroce scène de jadis, lorsque, en Ecosse, il avait découvert que Patricia était partie... Partie, comme aujourd'hui Sophia venait de le faire...

Un étau de fer se referma soudain sur son être, un étau qui étouffa jusqu'à son âme. Comment avait-il pu être aussi insensé, et perdre toute perspective, perdre la notion du futur à ce point ? Avait-il réellement cru que Sophia nourrissait des sentiments pour lui, le désirait, était amoureuse de lui ?

Oui, il l'avait réellement cru, admit-il alors, rongé par la colère et l'humiliation. Bon sang ! Il allait mettre bon ordre à tout cela. Il allait la ramener, à n'importe quel prix, mais il la ramènerait. Il se devait de le faire. Sophia portait son enfant.

Et pas seulement son enfant, d'ailleurs, mais également l'héritier du trône de Llandaron. Et cet héritier resterait pour toujours avec lui, compris ? D'un poing rageur, il frappa le comptoir tandis que des injures lui échappaient. Si Sophia voulait partir, soit, il ne pouvait la retenir contre sa volonté. Mais il était hors de question qu'elle emporte son enfant avec elle.

— Alex ?

En proie au plus vif désespoir, il se retourna vivement vers la voix qui l'interpellait…

Maxim se tenait sur le seuil de la porte, mâchoires serrées, regard tendu. Etant donné la tête de son frère, sa prémonition se confirmait, pensa Alex. Il serra les dents.

C'était donc son frère qui avait été chargé d'annoncer la *délicate* nouvelle au prince héritier. Patricia, au moins, avait eu la décence d'envoyer un prêtre au lieu de s'adresser à un membre de la famille le jour où elle avait déserté le navire.

— Que veux-tu, Maxim ? demanda-t-il d'un ton bourru.

— Cela fait une minute que je frappe, commença Maxim.

Avait-il besoin de le fixer de cette façon ? s'agaça Alex. Pourquoi hésitait-il ? Autant lui asséner au plus vite la nouvelle !

— Pourquoi n'es-tu pas entré directement ? demanda Alex sur le même ton.

— C'est ce que j'ai fait, comme tu ne répondais pas. Ecoute, Alex, j'ai quelque chose à te dire. J'allais te téléphoner, mais je ne voulais pas te laisser un message sur le répondeur…

Soudain, Maxim s'interrompit et ses yeux s'étrécirent. Sourcils froncés, il ajouta alors :

— Que se passe-t-il, Alex ? A te voir, on a l'impression que tu vas étrangler quelqu'un.

Ou bien décocher un coup de poing à son petit frère s'il continuait à tergiverser et à le laisser dans le doute, pensa Alex en serrant les poings malgré lui.

— Sais-tu où est Sophia ? parvint-il alors à articuler.

Et, comme Maxim fuyait son regard, il s'écria :

— Parle, Maxim, je t'en conjure, je sais que tu es au courant de tout !

— Fran est passée la voir tout à l'heure, mais quand elle est arrivée…

— Ah, je le savais ! coupa brutalement Alex.

— Tu savais quoi ?

— Que Sophia était partie !

— Mais de quoi parles-tu ? dit soudain Maxim désorienté.

— Elle est partie, elle m'a quitté, c'est bien ce que tu es venu m'annoncer, n'est-ce pas ?

— Alex, ne veux-tu pas t'asseoir un instant ? demanda subitement Maxim, soucieux de l'état de confusion mentale de son frère.

— Non, je ne veux pas m'asseoir ! rétorqua violemment Alex. Et cesse de me traiter comme un malade, veux-tu ? Dis-moi simplement où elle est allée et finissons-en avec cette conversation insupportable !

— Désolé, Alex, mais Sophia est à l'hôpital, répondit Maxim en baissant les yeux.

Alex se pétrifia instantanément.

12

Le front soucieux, Ranen s'assit sur le bord du lit et demanda :

— Comment te sens-tu, Sophia ?

— Bien mieux ! Je n'ai plus de contractions, répondit-elle avec un large sourire avant d'enchaîner d'un air détaché : A propos, Ranen, savez-vous que c'est la dixième fois que vous me posez cette question en moins d'une heure ?

— Pardonne-moi de m'inquiéter pour la santé de ma nièce ! dit Ranen sur le ton de la plaisanterie.

— Votre nièce ? Tiens donc ! Je suis ravie que vous le reconnaissiez enfin, répliqua-t-elle, malicieuse.

— Voyons, Sophia, je n'ai jamais nié le fait que tu étais ma petite nièce.

— Ranen..., rétorqua Sophia d'un ton mi-amusé, mi-menaçant.

— D'accord, lors de notre première rencontre, je n'ai pas été très fair-play. Mais avoue tout de même que depuis je t'ai rendu justice !

— Oui, c'est vrai, concéda Sophia en contemplant le beau bouquet de bruyère posé sur la table, près du lit.

Un silence s'abattit soudain entre eux. Un silence que Sophia se garda de rompre car elle sentait que Ranen voulait se confier, mais qu'il hésitait encore. De fait, il finit par lui dire :

— Ton grand-père et moi étions trop têtus pour faire la paix. Je le regrette, car aujourd'hui il est trop tard.

Une bouffée de mélancolie les submergea tous deux et Sophia demanda alors avec douceur :

— Que s'est-il passé entre vous, Ranen ? Dites-le-moi, je vous en prie.

A ces mots, le vieil homme se leva et commença à faire nerveusement les cent pas entre la fenêtre et le lit. Enfin, il se lança :

— Robbie a vécu à Britin jusqu'à l'âge de treize ans, avec ma mère et moi. Mon père était décédé deux ans plus tôt, et mon frère et moi nous sommes alors accrochés à elle comme à une bouée de sauvetage…

A cet instant, il marqua une pause avant de poursuivre :

— Oui, nous étions collés à notre mère comme des poulains à une jument. Hélas, celle-ci nous prêtait à peine attention ! Après la disparition de mon père, elle s'est repliée sur elle-même et enfermée dans son propre monde. Robbie et moi faisions notre possible pour attirer son attention, mais rien ne marchait. Jusqu'à ce que…

Encore une fois, Ranen s'interrompit.

La confession était douloureuse, Sophia en avait bien conscience. Oh, elle ne voulait pas le contraindre à se confier coûte que coûte ! Néanmoins, elle avait l'impression qu'il avait besoin d'être encouragé. Après avoir gardé cette histoire et sa colère si longtemps dans son cœur, quoi de plus normal ? Aussi demanda-t-elle doucement :

— Que s'est-il passé, Ranen ?

— Ce n'est pas très joyeux, tu sais.

— S'il vous plaît…

Une sorte de pesanteur envahit soudain la pièce lorsque Ranen poursuivit :

— Robbie eut alors une idée. « Perdons-nous dans la forêt, me suggéra-t-il. Ainsi, maman s'inquiétera et partira à notre recherche. Après, elle comprendra à quel point elle tient à nous. Elle ne le sait pas encore… »

La voix de Ranen devint plus rauque quand il ajouta :

— C'est ce que nous fîmes et notre mère partit effectivement à notre recherche. Elle croyait que nous nous étions réfugiés dans une petite grotte, sur la plage, car elle savait que c'était notre lieu de prédilection. Hélas, ce jour-là, elle glissa sur un rocher, se cogna la tête… Et sa chute fut fatale.

— C'est affreux ! s'exclama Sophia, bouleversée.

— Ma tante maternelle, qui habitait aux Etats-Unis, a alors fait le voyage jusqu'à Llandaron dans le dessein de nous ramener chez elle. Mais moi, je me suis immédiatement opposé à ce projet. Je ne voulais pas quitter Llandaron et j'ai demandé à Robbie de refuser lui aussi. Contre toute attente, il s'est désolidarisé de moi. Ce fut la goutte qui fit déborder le vase. Oh, je comprends à présent pourquoi il ne pouvait pas rester, pourquoi il avait besoin de fuir l'île, mais à l'époque tel n'était pas le cas.

— Et durant toutes ces années, vous lui en avez voulu pour…

— Oui, je l'ai tenu pour responsable de la mort de notre mère, admit Ranen d'une voix tremblante. De surcroît, je ne pouvais pas lui pardonner de m'avoir quitté. A cause de lui, j'avais tout perdu.

Ravalant ses larmes, Sophia assura alors avec chaleur au vieil homme :

— Je suis terriblement désolée, Ranen.

A la lumière de cette révélation, tout s'éclairait enfin ! Elle comprenait à présent pourquoi, de son côté, son grand-père avait vécu comme un reclus, pourquoi il chérissait si fortement chaque moment de la vie et enfin pourquoi il voulait tellement se rendre à Llandaron, avec son bateau.

Lorsque son grand-oncle tourna de nouveau la tête vers elle, ce ne fut plus de la colère qu'elle lut dans ses yeux, mais une infinie mélancolie.

— Merci, Sophia, lui dit alors Ranen. Grâce à toi, j'ai enfin pu faire la paix avec mon passé et Robbie. Chacun a agi selon sa conscience et, finalement, c'était ce que nous avions de mieux à faire.

— Vous êtes un sage, Ranen. Il est bon de savoir tourner la page et de se défaire du passé, lui dit-elle alors.

— Dois-je y voir une allusion au prince héritier ? A ton mari…

Sans réfléchir, Sophia hocha la tête avant de se reprocher vivement son impulsion ! Pourquoi se laissait-elle aller de cette façon ? Bah, sans doute avait-elle besoin de réconfort, et Ranen lui rappelait tellement son grand-père !

De nouveau, ce dernier vint s'asseoir près d'elle et, prenant gentiment ses mains dans les siennes, lui demanda :

— Tu aimes ton mari, n'est-ce pas ?

— Oui, avoua-t-elle dans un franc sourire.

— Tu finiras par l'apprivoiser, Sophia, lui prédit alors Ranen. Il faut laisser le temps au temps. Un arbre ne tombe pas au premier coup de hache, tu sais.

A ces mots, Sophia leva vers Ranen un regard surpris. Savait-il à quel point ces paroles la réconfortaient, car c'était exactement ce qu'aurait dit son propre grand-père ? Mot pour mot ! Aussi murmura-t-elle :

— Mon grand-père employait lui aussi très souvent cette image.

Se penchant vers elle, Ranen déposa un bref baiser sur le front de sa petite-nièce, et répliqua :

— Qui crois-tu qui la lui avait appris ?

Sophia n'eut pas le temps de répondre car, à cet instant, une voix féminine retentit dans la pièce :

— Bonjour, Sophia !

Ranen et cette dernière tournèrent la tête d'un même mouvement. La belle Fara, avec ses cheveux au carré aussi brillants que ses jolis yeux violets, venait de pénétrer dans la chambre, faisant régner par sa seule présence la grâce et la sérénité.

— Bonjour, Fara, répondit Sophia avec chaleur.

— Vous avez repris des couleurs, ma chère, lui dit-elle en l'embrassant affectueusement.

— Selon le docteur, je pourrai rentrer à la maison dès demain.

— Il préfère donc que vous passiez la nuit ici ? Il me semble que c'est effectivement plus prudent, observa alors Fara.

— Tss-tss, son état n'est absolument pas inquiétant, elle se porte parfaitement bien. N'est-ce pas, Sophia ? renchérit Ranen. Aussi merveilleusement bien que la danse de la pluie.

Devant cette nouvelle expression maison, Sophia ne put retenir un sourire et répéta :

— Oui, aussi merveilleusement bien que la danse de la pluie.

Fara laissa fuser un rire cristallin puis, se tournant vers Ranen, elle lui dit le plus naturellement du monde :

— Nous devrions la laisser se reposer, mon chéri.

Mon chéri ?

Sophia n'en croyait pas ses oreilles. Ranen et Fara s'étaient-ils enfin expliqué ? Avaient-ils enfin fait taire les vieilles rancœurs accumulées dans le silence de leur cœur ? Sans oser leur poser la moindre question, Sophia les observa attentivement.

Fara venait de poser une main sur l'épaule de son mari, qui posa à son tour sa main sur celle de Fara ! De véritables amoureux ! pensa Sophia. Incapable de refréner sa curiosité plus longtemps, elle demanda alors :

— Qu'est-ce que tout cela signifie ?

A ces mots, Ranen fronça les sourcils tandis que Fara décochait à Sophia un de ses fabuleux sourires dont elle avait le secret et déclarait :

— Reposez-vous, à présent, ma chère Sophia. Je vous expliquerai tout plus tard.

Passant le bras sous celui de Ranen, elle l'entraîna vers la porte non sans ajouter :

— Nous vous envoyons Alexander dès qu'il arrive, ma chère enfant. Au revoir.

Sophia les regarda sortir, le cœur mêlé de joie… et de mélancolie. Naturellement, elle souhaitait de toutes ses forces que son grand-oncle et sa nouvelle tante réalisent enfin les sentiments qu'ils ressentaient l'un pour l'autre et vivent en paix.

Seulement, leur couple lui rappelait le sien… Serait-ce la même chose entre Alex et elle ? se demanda-t-elle alors. Nieraient-ils les sentiments qu'ils éprouvaient l'un pour l'autre jusqu'à ce qu'ils soient vieux et qu'ils aient les cheveux blancs ?

Ou bien laisseraient-ils les rêves d'amour et de futur qu'ils portaient dans leur cœur éclore librement ?

*
* *

Une peur qu'il n'avait jamais ressentie auparavant tenaillait Alex lorsqu'il monta dans l'ascenseur et appuya sur le bouton qui menait au quatrième étage de l'hôpital. Lorsque les portes s'ouvrirent, ce fut Ranen qu'il vit en premier dans le couloir. Il se rua sur lui.

— Comment va-t-elle ? lui demanda-t-il sans préambule, d'une voix affolée.

— Du calme, Alex, elle va bien.

— Bien ? C'est tout ce que tu trouves à me répondre ? Où est le médecin ?

— Au chevet d'un autre patient, répondit Ranen en lui tapant affectueusement dans le dos. Franchement, Alex, Sophia se porte bien, inutile de te faire du souci. Elle a eu de terribles contractions, cela arrive parfois, mais tout est rentré dans l'ordre.

— Dieu soit loué ! dit Alex en exhalant un long soupir.

Là-dessus, il s'adossa contre le mur. Il avait vécu un enfer depuis que Maxim lui avait annoncé le départ en urgence de Sophia pour l'hôpital. Qui plus est, le trajet s'était déroulé dans des conditions épouvantables. Il y avait beaucoup de circulation, son portable ne fonctionnait pas et les plus horribles pensées l'avaient assailli.

Notamment la peur de la perdre !

— Il faut que je la voie, déclara Alex en se redressant.

Il avait tant de choses à lui dire, tant à se faire pardonner...

— Une minute ! intervint Ranen en le retenant par le bras. Je souhaiterais d'abord discuter avec toi.

— Je n'ai pas le temps, répondit Alex en se dégageant. Je veux voir Sophia sans attendre.

— Je te demande de me consacrer une minute, ce n'est tout de même pas une requête extraordinaire.

Ce disant, Ranen lui saisit de nouveau le bras et le retint cette fois fermement.

— Que se passe-t-il, Ranen ? dit alors Alex, de nouveau alarmé. A quoi joues-tu exactement ? Y a-t-il quelque chose que tu ne m'aies pas dit ?

— Non, non, lui assura immédiatement son oncle. Sophia et l'enfant vont bien. Je te l'ai dit, ces contractions n'ont eu aucune incidence sur eux.

— Dans ces conditions, pourquoi me retiens-tu, alors que je devrais déjà être à son chevet ?

— Tais-toi et assieds-toi sur ce banc, lui ordonna subitement Ranen.

Alex le regarda, sonné. Jamais personne ne lui parlait de cette façon. Personne à part son père… Et au fond, Ranen n'avait-il pas toujours été une sorte de second père pour lui ?

Refoulant son envie de le défier, Alex obtempéra et s'assit sur le banc ainsi que Ranen l'exigeait. Puis il le regarda avec insistance, attendant qu'il s'explique.

— Ecoute-moi bien, mon garçon, commença Ranen sans s'asseoir à côté de lui, se contentant de poser un pied sur le banc et de se pencher vers Alex. Si tu n'aimes pas Sophia, laisse-la partir.

— Pour l'amour du ciel, qu'est-ce que tu racontes ?

— Tu sais parfaitement ce que je veux dire !

— Je ne la laisserai jamais partir. Ni elle, ni mon enfant ! lui assura alors Alex avec fermeté.

— Tu parles comme un homme qui lutte pour retrouver son orgueil perdu.

— Et toi, comme un homme qui essaie de jouer les grands-pères.

— Je ne joue pas, Alexander, je le suis.

— Vraiment ? dit Alex, étonné de l'évolution si rapide de la relation entre Sophia et Ranen. Et depuis quand ?

— Cela ne te regarde pas, petit impertinent, répondit Ranen en s'efforçant de rester calme. Sophia et moi partageons le même sang et je compte bien la protéger.

— La protéger ? De qui ? De quoi ? De moi, peut-être ? rétorqua vivement Alex.

— Oui, si tu m'y pousses !

Les deux hommes se défièrent un instant du regard, puis Ranen reprit sur un ton plus tempéré :

— Veux-tu réellement faire payer à ta femme l'échec de ton mariage passé ? Veux-tu lui donner le sentiment de ne pas être aimée ? Ce terrible sentiment que toi-même éprouvais avec Patricia ?

Les propos de Ranen résonnèrent cruellement dans le cœur d'Alex. Ils suscitaient tant de questions en lui ! Que souhaitait-il pour Sophia ? Il n'y avait pas songé jusque-là. Il savait ce qu'il voulait d'elle, mais pas ce qu'il voulait *pour* elle…

Bon sang ! Il préférait ne pas réfléchir à tout cela, car, s'il commençait, il devrait également se livrer à une introspection précise de ses propres sentiments et des désirs de son cœur.

Agacé par la leçon de morale de Ranen, Alex plongea son regard dans le sien et répondit durement :

— En matière d'amour, permets-moi de douter des conseils d'un homme qui a passé sa vie à nier ses propres sentiments.

Contre toute attente, Ranen ne parut ni ému ni vexé par la provocation. Il répondit simplement :

— Tout cela, c'est de l'histoire passée. Ta tante Fara sait désormais ce que j'ai dans le cœur et j'ai définitivement chassé la peur de ma vie.

Brusquement, Alex se leva. Il en avait assez entendu. Assez de leçons sur l'amour ! Si Ranen avait changé, tant mieux pour lui, mais qu'il ne vienne pas le chapitrer !

— J'en suis heureux pour toi, déclara-t-il froidement. Et maintenant, si tu veux bien me laisser passer…

— Tu n'es décidément qu'un sale petit entêté, conclut Ranen en secouant la tête.

Puis, se redressant enfin, il le laissa passer.

Sophia regardait le paysage marin par la fenêtre ouverte lorsque Alex entra dans la chambre. Immédiatement, elle tourna les yeux vers lui… Tout d'abord, elle le crut en colère. Néanmoins, après un second examen, elle se rendit compte que ce n'était pas la colère qui assombrissait ses traits.

— Sophia…

La voix d'Alex l'enveloppa immédiatement comme un agréable cocon.

— Je suis si heureuse que tu sois venu, Alex.

Ce dernier s'assit sur le bord du lit et, effleurant son bras, déclara :

— Je suis désolé de ne pas avoir été à la maison quand l'incident s'est produit.

— Personne ne pouvait prévoir ce qui s'est passé ce matin, Alex, répondit gentiment Sophia. Mais à présent je vais mieux, oui, cela va tout à fait bien…

Sophia le regarda alors d'un air pensif.

Pourquoi ne l'avait-il pas embrassée et prise dans ses bras ? Pourquoi était-il si distant, si tendu ? Etait-ce la peur d'avoir failli perdre le bébé ? En d'autres termes, les conséquences du choc ?

Oui, naturellement ! conclut-elle non sans un pincement au cœur. L'enfant représentait tout pour lui.

— Ne t'inquiète pas, lui dit-elle, il n'y aura aucune séquelle sur le bébé.

— C'est ce que Ranen m'a déjà dit, et j'en suis fort soulagé.

— Dans ces conditions, pourquoi fais-tu cette tête ?

Il laissa courir un regard insistant sur elle, puis déclara :

— Parce que je suis inquiet pour toi, ma chérie.

Sa tendresse la toucha profondément.

— Pour moi ? répéta-t-elle, le cœur battant.

— Oui, lui assura-t-il. J'ai bien cru que j'allais avoir une crise cardiaque sur le trajet qui me conduisait ici.

— Il n'aurait plus manqué que cela ! dit-elle en éclatant de rire. Toi et moi à l'hôpital, quel couple !

— Je suis sérieux, Sophia ! J'ai eu une peur bleue.

— Sais-tu pourquoi Alex ?

— Mais naturellement ! Je viens de te dire que je me faisais un sang d'encre pour toi et que…

— Non, l'interrompit-elle alors en esquissant un petit sourire mystérieux. Ce que je te demande, c'est si tu sais pourquoi tu étais *aussi* inquiet ?

— Parce que tu es un être qui m'est cher, Sophia ! Je te rappelle tout de même que tu es ma femme.

— Et… ? l'encouragea-t-elle en écarquillant de grands yeux d'ingénue.

— Et que tu es la première personne avec qui je communique réellement depuis très longtemps.

— Mais encore ?

Sophia s'efforçait de poursuivre ce petit interrogatoire en règle sur un ton souverain. Cette fois, elle irait jusqu'au bout ! Et elle finirait par le contraindre à lui révéler les sentiments qu'il éprouvait pour elle.

— Tu es merveilleuse, intelligente et spirituelle, lui dit-il alors.

— Merci, dit-elle de façon laconique.

— J'adore ta compagnie, et je ne peux plus imaginer mes journées sans toi, déclara Alex en prenant sa main dans la sienne.

— Et tes nuits ? demanda-t-elle avec un petit air fripon.

— Inutile de le préciser !

— Oh, Alex, s'exclama-t-elle alors en laissant fuser un délicieux rire. Sais-tu ce que cela veut dire ?

Sur ses gardes, Alex la jaugea pendant quelques secondes tandis qu'elle lui affirmait d'un air triomphant :

— Cela veut dire que tu m'aimes !

La plus grande perplexité se peignit alors sur le visage d'Alex. Qu'à cela ne tienne ! pensa Sophia. L'heure était venue de lever les masques et d'appréhender la situation avec le plus d'honnêteté possible.

Pendant des semaines, elle était restée sur ses gardes, avait tu ses propres sentiments afin de ne pas l'effrayer, dans l'espoir qu'Alex finirait par lui avouer les siens le premier.

Et c'était ce qui venait de se produire.

Enfin, d'une certaine manière…

— N'aie pas l'air aussi choqué, lui dit-elle en l'attirant à elle. Tu m'aimes, prince Alexander, et moi aussi je t'aime.

— Sophia…

— Nous étions faits l'un pour l'autre. Regarde notre histoire ! Ton rêve, mon voyage au large de l'Ecosse, et puis notre rencontre sur la plage. Tout était écrit d'avance. C'était notre destin !

— Je ne crois pas au…

Sans lui laisser le temps de répondre, Sophia bâillonna sa bouche avec la sienne, puis lui chuchota à l'oreille :

— Ne crains rien, Alex… Nous l'accomplirons ensemble, ce destin, je ne te quitterai jamais. Je ne te ferai jamais souffrir, je ne t'humilierai jamais. Ne crains pas de m'aimer, Alex.

Rejetant la tête en arrière pour la jauger attentivement, Alex répondit :

— Je n'ai pas peur de t'aimer, Sophia.

— Voilà qui est nouveau !

— C'est vrai, je le concède. Par conséquent, je devrais dire : je n'ai *plus* peur de t'aimer. Je renonce au besoin de tout contrôler parce que je t'aime, mon amour. D'ailleurs, je t'ai tout de suite aimée, dès que mes yeux se sont posés sur toi pour la première fois.

A cet instant, Alex s'interrompit pour embrasser farouchement sa ravissante épouse aux joues rougies, puis reprit :

— Hélas, j'étais bien trop obstiné et bien trop effrayé pour me l'avouer à moi-même.

— Pourquoi tant de peur, Alex ?

— Pourquoi ? dit-il en plongeant un regard de braise dans le sien. Parce que je redoutais que tu cesses un jour de m'aimer.

A ces mots, ce fut elle qui se mit à le fixer avec une expression choquée, comme s'il venait de prononcer une infamie.

— Alex, c'est impossible…

— Dans la vie, tout est possible, hélas !

— Non, pas ça ! lui assura-t-elle d'un ton définitif en l'agrippant par les épaules. Tu es celui qui fait battre mon cœur ; sans toi, il cesserait de battre, il faut que tu le saches.

— La peur est comme une bête féroce, tapie au fond de moi. Lorsque j'ai entendu le message concernant ton bateau sur le répondeur, j'ai cru que…

— Que quoi ? dit-elle sans comprendre.

— Que tu comptais filer à l'anglaise !

A cet instant, Sophia éclata de rire, un grand rire libérateur. Puis les yeux emplis de tendresse, elle déclara :

— Je compte effectivement finir ma croisière, mais avec

toi, Alex. Je me suis dit que ce voyage pourrait représenter notre lune de miel.

— Sophia, veux-tu de nouveau m'épouser ? lui demanda-t-il d'un œil malicieux.

— D'accord, répondit-elle sans hésiter.

— Pour cette cérémonie, il n'y aura que toi, moi et l'enfant. Elle se déroulera sur la plage, à l'endroit où nous nous sommes rencontrés pour la première fois. Dans les vagues, sous le soleil, et avec Dieu pour seul témoin.

Sophia plongea alors un regard ardent dans celui de son mari et y vit un futur clair et merveilleux. Elle y vit de nombreux enfants et une famille extraordinaire. Elle y vit des vacances et des anniversaires. Elle y vit une vie professionnelle épanouie, de nombreux livres pour enfants… Et surtout et avant tout, un Alex éperdument amoureux de sa femme et résolu à lui montrer chaque jour un peu plus à quel point il tenait à elle.

— La plage me semble un endroit tout à fait adapté, répondit-elle alors en ébauchant un sourire. Et le lendemain, nous prendrons la mer au lever du jour, entendu ?

Enserrant entre ses larges paumes la tête de son adorable épouse, Alex murmura :

— Je t'aime.

— Moi aussi, Alex, je t'aime, répondit-elle gravement.

— Ne cesse jamais de me dire cela ! l'implora-t-il alors.

— Promis mon amour, répondit-elle en laissant tomber sa tête sur l'épaule de son mari, heureuse et apaisée.

Épilogue

Britin
Printemps

Sur la proue d'un *Daydream* resplendissant et à quai, sur ce splendide bateau conçu et construit par son grand-père, Sophia caressait doucement son ventre d'un air songeur sans perdre une miette du spectacle qui se déroulait devant elle : à la fois ému et hiératique, son grand-oncle chéri attendait que la femme de ses rêves le rejoigne sur le pont du sloop.

Pour tous les invités venus assister à cet événement, il s'agissait d'un épilogue digne d'un conte de fées, quelque chose qu'on n'attendait plus. Mais pour Sophia, la cérémonie avait une portée bien plus profonde.

Cela signifiait que Ranen avait fait la paix avec lui-même, qu'il était revenu à lui, avait pardonné à son frère et enfin trouvé le bonheur.

Et cela procurait une joie indicible à sa nièce !

Devinant le frémissement intérieur de sa femme, Alex l'attira à lui et lui murmura doucement à l'oreille :

— Cela te rappelle-t-il quelque chose, mon amour ?

A ces mots, Sophia le gratifia d'un merveilleux sourire.

Quelques mois auparavant, Alex et elle avaient renouvelé leurs vœux, sur la plage, ainsi que l'avait souhaité son mari, avec pour seuls témoins Dieu et leur enfant à venir.

Rompant avec la tradition, ils avaient eux-mêmes rédigé leurs vœux et s'étaient remis mutuellement des bracelets avec leurs noms emmêlés et gravés à l'intérieur. Puis ils avaient mis le cap pour Britin afin de boucler le voyage entrepris par Sophia, en hommage à son grand-père. A bord, ils avaient embarqué Aggie, que Ranen leur avait offert en cadeau de mariage.

Subitement, Sophia fut arrachée à ses pensées par les premières notes de la marche nuptiale qu'entamaient deux violonistes postés sur le pont — deux amis de Ranen. Alors, sur l'appontement décoré de roses blanches, une femme d'une beauté extraordinaire s'avança. Elle était si belle que tous les invités retinrent leur souffle.

Vêtue d'une robe blanche et cintrée, Fara recevait enfin ce qu'elle désirait depuis toujours — ce qu'elle méritait aussi depuis toujours — et elle rayonnait d'un bonheur incomparable.

— Elle est amoureuse, murmura Fran en berçant sa petite fille dans ses bras.

Ranen et Fara renouvelèrent alors leurs vœux devant le roi, manifestement très ému. C'était lui qu'ils avaient choisi pour présider la cérémonie.

— Désormais, elle est des nôtres, chuchota Sophia avec tendresse.

Cathy acquiesça d'un mouvement de la tête, non sans poser un baiser sur le front de son fils. Puis elle demanda d'un air triomphant :

— Eh bien, mesdames, il semblerait que nous ayons toutes trouvé notre prince charmant, qu'en dites-vous ?

A cet instant, Fran, Cathy et Sophia jetèrent un regard malicieux et incroyablement sexy aux hommes qui se tenaient à leurs côtés, puis un délicieux sourire éclaira le visage de chacune.

Et, à l'instant où Ranen prit sa femme dans ses bras pour déposer un ardent baiser sur sa bouche, les trois autres femmes attirèrent leur prince respectif à elles pour imiter le couple vedette.

Ce fut alors que la fameuse brume de Llandaron, cette brume qui surgissait toujours de façon impromptue et qui devait certainement être porteuse de magie, enveloppa doucement le sloop d'un voile féerique… Ce qui ne manqua pas d'éveiller chez Sophia et Alex de fougueux souvenirs.